KB065581

감상
소설

양선형 소설집

감상 소설

펴낸날   2018년 7월 2일
지은이   양선형
펴낸이   이광호
편 집   박선우 최지인 이민희 조은혜
펴낸곳   ㈜문학과지성사
등록번호   제1993-000098호
주소   04034 서울 마포구 잔다리로7길 18(서교동 377-20)
전화   02) 338-7224
팩스   02) 323-4180(편집) / 02) 338-7221(영업)
전자우편 moonji@moonji.com
홈페이지 www.moonji.com

ⓒ 양선형, 2018. Printed in Seoul, Korea

ISBN 978-89-320-3115-6 03810

지은이는 2016년 한국예술창작아카데미 지원금을 수혜했습니다.

이 도서의 국립중앙도서관 출판예정도서목록(CIP)은 서지정보유통지원시스템 홈페이지
(http://seoji.nl.go.kr)와 국가자료공동목록시스템(http://www.nl.go.kr/kolisnet)에서
이용하실 수 있습니다.(CIP제어번호: CIP2018019326)

감상
소설

양선형 소설집

문학과
지성사

차례

해변생활자

해수욕장이 폐장했다. 무수한 발자국이 모래톱 위에서 허물어졌다. 바람이 미장 삽처럼 백사장을 평평하게 쓸고 다녔다. 그동안 그는 해안 안쪽에 위치한 여관에 틀어박혀 있었다. 성수기는 끝물이었다. 수많은 사람이 일제히 밀려들었고 갑작스레 빠져나갔다. 그들은 날짜에 쫓겼으며 휴가에 어울리는 기억을 차지하기 위해 웅성거렸다. 사진을 찍었다. 뒤처진 아이들이 저절로 미아가 되었다. 유실물 보관소에는 하루마다 무수한 물건이 경매 품목처럼 등장했고, 앞다투어 폐기되었다. 그러나 그들은 잃어버린 것들에 대해 생각하지 않았다. 시간이 없었기 때문이다. 그는 날짜를 헤아리며 해변이 한산해지기를 기다리고 있었다. 부유물들이 게으르게 떠다녔다.

성수기가 지나자 그는 슬그머니 여관 밖으로 나갔다. 해변을 거닐었다. 파란 야광 조끼를 입은 인부들이 널브러진 쓰레기와 부유물을 치우고 있었다. 파라솔을 철거하고 있었다. 그는 샌들을 벗었다. 모래톱 위에 맨발을 올려놓았다. 모래가 달아오른 석판처럼 뜨거웠다. 그는 발로 모래를 헤집은 다음 모래 속에 발을 집어넣었다. 그대로 덮었다. 모래의 안쪽은 서늘했다. 해변에는 인부들을 제외하고는 사람의 자취를 찾을 수 없었다. 해변은 버려질 준비를 서두르고 있었다.

그는 한 손에 지팡이 모양의 장비를 쥐고 있었다. 해변이 햇빛을 난반사했다. 눈앞으로 해변의 잔상이 번쩍거렸다. 그는 모래 사이에서 깨진 유리병을 발견했다. 투명하고 푸른 색유리였다. 그는 베이지 않기 위해 발가락으로 모래를 헤치며 조심스럽게 걸어갔다. 그러나 모래 자체가 곱게 빻은 유리 가루를 연상시켰다. 그는 눈을 찡그렸다. 모래톱이 쏘아붙이는 빛 때문에 눈이 따가웠다.

그는 그러한 불편들을 기꺼이 받아들일 준비가 되어 있었다. 빛이 눈을 할퀴고 지나갔다. 시야가 캄캄해졌다. 그는 양 손등으로 눈을 훔쳤다. 그러자 눈의 통증이 가라앉았다. 여관에 칩거해 있는 동안 그는 밤새도록 텔레비전을 켜놓았다. 심야의 텔레비전은 요란한 소음과 함께 검고 흰 빛의 얼룩들을 어지럽게 재생하고 있었다. 그것은 일종의 적응 훈련이었다. 그는 화면을 뚫어져라 쳐다보며 모든 현기증을 길들이고 싶었다. 그리고 때가 되어 해변을 응시했을 때 그는 눈의 피로를 느끼지 못했다. 눈이 빛에 익숙해진 것이다. 해변과 바다 모두가 시야의 저변에 잔잔하게 머물러 있었다.

*

해변을 샅샅이 뒤지는 것이 일의 내용이었다. 해변은 막막하게 이어졌다. 그는 지팡이로 위장된 금속 탐지기를 앞으로 밀면서 갔다. 장비가 짧은 기계음을 내면 모래밭에 구덩이를 팠다. 동전들은 마치 아주 오래전부터 거기 묻혀 있었던 것처럼 거무튀튀하게 착색된 채였다. 해변은 동전의 광맥이었다. 몇 보를 채 떼기도 전에 한 줌의 동전이 출토되었기 때문이다. 해변은 고갈될 기미를 보이지 않았다. 그는 주변을 힐끔거리며 살핀 이후 남몰래 동전을 주워 어깨에 짊어진 커다란 가죽 가방에 넣었다. 남루한 가방은 공구용 박스를 닮아 있었다. 이때 그는 마치 동전을 수확하는 사람처럼 보였다. 볕을 가리기 위해 쓴 밀짚모자며 목덜미에 두른 수건이란 영락없이 파종하는 농부를 연상시켰다.

해변에 묻혀 있는 것은 비단 동전만이 아니었다. 금반지나 목걸이, 다이얼에 빛나는 마크가 세공되어 있는 시계 따위의 값비싼 물건들을 취득할 수 있었던 것이다. 그는 하염없이 해변을 걸었고 여러 종류의 물건을 확보했다. 물건들은 가죽 가방 안에서 분실물도 장물도 아닌 어중간한 입장이 되었다. 종종 낡은 깡통, 망가진 샤프, 쓸모를 알 수 없는 쇠붙이, 녹슨 폐품 따위의 시시하며 값어치가 떨어지는 물건들이 발굴되기도 했다. 그러나 그는 그러한 작은 허탕에 별반 동요하지 않았다. 해변은 마치 그에게 배달되어 온, 발신인 불명의 택배 상자 같았다. 그리하여 그는 기대감에 부풀어 해변이라는 봉인을 뜯어 냈고, 내용물이 설령 기대에 미치지 못했다고 하더라도, 해변은 무한히 펼쳐져 있었으므로, 하루에도 그는 수백 개의 상자를 열어야 했으므로, 실망할 필요는 없는 것으로, 그는 단지 몇 걸음 전진하기만 하면 되었다. 그때마다 금속 탐지기가 윙윙거리며 진동했다.

*

그는 머릿속으로 해변을 여러 단위의 큰 구역으로 나눴고, 구역을 다시 쪼개 해변에 무수한 라인을 표시했다. 그것은 일을 용이하게 하기 위해서였다. 한 구획은 하루분의 일과에 해당했다. 그는 수차례 자신의 동선을 확인했다. 그리고 무료한 사람이라도 되는 것처럼 주변을 얼쩡거렸다. 바다의 끝을 멍하니 치어다보았다. 말하자면 그는 완벽히 할 일 없는 인간을 연기했고 실제로 성수기가 끝난 이후 해변에는 이렇다 할 일 없이 모래사장을 떠도는 사람들을 종종 발견할 수 있었다. 그는 그들과 분간되지 않았다.

세상의 모든 해변에는 그와 같이 금속 탐지기를 밀며 해변을 수색하는 이들이 있었다. 회사는 매번 여러 지역으로 사원들을 파견했다. 그는 회사를 신뢰하고 있었다. 일정한 기간이 지나면 그는 회사와 함께 한 지역에서 벌어들인 수입을 결산할 것이었다. 연이어 다른 해변으로 다시 파견을 나가게 될 것이었다. 회사는 해변의 유실물이라는 비정기적인 수익을 도처에서 끌어모으고 있었다. 그는 제 노동에 대한 대가로 세상의 모든 해변에서 나오는 수익 중 일부를 배당받게 된다. 그는 세상의 모든 해변에서 허리를 구부정하게 숙인 채 모래를 파헤치고 있을 여러 동료를 상상했다. 그러한 상상에서 자신의 노곤한 해변 생활을 이어나갈 수 있는 위안을 구했던 것이다.

　햇볕이 그의 정수리를 향해 수직으로 떨어졌다. 그는 탈진할 것만 같았으며 늙은 개처럼 혀를 내밀고 있었다. 더위가 가시지 않았다. 그는 한 구역의 테두리를 꼬리잡기를 하듯 맴돌았다. 모래톱은 출처 모를 자취들을 무작위로 뒤섞고 있었다. 그는 계속해서 지나쳤던 자리를 다시 지나치기를 반복했다. 물론 이 반복이 매번 무익했던 것만은 아니었다. 분명히 지나쳤다고 여겼던 자리에서 의외의 수확을 얻는 경우도 있었기 때문이다. 반복하는 방식으로 구역을 닦달하고 추궁하고 나면 구역은 언제나 새로운 쇠붙이들을 보여주었다. 장비는 방금 전까지 아무런 반응을 보이지 않았던 지대에서 더더욱 요란스럽게 반응해 그를 놀라게 했다. 그러나 모래란 언제나 산포되고 이동하며 흩날리기 마련이다. 그는 해변을 납득할 수 있었다.

　문제는 다른 곳에 있었다. 이 일의 가장 큰 위험이란 자칫 폭염, 비산하는 모래, 햇빛의 산란이 불러일으키는, 이를테면 착각, 또는 어이없는 실수로 말미암아, 구역의 어느 자리를 빠뜨린 채 다음 구역으로 이동하는 일로, 그것은 건너뛴 부분만큼의 끔찍한 손해를 초래할 것이었다. 그것은 그가 가장 무서워하는 일이기도 했다. 그는 엄밀한 주의를 기울였다. 해변은 누락되지 않았다. 가끔, 그의 몸이 의지와 무관하게 자꾸만 아래로 기울어져서, 어느 순간 지팡이로 위장된 금속 탐지기가, 그럴듯한 지팡이처럼, 지팡이로서, 그의 몸을 지탱하게 될 때가 있었다. 그는 완전히 지쳐버렸고 거대한 불도저로 백사장 전체를 한꺼번에 갈아엎고 싶었다. 그러나 일을 소홀히 할 수는 없었다. 사소한 게으름이 인생을 망친다. 그는 생각했다. 사소한 오류가 공들인 돌탑을 무너뜨린다. 그는 다시 생각했다. 사소한 구멍이 모든 것을 빨아들인다. 걸음마다 생각이 저절로 증식했다. 그는 사소한 모래 위를 걷고 있었다.

*

　퇴근한 이후 그는 종일 수거한 물건들을 여관방 서랍이며 선반, 찐득한 장판 위에 모조리 쏟아냈다. 그리고 침대에 누웠다. 침대는 눅눅했다. 붙박이용 소형 에어컨이 퀴퀴한 냄새를 풍기며 돌아가고 있었다. 그는 천장을 바라보았다. 시야로 모래톱이 반사하던 빛의 잔상들이 끓는 기름처럼 튀었다. 눈을 감자 잔상들은 심해에 서식하는 물고기들처럼 불길하게 발광했다. 그는 오싹해졌다. 용접공들은 용접봉의 번쩍거리는 불빛으로 인해 빈번하게 시력을 잃는다. 뾰족한 철침이 절점에 닿을 때, 쇠붙이는 어쩌면 그들의 눈 속에서 녹는다. 잔상은 처음에 시야의 귀퉁이에 곰팡이처럼 피어난다. 그것은 사라지지 않는다. 그리고 점차 세력을 넓힌다. 그것은 암세포가 전이되는 과정과 흡사하다. 결국 그들은 양손으로 눈을 감싼 채 비명을 지른다. 그러나 이미 때는 늦은 것이다. 방은 허름했다. 축축한 벽의 모서리마다 검붉은 곰팡이가 슬어 있었다. 그것은 두려움의 단초가 되기에 충분했다. 그는 코를 훌쩍거리며 기침을 했다. 텔레비전을 켰다.

여관의 로비에는 투숙객들을 위해 마련된 간이 비디오숍이 있었고, 그는 심심함을 달래기 위해 여러 비디오를 대여했다. 비디오들은 대개 삼류 포르노 영화이거나 촌스러운 서부영화, 색감이 칠흑같이 어두운 SF 영화들이었다. 그는 비디오꽂이에 진열되어 있는 테이프들 중 가장 눈에 띄는 것을 골랐다. 텔레비전을 바라보며 헝겊으로 장비를 닦거나 거기 얼떨떨하게 주저앉아 외설적인 공상을 했다. 그러고 나면 피로가 몰려왔다. 그는 잠을 놓치지 않았다. 서둘러 잠 속으로 헤엄쳐갔다. 비디오에서는 언제나 몇 명의 남자와 여자가 출현했고, 그들은 수

월하게 괴물이 되거나 다시 사람으로 변모했으며, 죽거나 죽지 않거나 했다. 그는 텔레비전을 켜놓은 채 잠들었으며 꿈에서 남자와 여자를, 죽거나 죽지 않는 괴물과 사람을 다시 만났다. 그들의 윤곽은 모래로 이루어진 것처럼 화질이 일그러져 있었다. 그는 시선을 혹사했다. 또는 시선만이 번번이 혹사당했다. 눈동자에 해변의 미립자가 달라붙어 있었다. 그것은 너무 작거나 매우 가까웠기 때문에 볼 수도 찾을 수도 없었다. 그는 수시로 눈을 비벼야 했다.

*

하마터면 당신을 알아보지 못할 뻔했어요. 해변에서는 당신과 같은 취미를 갖고 있는 사람이 많아요. 그런 일을 도굴이라고 부르지요. 제 얘기를 할까요. 사실 저는 여름철 내내 제가 그것을 잃어버렸다는 사실을 알아차리지 못하고 있었어요. 대뜸 저는 호주머니를 뒤지고 있었는데, 그것이라면 호주머니 안에 있을 테니까, 호주머니가 해변이라도 되는 것처럼 말이에요. 실제로 호주머니에는 모래가 가득했지요. 모래뿐이었어요. 해변에서 구르고 난 다음이었어요. 해변에서 계속

굴렸죠. 머리를 부드러운 모래 위에 처박고 모래를 움켜쥐는 거지요. 모래를 온몸에 끼었으며 우물우물 씹으며 퉤퉤 뱉으면서 게처럼 모래를 덮고 누우면 해변이 몸의 너비로 분해되고 몸이 해변의 너비로 확장되는 느낌이 들지요. 그럴 수밖에. 해변에서 저는 모래와 다를 바가 없어요. 자신이 모래라는 것을 깨닫게 되는 거지요. 혹은 자신이 조금 전까지 사람이었는데 해변에 들어선 순간 이미 모래가 되었고 시간을 되돌리기엔 너무 늦었다는 것을 불현듯 느끼게 되는 거예요. 해변은 바다의 변두리라는 뜻이에요. 저는 바다를 좋아하지만 바다의 변두리를 좋아하지는 않아요. 하지만 누구나 바다를 위해 바다의 변두리에 머물러야 하지요. 저는 제가 잃어버린 물건에 대해 이야기하고 있는 거예요. 저는 당신처럼 무언가를 찾고 있어요. 저는 제가 무엇을 잃어버렸는지 알지 못해요. 그것을 되찾고 나면 제가 지금까지 그토록 되찾고 싶어 했던 물건의 정체가 무엇인지 알 수 있겠지요. 그러나 저는 그것이 무엇인지 알지 못하기 때문에 그것을 찾을 수 없을 거예요. 어쩌면 오랜 시간 동안 말이에요. 만약 요행으로 그것을 발견한다고 해도 고개를 좌우로 휘저으며 지나치고 말겠지요. 무언가 익숙한 느낌으로 그것을 매만지다 어느 순간 그대로 내팽개치고 말겠지요. 그런 일을 떠올리면 벌써부터 겁이 나요. 온몸에 힘이 빠져서 아무것도 할 도리가 없지요. 결국 저는 그것을 저버리고 말겠지요. 그것을 저버리고도 저버린 줄 모르고 해변을 두서없이 배회하게 되겠지요. 모래 속에는 모래밖에 없어요. 모래를 파헤쳐도 모래를 발굴하게 되는 것이 모래의 이치예요. 혹여 무언가 다른 것을 발견할 수 있다고 하더라도 그것은 모래와 하등 다를 바가 없지요.

*

그는 고개를 아래로 떨어뜨리고 있었다. 바다가 뒤척이고 있었다. 만조였다. 그는 장비를 백사장에 말뚝처럼 박았다. 약속한 날짜가 가까워지고 있었다. 그러나 그는 할당량을 달성하지 못했다. 할당량이란 세상의 모든 해변에 파묻혀 있는 유실물의 최소한을 뜻했다. 회사는 사원들에게 성실함을 요구했다. 실적의 달성은 해변에 내장된 유실물의 양에 달려 있지 않았다. 그것은 어디까지나 사원들의 몫이었다. 사원들이 더욱더 열정적으로 모래를 파헤치는 일에 임한다면 해변은 반드시 그에 상응하는 보상을 내놓을 것이다. 그것이 회사의 방침이었다.

그럼에도 그는 초조해하지 않았다. 해변의 어느 지대에는 부족한 성과를 한꺼번에 만회할 수 있는 어떤 물건이, 기필코, 매장되어 있을 것이었다. 그는 그렇게 믿었다. 오래전부터 장비는 침묵을 지키고 있었다. 그는 처음에 장비의 성능을 의심했다. 그러나 침묵하는 것은 장비가 아니라 해변이라고 생각하는 편이 타당했다. 그는 해변이 스스로 제 침묵을 포기하기를 기다리는 것 말고는 딱히 할 일이 없었다.

수천 평에 이르는 모래사장은 유실을 배양하는 데 적합한 환경이었다. 유실물들은 해변에 이르러서야 비로소 제 유실을 완성한다. 유실물 위로 모래가 덮이고, 매몰된 자리마다 모래가 넘쳐난다. 모래와 유실물을 구별하는 일은 이미 불가능하다. 사람들은 잃어버린 물건을 되찾을 엄두를 내지 못한다. 해변에서 모든 노력은 헛된 일이나 다름없기 때문이다. 가령 사람들은 모래의 표정을 바꾸지 못한다. 그저 백사장 표면을 부단히 기어 다닐 수 있을 뿐이다. 그리하여 유실이 온전히 무르익었을 때, 아무도 그것을 기억하지 않고, 풍향과 풍속의 변덕에 의해서만 꺼내지거나, 다시 감춰지거나, 녹슬어갈 때, 그는 해변에 나타난다. 그에게 모래는 불가피한 착오의 다른 이름이었다. 그리고 장비란 이러한 착오의 베일을 걷어내는 데 주요한 역할을 했다. 해변의 값어치는 모래에 있지 않았다. 그것은 언제나 모래 너머에 있었다. 그는 그 사실을 알고 있었다. 모래에 눈이 멀어 더 큰 이익을 놓치는 일은 해변 생활에서 가장 쉽게 범할 수 있는 실책이었다.

해변에 그늘이라고는 그의 그림자밖에 없었다. 그것은 바다 쪽으로 길어졌고 어느 순간 검푸른 바닷물에 상반신을 담그고 있었다. 그림자가 지팡이로 바다를 둥글게 저어댔다. 지팡이 주위로 동심원들이 회오리쳤다. 무더위가 이어졌고, 땀에 젖은 수건이 그의 목을 죄여왔으며, 그는 금방이라도 장비를 내버리고 바닷속으로 뛰어들고 싶었다. 그러나 그는 그렇게 하지 않았다. 밀물은 저녁 무렵이 되면 해변의 절반을 먹어치웠다. 그는 발치까지 손을 뻗는 포말로부터 슬금슬금 뒷걸음질하는 식으로 밀물과 일정한 거리를 유지했다.

밀물은 언제나 해변을 넘어서지 못한 채 되돌아가거나 되돌아왔다. 설령 수면이 상승해 대부분의 육지가 바다에 의해 침수된다고 하더라도, 해변은 사라지지 않을 것이다. 그것은 바다의 테두리를 아우르는 공간으로서 반드시 존재할 것이다. 그리고 세상의 모든 해변에는 그와 같이 파견을 나온 사원들이 많았다. 해변은 그들에게 삶의 터전이었다. 그는 물결 아래서 그가 임의로 분할해놓은 해변의 구획들을 투시할 수 있었다. 그래야만 했다. 해변을 교차하는 선들이 그물처럼 바다 밑에서

술렁거린다. 그물이 바다를 감금한다. 그때 해안은 유실물을 기르는 양식장 같았다.

*

눈부신 해변에서는 당신보다 당신의 그림자가 더 잘 보여요. 그림자는 개성이 있군요. 당신은 눈이 멀지 않았지만 당신의 그림자는 눈이 먼 것처럼 보여요. 당신은 당신처럼 보이지만 당신의 그림자는 눈먼 사람처럼 지팡이를 더듬거리고 있는 것처럼 보이네요. 지팡이가 해변의 어느 자리를 짚을 때 눈먼 사람은 주저하며 망설이듯 물러서지요. 지팡이는 어둠 속에 파묻힌 세계를 발굴하지요. 지팡이가 그것에 다다르기 전까지 그것은 형체를 알아볼 수 없는, 예컨대 희미하게 박동하는 점액질 같은 것과 다르지 않았겠지요. 그러나 지팡이가 그것과 접촉하는 순간 그것은 어둠 속으로부터 발작적으로 도드라지는 거예요. 마치 홀연히 밝아지는 빛처럼 말이에요. 이해하시겠어요? 그리하여 건드린 그것이 꿈틀거리며 경련할 때 눈먼 사람은 막 탄

생하려는 세계 앞에 경의를 표하려는 것처럼
멈춰 서지요. 아니면 막 탄생하려는 세계 앞
에서 불안스레 경직되어 있는 것인지도 몰라
요. 그렇다면 지팡이는 맹인의 성기일 수도
있고 맹인의 꼬리일 수도 있지요. 저는 저에
관한 이야기를 하고 싶어요. 결정적인 이야
기 말이에요. 돌이킬 수 없는 이야기 말이에
요. 그것에 관한 이야기 말이에요. 저는 아무
것도 잃어버리지 않았는지도 몰라요. 오히려
이제부터 모든 것을 잃어버릴 준비를 시작
해야 하는지도 모르지요. 사실 저는 그것을
소유했던 적이 없어요. 그것을 가질 수 있다
면 어떤 짓이라도 하겠어요. 저를 헐값에 처
분할 수도 있을 거예요. 저를 팔아치우고 받
아 든 헐값을 기꺼이 지불할 수 있을 거예요.
그 돈은 저에게 더 이상 헐값이 아닐 테지만,
그래도 헐값은 헐값이겠지요. 그것을 잃어버
린 순간 저는 제가 모든 것을 점진적으로 잃
어버릴 운명에 처한 듯이 여겨졌어요. 그것
은 신호탄 같은 거예요. 단말마 같은 거, 심
장의 막을 수 없는 전진 같은 거, 돌아가기
시작한 톱니 장치 같은 거지요. 누군가 열어

서는 안 될 상자를 연 게 분명해요. 열어버린 순간 저는 없고 엎질러지는 방향만 존재하지요. 그때 저는 벌거벗은 리듬에 가깝지요. 말하자면 해변에서 저는 벌거벗은 리듬에 불과하지요. 물론 여름의 해변에서 벌거벗지 않고 배길 수 있는 사람이 몇이나 되겠어요. 벌거벗는다는 것은 그것을 잃어버릴 각오가 되어 있다는 뜻이지요. 그러나 저는 그러지 못했어요. 모래가 저를 덮칠 때 저는 황급히 모래인 척을 해야만 했지요. 마치 이해할 수 없는 리듬에 휩쓸린 듯했어요. 예전에 그것은 저의 일부에 지나지 않았어요. 그러나 지금 저는 그것 없는 저를 상상할 수 없어요. 당신은 모래가 없는 해변을 상상할 수 있나요. 모래로 이루어지지 않은 해변을, 모래를 박탈당한 해변을 말이에요. 그것은 해변이 아니라 다른 이름으로 불리겠지요. 그러나 그곳은 언제까지나 해변이겠지요. 해변은 바다의 변두리라는 뜻이니까. 그러나 그곳은 더 이상 해변이 아니겠지요. 또는 해변은 해변이 아닌 것처럼 존재하겠지요.

*

그는 회사의 전화를 받았다. 막바지에 다다른 여름은 발악하는 식으로 더위를 쥐어짜냈다. 가끔 바다 쪽에서 물먹은 바람이 불었다. 바람에 날린 모래들이 회초리처럼 그의 얼굴을 후려쳤다. 그는 두 손으로 눈을 감쌌으며 손바닥 아래에서 만들어지는 깜깜한 그늘을 응시하고 있었다. 회사는 결산 기한을 늦춰달라는 그의 요구를 받아들이지 않았다. 유실물을 은닉하고 있는 것은 해변이었다. 어쩌면 해변이 자신을 상대로 시위를 하고 있는 것인지도 모른다. 어쩌면 자신이 해변을 상대로 고문을 하고 있는 것인지도 모른다. 그는 생각했다. 해변은 그가 모색하는 어떤 시도에도 굴하지 않은 채 완강하며 고요한 태도를 유지했다.

그는 호주머니에서 동전을 꺼냈고 해변 여기저기에 뿌려댔다. 떨어진 동전들이 해변의 빛깔로 번쩍거렸다. 그는 동전 위에 장비를 들이댔다. 장비가 진동하면 다시 동전을 주워 호주머니에 넣었다. 그는 종일 아무런 반응도 보이지 않는 장비의 성능을 곧잘 의심했고 똑같은 행동을 몇 번이고 다시 했다. 성능은 언제나 입증되었다. 오히려 그는 자신이 던진 동전을 잃어버리기 일쑤였는데 동전들이 해변으로 날아가는 순간 순식간에 자취를 감췄기 때문이다. 마치 그와 해변의 중간에 동전을 가로채는 손이 있는 것 같았다.

그리고 그는 언제나 사람과 해변의 중간에서 유실물을 횡령하고 있었다. 그는 스스로를 해변 아래 파묻힌 모든 유실물의 주인이라 여겼다. 그러므로 유실물들을 실종된 장소로부터 또다시 잃어버리고 있는 이도 바로 그였다. 해변은 말 그대로 텅비어 있었다. 값나가는 물건은커녕 고물 한 조각도 찾을 수 없었다. 장비는 무용지물이었다. 그가 회사에 이러한 상황을 보고했을 때, 회사는 애매하게도 업무에 매진할 것을 촉구하는 식의 미적지근한 지침을 하달했을 따름이었다. 성과는 노력에 대한 보상으로 반드시 주어질 것이다. 해변은 거짓말을 하지 않는다. 그러므로 거짓말을 하고 있는 것은 회사였다. 그는 장비를 질질 끌고 다녔다.

주인을 잃어버린 물건이 주인 없는 물건이 되어가기까지, 어떤 미아가 자신이 이미 미아가 아니라 고아가 되었음을 이해하는 순간까지, 휴지(休止) 혹은 약간의 유예가 있었고 해변은 그 시간 속에 자리했다. 그리고 그는 그 시간을 통과하며 방심한 유실물들을 낚아채고 있었다. 그는 무작정 해변에 도착했다. 그의 눈앞에는 해변이 융단처럼 깔려 있었다. 그는 무작정 해변을 뒤져야만 했고 모래를 들쑤시는 일이 그가 치러야 할 일과였다. 모래가 술렁이며 해변을 걸어 잠근다. 그는 해변의 문을 열지 못한다. 그럼에도 불구하고 해변이란 누구에게나 열려 있는 것처럼 보인다. 그는 실제로 온갖 노력을 아끼지 않았다. 바람이 그의 발자국을 평평하게 지워가지 않았더라면 그가 지

나친 궤적은 해변 위에 새겨진 방대한 미스터리 서클처럼 보였
을 것이다.

*

　해변에서는 바다가 몸 아래로 들락거려요.
저는 잠자코 누워 있었지요. 그림자들이 빽빽
한 간격으로 해변을 에워싸고 있었어요. 사
실 그림자는 이차원에 속해요. 그러나 저는
종종 스스로가 이차원을 향해 계속해서 낮아
지는 기분이 들어요. 윤곽이나 두께가 소실
된 채 명암이나 점선의 뒤엉킴 같은 것으로
말이에요. 곳곳에 그림자로 이루어진 말뚝이
박혀 있었어요. 아니에요. 누군가 말뚝에 망
치질을 하는 듯했지요. 말뚝은 단정하게 고
정되지 않고 모래 위에서 힘없이 기울어지기
만 했어요. 저는 어스름이 먼바다를 잠식하
며 천천히 다가오는 것을 바라보고 있었어
요. 호흡이 가빴고 몸이 몇 차례 위로 퉁겨져
오르는 것이 느껴졌지요. 어스름은 가까워지
지 않은 채 수평선 저편에 뭉쳐져 있었어요.
땀이 났는데, 땀으로 눅진해진 살갗에 모래

가 엉겼어요. 온몸이 거친 수세미가 된 듯했지요. 누군가 저를 밟고 지나가는 느낌이 들었고 그러나 아프지는 않았어요. 오히려 저를 밟고 지나가는 사람의 심정을 이해할 수 있을 것 같았지요. 몸을 움직일 때마다 사각거리는 소리가 났어요. 어스름이 해변으로 상륙했을 때에야 저는 드디어 그림자들에게서 놓여날 수 있었지요. 어스름에 의해 형체를 빼앗긴 그림자들이 하릴없이 요동을 쳤고 그때 그림자들은 제게 해방의 순간을 연출하는 것처럼 여겨졌지요. 그리하여 저는 일어날 수 있었겠지요. 일어서서 아무렇지도 않게 걸을 수도. 해변을 말이에요. 아무렇지도 않게 된다는 것은 그런 것이니까, 가령 멍하니 퍼져 있다 단순하고 맹목적인 의지로 허리를 곧추세우는 일 같은 것 말이에요. 발목까지 바다가 차올라 발을 좌우로 첨벙거려야만 했어요. 물장구를 쳤지요. 누워서 다리를 허우적거리며 말이에요. 바다를 향해 풍선처럼 둥실 떠오른 태양을 밀어내듯이 말이에요. 거무스름한 사타구니 쪽으로 하얀 거품이 소용돌이치고 있었는데 짭짤한 냄새가 났지요. 그것은 엄밀하게 말해 비린내 같았고, 비린내라기보단 염분을 토해내는 부패의 냄새였어요. 모래 섞인 거품들이 뚝뚝 떨어졌고 자꾸만 입술이 가려웠지요. 저는 요의를 느끼는 사람처럼 다리를 흔들며 흔들리듯 누워 있었어요. 다행히 어스름이 저를 감싸고 있었지요. 거기서 저는 끊임없이 저에 대해 생각했어요. 저라는 사람에 대해서, 저라는 사람이 누구인지에 대한 것이 아니라 저라는 사람이 누구였는지에 대해서, 저는 저라는 사람을 생각하기 위해 저를 버려야만 했어요. 그제야 저는 구르기 시작했지요. 모래 톱이 얼굴을 할퀴었어요. 자꾸만 얼굴이 모래 쪽으로 처박혔지요. 저는 구르는 힘으로 그대로 굴러가고 있는 듯했어요. 멈추지 않으려는 힘이 멈추려는 힘을 앞질렀지요. 저는 그것을 챙길 시간이 없었어요. 그리고 모든 것이 재빨리 변해갔지요.

*

비가 내렸다. 비가 여름을 씻어냈다. 그는 유실물들의 행방

을 걱정하고 있었다. 비가 해변을 뒤집어엎었기 때문이다. 해
변은 오염된 그리스처럼 탁한 빛깔을 띠었다. 그는 여관 복도
창가에 서서 해변을 내려다보고 있었다. 물이 고인 자리마다
집채만 한 손이 할퀴고 지나간 것처럼 보이는 깊은 웅덩이가
패어 있었다. 그는 여관을 나서지 못했다. 노란 우의를 입은 채
였다. 노란 우의는 갓 마른 듯 윤이 났다. 난간에 반응한 장비
가 그를 다그치듯 울어댔다. 그는 장비의 스위치를 내렸다. 손
이 저렸다. 그는 자신의 방으로 돌아갔다.

　그는 우천으로 인한 손해를 생각하고 있었다. 무더기로 바다
쪽으로 쓸려 내려가던 진흙을, 끝끝내 회수되지 못하고 망망대
해 속으로 가라앉을 유실물들을 생각했다. 우천이 지나가고 물
기가 말라 투명해진 해변이 눈앞에 어른거리는 듯했다. 손해는
그뿐만이 아니었다. 결산 기한이 코앞이었다. 그는 직장을 잃
게 될 것이었다. 더 이상 세상의 모든 해변에 대한 권리를 주장
할 수 없게 될 것이었다. 그러한 절망적인 생각을 하는 와중에
도 그는 주섬주섬 우의를 벗고 있었다. 텔레비전을 켰다. 전파
상황이 불량이었다. 어지럽게 일렁이는 화면만이 시끄러운 소
음과 함께 나타났다.

　그는 전날 빌려다놓은 비디오테이프를 집었다. 오래된 SF 시
리즈였다. 비디오를 재생하고 되감기 버튼을 눌렀다. 뒤로 걷
고 위로 추락하며 말을 되삼키는 사람들, 흉측한 괴물들을 바
라보았다. 총알이 총구를 향해 되돌아왔고, 포환이 엎질러진

폭발을 주워 담았으며, 시체들이 황홀하거나 애틋한 표정을 지으며 자꾸만 태어났다. 그것은 흥미롭지는 않았지만 주목을 끌 만한 광경이었다. 그는 영화의 내용을 기억하고 있었다. 그러나 되감기는 장면들이란 기억의 역순이 아니었다. 그것은 기억의 역행 또는 역전에 가까웠다.

그때 불현듯 텔레비전이 꺼졌다. 동시에 온갖 것을 두드리는 빗소리가 방 안으로 밀려들었다. 방은 북을 감싼 가죽과 가죽 사이의 텅 빈 공간처럼 생각되었다. 정전이었고, 그는 어찌할 도리가 없었으며, 텔레비전을 응시하던 자세 그대로 침침한 방의 어느 어둠을 응시하고 있었다. 간혹 졸음이 찾아들기도 했는데, 그는 자신이 눈을 감고 있는 것인지 뜨고 있는 것인지 어떤 쪽에도 자신이 없었다. 목이 뻐근하게 느껴질 때쯤 침대에 누웠다. 그는 비를 맞고 있지 않았지만, 비를 맞고 있는 누군가를 상상할 수 있었으며, 실제로 여관 밖에서는 그러한 일들이 횡행하고 있었다. 동공이 수채통처럼 벌어지고 있는 것 같았다.

*

대기는 을씨년스러웠다. 먹빛 안개가 바람이 부는 방향으로 나풀거렸다. 그는 종종걸음으로 해변까지 뛰어갔다. 비가 그친 지 얼마 되지 않았던 탓에 해변은 늪처럼 황폐하게 젖어 있었다. 그는 신고 있던 샌들을 보도 위에 가지런히 놓았다. 해변에 맨발을 디뎠다. 바다가 발치였다. 해안은 이렇다 할 경계 없이 삐뚤빼뚤하게 넘쳐 있었다. 그는 해변을 대중없이 기웃거리기 시작했다. 진흙에 찍힌 그의 발자국이 참참하게 아물어갔다. 해변은 넓었고 아무것도 없었다. 모래로부터 무언가를 기대할 수 있다는 생각 자체가 우습고 부질없게 여겨질 정도였다. 그것은 확률의 문제였다. 차라리 그 시간 동안 해변의 모래 전부를 삽으로 떠서 골재상 같은 곳에 팔아먹는 편이 더 그럴듯한 일이었을 것이다. 더군다나 그의 손에는 장비마저 들려 있지 않았다.

바다 저편에 검은 물체가 떠 있었다. 검은 물체는 회색 하늘과 납빛 바다 사이에서 솟구치거나 가라앉고 있었다. 그것은 해역을 표시하는 부표 같았는데, 시간이 지날수록 해변 쪽으로 떠밀려 오는 듯했다. 궂은 날씨로 인해 부표들을 서로 잇대놓은 줄이 끊어진 모양이었다. 그것은 좀처럼 육지와 가까워지지 않았고, 조류에 따라 좌우로 허정거릴 뿐이었다.

그는 부표를 하염없이 주시하지는 않았지만, 간혹 고개를 쳐들어 그것을 확인했다. 부표가 눈에 보이지 않으면 당황해했다. 그는 바다를 눈으로 샅샅이 훑으며 부표를 찾았다. 그것은 어느 방향으로든 꾸준하게 이동하고 있는 듯했다.

어느 순간 부표가 근해에 다다랐다. 그것은 이제 검은 물체가 아니라 말갛고 창백한 빛을 띠는 플라스틱 기름통 같았다.

사방에서 불규칙한 물결들이 부표의 접안을 방해했다. 그것은 종종 수중 회전을 하듯 물속으로 사라져갔고, 잠시 후 파도의 마루에서 번뜩이는 광채와 함께 모습을 드러냈다. 부표는 좀처럼 해안까지 도달하지 못한 채 저조한 움직임을 되풀이하고 있었다. 이때 그는 애가 탔고, 화가 났는데, 바다가 자신을 골리는 듯이 생각되었기 때문이다. 부표에 대한 관심을 누그러뜨리지 못하는 자신이 이상하게 여겨졌다. 어서 빨리 부표가 육지에 도착해 모든 기다림이 끝나기만을 바라는 심정이었다. 그러나 그것은 여전히 닿을 듯 말 듯한 거리에서 굼뜨게 부유했다.

그는 짐짓 모르는 채로 괜스레 해변을 후벼댔다. 이윽고 바다로 뛰어서 들어갔다. 그는 서투르게 허우적거렸으며, 고개를 곧추세운 채 헤엄을 치기 시작했다. 그는 부표만큼 느리게 부표로 접근해갔다. 부표에 근접했을 때, 그는 부표의 정체가 다른 무엇이라는 사실을 깨달았다. 힘이 달렸고 숨이 턱까지 차올랐던 까닭에 부표를 건지거나 해안으로 끌어올릴 수 없을 것 같았고 튜브처럼 부표에 몸을 의지한 채 잠시 쉬고 싶었지만, 그것은 부표가 아니었다. 그러므로 그는 경악했고 고함을 질렀으며 물먹은 고함은 수면 아래로 무겁게 깔리는 듯했다. 그녀는 처참하게 늘어져 있었다. 물결에 실린 그녀가 기다란 모가지를 주억거리고 있었다. 해초와 뒤섞여 범벅이 된 머리카락이 익사체의 온몸을 휘감고 있었다. 물에 불어 탄력을 잃은 살갗이 해수면 사이에서 반투명하게 번들거렸다. 사체는 심하게 훼손되어 있었다. 그럼에도 그는 사체가 여자라는 사실을 알았다.

해변에 도착한 그는 그녀를 반듯이 눕혔다. 물에 불은 그녀는 굉장히 육중해 보였고, 미끄러웠으며, 잘 뒤집히지 않았다. 뭉개진 얼굴에 입술만이 비대해져 넓적하게 부풀어 있었다. 그는 그녀의 호주머니를 뒤지고 싶었지만, 그녀는 벌거벗은 채였다. 그 사실은 그를 알 수 없는 감정으로 몰아갔다. 사체는 아무것도 지니고 있지 않았다. 설령 무언가를 지니고 있었다고 하더라도 그것은 이미 바다의 몫이었다. 그는 낙담했다. 해변 곳곳에 검게 고여 있던 웅덩이가 하나둘 줄어들고 있었다. 그는 웅덩이에 발이 빠지지 않게 주의하며 샌들을 벗어둔 자리로 돌아갔다.

*

그는 해고 통지를 받지 않았다. 회사는 이 사태를 난국이라고 표현하기도 했고, 가뭄이라고 표현하기도 했다. 물건의 수확량이 터무니없이 곤두박질쳤다는 의미였다. 회사는 지금의 사태가 이전부터 예고된 일이었으며 자연스러운 변화의 추세 중 하나라고, 그에 대한 만반의 준비를 끝마친 이후라고 이야기했다. 동요하는 것은 현명한 태도가 아니라고도 했다. 그는 묵묵히 듣고 있었다. 회사는 다음 일터의 위치를 하달했고 그가 벌어들인 물건들을 수거해 갔다. 그것은 한 해변에서 그가 발견할 수 있는 유실물의 전부였다. 회사는 이 같은 금속 무더기에서 돈이 될 만한 물건을 처분하고 쓸모없는 물건들을 솎아내 최종적인 수익을 통지할 것이었다.

그가 떠난 해변에서 그가 떠날 해변까지는 여러 시간이 소요되었고, 그 시간만큼 그는 아무것도 하지 않았다. 여관은 이전부터 그의 이름으로 예약되어 있었다. 그는 방에 짐을 풀기만 하면 되었다.

그가 해변에 서 있을 때에는 시계 방향으로 회전하는 그림자가 있었다. 시계 방향으로 경과하는 시간이 있었다. 그는 저녁이 되자마자 여관으로 퇴근했고 다음 날에 다시 일터로 갔다. 그림자는 정오에 가장 첨예했으며, 해가 질 때쯤 죽은 나귀 모양으로 변했다.

어떤 해변에서 그가 마지막으로 발견했던 물건은 놋쇠 조각이었다. 그것은 원래 열쇠였다가 점진적으로 요철이 닳고 끄트머리가 구부러져 열쇠의 기능을 상실한 다음, 어떤 쓸모도 갖추지 못한 채 해변 아래 유기되어 있었다. 그것은 유실물이 아니라 폐기물이나 고물의 범주로 분류될 것 같았다. 그러나 엄밀히 말해 폐기물이나 고물 또한 유실물의 일종이었으므로, 결정적으로 그에게는 물건의 가치를 판단할 권한이 없었으므로, 그는 일단 그것을 간직하게 되었다. 그리고 어느 순간 그 사실을 잊어버렸다. 그것은 있을 수 없는 일이었다. 그것이 있을 수 없는 일이었기 때문에 그는 오래도록 그 사실을 기억하지 못했다. 열쇠의 존재는 그의 착실한 해변 생활에 생긴 유일한 오점이기도 하다. 만약 그가 자신의 오점을 기억해낼 수만 있다면, 모든 오점이 그러하듯이, 그것은 지겨운 해변 생활을 청산할 좋은 기회가 되어줄 것이다. 틀림없이 그랬다. 그러나 그는 이미 열쇠의 존재와 부재 모두를 기억의 밑바닥에 유기하고 말았다.

                                    *

그는 결국 해변 생활을 그만두지 못할 것이다. 해변에 뼈를 묻게 되는지도 모른다. 어느 날 그는 다리에 힘이 들어가지 않는다. 자신의 다리가 무너지는 모래성과 다를 바 없이 느껴진다. 그 순간 그는 잠시 해변 위에 엎어져 있을 수도 있을 것이다. 그에게도 그럴 시간이 있을 것이다. 이때 그는 손끝에서 진동하는 금속 탐지기를 힘주어 쥐어본다. 마치 붙잡는 힘으로 그것을 잠잠하게 만들려는 듯이. 또는 암벽 타기를 하려는 것처럼 해변에 매달릴 것이다. 그러나 모래는 움켜지지 않고 손가락 사이로 빠져나갈 뿐이다. 해변이 그의 윤곽을 지우기 위해 멀리서부터 모래를 끌어온다. 시간이 지나 모래가 모든 구멍을 틀어막으면, 그는, 귀지처럼 먹먹하게 쌓인 모래 안에서, 자신을 방치하는 식으로 가만히 쓰러져 있을 것이다. 이윽고 그는 최후의 힘을 다해 일어나려 하지 않고, 대신 최후의 힘을 다해 돌아누우려 할 텐데, 그 모습은, 그뿐만 아니라 해변 전체가 한꺼번에 뒤척이는 것처럼 보일 것이다. 회사에서는 종적을 감춘 그를 대신해 다른 사원을 해변으로 파견할 것이다. 그리하여 다시, 그가, 의욕적으로 해변을 탐사하면서, 그가 찾으려 했던 것은 전임자가 아니라, 어떤 값진, 성과가 될 만한 물건이었겠지만, 어이없게도 그를, 혹은 풍화된 해골을 발견하게 되어, 해골의 굽은 손가락뼈로부터 이어진 금속 탐지기가, 그치지 않은 채 진동하는 것을 보고, 놀란 가슴을 쓸어내린 다음, 떨리는 손길로 그곳을 파헤치는 것인데, 그곳엔 아무것도 없고, 아니, 아무것이나 있고, 어쩌면 아무것도 되지 않거나, 아무것이나 되면 다행인, 그러한 물건을 자신의 목록에 추가한 이후, 다음 구역으로 이동하려 하다가, 잠시간 뒤를 돌아볼 텐데, 그때, 해변은, 표가 나지 않을 정도로 빠르게, 본래의 모습을 회복하고 있어, 마치 그 모습이란 해변이라는 광막한 공간 위에, 모래라는 무한한 시간이 겹쳐져 있는 것처럼 느껴지기까지 하고, 그러나 그런 느낌이 일에 도움이 되는 것은 아니어서, 더욱이, 일을 훼방하는 나쁜 느낌이 분명할 텐데, 나쁜 느낌을 떨쳐버리기 위해 그는, 해변으로부터 해변에 이르기까지 줄곧 나아가기만 하면 되는 것으로, 사실, 그가 나쁜 느낌을 버리기 위해 할 수 있는 일은, 오직 나아가는 것밖에 없기 때문이다.

스나크 사냥

그는 외벽을 따라 걷고 있었다. 밤이었고, 비가 내렸으며, 물 먹은 공중에서 비리고 눅눅한 석회질 냄새가 났다. 그는 청회색 우의를 입은 채였다. 외벽을 따라 가로등이 일렬로 늘어서 있었다. 등 하나가 그가 나아가는 방향에서 쨍한 소리를 내며 깨졌다. 덩어리진 빛이 웅덩이로 번쩍 떨어졌다. 파편이 튀었다. 그러나 그는 가로등을 바라보지 않았다. 고개를 들면 목 안쪽으로 차가운 빗물이 흘러들었다. 빗속에서 망가지거나 망가지지 않은 가로등들이 어둠에 일정한 간격을 만들고 있었다. 호주머니 바깥으로 구겨진 비닐봉지가 거무튀튀한 혓바닥처럼 삐져나와 있었다.

그는 고개를 숙인 채 웅덩이를 곁눈질했다. 외벽은 계속해서 이어졌다. 그는 외벽을 따라 시설의 둘레를 돌고 있었다. 벽을 더듬었다. 외벽은 마치 밀면 그대로 허물어질 것처럼 젖어 있었다. 그가 소속된 공장엔 시설로 진입할 수 있는 여러 경로가 표시된 조감도 모형이 있었다. 그것은 골판지나 압지 따위의 두꺼운 종이로 제작된 것처럼 보였으며, 시설의 구조가 정교하게 모사되어 있었다. 그는 그것을 기억했다. 그는 손끝으로 외벽을 쓸며 계속 갔다.

　그는 가까운 거리 내에 시설로 통하는 구멍이 나타날 것임을 알고 있었다. 빗방울이 눌러쓴 비닐 모자를 두드리고 있었다. 그는 두통을 느꼈다. 시설은 규모가 컸다. 수만 평의 안쪽이 모두 시설의 관내에 해당했다. 외벽의 어마어마한 둘레가 그것을 입증하고 있었다. 원점으로 되돌아올 기미를 보이지 않는 외벽은 어느 순간 외벽이 아니라 거대한 암벽처럼 보였다. 걸음을 뗄 때마다 흥건하게 젖은 신발이 바지 밑단 바깥쪽으로 구정물을 뱉어냈다. 질펀한 늪 속에 양발을 집어넣고 있는 느낌이었다.

　곧 그는 구멍을 발견할 수 있었다. 구멍이다 구멍은 사람 하나가 간신히 들어갈 수 있을 만큼 좁았고, 사방으로 달아난 균열들이 담 위까지 퍼져 있었다. 구멍만이 외벽의 빈틈이었다. 시설에 출입하기 위해선 구멍을 경유하는 방법밖에 없었는데, 시설의 공식적인 진입로가 밤새도록 차단되어 있었기 때문이다. 새벽녘이 되면 정문의 바리케이드가 열리며 수 톤의 덤프 트럭들이 일사불란하게 시설을 빠져나갔다. 시설의 냄새가 난다

항문에 코를 박고 있는 꼴이야 그는 낮은 포복으로 구멍을 통과하고 있었다. 고약한 냄새다 그러나 언제나 처음이 어렵지 나중에는 이 냄새를 그리워하게 될걸 잠시 이대로 있어도 좋겠지 쥐 죽은 듯이, 마비된 것처럼, 그러니까 제 마비 속에서 폭우를 피하려는 사람처럼 말이야 그는 뭍으로 내던져진 담수어처럼 부지런히 몸을 뒤틀며 구멍 안으로 진입해갔다. 비가 내리고 나는 밤새 해야 할 일이 많잖아 생각에서 멀어지는 식으로 악취를 거슬러 오르고 있었던 것이다.

*

　구멍을 빠져나오자 빗줄기가 잦아들었다. 얼굴에 주먹만 한 돌멩이가 박혀 있는 듯한 느낌이었다. 악취로 인해 마취된 코가 구둣발처럼 딱딱하게 결렸다. 그때 그는 자신의 코를 바닥에 내리찍는 식으로 얼굴을 딛고 일어설 수도 있을 듯한 기분이 들었다. 그러나 그는 그렇게 하지 않았으며, 구멍에서 발을 빼지 않은 채 가만히 엎드려 있었다. 멀리서 보면 구멍은 남루하고 허허롭게 열려 있었다. 깨어진 모양이 멧돼지가 파헤쳐놓은 인삼 덤불을 연상시켰다. 균열들이 구멍을 가운데 두고 뜯어진 실밥처럼 이리저리 갈라져 있었다. 누구도 구멍의 출처를 알 수 없었다. 그것은 어느 날 갑자기 생겨났으며, 시설이 개장한 이래 수많은 불청객을 빨아들이고 있었다. 그리고 구멍은 매번 그와 같은 밀렵꾼들의 불법적인 출입로로 사용되고 있었다.

기이하게도 대부분의 시설은 이와 같은 구멍들을 하나씩은 갖추고 있었고, 구멍을 메우거나 외벽을 보수하는 데 어떠한 노력도 기울이지 않았는데, 그도 그럴 것이, 구멍으로 드나드는 불청객이란 대개 유기된 개들, 혹은 귀가 반쯤 잘려 있거나 허약한 위장을 가진 더러운 고양이들에 불과했기 때문이다. 사냥꾼을 제외한다면 말이다. 하나의 구멍이 닫힐 때마다 하나의 사냥터가 사라진다. 하나의 사냥터가 사라질 때마다 한 명의 사수가 직장을 잃게 된다. 그것은 언제나 두려운 일이었다.

시설에서는 지독한 악취가 났다. 구멍으로 제 머리를 밀어 넣으려는 사람들은 누구나 희뿌옇게 흐려지는 시야와 들썩거리는 위장을 견뎌야 했다. 공장의 사냥 파트에 배속된 여러 사람이 이 악취를 극복하지 못한 채 사표를 냈다. 요령이 필요하지 처음에는 견디는 것이 문제야 그것은 물속에서 숨을 참는 것과 같은 거지 나중에는 호흡과 내가 점진적으로 무관해지고, 숨을 참거나 참지 않는 일이 동전을 뒤집듯 쉬워지겠지 그것은 약속된 거야 정말 중요한 것은 이러한 허탈한 약속 속에 얼마나 오래 머무를 수 있는가지 숨을 참는 게 무슨 재주는 아니잖아 그는 일어섰다. 우의를 벗었다. 남방이 새어든 빗물로 흥건하게 절어 있었다. 그는 우의를 대강 구겨 메고 있던 가방에 집어넣었다. 기껏해야 이렇게 말할 수 있을 뿐이겠지 "나는 참 홍어를 잘 먹어. 나는 참 전

붓대를 잘 타. 나는 참 글씨를 잘 쓰지."

　그는 악취가 누그러질 때까지 잠시 기다렸다. 코끝이 시큰하게 저렸다. 입천장에서 흘러나온 침이 마른 혓바닥을 적시고 있었다. 그는 입맛을 다셨다. 젖은 갱지를 물고 있는 기분이었다. 시설 내부에 고여 있던 악취가 물비린내와 뒤섞여 콧속으로 밀려들었다. 그는 한동안 반듯한 자세로 서서 악취를 들이마시고 있었다. 구역질을 했다. 폭음과 구역질로 속이 깨끗하게 비워지고 나면 악취에 적응하는 것이 한결 용이해졌다. 악취를 길들이려는 것이 아니야 악취가 나를 길들이도록 유도해야 하는 거지 그는 밀렵꾼의 마음가짐이 되었다. 나는 마치 악취와 화해한 것 같다 사냥 파트에 소속된 사람들이라면 누구나 이러한 열악한 작업 환경을 감내해야만 했다.

*

　시설로 모여드는 스나크Snark들이 있다. 스나크들은 외벽 바깥에서 날아오기도 하고, 구멍을 통해 시설로 잠입하기도 한다. 태연하게 정문을 통해 걸어오는 경우도 있고 외벽을 뛰어넘는 스나크들도 있다. 스나크들은 무리를 이루지 않고, 홀로 생활하는데, 그럼에도 시설이라는 생태계를 공유하고 있다. 스나크란 도시를 배회하는 길짐승 및 날짐승 들의 총칭이며, 각 개체의 명칭과 무관하게 스나크의 성질을 나누어 갖는다. 그러므로 스나크란 생물학적 분류 체계를 고려하지 않은 자의적인 구분에 불과하며, 일종의 문학적인 은어인데, 그것이 문학적인 까닭은 루이스 캐럴의 서사시에 등장하는 불가해한 괴물의 명칭에 그 어원을 두고 있기 때문이다.

스나크들이 증식한다. 후각이 예민한 스나크들은 모든 지역에서 시설의 냄새를 감지한다. 시설이 냄새를 퍼뜨린다. 그들은 코를 따라 걷는다. 희박한 냄새를 추적한다. 시설은 스나크들에게 풍요로운 먹이를 제공한다. 언제나 갈급한 허기에 시달리는 스나크들에게 시설이란 둥지를 틀기에 좋은 터전이다. 스나크들이 시설을 향해 나아간다. 침을 뚝뚝 떨어뜨린다. 비가 내리고 씻겨나간 냄새들이 도처에서 그들의 길을 교란한다. 그러나 그들의 후각은 집요하고 강건하며, 어지간한 방해에 굴하지 않는다. 그들은 냄새의 가느다란 실금을 되밟으며 시설에 도달한다. 시설은 그들의 출입을 통제하지 않는다. 스나크들만이 시설에 자유롭게 드나들 수 있는 권리를 가지고 있다.

시설의 초입에는 시설의 야간 관리인들이 생활하는 관리 사무소가 있다. 관리 사무소라고 씌어진 문패가 붙은 비좁은 가설 컨테이너 안에는 기다란 침상이 마련되어 있고, 순찰을 마친 관리인들이 그곳에 노곤한 몸을 누이고 있다. 이때 순찰이란 대개 시간을 때우는 식으로 이루어지며, 사무소 주변의 순찰 루트를 허정허정 거니는 것에 그칠 뿐인데, 그것은 언제나 순찰이라기보단 한가로운 산책처럼 보인다. 순찰자들은 사무소 탁자에 놓인 랜턴을 집어 드는 것으로 순찰 준비를 끝낸다. 농밀한 어둠 쪽으로 랜턴을 마구 쏘아대는 것이 순찰의 내용이다. 간혹 랜턴이 비추는 빛의 투망 속으로 스나크가 걸려들기도 한다. 그러나 이들은 스나크에 아랑곳하지 않는다. 스나크들이 시설의 중심으로 향한다. 악취에 만성적으로 노출되어 있는 관리인들의 코가 양초처럼 짓물러 있다. 그들은 밀렵꾼의 존재를 알지 못한다.

한밤, 스나크들이 시설로 집결한다. 시설이 북적거린다. 순찰자들은 언제나 납득할 수 없는 피로에 사로잡혀 있고, 지정된 순찰 시간을 제외한 대부분의 시간을 잠으로 허비한다. 순찰을 다니는 동안에도 그들의 눈은 반쯤 감긴 채 둔하게 가라앉아 있을 뿐이다. 간혹 밀렵꾼이 그들의 흐리멍덩한 시야를 유유히 통과한다. 그러나 순찰자들은 밀렵꾼의 출몰을 인정하지 않는다. 그들은 밀렵꾼의 존재를 밤이 찍어내는 유령이나 악취가 불러일으키는 환각이라고 편리하게 믿어버린다. 그들은 마음 깊은 곳에서 시설의 순찰이라는 것이 근본적으로 무용하다는 사실을 알고 있다. 아무도 시설을 위협하지 못한다. 오히려 시설이 모든 이에 대한 끈질긴 위협일 따름이다. 그들은 시설에서의 근무가 제 건강에 매우 해롭다는 사실을 자각하고 있다. 무분별한 졸음 또한 시설의 영향이다. 그들은 기관지를 좀먹는 악취 속에서 잠자리에 든다. 시설은 스나크에게 유익한 서식처를 제공한다. 반대로 사람들에게 그곳은 여러 질병과 감염을 동반하는 오염된 지역에 불과했다.

*

좀더 가야 했다. 숨을 들이마실 때마다 뒷목으로 붉은 두드러기가 돋아났다. 그는 뒷목을 거칠게 긁었다. 뭉툭하게 자란 손톱 틈새로 살점이 거스러미처럼 박혀 있었다. 도보는 잘 닦여 있었다. 거리 곳곳에 여러 부서의 방향이 표시된 이정표가 설치되어 있었다. 그는 이정표를 일별했다. 스나크들 몇이 재빠르게 그를 스쳐 지나갔다. 어느새 그는 스나크들을 따라 내달리고 있었다. 놀란 스나크들이 이곳저곳으로 뛰었다. 그는 문득 제자리에 멈춰 섰다. 관성으로 온몸이 앞쪽을 향해 엎질러졌다. 바닥이 미끄러웠던 탓에 두 팔을 세차게 허우적거려야 했다. 그는 머리를 낮춘 채 흔들리는 보도를 내려다보았다. 코가 깨질 뻔했어 실수를 했지 그러나 실수라는 건 뭘까 나는 같은 곳에서만 넘어지잖아 미끄러질 수 있는 적당한 장소를 가지고 있다는 뜻이지 어김없이 시설 안에도 몇몇 가로등이 앙상한 빛을 발하고 있었다.

사거리가 나타났다. 텅 빈 차도에 신호등만이 붉거나 푸르게 점멸하며 없는 사람과 차량들을 통제하고 있었다. 횡단보도 맞은편에 순찰자가 서 있었다. 순찰자는 가로등 쪽으로 랜턴을 들이댄 채 알 수 없는 말을 중얼거리고 있었다. 역광 속에서 눈을 찡그리고 있는 순찰자의 모습이 애처롭게 보였다. 그림자 두엇이 순찰자를 중심으로 서로 다른 방향으로 갈라져 있었다. 그는 차도를 가로질렀다. 순찰자는 그를 발견하지 못한 듯 같은 자리에서 여전히 비슷한 포즈를 취하고 있을 뿐이었다. 스나크들의 컹컹 짖어대는 울음소리가 그가 나아가는 방향에서 거세졌다.

이번에 순찰자는 가로등을 향해 호각을 불고 있었다. 호각 소리와 스나크들의 울음소리가 귓전으로 속속들이 따라붙었다. 그는 가방을 벗었다. 가방 속에서 팔뚝만 한 길이의 공기총 한 자루를 꺼냈다. 공중을 향해 발포했다. 투명한 총신 속에서 고무 피스톤이 한 번 튕겨졌다 제자리로 되돌아왔다. 총성은 들리지 않았다.

그는 한 손으로 개머리판을 말아 쥔 채 재차 걸었다. 총신이 연이어 무릎에 부딪쳤다. 나는 오래전부터 실수할 준비가 되어 있었어 낙마를 기다리고 있었다는 말이야 문제는 그런 일이 자주 벌어지지는 않는다는 거지 서식지는 갑작스레 등장했다. 차도가 후미진 테니스 코트 안으로 쑥 들어가 있었다. 천막이 펄럭거리며 남루한 내부를 드러내 보였다. 얽히고 군데군데 끊어진 철망이 가시관처럼 코트를 에워싸고 있었다. 그가 향하려는 부서는 시설의 부서들 중에서도 꽤나 동떨어진 곳에 위치했다. 시설의 업무는 아침에 할당되었다. 각 부서에 배치된 수 톤의 덤프트럭들이 테니스 코트를 향해 당일 새벽 도시를 떠돌며 신고 온 쓰레기들을 일제히 쏟아냈던 것이다. 시설은 이미 빈사 상태에 빠져 있었다. 부서마다 감당하지 못한 쓰레기들이 재고 박스처럼 쌓여가고 있는 실정이었다. 도시의 규모가 확장될수록 일거리가 늘어났다. 시설은 도시를 수용할 수 없었다.

시설이 처리하지 못한 찌꺼기들이 스나크들의 먹이가 된다. 그는 막 코트 안으로 들어서고 있었다. 어둠 속에서 무더기로 매립된 먹이들의 모습은 마치 거대한 고분을 연상시켰다. 먹이들이 한꺼번에 부패하고 있었다. 매캐한 가스를 뿜어내고 있었다. 그는 눈을 비볐다. 녹슨 굴착기 몇 대가 찌꺼기 속에 빈 삽을 꼴아박은 채 정지해 있었다. 일과가 끝나고 주차 구역으로 돌아가지 못한 굴착기들이었다. 굴착기마다 오래 사용한 기색이 역력했는데, 특히 삽날 부분이 금방이라도 풍화될 것처럼 부식되어 있었다. 그는 바퀴 체인에 발을 디뎠다. 굴착기 꼭대기로 훌쩍 뛰어올랐다. 운전석 쪽으로 난 문은 잠겨 있었다. 그는 손날을 차양처럼 이마에 붙인 채 망루의 파수꾼처럼 매립지의 한쪽 비탈을 멀찌감치 치어다보았다. 사위가 깜깜했다.

그는 눈이 어둠에 익숙해질 때까지 제자리에 서 있었다. 뭉개진 그림자들이 부스럭거리며 모습을 드러내고 있었다. 스나크들이 쓰레기를 파헤치고 있었다. 먹이들이 진흙처럼 비탈 아래로 쏟아지고 있었다. 옆구리가 터진 쓰레기봉투들이 질펀한 찌꺼기를 흘리며 자빠져 있었다. 파리들이 찌꺼기들 위로 우글우글 달라붙어 있었다. 찌꺼기들이 토해내고 있는 녹황색 점액이 빗물과 뒤섞여 고분의 둘레를 감아 돌고 있었다. 그러나 이 같은 광경은 아직 어둠 속에 잠겨 있었고, 모든 것은 아직 제 모습을 갖추지 못한 채 부옇게 흐려져 있을 따름이었다. 그는 손가락을 갈퀴 모양으로 구부린 채 더욱더 강하게 뒷목을 긁어대기 시작했다. 뒷목이 홧홧했다.

그는 개머리판을 어깨에 밀착하고 있었다. 이때 그는 어둠 속에서 벌어지는 일들을 상상할 수 있었다. 가령, 형체를 분간할 수 없이 녹아내린 먹이들이 고름처럼 눅진하게 고여 있다. 몇몇 스나크가 앞발로 고름을 휘휘 저으며 아직 상하지 않은 먹이를 건져 올리고 있다. 거품 속에서 변색된 사과 껍질이나 불어 터진 피망, 달걀 껍데기, 거무스름한 반찬거리들, 대가리만 남은 생선들, 곰삭은 뼈들, 출처를 알 수 없는 내장 따위가 소용돌이치며 떠다니고 있다. 쓰레기봉투의 밑동이 찢겨 있다. 스나크들이 너덜거리는 봉투의 단면으로 머리를 집어넣고 있다. 봉투 속으로 들어서고 있다. 다이빙을 하고 있다. 헤엄을 치고 있다. 수몰되고 있다. 실족하고 있다. 굴착기만이 부침을 거듭하는 먹이들 사이에서 고요하게 정박되어 있을 뿐이다. 곧 그는 스나크들이 먹이 쪽으로 제 안광을 짓이기는 것을 또렷하게 목격할 수 있다.

잠시 후 그는 어느 비탈을 겨냥했다. 총구가 가리키는 방향에서 스나크 한 마리가 날 선 발톱으로 봉투를 뜯어내고 있었다. 조준선이 자꾸만 어긋났다. 그는 방아쇠를 당겼다. 스나크가 환영처럼 쓰레기 더미 안으로 미끄러졌다. 실수를 저지르기 위해 함정이 필요하지 밑 빠진 독이 필요하다는 말이야 사냥터들 사이에서 그의 구역은 꽤나 목이 좋은 곳에 속했다. 스나크들은 당분간 제 서식처를 포기할 생각이 없어 보였다.

그리고 그는 운전석 처마 위에 우두커니 서서, 의욕 없이, 심드렁한 표정으로, 무기력한 불침번처럼, 혹은 그러한 태도를 가장하며, 매립지를 향해 총을 갈겨대고 있었다. 겁 없는 스나크들이 조준점 주위를 어슬렁거렸다. 스나크들은 대체로 죽었다. 죽지 않았다. 때때로 그가 방아쇠를 당기기도 전에, 쓰레기에 중독된 채, 혹은 분리수거가 이루어지지 않은 볼트며 칼날, 유리 조각들을 통째로 삼킨 채, 복통을 앓는 가운데, 발작하듯 몸을 부르르 뒤치며, 점진적으로 죽어가는 스나크들을 확인할 수 있었다. 죽음이 시설을 향해 스나크를 무단 투기하고 있었다. 죽음의 원인을 추측하는 것은 불가능했다. 대기는 혼탁한 가스에 감싸여 있었다. 그는 총구 바깥에서 벌어지는 일들을 생각하지 않았다.

*

여명이 가시기 전에 사냥터를 벗어나야 한다. 그는 양손에 집게와 비닐 자루를 움켜쥔 채 엉거주춤한 자세로 서 있다. 스나크들이 코트를 부산스럽게 돌아다니며 먹이들을 끄집어내고 있다. 막 포식을 끝낸 스나크 몇몇이 언덕 위에서 나지막한 울음을 불고 있다. 배 속에 밤새 그들이 삼킨 찌꺼기들이 팽팽하게 들어차 있다. 그는 집게로 매립지를 뒤적거리기 시작한다. 눈을 가늘게 뜬다. 사방을 면밀하게 주시한다. 매립지 속에 매몰되어 있던 태양이 사체를 한 겹씩 걷어내며 느리게 떠오르고 있다. 스나크들의 꽁무니가 머리 잘린 뱀처럼 맥없이 고꾸라져 있다.

제 토사물을 흠뻑 뒤집어쓴 스나크들이 젖은 몸을 털고 있다. 새벽이 끝나기 전에 모든 사체를 수거해야 한다. 그는 무언가에 홀린 사람처럼 정신없이 매립지를 파헤치고 있다. 매립지 안쪽으로 온몸을 밀어넣고 있다. 찌꺼기 사이에서 스나크를 솎아내고 있는 것이다. 봉투가 물큰한 배추 다발을 다 감싸지 못한 채 기우뚱 엎어져 있다. 용해된 잎맥들이 검푸른 빛깔의 젤라틴 같다. 다리가 걸쭉한 점액질 아래로 푹푹 빠진다. 지금 쓰레기들 사이에서 스나크를 구별하는 일은 쓰레기들 사이에서 쓰레기를 구별하는 일처럼 까다롭다.

그는 찢긴 타이어처럼 넝마가 된 고무장화를 신고 있다. 집게로 두툼한 비닐봉지의 배를 가를 때마다 막 부화된 구더기들이 장화 속으로 숨어든다. 엉겨 붙은 양말이 그의 발을 흡착포처럼 봉하고 있다. 그는 집게를 창처럼 잡은 채 마치 최후의 창질을 하려는 것처럼 고지에 깃발을 꽂으려는 것처럼 매립지를 들쑤시고 다닌다. 그가 매립지 속으로 뛰어드는 통에 뒤집어지고, 넘어지며, 가로막고, 출렁거리다, 솟구치고, 별안간 휩싸이는 일련의 물결이 매립지 곳곳으로 퍼져 나간다. 장화가 꼬르륵 기포를 뱉어내며 수렁 아래로 가라앉는다.

발굴된 사체들은 대개 온몸이 눅눅하게 젖어 있다. 구정물로 범벅이 된 모양새가 양수 속에서 갓 뛰쳐나온 짐승을 연상시킨다. 그는 사체들을 비닐 자루에 담는다. 배 속에 시체가 있다 배 속에 스나크가 있다는 거지 비닐 자루가 무거워지거나 시간이 모자라면 나머지는 버린다. 그대로 버려진다. 매립지는 통째로 스나크들의 무덤이 된다. 나는 누워 있었어 막 최면 속을 박차고 나온 사람처럼 정신이 몽롱했지 기억이 군데군데 끊겨 있었어 사람들이 나를 둘러싼 채 식사를 하고 있었지 그러니까 나는 식탁 위에 반듯하게 눕혀진 가운데 단속적인 혼절을 되풀이하고 있었단 말이야 머릿속엔 영문 모를 기억이 가득했지 나는 무서웠어 그리고 상황을 수습하려 했지 그들이 나를 이곳에 납치한 게 확실하다면 적어도 도움을 청하거나 무슨 저항이라도 해봐야 할 거 아냐 순간 그런 생각이 들었단 말이야 그러나 입을 움직일 수가 없었어 입이 마비된 것처럼 입술이 천 근이라도 되는 것처럼 아무런 말도 할 수 없었지 그러므로 나는 나의 의사와 무관하게 묵비권을 지키거나 이를테면 떳떳하지 못한 사람처럼 입을 다문 채 시간이 경과하길 기다리고 있을 수밖에 없었지 내가 아무런 말을 하지 않고 있다면 누군가 제 입으로 이 상황에 대한 실마리를 제공하리라 믿고 있었던 거야 그가 무덤 속으로 들어서고 있다. 봉분을 쪼개고 있다. 물길을 내고 있다. 시체를 빼돌리고 있다. 심해를 도굴하고 있다. 스나크를 약탈하고 있다.

　그는 사체들을 자신이 소속된 공장으로 배달한다. 공장에는 대형 분쇄기 몇 대가 둔중한 소음을 내며 돌아가고 있는데, 분쇄기 입구 쪽으로 길쭉한 철제 테이블 하나가 놓여 있다. 천장에서 내려온 쇠고리에는 피를 빼기 위해 걸어놓은 스나크들이 뾰족한 꼬챙이에 꿰여 있다. 마스크로 코와 입을 가린 감시원 몇 명이 쇠사슬 사이를 거닐며 피가 완전히 빠진 스나크들을 꼬챙이에서 분리하고 있다. 테이블 앞으로 비닐 에이프런을 두른 인부들이 뭉툭한 식칼을 휘두르고 있다. 스나크들을 토막내고 있다. 칼이 테이블에 맞닿을 때마다 금속이 부딪치는 소리가 쨍하게 울린다. 테이블 밑으로 반쯤 들어가 있는 노란 플라스틱 박스 안에는 동강 난 스나크들의 머리가 빽빽하게 쌓여 있다. 붉게 칠갑된 테이블 위로 발려진 눈알 몇 개가 미끄럽게 떠다닌다. 한 손에 납빛 식칼을 치켜든 인부들이 손질한 스나크들을 분쇄기 안으로 내던진다. 분쇄기 안에서 촘촘한 고철 톱니들이 맞물렸다 떨어지며 무수한 스나크를 으깨고 있다.

　잘게 갈린 스나크들의 수육이 배출구 밖으로 꾸역꾸역 쏟아진다. 분쇄기로부터 쏟아져 나온 수육들은 이내 다른 파트로 옮겨지고, 일정 크기의 덩어리로 나뉜 뒤, 최종적인 작업을 거치는데, 그것은 고기들 사이에서 미처 제거하지 못한 뼈를 확인하는 일로, 고글을 착용한 인부들이 다져진 고기를 헤집으며 작은 뼛조각들을 골라내고 있다. 모든 공정이 완료된 스나크들은 곧 한 겹의 포장 비닐에 담긴다. 수천 덩어리의 스나크-패티Snark-Patty가 공장을 빠져나간다. 흐르는 납품 벨트 위에 놓인다.

공장의 휴게실에는 사냥꾼들을 위한 간이 욕실이 설치되어 있다. 계속해서 침묵을 지키는 동안 나는 이러한 침묵이 마치 내가 택한 그럴듯한 결심처럼 여겨졌고 불가피한 죄에 저항하는 꽤 이로운 방식이란 생각이 들었지 적어도 그때는 그랬단 말이야 그러므로 나는 더욱더 완강하게 입을 다물고 있었어 시간이 지날수록 내가 견지하는 침묵이 무언가 결사적인 고집처럼 느껴지기도 했지 이유는 알 수 없었지만 말이야 그때 누군가 내 옆구리로 다가와 공업용 나이프로 내 배를 갈랐는데 글쎄 오장육부가 있어야 할 자리에 스나크들이 누룩을 먹인 것처럼 괴상한 모습으로 엉겨 있지 뭐야 나는 말문이 막혔지 말문이 막히자마자 나는 나의 입을 탈환했고 적어도 더 이상 침묵을 지킬 수는 없으리라는 사실을 깨달았던 거야 사냥을 마친 밀렵꾼들이 목욕실 앞에서 바지를 벗고 있다. 다리가 부어 있다. 무릎만이 부자연스럽게 삐걱거리며 원래의 깡마른 골격을 내비칠 뿐이다. 알몸이 두드러기로 벌겋게 부풀어 있다. 욕실 안에는 훈훈한 온기가 돌고 있다. 몇몇 알몸이 샤워기를 향해 머리를 들이밀고 있다. 물길 쪽으로 빈약한 갈빗대를 펼치고 있다.

그들이 최초로 욕실에 들어서서 하는 일이란 하루 동안의 때가 잔뜩 배어 있는 바지를 빠는 일인데, 샤워기 아래 쭈그려 앉은 채, 절을 하듯 머리를 조아리며, 그들은 바지에 비누를 덧칠하기 시작한다. 오물과 뒤섞인 거품이 검붉은 빛깔로 피어오른다. 그들이 끙끙거리며 바지를 치댈 때마다 다리 사이로 늘어진 불알이 정각에 다다른 괘종처럼 덜렁거린다. 이제 그들은 욕실 바닥에 엉덩이를 붙이고 앉아 있다. 거품이 채 빠지지 않은 바지를 움켜쥐고 있다. 팔뚝에 붙은 때가 진딧물처럼 새까맣게 달라붙어 있다.

*

나는 여전히 누워 있었어 쩔렁거리는 식기들 사이에, 식기들이 탁탁 부딪칠 때마다 나의 생각이 합선된 전선처럼 불티를 튀겼고 이해할 수 없는 피로였다. 그는 졸음을 이기지 못한 채 얼마간 잠들어 있었다. 눈꺼풀 밑으로 무거운 징 같은 게 매달려 있는 느낌이었다. 그는 한순간 눈을 감았다. 스나크가 뛰쳐나오고 있었지 그리고 코를 골기 시작했다. 나는 망가진 쥐덫처럼 입을 벌린 채

생각을 했지 생각이 지속될수록 입이 다물어지지 않았어 침침한 어둠 속에서 스나크들의 눈알 몇 개가 등잔처럼 떠 있었다. 눈알들은 이내 양옆으로 빠르게 흔들리며 기다란 꼬리를 그리기

시작했다. 자루를 벗어난 스나크들이 천장에 매달려 그는 좀처럼 잠에서 깨어나지 못했다. 젖은 빨래처럼 검은 물을 뚝뚝 흘렸고 그가 코를 고는 소리가 가늘게 계속되었다. 마치 그르렁거리는 울음소리 같았다. 어느새 스나크들은 괴이한 모습으로 제 꼬리를 샹들리에 끄트머리에 걸고 있었어 샹들리에와 점착된 줄의 투명한 물관 속으로 환한 빛이 지나가고 있었지 그는 꿈을 꾸고 있었다.

꿈속에서 그는 여전히 스나크를 밀렵하고 있었다. 태반이 비닐 봉투처럼 반쯤 벗겨져 있었어 뚜껑이 열린 꽁치 통조림처럼 비린 냄새가 났지 나의 후두에서 붉은 염증이 기포처럼 한꺼번에 돋아나고 있었어

원탁 주위로 도열한 사람들은 먹성이 좋았어 두 팔을 식탁 쪽으로 단정하게 늘어뜨린 채 눈앞의 고기를 썰고 있었지 고기는 부드러웠어 포크를 내리찍을 때마다 한 마리의 스나크가 사산되고 있었지 그들은 마치 치아가 없는 노인들처럼 계속해서 입을 오물거리고 있었는데 생각을 좀 해봐 어떻게 잇몸만으로 고기를 씹을 수 있다는 거야 스나크가 그들의 혀 위에서 머랭처럼 살살 녹고 있었던 거지 아 맛이 맛이 있다 그들은 말하지 않았어

접시가 비면 천장에 매달린 스나크가 접시를 향해 추락했지 오차가 없었어 그들의 식사는 마치 오래전부터 그것만을 행해온 사람처럼 정확해 보였지 가령 그들은 팔꿈치를 식탁 모서리에 걸치고 있었는데 그것은 마치 금방이라도 미끄러질 것처럼 위태로웠단 말이야 그러나 그것은 식사가 끝날 때까지 여전히 그 자리에 계산된 각

도를 그리며 머물러 있었지 아 아 아 배 배가 부르다 그들은 역시 말하지 않았고 묵묵히 식사에 열중할 뿐이었어

갑작스레 누군가 그 앞에 네모난 종이 박스를 놓아두고 갔다. 천장이 휑하니 뚫려 있었다. 박스 안에는 두세 마리의 작은 생쥐들이 들어 있었다. 흩어진 먹이를 갉아 먹고 있었다. 좁쌀 모양의 이빨이 언뜻 비쳤다. 그는 생쥐를 들여다봤다. 생쥐는 천장 위에서 자신을 내려다보는 그의 시선에 반응하는 것처럼 모든 행동을 그만둔 채 제자리에 멈춰 섰다. 귀를 쫑긋 세웠다. 가느다란 발가락들이 상자 안의 바닥을 가만히 디디고 있었다. 그는 한 손으로 생쥐를 낚아챘다. 발가락들이 허공을 움켜쥐었다. 그는 생쥐를 손바닥 위에 올렸다. 생쥐는 벼랑을 마주하고 있었다. 어느 순간 그들은 나의 입속을 들여다봤지 스나크들의 안부를 묻고 싶은 거야 나는 아팠어 말도 할 수 없을 정도로 아팠지 아프다는 말이 무색할 정도로 아픔 속에서 나의 혀가 불붙은 냅킨처럼 타오르고 있었어 칼자루를 쥔 노파들이 구멍 주위를 서성이며 집 나간 스나크들을 잡아들이기 위해 혈안이 되어 있었지

스나크만으로 하나의 식탁을 차릴 수도 있을 거야

벌어진 하수구가 폐사한 잉어들을 쏟아내고 있다 검은 하수구 주위에 담황색 이끼들이 우글우글 돋아나 있다 광택이 나는 폐수를 뱉어대고 있다 창백한 발목들이 수면 위를 첨벙거리며 뛰어다니고 있다 물속으로 촘촘한 투망을 던지고 있다 건져 올린 투망 속에서 등뼈가 비틀린 물고기들이 싱싱하게 몸을 뒤치고 있다 잉어들의 부

레가 그물 속의 허공으로 튀어나오고 있다 부레와 잉어의 몸을 잇는 팽팽한 울대가 고무줄처럼 따악 소리를 내며 끊어지고 있다 이내 생쥐는 다리에 힘이 풀린 것처럼 주저앉아 둥글게 몸을 웅크렸다. 그는 생쥐를 움켜쥐었다. 말린 주먹 사이에서 생쥐가 비죽이 얼굴을 내밀었다. 그는 마치 수류탄을 던지려는 것처럼 제자리에서 보폭을 늘리며 기마 자세를 취했다. 전방을 향해 생쥐를 투척했다. 생쥐가 포물선을 그리며 날아갔다. 그는 멀어지는 생쥐의 궤적을 치어다보았다. 땅에 처박힌 생쥐가 굉음을 내며 폭발했다. 지축이 흔들렸고 폭음으로 귀가 멍멍했다. 그는 손바닥으로 뒤통수를 감싼 채 바닥에 엎드렸다.

몇몇은 불발이었다. 그는 투척을 반복하고 있었다. 불발된 생쥐들이 내장을 드러내놓고 죽어 있었다. 너희는 배가 부르지 않니 충분히 배를 불렸지 않느냔 말이야 너희는 기분이 좋지 허기 속에서 풍요를 지연하며 마치 허기에 대한 열정이 너희들의 충실한 생존을 증명하기라도 하는 것처럼 구는 거야 너희는 매일 아침 주린 배를 움켜쥔 채 식탁 앞에 앉겠지 시설을 벗어나기 위해 구멍으로 향하는 밀렵꾼의 비닐 자루 속에 너희가 오늘 아침 입안으로 매립한 스나크들이 버젓이 담겨 있을 거야 너희는 모든 일이 너희의 배 속에서 벌어진다는 것을 알고 있니 어떻게 어제 먹은 스나크가 오늘의 식탁 위에 올라올 수 있지 어제 죽은 스나크가 오늘의 매립지에서 버젓이 살아 있을 거야 이때 그는 상자 안의 생쥐를 모두 소비하면 꿈속에서 벗어날 수 있을 것만 같다는 생각에 사로잡혀 있었다. 곧 그 생각은 착각이라는 것이 판명되었는데, 생쥐는 전혀 줄어들 기미를 보이지 않았고, 두 배로, 연이어 네 배로, 오히려 자꾸만 늘어날 뿐이었으며, 더군다나, 적의를 느낀 생쥐들이, 그가 생쥐를 잡기 위해 상자 속으로 손을 집어넣을 때마다, 그것을 깨물어대는 통에, 결국 어떠한 행동도 취할 수 없게 되었기 때문이다. 그는 망연했다. 이윽고 생쥐들은 마치 승리에 도취된 것처럼 하나같이 목을 하늘로 쳐들고 찍찍거리기 시작했다.

생쥐들은 꿈의 몫이었다. 그는 꿈속에서 아무것도 하지 않았다. 또는 꿈과 눈싸움이라도 하려는 것처럼 생쥐들을 향해 눈을 부라리고 있었다. 생쥐들은 마치 교미와 잉태와 출산이라는 일련의 과정에 빨리 감기 버튼이라도 눌러놓은 양 폭발적인 속도로 증식하고 있었는데, 눈이 그 번식을 따라가지 못할 정도였다. 그러므로 어느 순간 생쥐들은 번식하는 것이 아니라 분열하는 것처럼 보이기까지 했다.

너희가 식탁 앞에 앉아 눈앞에 놓인 식탁을 게걸스럽게 먹어치울 때 마치 식탁에 굶주린 사람처럼 식탁에 포위된 사람처럼 식탁에 쫓기는 사람처럼 식탁을 은닉하려는 사람처럼 너희가 식탁의 중심에서 발각될 때 너희에게 죄가 있다면 그러니까 너희에게도 영원히 숨기고 싶은 진실이 있다면 징그러운 비밀이 있다면 너희는 마땅히 그것을 먹어치워야 하지 흔적이 남지 않을 때까지 말이야

누구나 배 속에 자신의 매립지를 키우고 있는 거지 매일 밤 배 속

으로 다녀가는 스나크가 있고 스나크들이 물어뜯은 위장이 넝마가
된 채 비칠비칠 쓰레기를 흘리고 있을 거야 캄캄한 구덩이 속으로
말이야 너희들은 배를 감싼 채 쓰러지겠지 허기를 채우는 데 급급
할 거야 너희는 허기를 매립하고 싶지 의자 위에 우두커니 앉아 지
상의 모든 스나크를 해치우고 싶은 거야 먹이를 소진한 채 먹이와
무관한 인간이 되고 싶은 거지 그러나 모든 일은 그렇게 쉬운 문제
가 아니야 너희의 접시 위에는 언제나 먹기 좋게 익은 스나크들이
김을 뿜으며 가만히 놓여 있고 그것은 참 군침이 도는 일이잖아 너
희들이 종일 식탁 앞에 앉아 매립하는 것들이 또한 너희들의 배 속
으로 지상의 모든 스나크를 불러들이고 있는 거잖아

생쥐들이 상자 밖으로 범람하고 있었다. 그는 생쥐들의 파
도에 휩쓸린 채 생쥐 속을 이리저리 떠밀려 다녔다. 생쥐들은
부싯돌이 불꽃을 토해내듯 부대낄 때마다 새끼를 낳아대고 있
었다.

그가 생쥐들 사이에서 간신히 머리를 내밀었을 때, 그는 이
미 꿈 밖에 도달한 후였다. 눈알이 빠질 것처럼 시렸고 관자놀
이에 말뚝이 박혀 있는 것 같은 이물감이 들었다. 그는 누워 있
는 상태로 고개를 살짝 들어보았다. 온몸에 멍석이 덮여 있었
다. 까슬까슬한 감촉이 느껴졌다. 꿈을 꿨구나 이상한 일이다 그
는 멍석을 양발로 걷어차며 자리에서 일어나려 했다. 그때 그
는 온몸으로 닥쳐오는 소름을 느꼈다. 멍석이 꿈틀거렸기 때문
이다. 그는 힘껏 온몸을 일으켰다. 멍석이 반으로 갈라지고 있

었다. 멍석에서 삐져나온 털들이 빳빳하게 곤두서고 있었다. 둥글게 구겨진 멍석 사이에서 스나크들이 튀어나오고 있었다. 떼로 모인 스나크들이 흩어졌다 다시금 합쳐지는 식으로 그를 에워싸고 있었다. 퇴로를 차단하고 있었다. 그는 침을 삼켰다. 이내 스나크들은 횃대 위에 올라앉은 수탉처럼 그를 향해 머리를 쳐들었고, 무슨 의견에 격하게 동의하듯 빠른 속도로 고개를 끄덕거리기 시작했다. 스나크들의 동태가 수상했다.

*

밀렵꾼들은 저녁 즈음이 돼서야 사냥을 준비한다. 공장 앞마당에 설치된 빨랫줄에는 그들이 길어놓은 바지가 꾸들꾸들 마르고 있다. 커튼처럼 펄럭거리고 있다. 물이 빠진 바지에 누런 빛깔의 얼룩들이 군데군데 산포되어 있다. 그들은 바지들 사이를 헤치며 제 바지를 찾아다닌다. 얼룩진 막(膜) 위에 헐렁한 그림자들이 어른거린다.

제 바지를 찾아 환복을 마친 사람들은 한 사람의 어엿한 밀렵꾼이 된다. 출근하기 직전 그들은 공장주에게 신고를 하며, 자신이 근무할 사냥터의 지리를 숙지한다. 공장 입구에서 그들은 공기총과 함께 밤새 그들이 먹을 햄버거 하나씩을 받아 든다. 햄버거는 차게 식어 있다. 튀겨 덮은 패티 표면에 두터운 기름막이 비계처럼 굳어 있다. 그들은 사냥터로 나아가는 동안 하나의 햄버거를 먹어치운다. 때때로 목이 메고, 그들은 입을 앙다문 채 가슴을 두들긴다. 입안의 침을 꿀꺽 삼킨다. 침이 마르면 그들은 제 목을 조르기 시작한다. 잘 나오지 않는 치약을 애써 짜내듯이, 야윈 목을 양손으로 단단히 죄는 것이다.

그들은 매일 밤 구멍으로 향한다.

그러나 구멍이 발견되지 않는다. 그는 시설의 둘레를 돌고 있다. 시설로 진입하지 못한 채, 구멍의 흔적을 찾아 외벽을 샅샅이 수색하고 있다. 구멍이 누락되어 있다. 구멍의 자취를 찾을 수 없다. 그는 끝내 사냥터에 도달할 수 없을 것이다. 사냥터로 향하는 현관이 봉쇄되었기 때문이다.

몇 번이나 외벽을 탐색한 다음에야 그는 구멍이 있었던 자리를 찾아낼 수 있다. 균열이 멀겋게 회칠되어 있다. 그는 구멍이 있던 자리에 손바닥을 대본다. 마르지 않은 회반죽 속으로 손바닥이 쑥 들어간다. 회반죽은 차갑다. 그는 하늘에서 무른 회반죽이 뭉텅뭉텅 떨어져 내리는 상상을 한다. 마치 먹구름이 지상으로 추락하듯이, 어두컴컴한 하늘에 정차해 있는 레미콘 트럭이 제 천구(天球)를 시설 쪽으로 기울이듯이, 그리하여 무르고 진득한 회반죽이 시설 밖을 향해 갯벌처럼 넘쳐흐르는 상상을 하는 것이다. 반죽이 서서히 아물고 있다. 그는 시멘트 속에 묻어두었던 손을 거둬들인다. 덜 마른 시멘트 표면에 그의 손바닥이 핸드프린팅처럼 찍혀 있다. 이제 그는 외벽에 제 귀를 청진기처럼 맞붙이고 있다. 시설을 진찰하려는 것처럼,

시설을 청취하듯이, 그러나 시설에선 아무런 소리도 들리지 않는다.

*

차체 꼭대기의 강판이 우르르 날카로운 굉음을 냈다. 그는 굴착기에서 뛰어내리고 있었다. 부채꼴 모양으로 대형을 이룬 스나크들의 무리가 그를 향해 잡풀 같은 털을 치켜세우고 있었다. 으르렁거리고 있었다. 그는 소스라쳤다. 방아쇠를 당겼다. 피스톤이 한 번 튕겨졌다 제자리로 되돌아오는 사이에 한 마리의 스나크가 바닥으로 나뒹굴고 있었다. 스나크들을 떨쳐내기 위해 팔을 허우적거릴 때마다 허벅지며 늑골에 박힌 스나크들의 잇몸이 대못처럼 깊어져갔다.

몇몇 스나크는 구덩이를 파려는 것처럼 뒷발로 바닥의 개흙을 갈아엎고 있었다. 격발된 고무 탄환이 달려드는 스나크들의 이마를 적막하게 관통하고 있었다. 거꾸러진 채 앙상한 다리를 바르르 떨고 있는 스나크들, 눈을 홉뜬 채 맑은 거품을 뱉어내고 있는 스나크들, 뒤척이며 제 위장을 핥고 있는 스나크들이 사방에서 밀려드는 스나크들에게 짓밟히는 가운데 무력한 단말마를 번복하고 있었다. 그는 총신을 내던진 채 얼떨떨하게 서 있었다. 이글거리는 스나크들의 눈빛을 바라보고 있었다. 이해할 수 없는 적의였다. 무수한 스나크를 뒤집어쓴 그의 모습은 마치 캄캄하게 우글거리는 개미굴을 연상시켰다.

그는 통증을 느낄 수 없을 때까지 그대로 쓰러져 있었다. 스나크들의 쑥덕거리는 음향이 귓전에서 어른거렸다. 그는 죽은 척을 하고 있었다. 아니다. 그는 지금 자신이 죽음을 속이고 있다고 생각했다. 죽음을 위장하는 방식으로, 죽음을 자청하는 방식으로, 자신의 죽음을 거짓 증언하는 방식으로, 그러나 그것들은 모두 가능한 방식이 아니었다. 이때 그는 최소한의 의식을 유지하고 있었지만 이따금 자신이 송장처럼 생각되기도 했다.

이윽고 그는 보도 위를 기고 있었다. 나는 내가 왜 이런 생각을 하고 있는지 모르지 그것을 알았다면 최소한 이런 최후를 맞이하지는 않았을 거야 그가 구멍 근처에 이르렀을 무렵, 누군가 그의 면전을 가로막았다. 순찰자였다. 순찰자가 그를 내려다보고 있었다. 의뭉스러운 시선이었다. 호기심에 가득 찬 시선이기도 했다. 그러므로 그가 일순간 한 겹의 비닐봉지처럼 공중을 떠다니고 있었던 것은 우연이 아니었다. 바람이 매섭게 불었다. 순찰자가 오랑우탄처럼 우우 괴성을 지르며 날아가는 비닐봉지를 쫓아다녔다. 곧 순찰자는 가로등 밑에서 팔을 하늘로 내뻗은 채 껑충 발을 구르고 있었다. 가로등의 램프 케이스에 걸린 비닐봉지가 막 게양된 깃발처럼 무량하게 펄럭거렸다. 가로등 불빛이 하나둘 사라지고 있었다. 새벽이 다가오고 있었기 때문이다. 소각로 상공으로 치솟은 굴뚝에서 희미한 연기가 새어 나왔다.

*

생환하지 못한 자들이 많다. 비닐 자루를 어깨 위에 짊어진 밀렵꾼들이 터벅터벅 공장 안으로 들어서고 있다. 스나크들을 하역하고 있다. 하루분의 노동이 막바지에 가까워진다. 수많은 고무 대야가 휑뎅그렁한 공장 앞마당에 간격을 두고 놓여 있다. 대야 한 개가 욕조만큼 넓고 깊다. 대야 안에 가득 담긴 담황색 소독액이 햇빛을 깨뜨리며 여리게 찰랑거린다. 정체를 알 수 없는 화학약품 냄새가 악취에 길들여진 코를 열어젖힌다. 그들은 킁킁거린다. 온몸에서 진동하는 시설의 냄새를 깨닫는다.

그들은 밤새도록 사냥한 스나크들을 묽은 소독액 안으로 빠뜨린다. 수면이 혼탁해진다. 물방울이 사방으로 튀고 물속에서 스나크들의 배가 하나둘 솟구친다. 스나크들이 수면 위에 젖은 낙엽처럼 드러누워 있다. 몇몇 인부가 긴 쇠 파이프로 대야를 젓고 있다. 회오리에 끌려든 스나크들의 머리가 대야 안을 빙빙 돌고 있다. 핏기를 잃고 있다. 색이 빠지고 털이 저절로 벗겨지고 있다. 탄력을 잃어버린 허물들이 대야 안을 부유하고 있다. 이제 소독액은 희뿌연 빛깔로 끓는 어죽처럼 보인다. 지금 하얗게 탈색된 스나크들의 모습이란 털 빠진 집돼지, 물속의 창자, 흐르는 슬라임, 솔기가 터진 실리콘 인형, 이끼 낀 손바닥, 시험관 안에 억류되어 있는 개구리를 연상시키고, 혹은, 정말로 그 아종에 가까운 것처럼 여겨지기까지 한다. 소독이 완료된 스나크들은 곧 다음 파트로 이송된다. 이때 막 대야에서 뜰채로 건져진 스나크들의 살갗은 점막처럼 투명하며, 햇빛이 다녀갈 때마다 환한 윤기를 내비친다.

공장은 분주하다. 밀렵꾼들만이 공장 이곳저곳에 거추장스럽게 주저앉은 채 얼떨떨한 표정을 짓고 있다. 넋이 나간 듯이 입을 벌리고 있다. 그들은 낡은 가구처럼 꼼짝하지 않는다. 가끔 그들의 시선 안으로 다녀가는 사람들이 있다. 그들의 캄캄한 시선 안을 우물처럼 들여다보는 사람들이 있다. 눈을 깜빡일 때마다 장면이 바뀐다. 시간이 생략된다. 그들은 문득 깨닫는다. 그러나 무엇을? 그들은 자신의 깨달음을 지속할 만한 기력이 없다. 깨달음이 완전히 소진될 때까지 그들은 앉아 있다.

어떤 그는 아직 매립지에 머물러 있다. 아무도 그를 구조하지 못한다. 스나크들만이 그의 몸을 파헤치는 식으로 모든 참변을 증언하고 있을 뿐이다. 굴착기들이 가동되고 있다. 덤프트럭 몇 대가 코트 안으로 열을 지어 들어서고 있다. 뙤약볕이 내리쬐는 대기는 후덥지근하다. 불쾌한 열기가 코트를 내리누르고 있다. 굴착기가 매립지를 한 삽 퍼낼 때, 삽 아래쪽으로 오물이 폭포처럼 쏟아진다. 아무도 그를 찌꺼기의 일종으로 분류하는 것을 주저하지 않는다. 기포가 용암처럼 매립지 위쪽으로 부글부글 올라오고 있다. 육체를 발효하고 있는 것이다. 식탁 위에 먹다 남은 스나크들의 육체가 굴러다니고 있다. 먹다 남은 잔해들이 먹다 남은 스나크들의 먹이가 되고 있다. 지금, 모든 먹이를 한꺼번에 해치워야 한다. 시간이 없다. 남아도는 죽음을 청산해야 한다. 배를 불려야 한다. 뚜껑을 덮듯이, 턱을 덜그럭거리며, 구멍을 향해, 수많은 포크를 촛대처럼 치켜든 채, 식탁 위에서, 혹은 변기 위에 앉아, 모든 먹이가 고갈될 때까지, 더 이상 아무것도 삼킬 수 없을 만큼, 넘어오는 구역질을 끈질기게 집어삼키며, 스나크들의 씨가 마르고, 위장이 짓무른 홍시처럼 부어터질 때까지.

　　그리고 우리는 스나크들 전부를 잃게 된다.

생활과 L의 유령

내게 망각이란 책상 위에 놓인 나무 상자를 무감하게 응시하고 있는 사람의 이미지이다. 옻칠이 된 나무 상자는 번들거리고 적색이며 자그마한 구릿빛 자물쇠가 달려 있다. 자물쇠는 트럼프 카드의 스페이드 모양이다. 어쨌든 이곳엔 나와 의자와 책상이 있다. 단순하게 말하자. 책상은 드러누운 벽이다. 나는 지구, 의자는 지렛대이다. 잠긴 나무 상자 안에는 죽은 지네한 마리가 있다. 그것은 언젠가 내가 채집한 호박색 책갈피이다. 귓속에서 바스락거리는 정서, 가느다란 손가락으로 탐닉하는 지식, 지나간 여름, 앙상하게 건조된 유선형 메스꺼움이다. 18시 32분. 늦은 시간도 이른 시간도 아니다.

*

　요사이 내가 만난 친구들은 내게 그들 각자만의 수수께끼, 혹은 그저 비밀스러운 꿍꿍이를 연상시키는 아득하고 몽연한 표정을 자주 지어 보이곤 했는데(정말 영문을 모르겠다), 내가 떠올리기에 그러한 표정에 가장 잘 어울리는 사람은 L이다. 또한 L은 내가 지금 작성하고 있는 이 에세이, 이 소설, 혹은 이 소설집에 실을 계획 없는 글쓰기를 위해 내가 통과해야 할 사유의 난맥상이기도 하다. L은 서술의 끓어오르는 증류기 안에서 제 색감을 몽땅 빼앗기고 있는 말린 튤립이다. 벌레를 먹을 수 있는 용기. 눈을 감고 벌레를 씹으며 이것은 벌레가 아니다, 라고 스스로를 가만가만 위로해보자. 자신을 속이고 미혹해보자. 그러면 벌레에게서 벌레의 맛이 사라진다. 구역질이 사그라진다. 소고기 맛이 난다. 그렇다고들 한다. 물론 거짓말이겠지만. 달콤한 헛소리들이겠지만.

　나는 L을 잊어버렸다. 거의 완벽하게 잊어버렸다. 이름조차 기억나지 않는다. 이름의 머리글자가 L인지 D인지, K인지 U인지. 내가 L의 이름을 알았던 적이나 있었는지. 대체 이런 기억은 다 뭔지. 아무튼 L의 윤곽이 내 머릿속을 느슨한 해파리처럼 떠다니고 있었다는 말이다. L은 포말이다. 나는 기록할 것이 전무한 책상의 공허를 향해 내가 망각했고 방기했던 사람들의 흔적을 끌어들인다. 일부러, 성급하게, 게다가 졸렬한 방식으로 말이다. 이곳은 망각이 나의 조바심으로 허물어지는 구렁텅이다. 다단계다. 다단계가 열광적으로 무르익는 지하실의 전당대회다. 나는 나를 잘 속이지 못한다. 글쓰기를 통해 망각을 훼손하는 문제는 내가 처할 수밖에 없는 내밀한 손실의 문제와 연관된다. 함정은 책상의 평평함을 향해 결렬될 관측의 무연한 깊이를 삽입한다. 나는 내가 망각한 사람들을 떠올리지 못한다. 그들의 온전함을 되찾지 못하고, 그것을 되찾으려는 시도를 자꾸만 지연시키며 서술자로서 수행해야 할 무언가 결정적인 자질을 기각하고 있는 것만 같다. 기분이 썩 좋지는 않다. 그것은 용기의 문제일 수도 있고 성실함의 문제일 수도 있다. 알 수 없다.

글쓰기에 돌입하면 자연스레 기분이 나빠져서 마치 나는 내가 도달할 수 있는 가장 최악의 상태와 마주하기 위해 이러한 삽질을 감수하고 있다고 여기기까지 한다. 물론 모든 행위란 어디까지나 과정이다. 이곳에 억류된 나의 최악을 가장 최악에게로 한없이 넘어뜨리는 일이 언제나 가능한 것이다. 가능을 두려워하지 말자. 두려운 것은 가능이 아니라 전망이다. 어떤 구멍도 허락하지 않는 세련된 전망의 지도들이다.

L에 관해 잘 말할 수는 없다. L에 관해 말하기 전 현재 내가

속한 장소의 어스름한 배치에 관해 먼저 언급하고 싶다. 나는 최근 두뇌에 관한 소설을 쓰고 있다. 내가 요즘 책상 위에 놓고 뚫어져라 바라보고 싶은 물체는 나의 뇌다. 두뇌의 공학적인 구조가 훤히 내다보이는 유리컵을 약간 감상적인 태도로 꿈꾸고 있는데 정상이 아닌 것 같다. 주먹 크기로 쪼그라든 뇌의 누덕누덕한 결손, 그러한 병변이 고스란히 보존되어 있는 투명한 유리컵은 내게 어떤 감정을 불러일으키게 될까. 전시된 뇌는 인간의 그 잘난 내재성을 부정하는 꺼림칙한 궤양이다. 물론 인간은 지구를 쥐어짜는 악성 궤양이고, 인간의 관능이란 그것을 지각하는 순간 서로의 정신에 침투해 부드러운 감정을 풍요롭게 좀먹는 귀엽고 징그러운 궤양이 아닌가. 눈알 달린 궤양. 깔깔거리는 궤양. 별 생각이 없는 궤양. 만두 모양 쏟은 커피 모양 꼬치에 꿰인 닭튀김 모양 궤양. 비약을 하지 않으면 대체 뭘 쓸 수 있단 말인가. 비약이나 하고 있으면서 대체 뭘 쓰겠단 말인가. 다음엔 두뇌를 게걸스럽게 갉아 먹는 들쥐를 보여주겠다. 나도 나를 모른다. 소설도 나를 모른다. 머릿속을 맴도는 소설은 내가 직접 쓴 소설보다 월등하게 미쳐 있다. 그것은 소설과 호환되지 않는다. 거의 아무런 재료도 되지 못한다.

  지금 내 손은 책상 위에 놓여 있다. 어쩌면 쓰기가 중단될 수도 있다. 쓰기가 중단되고 나면 밖으로 나가 대리운전을 뛸 계획이다. 대리운전 어플을 검색하면 현재도 거나하게 취해 운전

기사를 찾고 있는 사람이 수두룩하다. 창밖에는 땅거미가 지고 있다. 햇빛이 퇴장하고 있다. 안 쓰고 싶다. L을 무책임하게 적시하고 싶다. 땅거미가 되고 싶다. 등딱지가 물렁하게 녹아버린 용봉탕의 자라가 되고 싶다. 불쌍해지지 않고 싶다. 돈 벌고 싶다. 내가 기르는 강아지와 더 적극적으로 놀고 싶다.

L을 서술하기 위해 말을 미루며 무용한 낚시질을 거듭하고 있는데 그다지 이로운 방법은 아닌 것 같다. 나는 L에게 집중하지 않는다. 그보다는 L을 생각하는 나의 모호한 상태에 더 주의를 기울이고 있는 것 같다. 가령 나는 나를 향해 암시를 걸고 있다. 나의 사유는 명료하지 않다. L에 관한 나의 기획은 망각에 저항하거나 그것을 등한시하는 방식으로 뭔가를 발생시키지 못한다. 또 나는 L에 관한 미완의 이미지를 유려하게 보충할 어떤 그럴듯한 기교를 갖추지 못했다. 이미 갖췄을 수도 있다. 한번 쓰면 휘발될 기교들이다. 애석하고 무력한 기교들. L은 취소된다. 이 자리에서는 내가 체험한 기억과 내가 호소하는 많은 신념이 사유의 손아귀에 붙들려 모닥불 안으로 내던져진 모조 지폐가 되어버린다. 아쉬워하지는 말자. L은 휴지 조각이 된 어음이다. 머릿속이 잿더미로 변모한 다음엔 잿더미를 그러모아 손장난을 하는 어린아이가 등장한다. 나는 가짜다. L은 가짜다. 나와 L 사이에는 가짜를 공들여 설계하며 한 잎의 공중제비를 보여주는 엄혹한 나비 회랑이 있다. 잿더미를 책상

에 쏟아놓고 대체 무엇을 하고 싶은 걸까. L에 다다르기 위해 외줄 가운데의 시도가 필요하다는 생각이다. 언제고 끊어질 외줄, 건너가는 순간 현악기의 날카로운 마찰처럼 팽팽하게 떨리는 외줄, 일희일비를 더듬거리는 무력하고 막연한 균형(들)의 새로운 구상, 이쪽 말뚝과 저쪽 말뚝이 다 환영인 외줄, 외줄을 의심하면 외줄이 희미해지는 가상적인 시험들에서.

나는 L에 관해 언급하지 않는다. 그보다는 L이라는 허무한 금지를 비껴가고 돌아 나가며 초조하게 담배를 빨고 있는 나의 부적응에 관해, 나의 길 없음 또는 잃음에 관해, 책상에 우두커니 방치된 손등을 뜯어 먹는 개미들에 관해 써보고 싶다. 방금 떠올린 생각이다. 어쨌든 나는 깨달음을 전시하는 것보단 망설임을 전시하는 편이 더 나은 태도라고 생각하는 사람이니까. 그러면 되겠지.

*

쟁반에 식빵이 있다. 그것은 오늘 아침부터 거기 있었던 식빵, 말라비틀어진 식빵, 내가 먹지 않은 식빵이다. 쟁반 하단에는 겁에 질린 토끼 두 마리가 흘림체로 그려져 있고, 토끼를 포획하기 위해 접근하는 두건 쓴 사냥꾼이 다리를 거의 수평이 되도록 벌린 채 멈춰 있다. 음험한 느낌이라기보단 익살맞은 느낌이다. 식빵은 모서리가 둥근 마름모이다. 하얗고 곰팡이는 없다. 쟁반에 부스러기가 떨어진다. 식빵이 갈라진다. 내가 그것을 몇 조각으로 찢었기 때문이다. 입술에 닿은 식빵은 뻣뻣하다. 베어 물면 혓바닥이 텁텁해진다.

시선이 책상 주변을 배회하고 있는데 어느 지점에서 갑작스레 멎는다. 그러고는 지독하게 움직이지 않는다. 거기 재떨이가 있다. 나는 표적이다. 통 속의 전두엽이다. 전극이 빠진 의료용 변압기이다. 무언가를 오래 관찰하는 일은 오래 간직한 대상을 잃어버리는 일과 비슷하다. 시야가 침침해지며 머릿속이 어질어질해진다. 내가 알던 사물이 아니다. 재떨이를 닮은 마음을 향해 입장하는 L은 그 불씨가 얼음처럼 희박하다. 재떨이 안쪽은 샛노란 빛깔로 젖어 있다. 홍건한 양철 찬합 안에는 부러진 연초가 총 다섯 개비다. 나는 재떨이에 침을 뱉지 않는다. 쓴침이 나오면 대개 삼키는 편이다. 나는 웅덩이에 담뱃불이 닿을 때 나는 소리가 좋다. 그것은 담뱃불이 꺼지는 소리.

방 한쪽 벽면에는 『음향과 분노』 초판 표지가 조악하게 인쇄되어 붙어 있다. 한 여성을 난폭하게 겁박하고 있는 그림자. 여성은 흑발의 백인이다. 세로로 길쭉한 영문 활자는 새빨간 빛깔이어서 위협적인 인상을 준다. 방에 없는 물건은 얼마 전까지 책상 위에 놓여 있었던 반 잘린 플라스틱 물병이다. 물병에는 개운죽 몇 가닥이 무성의하게 꽂혀 있었다. 나는 백 년 전부터 이곳에 있었다. 구체적인 느낌은 아니다. 무엇보다도 방을 백 년 동안 조망했던 시선이 존재했더라면 나는 이곳에 침입하여 고립된 사물들의 평형을 어지럽히는 난봉꾼이다. 지금은 그러한 사물들의 목록에 내가 포함되어 있는데 나는 차라리 내가 이 방을 빠져나가지 못하는 불운한 유령이었으면 좋겠다. L을 생각하면서, 나의 생각이 L에 관한 생각인지 나의 망각을 모면하기 위한 방법들인지 잘 모르겠지만, 어쨌든 그것을 회피하는 일이 없도록.

바닥에는 여름용 이불이 깔려 있다. 파랑과 주황이 조각으로 교차하는 퀼트 이불인데 귀퉁이가 너절하게 해져 있다. 벽에는 『음향과 분노』 초판 표지 말고도 시가를 물고 있는 페데리코 펠리니가 있다. 해상도가 바스러진 곰브로비치의 아련한 표정이 있다. 나는 내가 사랑하는 죽은 작가들의 사진을 벽에 몇 장 더 붙이려고 했는데 별 이유 없이 그만두었다. 책상 구석에는 소품들이 놓여 있다. 하나는 오사카 난바 역 앞 뽑기 기계에서 2백 엔을 지불하고 뽑은 자그마한 고양이 피규어다. 앉아서 나를 올려다보고 있다. 또 하나는 등단 소식을 전했을 때 김혜순 선생님께 선물로 받은(동남아에서 샀다고 말씀하신) 원통형 나무 케이스인데 기하학적인 문양들이 케이스 전체를 가로지르며 에워싸고 있다. 오른편으로 뒷바퀴가 빠진 라임색 버스가 있고(크기는 딱정벌레 정도), 곁에는 판지로 제작된 종이 상자가 있다. 낡은 종이 상자 안에는 동전 몇 개와 내 이름이 한문으로 기입된 나무 도장, 잃어버린 주민등록증을 재발급하기 위해 1년쯤 전 찍은 증명사진이 있을 것인데 상자를 열어보지 않은 이상 그러한 사실을 확신할 수는 없다. 몇 권의 책이 키보드 왼편에 난잡하게 겹쳐져 있다. 각각 『다르마 행려』『맨해튼 트랜스퍼』『바인랜드』다. 우연히도 전부 미국 작가의 소설이다. 내가 물병에 꽂혀 있던 개운죽을 버린 까닭은 오래도록 물을 주지 않아 좌우로 돋아난 잎사귀들이 볼품없이 말라버렸기 때문이다. 6개월가량 싱싱하게 살아 있었는데 어떤 게으름이 이런 결과를 야기했는지 때늦은 후회가 몰려오는 것이다. 그러나 또한 나는 그것이 점점 원래의 푸른 빛깔을 잃고 피골이 상접한 막대기처럼 변해가는 모습을 바라보고 있었다. 그것을 방치하면서 방에서 밖으로 나갔고 방으로 다시 되돌아왔다.

나는 내가 나의 현장을 중계하고 있는 까닭을 좀처럼 파악하지 못하겠다. 정말 L에 관한 나의 망각을 차일피일 미루기 위해서일까. 그러나 나는 지금 L에 대해 열심히 생각하고 있다. 다만 그것을 서술하지 않고 있을 따름이다. 나는 지속적이고 끈질긴 방식으로 L의 잔해에 매달리고 있다. 서술이 L을 방해하지 않았으면 좋겠다. 나는 이 무익하고 지루한 서술을 통과하여 L에 관한 나의 생각을 진척시켜야 한다. L을 떠올리면서 L에 관해 쓰지 말아야 한다. 자정하고도 13분. 행거에 가지런히 걸린 상의들이 있다. 방바닥엔 널브러진 청바지가 있는데 어서 옷장으로 돌려보내야지. 구입한 지 얼마 되지 않아 손바닥에 파란 물이 드는 데님이다. 여자친구는 손이 파랗다고 놀렸지. 재밌어 했지. 저걸 입은 날이면 하루에도 스무 번씩 손을 씻어야 하지. 자정하고도 23분. 나는 나도 모르는 사이에 스탠드를 켰고 왜 조명이 깜빡거릴까. 자정하고도 28분. 잠시 이부자리에 누웠다가 책상으로 돌아왔다. 자정하고도 48분. 책을 읽었다. 책은 지금 『바인랜드』 위에 있다. 제목은 '어리석음'. 자정하고도 51분. 인터넷에 '모의하다' '은밀하다' '철거하다'의 유의어를 검색했다.

자정하고도 57분. L의 얼굴을 곰곰 떠올려보고 있는데 어딘가 모자라다는 생각만 든다. 이 생각은 L의 모자란 얼굴을 보충하기 위해서가 아니다. L의 얼굴을 확정하고 L의 인상을 확정의 그물로 포획하기 위해서가 아니다. 다만 그러한 모자람을 들여다보기 위해서다. L의 공백에 대해 아무것도 덧붙이지 말자. 손을 묶어버리자. 혐의를 부과하지 말자. 나의 지난한 망각이 L의 공백에 스며드는 과정을 서술해보자. L을 그곳에 남겨두고 다만 여기 횡행하는 도깨비불에 대해서만 말하자.

이곳이 L이 실종된 장소라고 가정하자. 얼떨떨한 내가 그 장소를 떠나지 못하고 있다고 여겨보자. 당혹스러운 기분으로 쓰레기통을 뒤지고 있는 사람이라고, 쓰레기통에 거꾸로 처박혀 허공을 들쑤시고 있는 희극적인 다리들이 바로 나라고, L에 관한 나의 연출된 곤경이 나의 글쓰기를 고의적으로 교란하고 있다고 여겨보자. 그러나 이미 나는 L에 관한 미진한 단서들을 줄줄이 꿰어 너저분한 노트를 제작하지 않았나. 노트의 첫머리에 장황한 물음들을 늘어놓지 않았나. 시간의 우연한 교차를 조합하여 L의 비존재에 관한 실종의 회로를 써나가지 않았는가. 망각을 배경으로 내가 휘갈긴 밑줄의 난삽한 궤적을 통해 L의 사망을 판정하지 않았는가.

　나는 L을 만난 적이 없다. 나는 L과 연락하지 않았다. L은 꿈속에도 없었고 꿈 밖에선 미끄덩한 물이끼처럼 살았다. 나는 L이 반복할 수 없는 순간들 앞에서 스스로 느꼈던 아름다운 감정들에 관해 자주 이야기해주길 바랐지만 L은 그냥 아무 말이나 했다. 귓속이 쟁쟁했지만 나는 사실 L과 대화를 나눴던 기억이 없다. L과 나 사이엔 대화가 가능할 나지막한 테이블이 없다. 그러한 장소는 내가 닿을 수 없는 막막한 봉우리 자체다. 전망 좋은 곳. L은 불우한 사람이 아니다. L이 현기증을 느낄 때 나는 L의 곁에 있지 않았다. L은 자신의 현기증을 기꺼워했지. L은 가난했기 때문에 일을 많이 해야 했는데 그러한 날의 지쳐버린 귀갓길에는 으레 입속에서 곡식 썩는 냄새가 났다. 나는 L에게 어떤 말도 해준 적 없다. L은 자신의 삶을 몽땅 짊어지고 사라졌으며 그러한 사라짐이란 L이 세계를 상대하기 위해 자신에게 강제한 일종의 체념이었다.

내가 L의 이름을 떠올리지 못해도 간혹 그 어슴푸레한 인상이 내 머릿속을 가벼이 미끄러질 때가 있었다. L은 존재하는가. 그때 시간의 경과는 L이 나의 관념을 경유해 봉쇄된 글쓰기의 창백한 병동으로 나아가고 있다는 뜻이었다. 그러나 어쩐지 그 걸음이 위태롭게 느껴지지는 않았다. 비틀거리지도 않았다. 구태여 나의 부축이 필요하지 않은 걸음걸이였다. 홀연한 걸음걸이였다. 심야와 심야, 건너편과 건너편, 2시 7분, 병동의 흐릿한 색감, 고요한 병동에서 잡음이 들리고 그것은 누군가 텔레비전을 시청하고 있다는 의미, 복도에 머무는 나긋하고 게으른 음향, 소박하고 인공적인 광채들의 질서 없는 흔들림, L의 분열된 뒷모습, 직선의 계단을 가위질하는 나선의 함정, 나선의 함정을 의심하는 정밀한 계단의 수위, 2시 29분, 누구도 찾아오지 않는 2시 30분의 새로움, 사건의 공백, 말미잘 쓰기, L이라는 태업과 태업의 저지대에서 색색으로 기워지는 허름한 지붕들, 잠행, 나는 오늘 머리를 잘랐다, 미용실에서 잡지를 읽었고 머리를 자를 땐 눈을 감았지, 잠깐 졸았다, 누군가 나의 머리를 감겨주었고 정수리가 따가웠지, 미용사는 비천하고 가여운 이끼도롱뇽, 나는 뭍에서 늪으로 향하는 L, 그것은 꿈이었지, 나는 오늘 밤 그런 꿈을 꿀 수 없겠지만 오히려 그런 꿈을 꿀 수 없다는 사실을 생각하고, 이제부터는 그러한 없음을 서술할 수 있겠지.

표범의 사용

한번은 겨울의 끝에 가까운 어느 이른 아침에
나는 몇 달이나 아무도 들어가지 않았던 그런
잊혀버린 복도에 들어갔다가, 그 방들의 모양
에 놀라고 말았어. 마룻바닥의 모든 틈새에서,
모든 쇠시리에서, 모든 벽감에서 가느다란 새
싹이 자라나 회색빛 공기를 나뭇잎의 반짝이
는 선 세공으로 가득 채우고 있었거든. 그건
속삭임과 날갯짓하는 빛으로 가득한 온실 속
의 밀림—거짓되고 축복받은 봄이었지.°

   그는 감색 담요를 뒤집어쓴 채 책상 앞에 앉아 있다. 책상 위
에는 하루의 일과를 기록한 일지가 놓여 있고, 일지의 오른쪽
측면으로 전자식 탁상시계가 흐릿한 광채를 발하고 있다. 손이
수술용 장갑처럼 번들거린다. 그는 책상 위에 외따로 펼쳐진
자신의 손을 내려다보고 있다. 무언가를 오래 바라보고 있으면
무언가와 멀어지는 기분이 된다. 그는 지금 자신을 시험에 부
치고 있는 것만 같다.

   시험이라면 역시 가만히 있는 것이다. 가만히 앉아 시간의
경과를 방치하는 것이다. 담요가 천천히 흘러내린다. 그는 담
황색 작업복을 착용하고 있다. 면면이 새하얗게 헐어 있다. 홀

○ 브루노 슐츠, 「계피색 가게들」, 『브루노 슐츠 작품집』, 정보라 옮김, 을유문화
   사, 2013.

로 작업복을 갈아입는 일은 어려운데, 등 뒤 지퍼가 손이 닿지 않을 만큼 애매한 자리에 있기 때문이다. 걷어 올린 작업복 소매가 팔꿈치 부근에서 구겨져 있다. 그는 얼마간 책상을 떠나지 않는다.

일지는 낡아 있다. 낱장마다 귀퉁이가 낙엽처럼 오그라들어 있다. 일지는 평범한 옥스퍼드 노트를 연상시키며, 이때 그는 하루에 한 번 일지를 철한 바인더 링을 열어 새로운 페이지를 보충하고 있다. 페이지들은 대개 작년분의 일지를 재활용한 것으로, 가까이 들여다보면 글씨를 지운 자리가 미세하게 패어 있다. 일지를 향해 고개를 떨어뜨린 그는 또 무언가를 골똘히 생각하는 사람이다. 그는 일어서지 않고, 항문을 쥐었다 폈다, 눈꺼풀을 붙였다 뗐다, 호흡을 가다듬으며, 우두커니 앉아 있는데, 여전히 그의 자세는 변함이 없고, 그가 앉은 의자만이 움직이지 않는 그의 자세와 무관하게 간헐적으로 삐걱거리는 소리를 내고 있다.

그는 일지를 쓰지만 순찰을 나가지는 않는다. 그는 눈을 치켜뜬 채 벽에 걸린 랜턴을 무연한 표정으로 응시한다. 사무실은 싸늘하다. 그는 기침을 하고, 휴지를 찢어 입안의 가래를 뱉어낸다. 비강이 개운치 않다. 코를 덜 푼 것 같은 느낌이다. 순찰을 나가면 밀림 사이에서 코만이 둥둥 떠다닌다. 그런 기분이다. 콧속이 짓물러 있기 때문이다. 그는 훌쩍거리며 사무실 왼쪽 측면에 놓인 철제 침상에 눕는다. 보푸라기가 일어난 군용 모포를 덮고 잠에 든다. 기상하자마자 그는 사무실 칠판의 날짜를 갱신한다. 일지를 작성한다. 하루의 일과는 일지를 채우기에 턱없이 모자라다. 이때 텅 빈 페이지는 그가 한나절 제자리에 가만히 앉아 있었던 시간과 동일한 위상을 가진다. 그는 성실하게 자신을 비워두고, 나머지 시간이 공백으로 표기되길 바란다.

*

그는 매일 아침 표범을 목격한다. 그러나 그는 표범을 기록하지 않는다. 그는 하루가 끝남과 동시에 표범에 관련된 환각 전부를 폐기한다. 표범은 그에게 아무런 위해도 끼치지 않는다. 아무런 위해도 끼치지 않는다는 사실은 표범의 존재가 일종의 환각이라는 사실을 입증하는 것 같다. 그는 환각을 길들인다. 표범을 향해 눈을 부라리는 것이다. 표범은 우듬지 위에 앉아 짐짓 시무룩한 표정으로 그를 내려다보고 있을 뿐이다.

그는 온실을 순찰한다. 온실 내부는 비옥하고, 후덥지근하며, 괴이한 모습의 식물들이 빽빽하게 자라나 있다. 이때 온실이 키워내는 식물들은 밀림을 보살피는 누군가의 나긋나긋한 손아귀에 의해 하우스 안쪽에 얌전하게 격리된 작물이 아니라 항상 그의 앞을 돌연하게 막아서는 헝클어진 매듭이다. 그만큼 그는 밀림을 어려워한다. 그는 나아간다. 그는 식물들의 이름을 알지 못한다. 안다고 해도 그것을 발음하려는 엄두를 내지 못한다. 암녹색 구근들이 연안의 테트라포드처럼 온실 내부에 가득 쌓여 있다. 식물들은 물기가 많다. 온실은 돔 형태의 유리 온실이고, 들어서자마자 우우 하는 진동음이 들린다. 온풍기가 돌아가고 있기 때문이다. 그는 온풍기가 제대로 작동하고 있는지 확인하며, 말라 죽거나 좀이 생긴 식물이 없는지 체크한다. 무성하게 불어난 그림자들이 교차로에 멍하니 멈춰 선 그의 이마를 짓누른다. 그는 자주 당혹스러운 기분을 느낀다. 그림자들 사이에 응혈처럼 뭉쳐진 식물의 냄새를 들이마시고, 작업복 포켓에서 손수건을 꺼내 흥건해진 입술을 닦는다.

온실을 밀림으로 여기기 위해 몇 가지의 환각을 감내해야 한다. 그때 돔은 정말 밀림처럼 보인다. 온실이 밀림을 억류한다. 그는 덩굴을 낫으로 쳐낸다. 꽃들이 침을 퉤퉤 뱉는다. 그는 혀를 빼물고 있다. 혀는 떫다. 귀를 기울이면 소름이 돋는다. 환각을 제한 밀림은 정원과 다르지 않다. 책상 앞에 앉는 순간 온몸에 진이 빠진다. 낫을 휘두르면 팔이 떨어진다. 그런 기분이다. 팔은 끝이 꼬부라져 있다. 목장갑에 풀물이 든다. 그는 밀림의 잔해들을 자루에 담는다. 팔들이 꾸들꾸들 마른다. 그는 눈을 깜빡이며 환각의 아가리를 향해 순찰을 떠난다. 아편이 체내에 쌓인다. 아편은 시신경을 갉아먹고, 회로를 제멋대로 꼬아놓는다. 마치 시신경이 새끼줄이라도 되는 것처럼 말이다. 새빨간 꽃들이 밀림 여기저기에 표창처럼 꽂혀 있다. 수풀 사이에 스피커가 있다. 스피커 속에서 새들이 지저귄다. 개울이 흐른다. 원숭이들이 비명을 지르고 있다.

 그는 밀림의 한복판에서 문득 멈춘다. 단속적으로, 표범을 향해, 마치 표범이라는 것이 실제로 존재하는 것처럼, 그것을 무시할 수만은 없으니까, 양쪽의 발꿈치를 맞붙이며, 그럼에도 그는 겁을 먹지 않는다. 표범은 전체적으로 몸이 불어 있다. 무늬가 하얗게 세어 있다. 비대한 살집이 고른 호흡에 맞춰 팽창되었다 수그러지길 반복하고 있다. 표범은 노쇠한 상태로 수년 가량 온실의 붙박이였던 그보다 훨씬 오랜 세월 이곳 밀림에 거주했던 것만 같다. 그러므로 온실의 주인은 표범이다. 그는 온실의 순찰자일 따름이다. 표범은 온실에 터를 잡은 이후 아주 기나긴 시간 동안 발각되지 않았다. 온실을 벗어나지도 않았다. 그것은 표범이 그의 환각 속으로 숨어들었기 때문이다. 그는 생각한다. 표범의 시선은 무기력하고 공허하다. 표범이 밀림의 틈새로 미끄러진다. 다이빙을 하고 있다. 사실은 발을 헛디딘 것이다. 그는 많이 우습고 조금 기분이 나쁘다. 그는 표범을 외면해버린다. 밀림이 일렁거린다. 천장을 투과한 빛이 우거진 덩굴 틈새로 포말처럼 슬어 있다. 표범이 물을 튀긴다. 말하자면 지금 표범은 덩굴에 결박된 채 꼼짝하지 못한다. 허우적거리고 있다. 물장구를 치고 있는 것이다.

그녀가 온실을 걷고 있다. 밀림은 휘갈겨진 채 그대로 굳어 있다. 먹이 마르고 있는 것 같다. 붓끝이 쪼그라들고 있는 것 같다. 그녀는 방금 벗은 코트를 왼팔로 받아 든다. 지금 그녀는 온실의 풍경, 까마득하게 솟아난 나무들, 천연색으로 피어난 밀림의 생화들에 주의를 기울이지 않는다. 그녀는 온실의 기이한 화훼를 관람하기 위해서가 아니라 어쩐지, 말하자면 그저 온실 바깥에 있는 별개의 목적지로 향하기 위해 이곳을 통과해가는 사람처럼 보인다. 그녀는 서두른다. 더는 이곳에 머무르고 싶지 않다. 온몸이 홧홧하다. 그녀는 땀을 흘리고, 땀으로 흥건해진 티셔츠가 온몸을 감아쥐는 것을 느낀다. 방금까지만 해도 간격을 두고 들리던 원숭이들의 울음소리가 멎어 있다. 실내는 적막하다. 그녀는 천장을 올려다본다. 천장은 먹빛이다. 눈이 내리고 있다.

뒤덮인 눈이 천장을 점거한다. 온실이 어두워진다. 그녀는 홀로 있다. 혹은 그녀는 지금 막 자신이 홀로 있다는 사실을 깨닫는다. 비를 맞으면 기분이 좋을 것이다. 빗줄기가 눈앞을 가로막으면, 어둠이 울창해지면, 굴속에서 발밑을 내려다보면, 밀림을 닫아걸면, 온몸에 부딪치는 빗소리를 듣고 있으면 기분이 아주 좋을 것이다. 밀림이 팽창할 것이다. 발밑이 까마득한 벼랑 같다. 밀림에서 맞는 비는 뜨겁다. 빗줄기가 살갗에 닿을 때마다 온몸이 펄펄 끓는 것 같다. 부레들이 물 밖으로 뛰쳐나올 것이다. 뿌리들이 꿈틀거리며 밀림을 갈아엎을 것이다.

그녀는 눈을 감고 있다.

얼음이 녹지 않는다.

폭설은 결빙된다. 단단해져서 유백색 빙판이 된다. 유리가 창백하게 질린다. 눈을 뜨면 뾰족한 식물들이 턱밑까지 자라나 있다. 눈이 어둠에 익숙해진 탓이다. 그녀는 어둠이 감춘 식물들의 윤곽을 또렷하게 구분할 수 있다. 식물들은 복면을 하고 있거나 쥐색 벙어리장갑을 끼고 있다. 또는 그렇게 보인다. 이때 그녀는 숲으로부터 자신의 감각을 격리하고 있는 듯하다. 관능을 발가벗기고 있는 것이다. 물결치는 숲, 검은 쌀을 씻고 있는 나무들, 음산한 목소리로 메아리치는 이명, 어스름에 번지는 가운데보다 어둑한 얼룩으로 퍼지는 그을음. 그녀는 귀를 기울인다. 표범이 있다. 표범이 숲의 안쪽에서 그녀를 노려본다. 어둠이 내린 밀림은 표범이 은신하기에 최적의 환경을 제공한다.

'그녀를 위해 내가 할 수 있는 일은 없는 걸까.' 밀림 도처에 매달린 귀들이 일제히 소스라친다. '어쩌면 그녀가 눈을 뜨길 기다리고 있는지도 몰라. 약은 놈이고, 신중한 놈이니까.' 그녀는 표범을 믿지 않는다. 그녀가 표범을 믿지 않는 동안 표범은 그녀를 습격하지 않는다. 밀림이 그녀를 향해 환각을 엎지르고 있다. '표범은 어디?' '오래 굶었을 거야.' '그녀 좀 봐! 일어설 용기가 없나?' '독사를 밟았나?' 그녀는 쪼그려 앉아 제 무릎 사이로 고개를 떨어뜨린다. 다리에 힘이 풀린다. '저러고 있으면 밀림이 폭격을 맞잖아.' '숫자를 세.' '호흡을 죽여.' '밀림이 당신의 정수리로 무너지잖아.' 그녀는 잠시간 그러한 자세를 유지한다. 피가 발가락으로 쏠린다. '내 플라스크 안에는 내가 애지중지 보관한 죽은 뱀의 표본이 있어.' '마치 알비노 같지?' '새하얗게 부어터진 뱀을 바라보면 기분이 어때?' '알코올에 젖은?' '멸균된?' '거기 사로잡힌?' '되살아나는 뱀의 무늬가 당신의 눈동자로 스며들기 시작하면…… 내가 뱀의 혓바닥을 빌려 당신에게 속삭이듯이…… 오지 마…… 오지 마…… 그렇게 애원하는 목소리가 들리는 것만 같고…… 나는 벌써 온실 바깥에서 당신을 내려다보고 있는데!' 그녀는 예감을 앞지르고 싶다. 예감보다 먼저 밀림을 빠져나가고 싶다.

그녀는 웅크린 표적이다. 표범은 쉽사리 정체를 드러내지 않는다. 그녀는 숲속을 배회하는 모든 기척을 향해 촉각을 곤두세운다. 밀림이 물속의 공룡처럼 부풀고 있다. 그녀의 다리가 빳빳해진다. '달아나려 하면 안 돼.' '제자리에 있어.' '제자리에.' 그녀는 후들거리는 무릎을 다잡으며 자리에서 일어난다. '꼼짝 마. 숨을 쉬지도, 말을 하지도, 무언가를 함부로 만지지도 마세요.' '자신을 저버리지 마세요.' 지금 표범은 금빛 물결이다. 흘러서 자취를 감추는 무늬들이다. 유속으로 변환된 부서지는 신체다. 비가 쏟아지지도 않았는데 폭우가 다녀간 것처럼 사방이 찰박거리는 웅덩이다. 그녀는 눈을 뜨지 않는다. 웅덩이는 진흙과 녹말로 혼탁하다. 그녀는 비틀거린다. 웅덩이에서 퍼지는 검은 파문이 그녀의 발목을 에워싼다. 그녀는 두 발목을 웅덩이 속에 담근 채 잠시 서 있다. 시야가 캄캄하다. 그림자를 뒤집어쓴 것만 같다. 발목이 웅덩이 아래로 가라앉아 상온의 수은처럼 녹아버릴 것만 같다. 혹은 그녀는 느낀다. 잔가지 끄트머리마다 돋아나는 날카롭고 투명한 발톱들, 도처에서 깨어지는 적막의 항아리를. 그녀는 눈을 감을 때마다 비를 맞는다. 표범을 만난다. 폭설에 파묻힌 온실은 거대한 이글루를 연상시킨다. 그녀는 강렬한 요의를 느낀다.

*

그는 야간 순찰을 나갔다가 덤불 위에 널브러진 그녀의 시신을 발견했다. 표범의 소행이 분명했다. 그는 얼떨떨했다. 유령에 홀린 듯했다. 시신은 새카맣게 타버린 닭고기 같았고 전체적으로 난잡하게 훼손되어 있었다. 벌어진 팔의 각도로 보아 그녀는 표범에게 끌려가면서 꽤 장시간 지면을 긁어댄 모양이었다.

사무실로 돌아오자 온몸이 젖어 있었다. 악몽 속에서 막 뛰쳐나온 기분이었다. 몸이 마르자 오한이 끼쳤다. 그는 석유난로의 밸브를 열고 양말을 벗은 다음 난로의 철판 위에 발꿈치를 올려놓았다. 발등이 하얗게 불어 있었다. 눈이 피로했다. 그는 엄지 끝으로 관자놀이를 꾹꾹 눌렀다. 진흙과 뒤섞인 눈덩이는 검붉은 빛깔이었다. 난로가 빠르게 달아올랐다.

온실은 누긋했다. 그는 환부를 향해 랜턴을 들이밀었다. 눈앞이 얼얼했다. 환부는 질펀하게 끓어오르는 잡탕찌개를 연상시켰다. 착색된 환부 표면으로 샛노란 구더기들이 떠다니고 있었다. 부패의 속도가 제법 빨랐다. 그녀가 온전히 자취를 감추는 데 하룻밤이면 충분할지도 몰랐다.

그는 밀림 쪽으로 랜턴을 쏘아댔다. 빛이 비행접시처럼 공중을 선회했다. '표범이 나타나면 표범을 추궁해야지.' '표범은 이미 경계를 넘은 거야.' '약속을 어긴 거고.' '그렇다면 당연히 대가를 치러야지.' 숲을 한 바퀴 순찰한 다음에도 시신은 제자리에 있었다. 한번은 시신에서 멀지 않은 곳에서 그녀를 만났다. 바닥에 떨어진 포도송이가 죄다 으깨져 있었다. 이해할 수 없는 일이었다. 그녀가 밀림을 걷고 있었기 때문이다. 그가 다가가면 그녀는 여전히 죽어 있었다.

그는 시신 옆에서 몇 번 헛기침을 했다. 경고를 하듯, 자신의 존재를 표현하듯, 시신에게 들으라는 것처럼 대놓고 그렇게 했다. 그러자 그녀가 몸을 일으켰다. 주섬주섬 환부를 갈무리했다. 그는 황당했고 회생한 그녀를 우두커니 바라보고 서 있었다. 그녀가 그에게 다가왔다. 피거품이며 진흙으로 범벅이 된 온몸에서 얼굴만이 표백된 것처럼 산뜻한 빛을 뿜고 있었다.

이윽고 그녀가 손을 내밀었다. 그러면서 어수룩하게 고개를 까닥거렸다. 그는 악수를 했다. 손바닥이 차가웠다.

랜턴을 소등하면 그녀는 다시 죽어 있었다. 사실 잘 보이지도 않았다. 그는 사무실로 돌아갔다. 돌아오는 길이 험하고 멀었다. 이윽고 그는 삽자루를 치켜들고 있었다. 땅바닥에 구덩이를 팠다. 사방이 캄캄했기 때문에 허공에 삽질을 하고 있는 기분이었다. 어둠은 견고했다. 삽자루를 짓칠 때마다 손목에 통증이 느껴졌다. 이제 그녀는 사람이라기보단 흥건한 진흙을 연상시켰다.

그는 구덩이에 시신을 안치한 다음 구덩이 아래를 내려다봤다. 뿌리들이 시신을 에워싸기 시작했다. 식물들에 의해 결박된 그녀는 마치 딱딱한 석고상을 연상시켰다. 온몸에 깁스를 휘감고 있는 것 같기도 했다. 두번째 표현이 더 잘 어울렸다. 식물들이 그녀를 사이에 두고 교미를 하고 있었다. 뒤엉킨 구근들이 기괴하게 비틀린 채 서로를 옭아매는 사슬처럼 보였다. 새벽녘이었고 온실은 어슴푸레했다. 날이 밝기 전까지 작업을 끝내야 했다. 그는 삽질을 서둘렀다.

*

정갈하게 정리된 사무실 책상 위에 제도용 고무 책받침이 깔려 있다. 그는 막 일어서려는 것처럼 그대로 굳어 있다. 의자 등받이에 몸을 기대지 않고, 무릎을 약간 추켜올린 채, 무언가에 긴장한 사람처럼. 그는 있다. 그는 사물들의 배치를 변경하지 않는다. 이곳 사무실에 자리한 사물들은 굳이 그대로라고 쓰지 않아도 뒤바뀔 일이 없는 창백한 상수와 같다. 움직이거나 자리를 비우는 이는 오직 그밖에 없다. 그는 삐걱거리는 의자 위에서 제 자세를 수차례 교정한다. 꽤나 이로운 자세에 안착한 다음엔 역시 자신의 부주의에 의해 그러한 자세를 망가뜨린다. 그는 빗나간다. 이제 그는 제 자세의 게으른 변주를 처음부터, 거의 의식 없이 되풀이할 수 있다. 음영이 드리워진 그의 얼굴이 풀을 먹인 옷감처럼 울어 있다. 그는 환각을 누락하기 위해 일지를 쓴다. 어쨌든 그의 생활이란 일지를 벗어나지 않는다. 그가 아무것도 하지 않는 대부분의 시간조차 그렇다.

표범을 마주치면 손을 흔든다. 말을 건다. 표범은 대답하지 않는다. 매몰된 코들이 평평한 지면 위에 돌부리처럼 튀어나와 있다. 그는 표범을 향해 돌을 던진다. 표범은 날아오는 돌을 가볍게 피해버린다. 꼬리를 배트처럼 추켜올린 채 명중한 돌을 받아치는 것이다. 그는 약이 오른다. 펄펄 날뛴다. 표범은 심드렁한 얼굴이다. 시신이 출몰하는 빈도가 날이 갈수록 잦아지고 있다.

그는 표범이 내팽개친 먹이들을 온실에 유기한다. 그것은 환각 전체를 온실 속에 처박기 위해서다. 망상을 격리하기 위해서다. 사실을 말하자면 표범은 없다. 표범이 해치운 유해만이 밀림 도처에서 발각될 뿐이다. 시신을 은폐하는 일은 그의 몫이다. 어디까지나 표범이란 그가 저지른 환각이기 때문이다. 그럼에도 불구하고 그는 표범이 사람을 습격하는 것을 막을 수는 없다.

밀림이 과열되고 있다. 그는 일지에 시신들이 발견된 날짜와 위치를 표시한다. 이 표시란 오직 그만이 알아볼 수 있는 은밀한 암호들로, 이 암호로 말미암아 그는 시신에 관련한 기억들을 그럭저럭 명확한 채로 간직할 수 있다. 아무도 일지를 열람하지 않는다. 기록은 종종 환각보다 정확하게 그의 신변을 위협한다. 암호 또한 마찬가지다. 그는 자신에 의해 작성된 이 암호들이 언젠가 분명 스스로에게 해를 입힐지도 모른다고 생각한다. 그러나 대체 누가 그의 암호들을 해독할 수 있다는 말인가? 표범이 실제로 존재하기라도 한다는 말인가? 그는 암호에 빗금을 친다. 표범은 기록을 통해 일지에 삽입된다. 일지는 아무도 열람하지 않는다는 사실을 통해 표범을 관측한다. 표범은 출현한다. 기록은 표범을 포획하는 가운데 표범이 활약할 수 있는 하루의 온실을 실천한다. 일지는 환각을 누락하고 봉합하는 하루의 일과와 환각을 남몰래 박제하는 그의 암호들 사이에서 동요한다. 그것은 거의 동시에 일어나는 일이다.

시간이 멎어 있다. 경과하는 것은 일지다. 일지는 시간의 눈금이다. 그는 자리를 떠나지 않는다. 자리가 흐르고 있는 것 같다. 자리가 허물어지고 있는 것 같다. 그는 미끄러지지 않는다.

지금 의자는 비어 있다. 탁상시계가 정각에서 멈춰 있고, 당일의 날짜가 기입된 일지가 펼쳐진 채 삐뚜름히 놓여 있다. 그는 돌아오지 않는다. 일지가 환영을 열람하고 있는 것이다. 환영이 일지를 받아쓰고 있는 것이다. 사무실 철문이 열린다. 그는 지쳐 있다. 순찰 때문이다. 작업복 밑단이 눅진하게 삭아 있다. 그는 눈이 부신 것처럼 미간을 찡그린 채 사무실 안을 두리번거린다. 의자 위에 앉는다. 등받이가 세차게 휘청거린다. 이내 그는 무언가를 찾으려는 것처럼 책상 서랍들을 소란스레 여닫기 시작한다. 서랍들이 덜그럭거리는 소리를 낸다. 자욱한 먼지와 함께 서랍 속에 붙들려 있던 잡동사니들이 드잡이를 당하고, 이내 서랍 바깥으로 쏟아진다. 정신없이 서랍을 뒤지는 그는 당황한 사람이다. 절망하고 있는 사람이다. 절망 때문에 스스로를 낭비할 수밖에 없는 사람이다. 일지는 곧 기록된 환각을 깡그리 잃어버리게 된다.

*

온실은 어수선하다. 소풍을 나온 늙은이들이 열을 지어 밀림의 출구를 향해 나아가고 있다. 거동이 불편한 몇몇 늙은이가 지팡이를 짚고 있고, 그들로 인해 열의 이동이 점진적으로 지연되는 중이다. 피켓을 휘두르는 인솔자가 무리 말미에서 늙은이들을 통제하고 있다. 그들은 지금 막 표범이 올라앉아 있는 나무둥치 밑을 지나고 있는데, 이동이 정체되는 바람에 그들은 곧 자신들이 만든 벽들 사이에 갇혀 옴짝달싹할 수 없는 처지가 된다. 이때 그는 노인들을 따라붙으며 표범을 감시하는 중이다. 시신이 발각될 우려도 있다.

표범이 코피를 흘린다. 사람들은 자신의 머리 위에 드리워진 그림자가 실은 표범의 그림자라는 사실을 알지 못한다. 표범이 코를 훌쩍인다. 새어 나온 피를 비강 안쪽으로 되넘기는 것이다. 그는 표범과 노인들을 번갈아 바라본다. 코피가 노인들의 이마로 방울져 떨어진다. 노인들은 자신들이 닦는 땀이 실은 표범의 코피라는 사실을 의식하지 못한다.

"안녕하시오." 그가 말한다.

열 밖으로 뛰쳐나온 노인 하나가 탈의를 시도한다. 바지를 벗어버리려는 것이다. 저고리 밑단으로 노인의 비쩍 마른 고추가 모습을 드러낸다. 인솔자가 노인을 향해 뛰쳐나온다. 노인의 허리춤을 매섭게 낚아챈다. 순간 인솔자와 노인은 경쟁적인 관계가 된다. 노인이 인상을 찌푸린 채 끙끙거린다.

"네."

인솔자가 화답하는 사이 노인은 손에 든 지팡이로 인솔자의 등짝을 거침없이 후려치고 있다.

"좀 도와줘요." "아야." "아야."

딸꾹질을 하는 것 같다. 인솔자가 고삐를 놓친다. 어느새 다른 노인들은 나무 뒤에 숨어 인솔자와 노인 사이에서 벌어지는

지지부진한 난투극을 예의 주시하고 있다. 노인이 제 바지를 완전히 벗어버린다. 인솔자는 밀림 안쪽으로 사라져가는 노인의 하반신을 황량한 표정으로 쳐다본다.

"어떻게 해야 될 것 같은데." 그가 말하자 인솔자가 울상이 된다. "내버려두면 돼. 일부러 저러는 거요. 말려주길 바란다니까." 그는 고개를 젓는다. 노인들이 숲을 쏘다니며 덩굴을 쥐어뜯는다. 손아귀로 딸려온 나뭇가지들이 포물선을 그리며 팽팽하게 휘어진다. 마치 줄다리기를 하는 것 같다. 인솔자가 확성기에 대고 호통을 친다. "그러지 마요. 그러지 말라니까!" 호통이 쪼그라진다. 쪼그라져서 겁먹은 목소리가 된다. "여러분이 자꾸 그렇게 하시면 말예요…… 숲이 다치잖아요……" 이내 인솔자는 입에 맞붙이고 있던 확성기를 힘없이 떨어뜨린다. "나는 확성기에 대고 소리친다오. 자, 철수합시다. 자, 얼른 열을 맞춰 서세요. 그럼 노인들이 발작을 하는 거요. 혼절하는 노인들도 있지. 갑자기 꿀 먹은 벙어리로 굳어버리는 작자들도 있고. 지긋지긋하다니까요."

"그럼 어떡해요." 그가 묻는다.

"버티는 거야. 가자고 하면 가지 않소. 오라고 하면 오지 않지. 죽지도 않고. 살려고도 하지를 않는단 말이야." "어떻게 좀 해요." "뭐." "손을 써야지. 당신이 책임자니까." "싫어." "뭐요?" 인솔자는 퉁명스럽다. "난 싫소."

인솔자가 나뭇가지를 주워 든다. 그리고 개흙에 동그라미를 그리기 시작한다. 연이어 그린다. 안으로 그리고 바깥으로도 그린다. 동그라미가 증식한다. 노인들이 술래를 쫓아 밀림을 뛰어다닌다. 이때 술래는 바지를 벗은 노인이다. 노인은 민첩하다. 늙은이 몇이 술래에게 양팔을 뻗다 수풀에 발을 헛디딘 채 나동그라진다. 숲을 헤집는 노인들의 손길이 바빠진다. '금방이라도 기절할 것 같군.' '표범 말이야.' 표범의 코피가 멎지 않는다. '몇 날 밤을 새운 모양인데.' '안색이 좋지 않고.'

노인들이 나무 한 그루씩을 부둥켜안는다. 인솔자는 이제 입가에 옅은 미소를 띠고 있는데, 노인들의 기행을 방관하는 것에 재미를 붙인 모양이다. 그러면서 동그라미를 또 그린다. 엄청 그린다. 신나게 그린다. 그가 동그라미를 짓밟으며 말한다. "여기서 나가요." 그가 소리친다. "데리고 나가라니까!" 인솔자가 어깨를 으쓱한다.

술래를 경험한 노인들은 역할이 끝나도 여전히 바지를 벗고 있다. 이내 그들은 표범이 올라앉아 있는 나무 밑에 몰려 서서 껑충 발을 구르기 시작한다. 표범의 꼬리를 붙잡기 위해서다. 가지 밑으로 늘어진 꼬리가 썩은 동아줄 같다. 노인들이 표범을 끌어내린다. 표범이 나무에서 떨어진다. 잡풀이 날린다. 표범이 허둥지둥 달아난다. 노인들이 표범을 포위한다. 표범이 물러선다. 인솔자가 혀를 찬다. "저거 봐." 그는 본다. 밀림의 내부는 뜨겁고 진창처럼 미끈거린다. 노인들은 지팡이 하나씩을 들고 있다. 표범을 구타하는 것이다. 면상을 갈길 때마다 표범

이 밭은기침을 한다. 표범의 눈자위가 벌겋게 이지러진다. 표
범은 저항하지 못하고 자신을 향해 쏟아지는 지팡이에 제 몸
을 내맡기고 있을 뿐이다. 얻어터진 표범이 눈물을 줄줄 흘린
다. 범벅이 된다. 손이라도 있다면 빌었을 것이다. 노인들은 낑
낑거리는 표범을 재차 걷어찬다. 두개골에 지팡이를 처박는다.
숲이 달아오른다. 그는 다리에 힘이 풀리고 눈앞이 캄캄해지는
것을 느낀다. 그는 눈을 감아버린다.

*

이제 그는 밀림에 도달하기 위해 표범의 먹이가 되는 것 같
다.

*

그는 잠들지 않는다. 그는 하품을 하고, 하품의 형상이 오후
를 떠가는 풍선이라도 되는 것처럼 하품이 지나는 궤적을 응시
하고 있다. 청회색 다마스 한 대가 사무실 앞에 마련된 주차 구
역으로 들어선다. 얼어붙은 노면 위로 바퀴가 공회전을 한다.
미등에 불이 들어올 때마다 차체가 금방이라도 엎어질 것처럼
출렁거린다.
다마스에서 내린 사람은 총 셋이다. 모두가 마스크를 쓰고

새하얗게 다림질된 방진복을 입고 있다. 마스크 틈새로 새하얀 입김이 새어 나온다. 그는 허둥지둥 사무실을 나가 그들에게 인사를 한다.

"오실 줄 몰랐습니다."

그들이 말한다.

"방역 중엔 돔을 폐쇄해야 해요."

"사람이 있으면 안 돼요."

"우리 빼고요."

마스크 때문에 목소리가 뭉개져 있다.

그들이 다마스에서 내린 후 처음으로 하는 일은 트렁크를 열고 방역에 필요한 장비들을 꺼내는 일이다. 트렁크 안에 방역 튜브와 소독용 분사기들, 노즐이 연결된 연료통, 작업에 쓰이는 농약들이 무질서하게 널려 있다. 하차를 완료한 용역들은 이내 마스크를 턱밑까지 내린 채 담배를 피운다.

그들이 말한다.

"뭐 해요."

"빨리 내보내야지."

용역들이 온실을 가리킨다. 건방을 떠는 것처럼 손가락을 까딱거린다.

"사람들."

온실에는 표범뿐이다. 그가 대답한다. "텅 비었어요." "아무도 없다고요?" "네." 용역들이 수군거리기 시작한다. 머리를 둥글게 맞댄 채, 마치 자기들끼리 무언가 중대한 이야기라도 나누려는 것처럼 그를 따돌리는 것이다. 그는 용역들이 무슨 이야기를 나누고 있는지 이해할 도리가 없다. "그럼 작업을 시작하면 되겠네?" 이윽고 용역들 중 하나가 고개를 쳐들며 말한다. "네. 지금 당장." "일하기 전에 커피 한 잔 줄 수 있소?"

그는 사무실로 돌아와 커피포트에 물을 끓인다. 그를 따라 사무실에 들어선 용역들이 앉을 자리를 찾지 못한 채 엉거주춤하게 서 있다. "앉아요." 그가 용역들에게 의자를 권하며 말한다. 용역들이 의자를 뚫어져라 바라본다. "누가 앉지?" 그러면서 서로의 얼굴을 힐끔거린다. "우린 셋인데." "내가 앉을게." "돌아가며 앉자." 용역들이 쑥덕거린다. 그는 용역들의 태도에 기분이 나쁘다. "하나 둘 셋 하면 같이 앉자." "먼저 앉게 된 놈이 의자의 주인이야." 커피포트가 증기를 뿜어낸다. "됐어." 용역들 중 하나가 그를 향해 의자를 밀치며 말한다. "우린 앉지 않기로 결정했소."

"네."

그는 그때부터 다시 의자 위에 앉아 있다. 책상 위에는 종이컵 셋이 간격을 두고 놓여 있는데, 종이컵 안으로 남은 커피가 진득하게 말라붙어 있다. 그는 저절로 눈이 부시다. 어깨쯤에 고여 있던 햇빛이 지금 막 어깨를 넘어섰기 때문이다. 사무실 창밖의 온실은 소독 작업으로 인한 연기 때문에 뿌옇고, 그림자들이 일렁거리고, 그것이 식물들인지, 표범인지, 아니면 소독 작업을 진행하는 용역들인지, 모호하고, 희붐한 온실은 미심쩍으며, 무슨 일이 일어나고 있을 것만 같고, 일어난다면 필시 표범에 의한 살상이, 아니면 용역들에 의한 표범 퇴치가, 그것이 무엇이든지, 일어나고 있을 것으로, 이때 그는 그것을 기대하거나 기다리는 자의 마음가짐을 갖고 있다. 용역들은 종일 돔 안에 머물렀다. 평소라면 방역을 마치는 데 두 시간이 채 걸리지 않았을 터였다.

*

그는 상상한다.

그녀를.

상상 속에서 그녀는 어김없이 제자리에 쭈그려 앉아 있다. 눈을 감은 채 말이다. 온실이 물속처럼 먹먹하다. 그녀는 온실에 있다. 청각이 기포처럼 들끓고 있다. 그녀는 점점 숨이 가쁘고 물속에서 의식을 유지하는 것이 힘들어진다. 그는 그녀의 두려움이 충분히 무르익을 때까지 상상을 진척시킨다.

상상 속에서

그는 표범이며 적록색맹이다. 갑작스레 시야가 밝아지고, 중심이 색을 빨아들이는 속도로 시야가 캄캄해진다. 마치 오래된 영화를 관람하고 있는 듯하다. 이때 표범은 오래된 영화를 관람하는 그의 시야를 공유하고 있다. 혹은 그는 여전히 책상 앞에 앉아 있다. 부들거리는 손으로 제 무릎을 움켜쥐고 있는 것이다. 밀림이 직물처럼 얽혀 있다. 그녀는 밀림을 벗어날 수 없다. 예감이 성사될 경우 그녀는 죽는다. 예감은 실체로서의 표범을 요청한다. 표범이 순식간에 가까워진다. 잎의 낱장들이 밀림을 모자이크하고 있다. 표범이 그녀를 뒤쫓고 있다.

표범은 생각한다.

'나는 그가 상상을 번복할 때마다 그녀를 추적하고 있다. 밀림이란 아무리 양보해도 인간의 머릿속인 것이다. 밀림을 벗어날 수 없는 나는 가엾고 무능한 표범에 불과하다. 말하자면 나는 격발된 탄환이고 숲속에 고립된 탄환에 가깝다. 그는 초를 세고 있다. 탄환이 머릿속을 관통하는 데 필요한 시간 말이다. 그러니까 나는 그의 머릿속을 맴돌며 유쾌하거나 유쾌하지 않은 추적을 되풀이하고 있는 것이다. 그녀는 뛰면서 밀림을 발가벗긴다. 나는 탈진할 것 같고 토끼몰이를 당하는 것처럼 그녀를 뿌리치지 못한다. 그는 내가 제풀에 쓰러지기를 바라고 있는 듯하다.'

그녀는 생각한다.

'나는 표범을 올려다봤어. 그러자 팔을 들어 표범의 잔등을 쓰다듬을 수도 있을 것 같았지. 표범은 제 앞발을 거두지 않았어. 몹시 괴로워했지. 목구멍에 커다란 가시가 박혀 있는 듯했어. 인상을 찡그리고 있었고 눈은 원래의 광채를 잃은 채 둔하고 탁한 빛을 띠었지. 표범이 내 가슴에 얼굴을 묻고 있었어. 온순했지. 무언가가 표범을 고통스럽게 하는 모양이었어. 미약한 고동이 느껴졌지. 그때 표범이 앞발을 거둬들였어. 비틀거리며 밀림의 저편으로 사라져갔지. 마음이라는 것이 막 생겨난 사람 같았어. 나 또한 마음만 남은 사람 같았지. 내가 겪은 죽음이라는 것이 구름 위의 일처럼 멀게 느껴졌어. 그때 무언가 되돌아오는 소리가 들렸지. 저벅거리는 발걸음 소리였어. 그러나 모습을 드러낸 것은 표범이 아니었어. 그였지. 나는 나를 향해 다가오는 그와 떠나가는 표범의 뒷모습을 명확하게 구분할 수 있었어. 비록 그는 표범 탈을 뒤집어쓰고 있었지만 말이야. 그는 고개를 까딱거렸어. 나는 웃었지. 저 빌어먹을 의태는 뭘까? 겨우 저걸로 표범을 속이겠다고? 그 전에 제 주제를 먼저 깨달으면 좋겠는데. 아니, 아니, 나는 그에게 아무것도 기대할 수 없지.'

곧 그는 표범을 추격하고 있다. 장총을 치켜들고 있다. 우거진 수풀이 그의 시야를 교란한다. 그는 챙이 넓은 등산용 모자를 쓰고 있다. 방아쇠를 당길 때마다 푸드덕거리는 새들이 온실 천장에 머리를 부딪쳐 즉사한다. 천장이 깨져 있다. 유리가 산산이 부서진다. 그는 나무 밑에 서서 비를 피하고 있다. 밀림이 천장 바깥으로 범람한다. 그는 침을 삼키고, 숲이 수런거리는 방향을 겨냥한다. 나뭇잎 사이에서 표범의 그림자가 솟구친다. 그는 공중으로 장총을 발포한다. 성난 표범이 나무 사이를 건너뛴다. '오늘이 저놈의 최후가 될 거야.' '왜 아니겠어.' 그는 표범을 따라 진창을 질러간다. '악연이었지.' 표범이 숲을 뚫는다. 그는 표범의 입안으로 총구를 집어넣는다. 표범의 앞발이 식물들을 할퀴고, 숲의 장막이 대치하고 있는 그들 사이를 뒤덮는다.

표범은 생각한다.

'내가 지금 그의 목을 잡아채거나 그의 힘줄을 물어뜯고 그를 발기발기 찢어서 숲 여기저기에 팽개친다고 해도 혹은 그가 나를 죽여서 나의 가죽을 분리하고 심장을 적출하고 뼈를 삶아 국을 끓인다고 하더라도 그것은 모두 그의 머릿속에서 벌어진 일일 뿐이며 그가 이러한 상상에 몰입하는 동안 밀림은 조금씩 변주되고 나는 돔 안에서 또 한 차례 사람을 먹고 사람의 맛을 좀처럼 잊을 수가 없는 것처럼 그러니까 사람이란 가만 보면 바로 선 자세라 덮치기 힘든 것처럼 보이지만 사람보다 연약하고 아무런 저항의 수단도 가지지 못한 먹이는 없으며 그러므로 한 번이라도 사람을 먹잇감으로 삼은 짐승들은 사람만 노리게 되는 것으로 그것은 사람이 아주 간편한 도시락이라는 사실을 깨달은 까닭인데 나로 말할 것 같으면 이빨은 무디며 몸은 앙상하고 그의 환각을 좇기에 이미 늙고 병들어 사람들의 발길이 무두질하는 방망이처럼 나를 두들기는 가운데 나는 네 다리를 공중에 부려놓은 채 바르르 떨고 있는 중풍 걸린 나귀와 다를 바가 없고 이때 나는 내가 표범이라는 사실을 믿을 수가 없는 것으로 내가 표범이 아니라면 대체 뭐란 말인가 나는 날조되어 있고 그의 환각에 좀처럼 다다를 수가 없는 것이다.'

그는 상상을 그만두었다. 허리가 결렸다. 마치 허리에 가느다란 바늘이 박혀 있는 듯한 느낌이었다. 그는 요의를 느끼고 자리에서 일어났다. 사무실 밖으로 나갔다. 얼음에 대고 오줌을 넜다. 얼음이 둥그렇게 패었다. 그는 작업복을 추슬렀다. 이내 그는 체조를 하기 시작했다. 날이 어두워지고 있었다. 몸을 움직일 때마다 뻐근한 근육이 팽팽해졌다. 호흡이 가빠졌다. 입 밖으로 뭉쳐진 입김이 펄펄 솟아올랐다. 그는 초조했다. 용역들이 파묻은 시신을 발견했을지도 모를 일이었다. 그는 발뺌할 수 없을 것이다. 그야말로 표범에게 먹이를 던져 준 꼴이 되지 않겠는가.

온실 밖으로 빠져나온 용역들은 기름통 하나씩을 어깨에 짊어지고 있었다. 연기가 문틈 사이로 뭉게뭉게 피어올랐다. 복장이 이상했는데, 깨끗했던 방진복이 흠뻑 젖어 있었기 때문이다. 온몸에 진흙을 처바른 사람들 같았다. 용역들은 무언가 심각한 말을 전하러 온 것처럼 입을 꾹 다문 채 사무실을 향해 다가오고 있었다. 그는 뒷걸음질했다. 사무실로 돌아갔다. 철문을 닫았다. 가슴이 뛰었다. 이내 용역들이 철문을 두들기기 시작했다. "문을 여시오." "지체할 수 없는 일이란 말이오." 용역들이 다급하게 말했다. "잠시만!" 그는 문밖을 향해 소리쳤다.

*

온실 안은 여태 걷히지 않은 살충제로 인해 희뿌연 안개에 휩싸여 있었다. 농약 냄새가 났다. "저것 좀 봐." 용역들 중 하나가 말했다. 그러나 눈앞은 안개뿐이었다. 손을 휘두르자 덩굴이 만져졌다. 그는 덩굴을 잡아챘다. 덩굴이 우수수 잎을 흩뿌리며 그의 면전까지 딸려 왔다. "뭘 보라는 거요." 그가 말했다. 용역들 중 하나가 대꾸했다. "좀만 기다려 봐." 용역들이 쭈그려 앉았다. 그리고 담배를 태우기 시작했다. 담배가 침침한 연기 속에서 타들어갔다. "말로 하시오." 입속이 텁텁했다. "그리고 여기서 담배는 안 돼."

"알았소." 그들이 피우고 있던 담배를 바닥에 지졌다.

거무스름하게 붙어 있던 식물들의 형체가 한층 명확해졌다. 연기가 일렁거리며 나부꼈다. 사위는 우중충한 빛을 띠었다. 어스름이 가시면서 희미했던 식물들의 윤곽이 점진적으로 형태와 질감을 갖추기 시작했다. 믿을 수 없는 광경이었다. 한 구역이 난장판이었는데, 지저분하게 벌목된 식물들이 우듬지를 바닥에 처박은 채 고꾸라져 있었던 것이다. 진흙에 절은 잎사귀들, 겹쳐진 나뭇가지들이 온실 바닥을 촘촘하게 메우고 있었다. 용역들의 것으로 추정되는 발자국들이 널브러진 식물들 사이에서 방향을 잃고 번져 있었다. 그는 용역들을 돌아봤다. 용역들은 비장한 표정이었으며 무슨 신호를 주고받듯 서로를 향해 고개를 끄덕거리고 있었다.

"처치가 곤란했지."

"어쩔 수가 없었어."

"우리는 조치를 했고."

"결과가 이렇다는 거지."

용역들이 합창했다.

완연히 드러난 온실은 철판이며 쇠시리들이 산더미처럼 전시되어 있는 고철장을 떠올리게 했다. 무더기로 교차된 나무들이 가교처럼 서로를 떠받친 채 위태롭게 기울어져 있었다. 걸음을 뗄 때마다 신발에 덩굴이 걸렸다. 덩굴은 끊어지지 않았다. 실제로 식물들은 무더기로 뒤엉켜 있었다. 엉망으로 꼬부라진 모습이 한 뭉치의 덤불 같았다.

"밀림이 죽어가는 동안 너는 무얼 했지."

"탓하진 말게."

"몰랐겠지."

"우리가 숲을 구한 거야."

용역들이 구시렁거리는 소리가 귓전에서 어른거렸다. 마치 그를 향해 변명을 하고 있는 듯했다. 그는 다시금 뒤를 돌아다봤다. 용역들이 황망히 시선을 피했다. 그러면서 우물쭈물했다. 마치 소심한 원숭이들 같았다. 벌목된 지대에 그들이 피우고 버린 것으로 추정되는 담배꽁초들이 어지럽게 널려 있었다. 그는 안쪽으로 걸음을 옮겼다. 용역들이 밀림을 배회하며 꽁초를 줍기 시작했다.

밀림이 깊어지자 더더욱 기이한 광경이 펼쳐졌다. 몇몇 나무가 가느다란 팔을 아래로 떨어뜨린 채 수액을 맞고 있었던 것이다. 푸른 혈관을 노출한 채였다. 나무에게도 혈관이라는 것이 있다면 말이다. 혈관에 주삿바늘이 박혀 있었다. 푸르스름한 혈관들이 몸통에 박힌 굵은 주삿바늘을 중심으로 균열처럼 갈라져 있었다. 뻗친 가지마다 허물들이 매달려 있었다. 푸들푸들하게 시든 이파리들이었다. 색이며 쭈그러진 정도가 길쭉한 매미 허물을 떠올리게 했다. 가까이서 보니 말 그대로 거꾸로 잠든 박쥐들의 형상이었다. 그는 나무를 향해 다가갔다. 그러자 나무가 팔을 들어 그의 머리를 쓰다듬었다. 수척한 손이었다. 비닐 포대에 담긴 액체가 줄을 타고 바늘을 향해 구불구불 흘러들고 있었다. 나무들이 각혈을 하고 있었다. 그러나 그 것은 그의 상상일 뿐이었다. 나무들은 우두커니 기립해 있었다. 덜렁거리는 주사기들이 환하게 빛을 발하는 필라멘트를 연상시켰다.

"사실상 회생이 불가능해."

"응급처치일 뿐이고."

"조만간 대머리가 되겠지."

그는 눈금을 가만히 들여다봤다.

수액이 서서히 닳고 있었다. 거의 느껴지지 않는 속도였다.

용역들은 손안에 자신들이 수거한 꽁초를 모아 쥐고 있었다. 그러고는 그를 향해 손바닥을 펼쳐 보였다. 세어보니 한 갑이 채 되지 않았다. 그는 현기증을 느꼈다.

"저게 보이시오?"

그는 표범을 가리키며 용역들에게 물었다. 표범의 입가에 붉은 피가 묻어 있었는데, 막 식사를 끝마친 듯했다.

"안 보이지."

그들은 눈을 감은 채 기도하듯 서로의 손을 맞잡고 있었다. 마치 밀림의 최후를 애도하고 있는 사람들 같았다. "표범." 그가 말했다. "표범?" 용역들은 쨍한 표정을 지었다. 그리고 눈을 떴다. "안 보여." 표범이 크게 울었다. "숲이 떨고 있군." 개중하나가 말했다. "온실이 문제야." "병이 빠져나갈 틈새가 없거든." "병이라는 게 그렇소." "밖은 겨울이니까." "보기엔 멀쩡하지." "속이 까맣게 썩어 있는 거요." "이게 다 역병을 앓고 있는 식물들이지." "조만간 잎이며 줄기가 다 떨어져 나갈걸." "이참에 식물들을 갈아치우는 것도 좋겠군." "아프다고 하잖아." "입이 없을 뿐이지." "당신이 문제야." "사람은 죽으면 눕는데." "식물은 죽으면 단단해지지." "석화되는 거요." "돌덩이처럼." "그전에 뿌리를 끊어내야지." "태워버려." "무엇을 걱정하시오?" "병이 옮을까 걱정하는 거요?" "깔깔깔." "사람에게 병을 옮기는 식물은 없지." "그런데 뭘 보고 있는 거요?" "표범." "표범은 밀림에나 있지." "깔깔깔." "당신 정상이 아니군." "혼날 줄 알았는데." "얻어맞을지도 모른다고 생각했소." "맘대로 나무를 베어냈으니까." "자업자득이지." "으르렁." "무섭군." "표범인가?" "표범이라니." "표범인데." "거짓말 마." "뭐야." "놀랐잖아." "우린 입이 셋이나 되니까." "누가 말한 거야." "놈은 어디 간 거야." 그는 없다. "거름이라도 주지." "이렇게 만지면 알아." 그들중 하나가 손바닥으로 땅을 짚는다. "뭐야." "왜?" "아냐." "땅이

라도 파볼까.”“냄새가 고약해.”“기절할 것 같군.”“이 지경이
되도록 뭘 한 거지.”“시간이나 때웠겠지.”“일지나 쓰고.”“그
런데 으슥하군.”“밤이잖아.”“겨울이고.”“손전등 있어?”“약이
다 된 것 같군.”“으르렁.”“무슨 소리야.”“대답 좀 해봐.”“야.”
“왜?”“아직 있군.”“없는 줄 알았잖아.”“뭐.”“나가자.”“깜깜해.”
그들은 허둥거린다. “그런데 그는 어디 갔지.”“간다고 했어.”
“그런 말 못 들었는데.”“우리 손이라도 잡을까?”“싫어.” 그들
은 길을 잃는다. “무거워.”“잠시 벗어둬.”“내일 찾으면 돼.”“내
일?”“그래.”“주사기도 놓고 가자.”“그래.”“본격적으로 추궁해
야지.”“뭘?”“창백하던데.”“뭘 몰래 먹다 들킨 사람처럼.”“깔
깔깔.”“시체라도 숨겨놓은 모양이지.”“그렇던데.”“뭘?”“아까
봤잖아.”“표범?”“아니.”“시체?”“응.”“정말?”“혼비백산해서
달아나던데.”“언제?”“아까.”“왜 말 안 했어.”“아는 줄 알았지.”
그들은 잠시간 묵묵히 걷는다. “농담 마.”“깔깔깔.”“진짜야?”
“응.”“그런데 왜 웃어.”“그냥.”“그래.”“더워.”“나도.”“아까 봤
어?”“아니.”“나도.”“그런 생각 마.”“진짜로.”“괜한 얘기를 했
어.”“담배라도 피울까?”“그래.”“그러자.”

*

밀림에서 그는 길을 잃지 않는다. 잎사귀들이 그가 나아가는
방향에서 사선으로 갈라져 있다. 가면을 쓰고 있는 듯하다. 무

량하게 돋아난 잎사귀들 말이다. 가면을 벗고 있는 듯하다. 덤벙덤벙 날리는 잎사귀들 말이다. 잎이 떨어진 자리마다 휑한 얼굴들이 짓무른 채 맺혀 있다. 얼굴을 향해 양팔을 뻗으면 끈끈한 황금빛 액체가 호박처럼 팔꿈치를 향해 흘러내린다.

지금 열매들은 밀림의 고름 같다.

이제 그는 나무의 밑동을 더듬기 시작한다. 하려는 것이다. 적당하게 굵고 적당하게 깡마른 나무 앞에 서서, 작업복을 무릎까지 내린 채, 밑동에 뚫린 구멍에 생식기를 욱여넣으며, 생식기에 맺힌 고름을 뽑아내려는 사람처럼, 안에서 바깥으로, 맹렬하고 거칠게, 따끔거리는 생식기를 재차 견뎌내면서 말이다. 하는 동안 그는 천장을 본다. 열매를 부리로 쪼개고 있는 앵무새들의 환상을 본다. 사정을 하면 기분이 좋다. 기분이 아주 좋아서 날아갈 것 같다. 욕망을 내팽개친다는 것이, 나무와 마음을 나눈다는 것이 이런 기분이구나 하는 것을 조금씩 느끼게 되는 것이다.

한편, 나무의 안팎으로 피어난 푸른 이끼들 사이를 유유히 헤엄치는 것들이 있다. 그가 상황에 몰입하는 동안 그것들은 습한 이끼들을 벗겨 먹으며 적당한 기회를 엿보고 있다. 그것들은 실뱀처럼 꼬리가 길고, 미끈하며, 기척을 내지 않는다. 구멍의 테두리를 둘러싼 마른 껍질들이 버석거리며 부스러진다. 그는 한동안 이러한 행위를 멈추지 않는다. 이내 그는 비명을 지른다. 그는 고통스러운 표정이다. 나무에 기생하던 흡혈메기들이 밑동에 박힌 그의 생식기를 향해 후루룩 빨려들고 있기 때문이다…… 요도에서 피가 튀고, 흥건한 음경이 소용돌이치듯 나선을 그리며 찢어진다. 생식기는 예리한 줄칼로 친친 감아 도려낸 것처럼 그 훼손된 모양이 물결치며 짓이겨지는 환형동물 같다. 그는 생식기를 재빨리 거둬들인다. 생식기는 딱딱하게 솟아 있다. 그는 제 생식기를 쥐어본다. 생식기는 그대로다. *끄트머리가 물오른 산딸기 빛깔로 부풀어 있다.*

그럼에도 불구하고 그는 불알 안쪽에서 꿈틀거리는 흡혈메기들의 움직임을 또렷하게 감지할 수 있다. 생식기가 화끈거린다. 그는 제 생식기를 빤히 내려다본다. 생식기가 수그러들기 시작한다. 마치 묵념을 하고 있는 듯하다. 생식기 말이다. 기가 질려 있다. 시선 때문이다. 그의 시선이 생식기를 몰아붙이고 있는 것이다. 그는 나무 앞에서 힘없이 무릎을 꿇는다. 메기들의 움직임이 잦아들고 있다. 그는 안도하며, 발목 부근까지 말려 내려가 있는 작업복을 주섬주섬 추스른다. 그는 나무의 구멍에 눈을 대본다. 이끼들 사이에 흡혈메기들이 쉭쉭 소리를 내며 기어 다니고 있다. 연못이 있다. 연못이 있다는 사실이 놀랍지 않다. 그것을 서술할 수 있다는 사실이 놀랍지 않다. 나무 안의 연못을 상상할 수 있다는 사실이, 불투명한 연못, 물을 보면 물이 보이는 연못, 관능의 연못, 방금 무언가가 뛰어든 것처럼 뽀글거리는 연못, 말하자면 나무의 내부는 연못이 있는 암실이다. 그리고 그는 감광지에 상(像)이 맺히듯 연못에서 떠오르는 시체를 또렷하게 목도할 수 있다.

*

그림자들만으로 한 권의 삶을 마련할 수 있을까?

그림자가 있다면 그림자의 그림자가 있다. 그림자의 그림자가 있으면 그림자의 그림자의 그림자가, 겹쳐진 그림자들이, 복수의, 두꺼운, 그것은 더 이상 그림자가 아니라 그림자들이 겹겹이 쌓인 책이다. 낱장들을 엮어 만든 책, 그림자를 읽으면 그림자가 나타나는 책, 그림자들을 무한히 넘기는 방식으로 지속되는 삶.

그는 책상 앞에 앉아 있다. 책상 앞에는 하루의 내력을 기록한 일지가 놓여 있고, 일지의 오른쪽 측면으로 전자식 탁상시계가 흐릿한 광채를 발하고 있다. 지금 그는 이마를 펼쳐진 일지에 가볍게 얹은 채 잠들어 있는데, 등받이 뒤에서 보면 그는 정확히 자신의 그림자와 이마를 마주하고 있는 모습이다. 타액이 일지의 필체를 누릿한 빛깔로 적시고 있다. 책상을 향해 고꾸라진 그의 등과 의자 등받이 틈새로 녹슨 지퍼가 보이고, 엉덩이 부근까지 내려간 지퍼 양쪽으로 작업복의 좌우 자락이 어슷한 부채꼴 모양을 그리며 갈라져 있다.

예컨대 그는 죽은 것처럼 잠들어 있다. 평온하게, 뒤척이지 않고, 고르게 숨을 쉬며, 미약한 빛 속을 떠다니는 먼지와, 흐

르는 시간, 점차 권역을 넓혀가는 타액의 흔적, 그러한 것들에
아랑곳하지 않은 채. 그는 꿈을 꾸고 있다. 꿈속에서 곤히 잠든
자신의 뒤통수를 가만히 내려다보고 있는 것이다. 뭉개진 필체
가 뒤통수를 중심으로 촛불처럼 번져 있다.

 이윽고 그는 잠에서 깬다.

 그는 밀림을 순찰하다가 자연사한 표범과 마주친다. 부패한
표범 주위로 환각의 파리들이 어지럽게 날아다니고 있다. 그는
표범을 샅샅이 뒤진다. 환각이 다 빠져나간 표범은 음습한 거
적때기를 연상시킨다. 표범을 들추자 고약한 냄새가 난다. 그
는 표범을 뒤집어본다. 밑단에 지퍼가 달려 있다. 이제 그는 한
벌의 작업복이 된 표범을 받아 들고 있다. 그는 표범을 입는다.
표범의 아가리 속으로 머리를 집어넣는 것이다. '숨을 못 쉬겠
군.' '깜깜하니?' '답답해.' '비좁군.' 그는 표범처럼 네발을 지면
에 마주 댄 채 포복해 있다. '지독한 냄새야.' 이내 그는 어둠 속
을 내달린다. 온몸이 축축하다. 더운 공기 때문에 숨을 쉬는 일
이 곤궁하게 여겨진다. 그는 꼼짝없이 나무에 머리를 부딪치
고 만다. '이러다 네가 죽겠어.' '꼬리만 쫓고 있는 꼴이잖아.' 그는
엉덩방아를 찧고 잠시 얼떨떨한 기분을 느낀다. 그는 제자리
에 가부좌를 틀고 앉는다. 지금 그는 무언가를 골똘히 생각하
고 있다. '표범이 되려면 어떻게 해야 하지.' '표범이 되려면.' 탈이
벗겨지지 않는다. '잘 생각해야지.' 그는 환각을 본다. 뱀 한 마
리가 하얗고 미끄러운 벽을 기어오르고 있다. 그는 눈을 감았

다 뜬다. 눈앞은 잿빛이다. 이번 환각은 균열 같다. 균열을 뚫고 자라나는 밀림이 있다. 이때 눈은 밀림을 기르는 온실이다. 표범은 먼 왜성(矮星)을 응시하듯 밀림을 기다린다.

수은의 시도

관념은 조금 빈 잔이고 모서리가 있다.°

그는 간다. 대개의 환영은 피로 때문이다. 세계란 자아의 암
실이다. 암실을 향한 환영 폭파다. 그는 생각한다. 그는 자신의
환영을 내버려둔다. 이윽고 그것을 어기적거리듯 쫓아간다. 여
하간 그는 오랫동안 걸었다. 눈 속을, 눈에 파묻힌 벌판을, 은
막(銀幕)에 휩싸인 지붕 위를, 걸음을 옮길 때마다 양쪽 무릎
이 눈밭 아래로 푹푹 빠져든다. 눈이 햇빛을 튕겨낸다. 빛은 날
카롭다. 쉬이 아물지 않는 빛이다. 지칠 때면 멈춰서 눈을 파헤
친다. 이유도 없이 그렇게 한다. 깡마른 억새들이 손아귀로 줄
줄이 딸려온다. 날씨는 쾌청하다. 어젯밤 내린 폭설이 무색할
정도다. 그는 자신이 어느 지대를 통과하고 있는지 알 수 없다.

○   이준규, 「관념」, 『반복』, 문학동네, 2014.

유리컵 안에 몇 개의 얼음덩어리가 있다. 그는 상상한다. 컵
이 놓여 있는 장소는 침대 옆의 나이트 테이블이다. 유리컵의
오른쪽 측면으로 간이 스탠드가 비치되어 있다. 조명을 받은
유리컵이 둥글게 번쩍거린다. 얼음은 환하고 투명하다. 내부로
자잘한 균열들이 비친다. 기포들이 있다. 물과 함께 그대로 응
결된 기포들이다. 얼음이 사라지기 전에 그녀가 온다. 그것을
바라보고 있을 수가 없다. 조바심이 나는 것이다. 빠득빠득 얼
음을 씹고 있으면 마치 부러진 이빨을 씹고 있는 것 같다. 그는
미간을 찌푸린다. 실내는 고요하게 가라앉아 있다. 간혹 취한
자들의 음성이 창문에 쳐진 리넨 커튼을 천천히 흔들어댈 따름
이다. 그는 유리컵과 그녀, 침실, 취한 자들의 음성에 관한 이
러한 기억, 혹은 장면을 지속적으로 복기한다. 눈밭을 걸어가
며. 이미 빙점에 도달한 얼음이 보다 차가워지도록.

곧 그는 눈 속에 매장되어 있는 한 채의 컨테이너를 발굴하
게 된다. 과정은 이러하다. 그는 눈으로 이루어진 언덕을 본다.
손을 뻗는다. 눈을 쥔다. 입에 넣는다. 갈증이 가신다. 그는 이
러한 행동을 수차례 되풀이한다. 눈 속에서 그가 처음 발견한
것은 비죽 튀어나온 컨테이너의 문고리다. 그는 문고리를 잡아
당기고, 컨테이너 상단에 쌓인 눈 뭉치가 우르르 무너지는 모
습을 올려다본다. 문은 잠겨 있지 않다. 그는 컨테이너 안으로
들어선다. 처음에 그곳은 어둡다. 그는 열린 문 앞에 서서 제
눈이 침침한 어둠에 길들여지길 기다리고 있다. 컨테이너 안

에서 낯선 소리가 들려오는데, 그 소리는 마치 가래를 삼킬 때 나는 꼴깍거리는 소리를 연상시키기도 한다. 그는 걸음을 옮긴다. 컨테이너 안에 누군가 있고, 그는 아직 그 사람의 정체를 알아차리지 못하고 있다.

*

그는 차량 사고를 겪었다. 그는 그 사고가 어젯밤의 일인지, 좀더 이전에 벌어졌는지, 아니면 불과 몇 시간 전의 일이었는지 좀처럼 확신하지 못한다. 다만 사고가 있었다. 그것은 홀연한 기억이었다. 그의 머릿속에 최초로 떠오르는 장면이란 눈발을 거스르며 삐걱삐걱 움직이던 와이퍼의 모습이다. 이때 그는 핸들에 손을 얹은 채 구불거리는 도로를 넘어가고 있었다. 고산지로 이어진 국도였다. 와이퍼가 눈에 덮인 차창을 긁어댔다. 더디고 안쓰러운 움직임이었다. 그는 눈발 사이로 불쑥 삐져나온 경고 표지판을 향해 눈을 부라렸다. 아스팔트를 점령한 폭설은 마침내 제 내부를 주파하려는 모든 의지를 묵살시키려는 것처럼 보였다. 와이퍼가 우두커니 멈췄다. 눈발이 중복되고 있었다. 그는 브레이크를 밟고 조수석 쪽으로 고개를 돌렸다.

그녀가 코를 골고 있었다. 미약하고 가느다란 음향이었다. 그녀는 잠만 잤다. 출발할 당시부터. 좀처럼 깨어날 기미를 보이지 않았던 것이다. 그는 그녀의 허벅지에 손바닥을 올려놓았다. 허벅지가 축축했다. 긴 머리칼이 땀으로 범벅이 되어 있었다. 그는 다시 전방을 응시했다. 차는 눈 속에 고립된 담뱃갑이었다. 그런 느낌이었다. 그는 눈발을 멍하니 쳐다보았다. 눈발이 시야의 간격들을 먹어치우고 있었다. 뜬금없이 그는 조난된 처지였던 것이다.

코골이 사이로 그녀가 무슨 말을 했는데 분명치는 않은 말이었다. 귓바퀴에 걸리지 않는 말, 주르르 미끄러지는 말, 예컨대 그것은 말이 아니라 말들의 잇새에서 사그라지는 거품의 형상을 닮아 있었다. 그는 그녀의 입가로 얼굴을 가져다댔다. 말들을 해독하기 위해서였다. 이때 그는 그녀를 깨우고 싶지 않았다. 가급적이면 그대로 두고 싶었다. 그는 폭설을 설명하고 싶지 않았다. 눈에 파묻혀 옴짝달싹할 수 없는 지금의 처지를 변명하고 싶지 않았다. 그녀가 오래도록 잠의 끈을 놓지 않았으면 좋겠다. 눈이 그칠 때까지 잠의 세계에서 되돌아오지 말았으면 좋겠다. 그러나 또한 그는 그녀에게 말을 걸고 싶었다. 무언가를 속삭이고, 그녀와 입을 맞대고, 그녀가 하는 말들에 귀를 기울이고 싶었다. 그것은 이상한 욕망이었다. 말하자면 그는 꿈속의 그녀와 대화를 나누고 싶었다. 혼미한 꿈속을 떠다니는 그녀의 익사체와 말이다.

곧 그는 브레이크에서 발을 떼고 차량을 출발시켰다. 눈발이 허공을 나뒹굴고 있었다. 액셀러레이터를 밟자 차량이 굉음을 냈다. 그는 백미러를 쳐다봤다. 눈 사이로 수렁처럼 아스팔트가 고여 있었다. 눈발이 낙서처럼 이지러졌다. 비좁은 시야가 망원경을 들이대듯 확대되어 보였다. 그는 핸들을 내팽개쳤다. 가드레일이 나타났다. 충돌한 차량이 쨍한 소리를 냈다. 엔진이 팽창하고 있었다. 바퀴가 공회전을 했고, 차량이 걷잡을 수 없이 곤두박질했다. 그는 사고의 순간을 놓치지 않았다. 눈을 부릅뜨고 있었던 것이다. 반경에 포함된 눈발이 순식간에 연소되었다. 의식을 잃기 직전에 그는 깨어진 파편들이 그녀의 얼굴 위로 무수히 박히는 광경을 보았다. 앞쪽 유리가 잘게 부서져 있었다. 유리가 눈발에 반향하며 예리하게 반짝거렸다. 그녀가 부서진 유리창에 얼굴을 짓이기고 있었다. 그의 가슴이 쿵쿵 뛰었다.

*

　그는 주저하듯 컨테이너 안으로 들어선다. 눈은 재빨리 녹아버린다. 그는 쭈뼛거린다. 불안하게 발을 구른다. 꾸벅 인사를 한다. 안쪽을 향해 말이다. 내부는 캄캄하게 닫혀 있다. 걸음을 옮길 때마다 텅텅 소리를 내는 컨테이너 바닥이 아무것도 심지 않은 모종판 같다. 그는 멈춘다. 지금 그는 망설이는 사람이고, 망설이자마자 컨테이너의 어둠이 잦아드는 것을 느낀다.
　컨테이너 중앙에 구식 석유난로가 놓여 있다. 방열판에서 붉은빛이 새어 나온다. 쇠약하고 앙상한 빛이다. 그는 석유난로 앞에 선다. 바깥과의 기온 차로 인해 온몸이 화끈거린다. 그는 달아오른 볼을 손바닥으로 문지른다. 그는 곧 이곳이 컨테이너를 개조한 가건물이라는 사실을 깨닫게 된다. 어둠이 헐거운 터번처럼 벗겨져간다. 저편에서 신음이 들린다. 컨테이너에 발을 들였을 때부터 줄곧 귓속을 파고들던 음성이다. 그는 신음의 정체를 확인할 용기가 없다. 이내 그는 난로가 발하는 빛 안에 잠시 머무른다.

오른편 벽으로 철제 현판이 걸려 있다. 현판에는 '화재 감시 초소'라는 글씨가 삐뚤빼뚤한 필체로 새겨져 있다. 못으로, 아니면 철심으로, 조악하게 표기된 글씨다. 신빙성이 없다. 실내에서 후텁지근한 유황 냄새가 난다. 그는 기침을 한다. 은은한 난로의 미광이 호롱처럼 컨테이너 내부를 밝히고 있다. 그는 신음이 들려오는 방향을 주시한다. 빛은 아직 신음의 자리까지 권역을 넓히지 못한 채 어느 선상에서 멀찍이 멀어 있다. 그는 코트를 벗는다.

그는 신음을 향해 전진한다. 지지부진하게, 거의 표가 나지 않을 만큼 느린 속도로, 그러나 그것은 끈질긴 걸음걸이다. 끈질기다 못해 집요한 걸음걸이에 가깝다. 신음이 풍선처럼 부풀어 있다. 그는 신음의 주인에게 사과를 할 작정이다. 죄송합니다, 함부로 들어와서 죄송해요, 사고가 났어요, 전화를 좀 쓸 수 있겠습니까, 어딘가 아프신 모양인데 등등.

그는 소파에 누워 있다 천장의 형광등은 점점이 그을린 얼룩이 있고 타버린 구리 선이 통째로 들여다보인다 어쨌든 그는 누워 있고 허물어진 자세 그대로 천장의 어느 지점에 시선을 고정하고 있다 그는 갑작스레 깨어난 자다 누군가에 의해 한꺼번에 주어진 자다 무성의하고 게으른 자다 그는 의지가 없고 계속해서 복기할 기억이 없고 그러한 것들이 없다는 사실이 없고 그러한 것들이 없다는 사실이 괴롭지 않다 좀처럼 괴로워지지 않는다 소파 측면으로 텔레비전이 켜져 있다 곁눈질하면 화면을 볼 수 있다 텔레비전은 며칠째 같은 방송을 내보내고 있다 색색으로 시끄러운 나비들의 영상이다 궁지와 불만의 반짝이는 분말들인 것이다 그는 말한다 나는 있다 나는 유령처럼 있지 않고 환각처럼 있지 않고 그러한 것들에 항변하듯이 있다 유령처럼 있는 것 환각처럼 있는 것 허구의 영점인 것 그것들은 어디까지나 나의 가면에 불과하다

동시에 진행되는 그의 기억 속에서 그는 바닥에서 한 뼘가량 떨어져 있는 그녀의 다리를 본다. 달랑거리는 다리를 본다. 하늘거리는, 고개를 주억거리는, 지금은 이미 사라지고 없는 백랍의 개체들을 본다. 넘어진 의자, 칼집이 난 침대보, 팽창하는 커튼의 시야를 본다. 층층이 반복되는 계단들, 층간에서 사선으로 몰아치는 눈발을 본다. 기억의 진위를 판별하는 일은 중요하다. 기억의 계단을 기어오르는 일은 중요하다. 그는 교살된 벼랑을 본다. 그녀의 입 밖으로 폭포처럼 쏟아지고 있는 혓바닥을 본다. 그는 계단을 오르지 않는다. 다만 조금 얼떨떨한

표정으로 계단의 높이를 측량하고 있을 따름이다.

그는 긴장한다. 손바닥이 젖는다. 땀이 밴 셔츠가 그의 가슴을 갑갑하게 옭아매고 있다. 호흡을 가다듬을수록 그에 상응하는 열기가 기도로 밀려든다. 그는 컨테이너 안쪽을 향해 주저하듯 다가간다. 그는 복도를 걸어가고 손안의 열쇠를 틀어쥐고 객실 문을 열고 낯선 객실에서 주인 행세를 하고 있다 언젠가부터 그랬다 먼지가 없는 객실이다 객실은 비어 있다 벽시계가 걸려 있다 침대가 가로놓여 있다 침대 옆으로 나이트 테이블이 있다 벽걸이 텔레비전이 있다 라디오가 있고 화장대가 있다 냉장고를 열면 비린 냄새가 나고 홀쭉한 유리병에 담긴 음료수가 삐뚜름히 넘어져 있다 화장실에선 난데없이 변기가 깨져 있다 쪼개진 변기 안쪽으로 거대한 구멍이 뚫려 있다 그는 프런트로 전화를 건다 응답이 없다 수화기에서 메아리가 들린다 박살이 난 그 자신의 목소리다

그는 놀란다. 컨테이너 끄트머리에 매트리스가 놓여 있다. 매트리스는 허름하다. 노인이 있다. 매트리스 안쪽으로부터 뾰족하게 곤두선 스프링들이 드러누운 노인의 신체를 성긴 철조망처럼 에워싸고 있다. 노인은 매트리스에 몸을 부려놓은 채 제 눈을 감았다 뜬다. 연이어 그렇게 한다. 꺼진 눈알이 검붉게 덩어리져 있다. 어딘가 낯이 익은 노인이다. 어떻게 보면 변사체처럼 보인다. 지속되는 신음만이 노인의 간헐적인 생존을 전해올 따름이다. 고랑이 난 주름마다 땀이 맺혀 있고, 온몸에서 흘러나온 땀이 매트리스 전체를 누리끼리한 빛깔로 적시고 있

다. 노인은 가르랑거린다. 노인은 수척하다. 노인은 병든 해마 같다. 오염된 아스파라거스 같다. 썩어버린 오렌지 같다. 망가진 아코디언 같다. 쪼그라든 입매가 자루를 봉한 매듭처럼 비죽 튀어나와 있다. 벌어진 입속으로 잇몸이 보인다. 파랗게 헐어버린 잇몸이다. 그는 노인의 신체를 차례차례 살핀다. 얼굴에서부터 어깨, 튀어나온 흉골, 음흉하게 부어오른 음낭, 헤아릴 수 없는 각도로 휘어진 팔꿈치와 무릎, 점점이 피어난 흑반들, 꼿꼿하게 곤두선 발끝을. 그럼에도 노인은 임박한 죽음을 향해 쉬이 떠내려가지 않는다. 그는 매트리스 모서리에 걸터앉는다. 노인은 발가벗은 채고, 자신의 발가벗음에 아무런 자각이 없는 듯하다.

언젠가 그는 지쳐 있다 그는 서 있고 아무도 그가 그곳에 서 있다는 것을 알아차리지 못한다 그는 한 손으로 우산을 짚고 있다 그는 우산을 휘두른다 그는 목적이 없다 까닭이 없다 그가 벌이는 도발에 관심을 보이는 사람도 없다 그를 둘러싼 모호한 분위기가 그의 정체를 평평하게 잠재우고 있는 것이다 정면에서 열차가 지나간다 예컨대 그는 뎅뎅 소리를 내는 건널목 앞에 서 있다 언제나 환영인 철교 앞에 서 있다 그는 들어오는 열차 쪽으로 한 걸음 두 걸음 나아가지 않고 대신 뒷걸음으로 두 걸음 옆 걸음으로 세 걸음 비틀거린다 그런 다음 그는 울고 있다 그는 생각한다 나는 열차 때문에 우는 것이 아니지만 어쩌면 열차와 더불어 울고 있는 것일지도 몰라 그는 열차가 건널목을 완전히 지나칠 때까지 울음을 멈추지 않는다

이제 그는 뾰족한 우산으로 공중을 쑤셔댄다 자신이 흘린 눈물이 매우 창피했던 모양이다

눈을 감으면 흐릿한 빛의 잔상이 방열판 모양으로 패어 있다. 노인의 불알이 발갛게 부어 있다. 그는 코트로 노인의 사타구니를 덮어준다. 그는 회상한다. 아침이다. 그는 침대에서 일어나 커튼을 걷는다. 방 안으로 틈입한 빛이 희박하게 물결치고 있다. 그녀는 자리에 없다. 이미 외출한 것이다. 드러난 방 안의 풍광이 낯설다. 그는 침대를 정리한다. 베개를 바로 놓고, 구겨진 담요를 서너 겹으로 접어 매트리스 위에 펼쳐놓는다. 나이트 테이블 위에는 여전히 유리컵이 있다. 컵의 상단에 립스틱이 묻어 있다. 물은 증발되고 없다. 그녀가 마셨을 수도 있다. 그는 욕실로 간다. 그가 없는 침실이다. 창문에서 밀려든 햇빛이 점진적으로 강렬해진다. 그것은 길어지고, 그것은 침대가로 이동하고, 그것은 마침내 그녀의 얼굴을 비추고 있다. 그녀가 잠에서 깬다. 욕실에서 물소리가 들린다. 그녀는 무심코 고개를 돌려 욕실 쪽을 응시한다. 그를 부른다. 그는 대답하지 않는다.

*

그는 한동안 같은 장소에서 생활하고 때때로 창밖을 응시한다 객실 안을 익숙한 패턴으로 배회한다 잠을 잔다 그가 잠든 사이 직원

들이 다녀간다 혼곤한 의식 속에서 그는 방 안을 바삐 청소하는 직원들을 본다 먼지떨이로 객실 구석구석을 두들기는, 개방된 창문을 힘차게 닫아버리는, 직원들이 다녀가는 시간에 그는 침대에서 일어날 수가 없다 결박된 것처럼, 박제된 것처럼, 가위에 시달리는 사람처럼, 만류하는 손들에 의해 제자리에 붙들린 사람처럼 말이다 그는 잠 바깥으로 몇몇 발음을 흘려보낸다 직원들은 그를 괘념하지 않는다 어쩌면 직원들의 모습이란 잠이 생성한 거짓 기억에 불과할지도 모른다 그는 생각한다 잠에서 깨면 객실은 말끔하게 정돈되어 있다 그는 그것으로 직원들에 대한 기억이 거짓이 아님을 새삼 자각하게 된다

컨테이너에 이르게 되기까지 그는 한나절 눈밭을 헤매고 다녔다. 모든 방향이 넓은 개활지였다. 막연하게 펼쳐진 눈밭이었다. 방향감각을 상실한 다음부턴 자주 뒤쪽을 돌아봤다. 떠나온 차량은 홀연히 도드라진 암초처럼 보였다. 가능하다면 무릎 밑을 잘라내고 싶었다. 매서운 추위였다. 치아가 딱딱 부딪쳤다. 햇빛이 눈밭을 후려치는 채찍처럼 공중으로 튀었다.

실신 상태에서 깨어난 뒤 그가 처음으로 확인했던 것은 그녀의 생사였다. 조수석이 텅 비어 있었다. 조수석 시트 위로 깨어진 유리 조각들이 흩어져 있었다. 큰 조각부터 자잘한 파편들까지 다양했다. 그녀는 이미 차량을 빠져나간 모양이었다. 조수석 문이 휑하니 열려 있었기 때문이다. 처음에 그는 서운했다. 나중엔 걱정이 되었다. 그는 차 문을 밀었다. 쌓인 눈이 차

량의 하부를 집어삼킨 채였다. 눈의 무게로 인해 제법 강하게 힘을 넣어야 했다. 왼쪽 팔뚝에 파편이 박혀 있었다. 그는 오른손을 뻗어 파편을 뽑아냈다. 통각이 무뎌진 탓인지 그다지 고통스럽지는 않았다. 그는 눈을 가늘게 떴다. 눈밭은 아득했다. 그녀의 자취를 찾을 수 없었다.

그는 창가 쪽에 의자를 놓는다 아주 느리게 아주 단속적으로 그것은 절제된 동작이다 그는 그곳에 앉는다 고개를 수직으로 추켜세운다 황혼이 창턱을 기어오른다 어스름과 석양이 반반씩 어우러진 수평선상으로 수중 등대와 야광 부표와 만선의 불빛들이 점차 그 아스라한 모습을 드러내고 있다 그는 노을을 응시한다 하늘은 젖은 바지를 말리는 건조장 같다 포말이 쇠잔한 노을을 난반사하고 있다.

이때 태양은 막 적출된 육체 같다

막 적출된 육체가 파랗게 괴사하고 있는 것 같다 암회색 덩어리로, 광물의 형상으로, 실내는 벨벳 암막이 씌워진 어항이다 그는 자연스레 눈을 감고, 자신의 의식이 감추어진 어항 속에서 거뭇하게 엉겨 있는 해초와 같은 것이라고 생각한다

그녀는 이미 그가 따라붙을 수 없을 정도로 먼 곳에 이르렀는지도 몰랐다. 상상할 수 없을 만큼 멀리, 광막한 눈밭을 앞질러가서, 벌써 구조를 요청했는지도, 구조대를 대동한 채 현장으로 되돌아오는 중인지도 몰랐다. 그는 그녀를 만나고 싶지 않았다. 가능한 그것을 지연시키고 싶었다. 예감이 좋지 않았기 때문이다. 그는 그녀를 내버려두고 싶었다. 망연한 태도로,

벌판을 뒤덮은 눈이 사라지기를, 마비된 시간이 순차적으로 해제되고, 벌판의 민낯, 동파된 그녀의 육체, 그녀의 시신이 드러나기를, 그 순간을 기다리고 싶었던 것이다. 마치 그녀와 함께 도착할 구조대를 기다리듯이 말이다. 그는 무서웠다. 그녀가 걷고 또 걷다 의식을 잃고 눈밭에 쓰러졌다면? 새하얀 눈발이 그녀를 매장했다면? 거기가 이곳이라면? 그는 그녀의 이름을 부르지 않았다. 소리치지도 구태여 그녀를 찾아 눈밭을 방황하지도 않았다. 묵묵히 주어진 전방을 통과해갔을 따름이었다.

얼마 후 정신이 돌아온다 그는 직원들을 목격한다 직원들을 볼 수 있기 때문에 그는 의자에서 일어나지 못하고, 직원들이 객실을 들쑤시고 있기 때문에 그는 자신의 잠을 물리치지 못한다 객실 중앙에 석쇠를 데우는 무쇠 향로가 놓여 있다 향로를 둘러싼 직원들은 무언가 비밀스러운 작전을 골똘히 모의하는 중이다 직원들 중 하나가 향로의 수북한 숯 더미 속에서 인두 한 자루를 뽑아 든다 인두는 발갛게 달궈져 있고 끄트머리가 갈퀴 모양으로 휘어져 있다 직원들이 인두를 서로 바꿔 들며 그의 허벅지를 갈아엎기 시작한다 허벅지에 고랑이 패이고 고랑의 벼랑으로 개흙처럼 뭉친 살점들이 미끄러진다 그럼에도 그는 고통이 느껴지지 않는다 직원들은 능숙한 고문 기술자들 같다 악몽의 숙련된 설계자들 같다 연기가 피어오르고, 연기에서 배어나는 누린내가 객실 안쪽을 장악한다 지금 그는 자신의 잠이 영구적으로 지속되기를 바란다 고문당한 육체가 스스로 개입할 수 없는 광물 태양 아래서 여전히 상연되기를 바란

다 무한히 도래하지 않을 폭력의 거짓 기억으로서 말이다

공중에서 수십의 헬기들이 공중전을 벌이고 있었다. 탄환이 번쩍거렸고, 격추된 헬기들이 불길에 휩싸인 채 눈밭을 향해 추락하고 있었다. 그는 헬기들의 전투가 눈밭이 불러일으킨 신기루라는 사실을 알고 있었다. 그럼에도 그는 눈밭에 엎드렸다. 엎드려서 양손으로 머리를 감싸고 있었다. 환영이 지나갈 때까지, 환영이 소진될 때까지, 그것은 한 벌의 잔상을 소각하기 위해 필요한 자세였다. 폭음이 들리지 않았다. 열기가 느껴지지 않았다. 그는 고개를 들었다. 눈밭은 잠잠했다. 그는 그녀를 떠올렸다. 그러자 그녀의 환영이 나타났다. 환영이 눈밭 위를 가볍게 미끄러지고 있었다. 마치 다리가 없는 사람 같았다. 그는 그녀가 자신을 알아보지 못한다는 사실을 깨달았다. 마음이 말린 무화과처럼 쪼그라들고 있었다. 그녀가 아찔한 걸음으로 그를 스쳐갔다. 그는 짐짓 그녀를 외면하고 있었다.

*

화재 감시초소 현판 아래에는 노인이 쓰던 것으로 추정되는 책상이 있다. 책상 위로 전화기가 있고, 전화기를 중심으로 서류철들이 혼잡하게 뒤엉켜 있다. 그는 손을 뻗어 수화기를 들어올린다. 수화기 밖은 고요하다. 그는 수화기를 내려놓고 난로 앞으로 돌아온다. 그는 얼마간 컨테이너에 머무를 작정이

다. 이곳은 따뜻하며, 아늑하고, 병상에 누운 노인을 제외하면 모든 세간이 꽤나 잘 갖추어져 있는 것처럼 보인다. 그는 방열판을 주시한다. 방열판은 새까맣다. 그을음 때문이다. 난로가 기침을 한다. 방열판 틈새로 거뭇한 연기가 피어오른다. 그는 주입구를 연다. 석유를 붓는다. 석유가 구멍 테두리로 줄줄 샌다. 연기가 그친다. 난로가 딸깍거린다. 그는 기름통을 놓아두고 노인에게로 간다. 노인은 깨어날 기미를 보이지 않는다.

노인은 아주 긴 시간 이곳에 거주해왔던 것 같다. 아마 생애 대부분을 이곳에서 보냈겠지. 그의 추측이다. 이번에 그는 의자를 노인 앞으로 끌어다 놓는다. 죽음이 노인을 앞질러간다. 노인은 죽음과 겹쳐지지 않는다. 그는 노인의 살갗을 힘주어 꼬집어본다. 살갗이 고무줄처럼 쭉쭉 늘어난다. 이번에 그는 노인을 반대로 뒤집는다. 노인은 저항하거나 뒤척이지 않는다. 엉덩이가 거무스름한 얼룩에 절어 있다. 그는 손가락으로 노인을 헤집어본다. 영락없이 포로의 병세를 진료하는 모양새다.

신음에 귀를 기울이고 있으면 고통은 퇴화한다. 소리만 남는다. 그는 헝겊으로 노인의 엉덩이를 닦아준다. 헝겊이 엉덩이에 엉겨 붙는다. 판판하게 짜부라진 엉덩이, 빨래판을 닮은 엉덩이다. 반점들이 보인다. 반점 안쪽으로 정체를 알 수 없는 종기들이 잔뜩 돋아나 있다. 그는 손톱을 사용해 종기들을 하나씩 터뜨려본다. 종기들이 툭툭 째진다. 신음은 높낮이를 갖지 않은 채 단조로운 계기로 지속된다. 헛헛하게 드러난 항문이

물집으로 부풀어 있다. 엉덩이에 말라붙은 얼룩은 쉬이 지워지지 않는다. 이번에 그는 헝겊으로 노인의 온몸을 세차게 문지른다. 마치 간병인처럼 말이다.

노인을 간병하는 동안 시간이 간다. 그는 컨테이너를 떠나지 않고, 책상에서 난로, 난로에서 노인 사이를 바삐 왕래한다. 한번은 난로 앞에서 기지개를 켠다. 그런 자세를 취한다. 혹은 컨테이너 내벽을 이리저리 더듬거린다. 그치지 않고 컨테이너를 배회하는 그는 뭔가 뒤가 구린 사람 같다. 초조한 사람 같다. 할 일이 아무것도 없는 사람 같다. 때로 그는 한 자리에 다리를 벌리고 서서 실내를 되돌아본다. 그러고는 다시금 노인 앞으로 간다. 맴돌기를 멈추지 않는다는 말이다. 지금 컨테이너 안에서 그가 그리고 있는 그러한 궤적은 그가 앞으로 체험하게 될 시간의 이미지와도 닮아 있다. 예컨대 그는 컨테이너가 어딘가 착륙하기 좋은 장소로 이송되는 중이라고 상상한다. 적당한 시기가 되면 문을 연다. 들판이 축축하게 젖어 있다. 기울어진 억새들이 컨테이너 주변을 에워싸고 있다. 허리가 외로 꺾인, 눅눅한 억새들이다. 그는 지나간 겨울의 자취가 질척거리는 물기로만 남은, 습지가 된 들판을 향해 서서히 나아간다. 컨테이너를 벗어나는 것이다. 홀연하게, 진흙에 물들지 않도록 바지 밑단을 반쯤 걷은 채로, 지금 막 유령에 접어든 그와 닮은 누군가의 뒷모습처럼.

그는 거리에서 의식을 잃고 의식을 잃은 장소에서 다시 발견되지 않는다 다시는 발견되지 않는다 어느 순간 그는 어느 중국식 사당의 신상(神像) 앞에서 무릎을 꿇고 있다 머리를 조아리고 있다 장군이 든 언월도가 그의 길고 굽은 목을 단칼에 베어버린다 그는 한번 죽었던 장소를 지난다 거리에서 그는 자신과 닮은 사람을 만난다 자신과 닮은 사람은 좀처럼 넘겨지지 않는 전봇대와 씨름을 하고 있다 결착이 나지 않는 싸움이다 기억은 쌓이지 않고 나부끼며 먼 곳에서 재차 쌓인다 시간이 의식을 횡령하고 있는 것이다 생생하게 그는 죽었다 그는 지났던 장소를 다시 지난다 혹은 그는 매 순간 자신이라는 머리맡에서 제 임종을 지키고 있다

그는 휘발되는 의식 속에서 서서히 출현하는 광선의 차창들을 본다 광경이 궤멸하고 있는 것이다 무한한 현실이 세계 시계를 압도하고 있는 것이다 누군가 그를 덮친다 덮쳐서 머리에 검은 두건을 씌워버린다 옆구리에 총구를 들이민다 너는 가야 한다 그는 속삭이는 소리를 듣는다 너는 우리의 타깃이다 그는 속삭임에 이끌린다 얼마 후 그는 낯선 곳에 있다 낯선 곳에는 검은 두건이 씌워진 타깃들이 백여 명이나 된다 그들은 모두 비슷한 두려움에 사로잡혀 있다 비슷한 두려움에 사로잡혀 있다는 사실이 그들에게 어떤 위안을 주지는 못한다 두건을 벗기면 그는 다시 중국식 사당이다 언월도를 휘두르는 맹인 장군의 칼날에 사당의 공중이 획획 잘려나간다 잘려나가서 아무런 일도 벌어지지 않는다 칼자루 끝에서 딸랑거리는 방울만이 장군의 무력한 용맹을 표현할 따름이다

그러나 그는 아직 컨테이너를 떠나지 않는다. 난로 덕분에

더 이상 추위가 느껴지지 않는 컨테이너는 깨어지지 않은 물방울처럼 고요하다. 그는 노인에게 말을 건다. 노인은 대답하지 않는다. 기억은 날조된다. 그는 집 안으로 들어선다. 인기척이 없다. 그는 그녀의 이름을 부른다. 방 안은 적막하다. 가스레인지 위에서 찌개가 타고 있다. 그는 침실로 향한다. 침실에서 그는 그녀의 시체를 발견한다. 그는 침실을 나와 가스레인지 곁으로 간다. 가스레인지를 끄고, 냄비에 차가운 물을 붓는다. 냄비 안에서 증기가 매캐하게 솟아오른다. 그는 시체를 업는다. 집을 나선다. 무릎이 후들거린다. 차량에 도착한 그는 조수석 문을 열고 그녀를 싣는다. 그는 생각한다. 눈이 쏟아지겠군. 눈발이 대기를 허정거린다. 내린 지 얼마 안 된, 성긴 눈발이다. 그녀의 어깨에도 눈이 묻어 있다. 그는 차를 타고 달린다. 몇 차례 신호를 위반한 다음부턴 신호가 눈에 들어오지도 않는다. 차량이 깜깜한 시야를 굴착하고 있다. 그런 느낌이다. 눈발이 거세지고 있었기 때문이다.

*

　컨테이너 철문에서 매트리스까지 일직선으로 이어진 내부는 기다란 수도관을 연상시킨다. 이번에 매트리스 위에 앉아 있는 이는 그녀다. 그런 것 같다. 문이 열린다. 그녀는 컨테이너 안으로 들어서는 그를 본다. 찰칵 소리가 들린다. 실내가 둔중하게 가라앉는다. 그가 입구를 등지며 안쪽을 향해 다가온다. 비척거리는 걸음걸이다. 그녀가 몸을 낮춘다. 매트리스가 출렁거린다. 그녀는 눈을 감았다 뜬다. 회백색 그림자가, 그림자를 둘러싼 어둠이, 음영을 달리하듯 일렁거린다. 그가 난로 앞까지 도달한다. 난로가 그의 얼굴을 언뜻 비춘다. 얼굴이 휑하니 드러난다. 흥건한 얼굴, 반죽이 채 마르지 않은 얼굴이다. 그녀가 아는 얼굴이 아니다. 수척하게 질린 낯빛이 며칠을 굶은 사람 같다.

그는 갑작스레 중얼, 중얼거린다. 난로 앞에서 말이다. 난로를 향해 뭔가를 지껄이고 있는 그는 그야말로 미친 사람의 모습이다.

그녀가 전방을 향해 나이프를 움켜쥔다. 나이프가 가리키는 방향에서 그는 아직 뒷모습을 노출한 채 난로를 바라보고 서있다. 그의 목소리가 비실비실 졸아든다. 뭔가 억울한 심경을 표출하고 있는 듯하다. 난로를 향해 생떼를 쓰고 있는 것이다. 나이프를 앞세운 그녀가 그의 등 뒤로 접근한다. 난로가 들썩거린다. 그가 난로를 걸어찬다. 그러면서 허공으로 멱살을 잡는 시늉을 한다.

그녀가 나이프를 치켜든다. 그의 목소리가 격양되고 있다. 나이프가 그의 뒷목을 부드럽게 꿰뚫는다. 침착하고 연속적인 동작이다. 그가 쓰러지고, 나이프 틈새로 맑은 피가 콸콸 쏟아진다. 그녀가 그의 뒷목에서 나이프를 빼낸다. 물길이 범람한다. 사망 직전까지 그는 제 중얼거림을 멈추지 않는다. 억울한 심사가 좀처럼 해소되지 않는 모양이다. 피가 컨테이너 내벽으로 튄다. 그녀가 난로 주변을 둥글게 서성거린다. 지금 맥없이 고꾸라진 그의 사체는 예컨대 뜨거운 난로를 그대로 끌어안고 있는 형상이다. 뒷목에 팬 세로줄 상처에서 새빨간 거품이 부글부글 끓어오른다.

다시.

그가 컨테이너 안으로 들어선다. 내부는 검고, 밖은 밤새 쌓인 눈으로 하얗게 멀어 있다. 마치 수도관을 따라 걷는 기분이다. 실내는 싸늘하다. 뭔가가 발에 치인다. 난로다. 녹슨 석유 난로 한 대가 식은 채로 엎어져 있다. 그는 고개를 쳐든다. 화재 감시초소라고 적힌 현관 아래로 책상이 있는데, 책상 위에는 서류철들이 고의적으로 뒤섞여 있다. 고의적으로. 그는 책상에서 몇몇 파일을 잡아챘다. 그리고 그것을 무성의하게 넘겨 본다. 휘갈긴 글씨들이 보인다. 대개 의미가 누락된, 마치 미친 사람의 중얼거림을 그대로 채록해놓은 것 같은 내용들이다. 파일을 읽는 그의 입술로 입김이 무연하게 흩어져간다.

매트리스 위에 그녀가 누워 있다. 잠든 채로 말이다. 그는 매트리스 발치로 다가선다. 그녀가 허밍을 한다. 소리가 귀에 익다. 마치 그러한 노래를 들어본 기억이 있는 듯하다. 그는 고개를 갸웃거린다. 처음 만난 여자다. 그는 손바닥으로 매트리스 모서리를 짚은 채 한참 동안 그녀의 얼굴을 바라본다. 기억이

매트리스 아래로 줄줄 엎질러진다. 기억은 그녀의 허밍에서 그
녀라는 인물을 솎아내지 못한다. 허밍이 그치지 않는다. 이미
그쳤는지도 모른다. 메아리가 귓속을 맴돌고 있기 때문이다.
허밍은 느슨하고 휴지부가 없다. 외벽이며 벼랑을 미끈하게 타
넘는 뱀의 리듬처럼 말이다.

어느새 그는 늘씬하게 벼려진 단검 한 자루를 쥐고 있다. 날
붙이가 가리키는 방향에서 그녀의 가슴이 미약하게 동요한다.
그는 그녀를 향해 단검을 겨눈다. 손목을 휘젓는다. 날붙이가
허공을 돌아 나간다. 이내 그는 단검 손잡이를 치켜든다. 날붙
이가 그녀의 가슴을 관통한다. 그녀가 매트리스 위에서 몸을
뒤친다. 메아리가 멎는다. 뱀의 허리가 댕강 잘려버린다. 매트
리스가 화염을 분사하는 구덩이처럼 질펀하게 꺼져 들기 시작
한다. 그는 단검을 내버려두고 난로를 향해 돌아선다. 이때 그
녀의 중심에서 그녀를 영원한 잠 속으로 인도하고 있는 이 단
검이란, 이미 그녀가 단 한 번 난로 앞에서 그를 살해하는 데
사용한 바 있던 바로 그 나이프와 정확하게 일치하고 있다.

다시.

컨테이너는 감감하다. 찰칵 소리가 들린다. 문틈이 푸르스름
하게 벌어진다. 찰칵 소리가 들린다. 암전이다. 철문이 열린다.
밖은 퍼붓는 눈의 산란으로 어지럽다. 노인이 굼뜬 동작으로
석유난로가 있는 컨테이너 중앙으로 다가온다. 작업복 군데군
데가 눈의 입자로 인해 회칠된 것처럼 지워져 있다. 지금 컨테

이너는 텅 비어 있다. 살해된 그도, 매트리스 위에서 최후를 맞이한 그녀도 이곳에는 없다. 난로와 책상과 현관과 매트리스, 가장 단순하게 구획된 공간, 고독, 유예, 노인만이 이곳에 존재할 따름이다. 노인은 생각한다. 난로에 넣을 기름이 떨어져가는군. 어서 기름을 보충해야지. 그리고 책상 앞에 앉는다. 뭔가를 휘갈겨 쓴다. 전화를 건다. 수화기 안은 먹통이다.

폭설 때문이다. 노인이 수화기를 내려놓는다. 그리고 비실비실 매트리스 쪽으로 발걸음을 옮긴다. 매트리스에 길게 몸을 부려놓은 노인은 갑작스레 온몸을 덮친 신열에 어찌할 바를 모른다. 이마가 홧홧하게 부푼다. 누군가 머릿속에서 쿵쿵 발을 구르고 있는 것 같다. 의식이 수챗구멍 아래로 빨려들고 있는 것 같다. 희미해지는 의식 속에서 노인은 서서히 고갈되고 있는 난로를 본다. 난로의 빛, 난로를 가운데 두고 친친 덧씌워지고 있는 장막들, 난로가 윤곽으로 어렴풋해지고, 이내 빛을 잃은 그것은 차갑고 무감한 납빛 광물처럼 보인다.

재차 침실이다. 나이트 테이블 위로 유리컵이 있고, 간이 스탠드가 있고, 이때 유리컵은 스스로 광채를 발산하는 은빛 크리스털처럼 보인다. 스탠드 조명이 동그란 테두리를 형성하며 제자리에 정박해 있다. 누군가의 그림자가 조명 안으로 들어서는 나이트 테이블 직전에 우두커니 멈춘다. 그림자는 이제 움직이지 않는다. 방 안의 정황은 전체적으로 어수선하다. 컵 안의 얼음들로 말할 것 같으면 각얼음 특유의 가지런한 형태가 거의 온전히 보존되어 있는 모습이다. 얼음 표면에 성에가 끼어 있고, 성에는 유리컵과 달리 조명에 반향하지는 않으며, 오히려 조명을 배척하듯이, 조명을 차단하려는 것처럼, 조명과 무관하게 탁하고 희부연 색조를 띠고 있다.

그림자가 뻗어드는 방향을 따라 시선을 움직이면, 그곳엔 그녀가 서 있고, 그녀는 손안의 단검으로 제 목을 겨눈 채 저편 커튼 밖을 응시하고 있다. 시간이 지나도 그녀는 그대로 있다. 가만히 있다. 그녀는 불활성이다. 정지된 자세를 쉽사리 포기하지 않는 것이다. 시간이 제멋대로 떠내려간다. 손아귀를 빠져나가는 물길처럼. 그녀는 녹슬어 있다. 어느 순간 그녀는 막 주조된 동상 같다. 부식된 철판 같다. 낙차(落差)를 얻어맞는 광물의 육체 같다. 조도의 차이, 혹은 시간의 차이일 수도 있다. 알 수 없는 일이다. 그림자가 매섭게 회전한다. 수은주가 그림자의 중심에서 수직으로 자라난다. 던져진 찌처럼 말이다. 그것은 투명하다. 눈금은 멈춰 있다. 떨고 있다. 날붙이는 극점에 매달린 나뭇잎 같다. 룰렛으로 날붙이들이 척척 꽂힌다. 원판이다. 날붙이들이 빙빙 돌아간다. 그녀는 자신을 꿰뚫지 못한다. 손아귀를 벗어난 단검이 바닥으로 미끄러진다. 그녀의 입이 벌어진다. 둥근 조명이 수선스레 흔들리고, 어느새 그녀는 양손으로 제 얼굴을 움켜쥐고 있다. 용해된 얼굴을 화농처럼 모아 들고 있는 것이다.

다시.

유리컵 표면으로 물방울이 맺히고, 물방울들은 유리컵에 투사된 빛을 더욱 풍요롭게 만든다. 그가 커튼을 걷는다. 창밖은 밤, 눈이 내리고 있다. 먼 지역에서 노인이 죽어간다. 그는 나지막하게 스러지고 있는 노인의 호흡을 상상한다. 아니다. 그는 노인에게 다가간다. 얼음은 언제부턴가 더 이상 녹지 않는다. 난로의 연료가 모두 소진되었기 때문이다.

그가 손바닥으로 노인의 목을 감아쥔다. 노인은 그제야 자신의 목을 조이는 그의 손길을 느낀다. 어둠 속에서 뒤척이는 소리, 낄낄거리는 소리, 속삭이다 "그만!" 하는 소리, 낮게 우물거리는 소리 등등이 두서없이 울린다. 정황은 불분명하다. 불이 켜진다. 그는 바닥에서 한 뼘가량 떨어진 그녀의 다리를 본다. 전선으로 목을 맨 그녀가 천장에 매달려 있다. 갈변된 혀가 시들어버린 풀잎처럼 오그라들어 있다. 그는 단검을 공중에 휘두른다. 단검이 전선을 끊는다. 그녀의 몸이 바닥으로 힘없이 낙하한다. 이제 그는 그녀를 거칠게 흔들고 있다.

또는 그녀는 아직 그를 기다리고 있다. 창밖으로 눈발이 일정한 속도로 떨어진다. 눈발 사이로 가로등이 있다. 가로등 주위에서 눈발은 보다 더 빽빽하며 보다 더 혼란스럽게 나부끼고 있는 것처럼 보인다. 거리 도처에 오목하게 팬 자리들이 있고, 하향하는 눈발이 그러한 공백을 평탄하게 메워버린다. 가로등 아래서 누군가 창문 쪽을 쳐다보는데, 시야를 휩쓸고 있는 눈발로 인해 그 인상이 확실치는 않다. 그녀는 창가에 서서 누군가를 향해 손을 흔든다. 가로등 밑의 그는 여태 뻣뻣한 포즈로 그녀를 올려다보고 있다. 그는 생각한다. 저 여자는 누굴까. 저 여자는 왜 나를 향해 손을 흔드는 걸까. 이상한 여자다. 모르는 척을 해야겠다. 그는 얼른 그녀를 향한 시선을 거둬들인다. 그녀는 생각한다. 사람을 착각했군. 성급했어. 반가운 마음이 너무 앞섰던 모양이야. 이윽고 그녀는 창문을 닫는다. 커튼을 친다. 그는 다시 창문 쪽을 올려다본다. 멍하니 본다. 그리워하듯 본다. 마치 그러한 시선만으로 창에 드리워진 커튼을 벗겨내려는 것처럼 말이다. 눈발이 빛의 투망 속을 뒹굴고, 정갈하게 쌓여가면서, 그는 이내 눈에 의해 발이 묶이고 만다. 그는 가로등 아래를 떠나지 않는다. 폭설이 정황의 면면을 백색으로 밀봉하고 있다.

*

눈의 지평선이 서쪽으로 기울고 있었다. 그녀가 정신을 차렸을 때 그는 핸들에 머리를 처박고 숨진 채였다. 그녀는 그의 어깨를 검지로 쿡 찔렀다. 그녀는 놀라거나 슬퍼할 겨를이 없었다. 어젯밤 그는 마구잡이로 가드레일을 향해 돌진했다. 그러면서 고래고래 고함을 쳤다. 가슴이 철렁 내려앉았다. 졸지에 롤러코스터 위에 올라앉은 기분이었다.

그녀는 차량에서 탈출했다. 발을 옮길 때마다 정면으로 눈의 샛길이 생겼다. 샛길 틈새로 억새들이 보였고, 억새들은 무량하게 뒤덮인 눈의 무게로 인해 말 그대로 서로가 서로를 부둥켜안고 있는 형국이었다. 그녀는 계속 걸었다. 앞만 보면서, 자신에게 주어진 전방을 향해. 추위로 인해 온몸이 둔화되어 있었다. 기지개를 켜는 일도, 허리를 곧추세우는 일도, 걷는 일을 제외한 어떤 다른 행동을 하는 것 자체가 가능하지 않은 일처럼 여겨졌다.

그녀는, 나는 곧 이대로 죽으리라, 그런 생각을 했다. 눈에 파묻힌 채로. 눈의 가면을 뒤집어쓴 채.

걸음이 의식을 비껴갔다. 그녀는 머릿속으로 하나의 얼음덩어리를 만들었다. 얼음을 삼키면 찬 기운이 몸 안으로 퍼진다. 동심원을 그리면서, 게으르게 번지는 물감처럼, 그녀의 몸이 부르르 떨린다. 손끝이 송곳처럼 창백해진다. 그녀는 빙판에 얼굴을 비춰본다. 빙판은 유려하다. 몇몇 칼날이 빙판 위에서 스케이트를 타고 있다. 그의 얼굴이 잘 떠오르지 않는다.

그는 해변에서 몇 개의 작은 돌을 줍는다 줍고 싶은 돌 그의 시선을 잡아끄는 돌 반질거리고 모서리가 닳아 있는 돌 그것들은 엇비슷한 형태의 돌멩이들 사이에서도 꽤나 신중하게 선별된 것들이다 그는 객실에 도착한다 돌멩이들을 객실 화장대 위에 펼쳐놓는다 그는 말한다 이것이 광물 태양이다 책상 위에 펼쳐진 돌멩이는 한 줌이며 헤아릴 수 없을 만큼 많다 그는 흩어진 돌멩이들을 내려다보며 화장대 앞에 앉아 있다 돌들은 제각기 암영이 다르고 반점이 있으며 불투명한 빛깔이다 그는 분필을 꺼내 돌멩이들 사이를 잇는 선분을 긋는다 돌멩이들을 숨긴다 돌 없는 선분이 화장대 위를 무질서하게 가로지르고 있다 그는 하나씩의 선분을 손가락으로 지운다 그리고 처음처럼 돌멩이들을 펼쳐놓는다 그는 제 필체를 다 써버릴 때까지 이러한 놀이를 되풀이한다

하늘이 잿빛이었다. 태양이 먹구름 사이로 모습을 감췄다. 이때 그녀는 눈 속에 다리를 묻은 채 지평선을 향해 던져지는 어스름을 망망하게 쳐다보고 있었다. 발을 뗄 기운이 없었다. 결빙된 눈의 입자들이 어스름 아래서 차츰 뾰족해졌다.

어스름이 지평선 근처에서 점으로 모아졌는데, 누군가 그곳에 서 있었기 때문이다. 입김이 누군가의 얼굴을 흐릿하게 가리고 있었다. 그녀는 기뻤다. 소리를 쳤다. 누군가가 방향을 틀어 그녀를 향해 다가오기 시작했다. 거의 일직선으로, 쇄빙선처럼, 간격들을 한달음에 건너뛰면서, 그의 걸음에 속력이 붙고 있었다.

그는 한 손에 등산용 지팡이를 짚고 있었다. 자세가 눈에 띄게 구부정했다. 전체적으로 산악인의 차림새였다. 발그레한 눈두덩 안으로 좁쌀 크기의 눈동자가 괴이하게 박혀 있었다. 산악인이 손짓을 했다. 그리고 앞장서 걷기 시작했다. 그녀가 말했다. "갈 수 없어요." 산악인이 대답했다. "따라오시오." 그녀가 말했다. "업어주세요." 산악인이 말했다. "그럴 수 없소." 뒷모습이 하염없이 멀어져갔다. 그녀는 걷고 싶지 않았다. 환영

이 전소되고 있었기 때문이다. 가물거리는 어스름 안팎에서 말이다.

그는 눈밭으로 간다 새로운 광물을 수집하기 위해서다 스무 개가량의 눈덩이를 뭉친 그는 이내 눈밭에 앉아 자신이 만든 눈덩이를 뚫어져라 응시하고 있다 눈덩이를 향해 허리를 기울인 그의 모습이란 마치 지금 막 먹이를 섭취하려는 쥐의 포즈를 닮아 있다 그는 눈덩이를 깨문다 그는 생각하고 있다 이것은 생물 지구다 눈덩이 내부에서 피가 번지는데 이내 그의 입가가 흥건하게 젖고 있다 핏방울이 눈밭 위로 뚝뚝 떨어진다 지구는 비릿하게 떨고 있다 그는 자신의 축일을 기념하고 싶다 지구는 원을 그리며 뛴다 그는 포켓에서 주머니칼 한 자루를 꺼내든다 그리고 생물의 가죽을 벗겨내려는 것처럼 눈덩이 표면을 얇게 발라내기 시작한다 배부른 토끼의 보(褓)를 그대로 적출하듯 말이다 그는 생각하듯이 말하고 말하듯이 본다 입을 벌린 공중 지퍼에서 생물의 내장이 끓어오르고 그것은 마치 체외를 향해 익사하는 민물 장어를 연상시킨다 그는 생물을 끄집어 그것을 통째로 삼켜버린다 "나는 그렇게 생각하지 않는다. 나는 말하지 않는다. 나는 여기 있다." 산산이 해체된 눈덩이들, 배를 까뒤집은 눈덩이들이 눈밭 여기저기에 홀홀히 나자빠져 있다

컨테이너로 돌아온 산악인은 우선 건빵 주머니에서 담뱃갑을 꺼낸다. 실내에서는 극심한 악취가 난다. 그는 컨테이너를 한 바퀴 선회한다. 담배를 피운다. 매트리스 위로 사체 한 구가 놓여 있다. 사체는 이미 점액 상태로 부패한 채다. 폐사한 신체

의 여러 부위가 타르에 절은 공업용 수세미처럼 눅진하게 녹아 내리고 있다. 머리맡으로 담배꽁초가 촘촘하게 꽂혀 있는 자리가 있는데, 그곳은 산악인이 자주 꽁초를 처리하는 장소로, 그는 그러한 재떨이를 향해 물고 있던 꽁초를 휙 던져버린다. 사체의 정체로 말할 것 같으면 노인이 틀림없고, 그러나 노인은 또한 이미 죽었고, 그러한 사체에서 노인의 개성을 변별하는 일은 매우 난망한 일처럼 여겨지기도 한다.

난로가 부패를 재촉하고 있다. 화재 감시초소라고 적힌 현판 아래로 책상이 있다. 책상 위로 당일의 일과를 기록한 일지가 있다. 일지에는 그날그날의 감시 현황이 빽빽한 필적으로 적혀 있다. 산악인은 책상 앞 의자에 앉아 일지를 작성하기 시작한다. 눈발이 컨테이너를 매립하고 있다. 누군가 철문을 두들긴다. 그는 철문 앞으로 다가가 문을 연다. 문밖엔 아무도 없다. 눈발만 있다. 그는 다시 문을 닫는다. 눈이 그치면 사체를 처리해야지. 그는 생각한다. 냄새가 지독하잖아. 그는 코를 쿵쿵거린다. 손등으로 이마를 훔친다. 사체는 평화롭다. 넘치지도 첨벙거리지도 않는다. 산악인은 이내 등산복을 벗는다. 두터운 등산복에서 그의 알몸이 표백된 것처럼 빠져나온다. 이제 산악인은 사체의 존재를 완전히 잊어버린 사람 같다. 그는 매트리스 위에 눕는다. 꿈 모를 잠, 끈적끈적한 잠, 부드러운 잠이 이어진다.

*

　매트리스 위에서 몸을 일으킨 노인은 연이어 컨테이너 밖
으로 나왔다. 홀가분한 기분이었다. 몸이 가뿐했다. 어제는 밤
새 식은땀을 흘렸다. 열병의 빙하가 의식 아래로 수몰되고 있
었다. 하룻밤 사이의 일이었다. 들판 어귀로 채 사라지지 않은
눈의 흔적들이 군데군데 남아 있었다. 퇴색된 눈. 진흙에 절은
눈. 펼쳐진 억새들이 설원의 남은 잔해를 난폭하게 뜯어먹고
있었다. 노인은 억새들의 샛길을 되밟으며 갔다. 발목으로 억
새의 쭉정이, 거꾸러진 잡풀 같은 것들이 자꾸만 걸렸다. 도처
에서 물비린내가 났다. 들판은 광활하고 괴괴했다. 화재의 기
미는 어디서도 찾아볼 수 없었다. 노인은 안심했다. 그는 으레
그래왔던 것처럼 들판을 순찰하고 있었던 것이다.

　노인 앞으로 차량이 나타났다. 그것은 갑작스러운 일이었다.
노인은 차량으로 다가갔다. 차량은 흡사 억새에 둘러싸인 꽃다
발처럼 보였다. 칠이 벗겨진 보닛이 녹슬어 있었고, 사고 순간
의 처참함을 증명하듯 그것은 한쪽 측면을 향해 심각하게 우그
러든 채였다. 또한 차량은 말 그대로 하늘 위에서 뚝 떨어진 것
처럼 생각되었는데, 벌판에는 어떤 벼랑도, 가드레일도, 차량
이 진입할 만한 어떤 협로도 존재하지 않았기 때문이다. 그러
므로 노인은 처음엔 약간 신기했고, 나중엔 어떤 경악, 지면이
우묵하게 꺼져 드는 것 같은 위태로운 심경에 사로잡혔다.

노인은 차창을 들여다봤다. 차량 안에 시신이 있었다. 수분 없이 딱딱하게 말라붙은 몸이 염장한 미라를 연상시켰다. 이윽고 노인은 억새들 사이에서 가느다란 수수깡 하나를 주웠다. 그것을 차창 안으로 집어넣었다. 수수깡이 시신을 간질였다. 먼지가 풀풀 피어올랐다. 이번에 노인은 제 팔을 사용했다. 어깨를 붙들자 시신이 화들짝 놀랐다. 그런 느낌이었다. 먼지들의 더께가 얇아지고 있었다. 불거진 관골 밑으로 누렇게 바랜 눈알이 삭힌 굴젓처럼 흘러내리고 있었다. 노인은 차량에서 몇 발짝 물러났다. 발길을 돌렸다.

그리고 지금, 다시, 컨테이너 안으로 들어서는 노인은 당황한 기색이 역력하다. 신음이 들린다. 자명한 수순으로, 언제나 지속되는 음향이기도 하다. 노인은 간다. 그리고 매트리스 위에서 죽어가는 노인을 발견한다. 이해할 수 없는 일이다. 컨테이너 내부의 광경은 이제까지 무수한 방법으로 묘사되었던 많은 컨테이너와 큰 차이가 없다. 책상, 난로, 현판, 매트리스가 있다. 그러나 무언가가 다르다. 차이는 쉽사리 밝혀지지 않는다. 가령 철문의 경첩이 미세한 깊이로 닳아 있다. 책상이 벽으로부터 1밀리미터가량 앞쪽에 있다. 거짓말이다. 차이는 결정적이지 않다. 혹은 서술되지 않는다. 이번에 노인은 눈을 감고 있다. 부연 어둠 속에 석유난로 한 대가 놓여 있다. 백랍이 무너지고 있다. 혼미한 촛불이 컨테이너 내부를 산산이 부서지는 파문으로 물들이고 있다. 그렇다면 그는 간다. 가서 난로 앞에

선다. 난로는 뜨겁다. 아니면 벌써부터 식어 있다. 그는 방열판 위에 손바닥을 올려놓는다. 그리고 그것을 천천히 쓰다듬기 시작한다. 긴 시간 그는 난로의 강판을 문지르고 있다. 그러한 동작을 멈추지 않는 것이다. 이때 난로는 타버린 환영의 흉상, 영원히 소각되지 않을 미래의 물건이다. 그것을 넘어뜨리고, 컨테이너를 텅 빈 화염 속에 내던지는 일이 나쁘지 않다.

종말기 의료

> 마르쿠스 폰 브뤼케, 일명 마르코, 일명 아쉐,
> 재를 뒤집어쓴 채 차갑게 식은 화형대에서 솟
> 아난 회색인은 사방이 기복 없이 온통 하얀
> 현대식 병원의 침실에서 깨어난다.°

　어떤 막연한 생각으로 소설의 첫머리를 여는 일이 지속되고 있다. 가로막힌 생각을 굴착하기 위해서, 빳빳하게 굳어버린 생각의 하반신을 주무르는 행위를 되풀이하고 있는 것이다. 이렇게 쓰자. 세계는 망해버렸다. 세계는 인간의 것이 아니게 되었다. 그것은 '적색 맨션'의 것, 피어오르는 먼지구름의 것, 조각난 입방체들의 것이다.

　그는 방금까지 자신이 앉아 있었던 자리를 어수룩한 표정으로 내려다본다. 휠체어는 비어 있다. 그는 별안간 휠체어 뒤편으로 물러선다. 얼떨떨한 행동이다. 줄곧 기다려왔던 행동이다. 그간 그의 삶이란 비좁은 달걀판에서 옴짝달싹할 수 없는

○　알랭 로브그리예, 『되풀이』, 이상해 옮김, 북폴리오, 2003.

달걀의 신세였다. 그런 기분이었지. 줄곧 그러했다. 아무튼 그는 오늘 아주 오랜만에 휠체어에서 일어섰다. 그는 양손을 호주머니 안으로 가져간다. 연이어 생각한다. 내가 이렇게 수월한 방식으로 휠체어를 벗어날 수 있었다면 휠체어와 결부된 내 삶이란 대체 무엇이었단 말인가. 누가 나를 휠체어에 앉히고 또 일으켰나. 이는 말 그대로 기적인 것이다. 그는 금세 감격스러운 기분이 된다.

기적은 갑작스럽다. 그는 안다. 기적이란 오로지 시간 바깥에서 날아드는 법이다. 그는 호주머니에서 양손을 꺼낸 뒤 그것을 공손하게 맞잡는다. 그의 다리가 가벼이 흔들린다. 그는 이때까지 무언가를 간절히 희구해본 기억이 없다. 기도를 해본 이력도 없다. 그는 삶을 내던졌다. 내던질 만한 삶이 아직도 남아 있냐는 물음으로. 혹은 베란다에 앉아 멍하니 창밖을 응시했다. 맨션 아래로 간선도로가 보였다. 도로는 교통 체증에 시달리고 있었다. 신경질적인 경적, 꾸물거리며 굴다리를 향해 진입하는 차량들. 기적, 그것이 맨션 아래의 혼잡한 도로를 주파해 이곳에까지 도달하게 된 걸까?

지금 베란다로 통하는 미닫이 창문에는 물방울무늬 커튼이 쳐져 있다. 커튼 밑단에 들러붙은 그림자가 방사형으로 팽창한다. 커튼이 들썩거리며 벌어진다. 그림자는 복면을 쓰고 있다. 쥐색 벙어리장갑을 끼고 있다. 그것은 선 채로 휘청거리고, 그의 시선이 돌아 나가는 거실 한가운데로 난데없이 모습을 감춘다. 그는 제로 상태의 인간이다. 세계로부터 인간을 제하고도 좀처럼 제명되지가 않는 인간이다. 그는 뒷걸음질한다. 어눌하고 조심스러운 동작이다. 순간 바닥이 기울어진다. 발끝이 전방을 향해 내몰린다. 그는 균형을 잃고 제자리에 나자빠진다. 자빠져서 잠시간 일어나지 못한다. '바닥을 짚는' '짚고 일어서는' 그러한 행위의 순번을 내내 잊고 지냈기 때문이다. 물론 잠시간이다. 기적은 다녀갔고 발끝의 감각은 회복되었다. 그는 세계라는 제로섬 게임의 최후 생존자다. 그래, 그럴 수 있다.

*

그는 그녀의 이름을 부른다. 나직하게 부른다. 그녀는 집에 없다. 그러나 그는 이제 그녀 없이도 삶의 여러 자질구레한 일을 해결할 수 있다. 가령 그는 소변이 마렵다. 소변이 마렵다면 화장실에 가면 된다. 그녀에게 소변이 마려워 등등의 부끄러운 욕구를 고백하지 않아도 좋다. 문을 열고, '문턱을 넘어', 변기 앞에서 바지를 내리면 된다. 그는 그렇게 해본다. 가능하다. 그의 면전에 무한히 가능한 세계가 펼쳐져 있다. 그는 자신에게 벌어진 이러한 기적을 여러 사람에게 떠들어대고 싶다. 들을 사람이 많을수록 좋을 것이다. 그러나 그는 오래도록 어떤 사람과도 연락하지 않았다. 한마디로 이 소식을 전할 사람이 없다. 그는 오직 그녀와 살았다. 다리의 기능을 되찾은 걸 알면 그녀는 놀랄 것이다. 하기야 놀라기는 하겠지. 그다음엔? 그녀는 기뻐할까? 아니면……

　그는 곰곰이 상상해본다. 아무래도 기뻐하지는 않을 것 같다. 오히려 아쉽다는 기색을 내보일지도 모른다. 이제 네겐 내가 필요치 않아. 자유로워지렴. 그는 고아가 된다. 때때로 자유로워진다는 말은 고아가 된다는 말과 흡사하니까. 그가 피랍된 사람의 심경으로 휠체어에 앉아 생각했던 것, 그것은, 네가 범인이야, 네가 내게 좀처럼 놓여날 수 없는 삶의 선고를 종용했던 거야, 나는 네가 함부로 엎지를 수 있는 술잔이 아니야, 이러한 생각들이었다. 그 밖의 것? 그는 긴 시간 생존했다. 죽음의 위기를 겪지도 않았다. 그는 그녀가 마련한 재활과 복지의 희생자였다. 널 사랑해. 그녀의 발바닥이 시야를 끝없이 가로지르고…… 가로질러서…… 시야의 외곽으로 미끄러진다. 휠체어에 앉은 그의 시선이 전방을 바라보는 각도에서, 좌우로 45도가량…… 그것이 그에게 허락된 권리의 영토이다. 그런데 영토,라는 말은 무엇인가. 권리,라는 말은? 그가 정말 그것을 소유하기나 했던가.

　그는 입을 다물고 있다. 휠체어에 앉아 낑낑, 소리를 내면 그녀가 왔다. 그는 입술을 힘주어 맞붙인다. 낑낑, 은 종종 배가 고파,라는 뜻이 된다. 그녀는 속속들이 알아듣는다. 무언가가 불편하면 그는 입술을 꾹 깨물며 소리를 낸다. 그는 자신이 원하는 것이 무엇인지 정확하게 자각하지 못한다. 낑낑, 은 일종의 기계적 반응이다. 낑낑, 이 삶의 허황된 다음을 부추기고 있다. 그녀가 부엌 싱크대에 놓인 스테인리스 식판을 들어올린다. 식판의 오목한 공란에 각기 종류가 다른 반찬이 담겨 있다. 시래기로 끓인 국밥이 있다. 그는 국밥을 떠먹는다. 떠먹으면서 식판을 바라본다. 판판한 식판에 점차 그의 얼굴이 비친다. 가물가물한 얼굴, 윤곽이 벙벙하게 희석된 얼굴이다. 표면에 미세한 흠집들이 있다. 그는 수저로 식판을 긁어낸다. 그는 그에게 매 끼니 주어지는 식사를 거절할 수 없다.

입을 다무는 일, 그것은 침을 흘리지 않기 위해서이다. 그녀는 그에게 종이컵 하나를 가져다준다. 여기에 침을 뱉어라. 흘리지 말고 뱉어라. 물론 그녀가 이렇게 말하지는 않았다. 그녀는 매우 다감한 사람이니까. 부드럽게 말했겠지. 눈치를 살피면서. 여하튼 당시의 그에겐 침을 뱉을 수 있는 능력이 없었다. 침은 턱밑으로 미지근하고 투명하게 흘러내린 뒤, 마비된 허벅지 위로 뚝뚝 떨어진다. 그것은 바지 위에서 둥글게 번진다. 동심원을 그리면서, 게으른 물감처럼. 그녀는 매번 말한다. 수치심에 지지 마세요. 생활을 포기하지 마세요. 나를 위해서라도. 당신 마음 깊숙이 자리한 죽음의 인상을 적출하세요. 그는 마음속으로 되뇐다. 당신은 제가 그 명령을 수행할 수 있는 역량을 갖추고 있다고 생각합니까? 당신은 저를 과대평가하고 있군요. 당신에겐 저를 방치하는 일이 그토록 어렵고 고통스러운 일인 모양입니다……

그는 내려다본다. 그의 주위로 드리워진 그림자는 수목의 가느다란 나뭇가지들이 꼬아놓은 복잡한 그물망이다. 그는 휠체어 위에 말없이 앉아 있다. 일렁이는 그림자들의 움직임을 주시하고 있다. 이파리들이 바람에 휩쓸리면 그는 쨍쨍한 태양 아래 노출된다. 그림자가 되돌아오면 그는 후덥지근한 그늘 안에 사로잡힌다. 그는 생각한다. 그녀가 여기 있으라고 했지. '가만히' 있으라고. '가만히'가 거하는 장소는 아파트 단지 내부에 조성된 소규모 공원이다. 공원 주위로 망연히 올려다보아야 하는 맨션들이 있다. 고층의 맨션들은 그에게 그림자를 내뻗고 있는 수목들보다도 무성하고 거대하며, 어지럼증을 자아내고, 층간의 수를 헤아릴 수 없을 만큼, 칸칸이 독립적인 생활의 목록들을 무화시킬 만큼 까마득한 마루들이다. 아이들이 공원을 부리나케 뛰어간다. 그는 흐느적거리는 노인들을 본다. 신경이 곤두선 어머니들, 낡은 전역모를 쓴 남자들을 본다. 그는 앉은뱅이다. 그는 속수무책이다. 그는 이유가 없고 문득 정신을 놓아버린다. 생물 태양이 그의 뒷목에 빨대를 꽂고 있는 것이다.

*

그는 단 한 번도(그의 명료하지 못한 기억에 의하면) 혼자 힘으로 현관을 나서본 전력이 없다. 거짓말이다. 아주 어린 시절,

그러니까 그것이 기억인지 꿈의 침몰한 잔해인지 모를 시절에, 그는 현관을 나섰고, 계단들, 그 깎아지른 낭떠러지들을 어정거리며 내려갔고, 당시 그는 자신의 신체를 온전히 통제하진 못했지만 적어도 몸을 제어하는 방법들을 차근차근 배워나가고 있었다. 배움의 기회를 빼앗긴 다음부턴 그 기회를 돌려받을 수 없었다.

　신체에 관한 무지는 결정적이다. 그에게도 머리가 있고, 그에게도 절지된 관목(灌木)처럼 딱딱하게 말라붙은 손바닥이 있다. 그는 휠체어 팔걸이에 양 팔꿈치를 맞붙인 채 뭉툭한 손가락을 꼼지락거린다. 그에게도 그런 능력이 있고, 그는 닭의 목처럼 뾰족한 손끝으로 휠체어 바퀴를 도미노의 첫 피스를 쓰러뜨리듯 가볍게 밀어내는 방식으로 여기에서 저기로, 마치 최후의 이주를 달성하듯, 나아갈 수 있다. '문턱'이 존재하지 않는다면 말이다. 그는 상반신 아래서 벌어지는 일들을 모른다. 하반신은 소금에 절인 배추처럼 삭아 있고, 녹아버린 관절은 지나치게 물렁하여 프레스에 틀을 놓고 찍어낸 젤라틴 같다. 세계가 충분히 평평해진다면 좋겠다. 한없이 전진하고 가로지르고 되돌아갈 수 있을 만큼, 그녀의 보살핌이 필요치 않도록, 그렇다면 이미 장애는 제거된 것이다. 그는 구태여 양손으로 바퀴를 밀치지 않아도 될 것이다. 평평한 세계가, 유약을 바른 미끄럽고 유려한 세계가 그가 탄 휠체어를 저절로 끌어갈 것이기 때문이다.

앞으로는 그러한 세계를 바라지 않아도 좋다. 그는 기적의 주인공이 되었다. 그는 휠체어에서 일어섰고, 휠체어란 그에게 터무니없이 무용한 물건이 되었다. 휠체어는 뭐랄까, 고대의 장난감 같다. 그는 정말로 그렇게 생각한다. 그는 걷는다. 엄밀히 말해 집 안을 맴돈다. 그는 걸음마다 솟아나는 생활의 활기를 체험하고 있다. 마치 이 순간 세계와 그 자신이 진정으로 발바닥을 마주 대고 있는 것 같다. 그는 간다. 직접 간다. 얼쩡거리며, 절뚝거리듯 서투른 걸음걸이로, 걸을 수 있다는 사실에 최대한의 의미를 부여하면서 간다. 멀쩡한 다리를 즐기면서, 넘실거리듯 어깨춤을 추면서, 살랑살랑 엉덩이를 흔들면서, 홀로 자축의 온갖 무리한 동작을 반복하면서, 잠에 들던 침실, 부엌, 현관, 그녀의 냄새가 배어 있는 안방으로 향하고, 베란다로 통하는 미닫이 창문 앞, 물방울무늬 커튼이 절멸한 인간의 무상한 세계를 감추고 있는 그곳, 그곳에서, 차렷 자세를 취하려는 것처럼 갑작스레 멈춰 선다.

그는 곧 제 손으로 커튼을 걷고 창밖의 풍광과 조우하게 될 것이다. 풍광은 그에게 경악스러운 기분을 불러일으킬 것이다. 그에게 벌어진 모든 기적을 압도하면서, 일어난 기적을 한낱 희망의 파훼된 잿빛 부스러기로 해체하면서, 연이어 예고되지 않은 두려움이 그의 온몸을 점령할 것이다. 그는 입을 떡 벌린 채 도무지 다물 생각을 하지 못할 것이다. 침이 흐르고 침을 들이마실 경황을 잃어버릴 것이다. 그러나 그는 아직 종말의 이미지에 노출되지 않았다. 거듭 강조하자면 세계는 망해버렸다. 세계는 인간의 것이 아니게 되었다. 왜 세계는 인간을 포기하면서 그를 함께 내버리지 않았나. 말하자면 그는 왜 '아직'도 사라지지를 못하는가.

지금, '아직'이 마련한 최후의 휴지(休止) 속으로 그녀가 입장하고 있다. 맨션 로비에서 엘리베이터를 탄 그녀는 엘리베이터가 떠오르는 와중의 둔중한 무중력상태를 가만가만 느끼며 상단 모서리에서 순차적으로 숫자를 달리하는 전광판을 멍하니 주시하고 있었다. 예감이 좋지 않다. 그녀는 엘리베이터 안을 초조하게 배회한다. 무슨 일이 일어날 것만 같은데, 엘리베이터를 운반하는 와이어가 뚝 끊어져버릴 것만 같은데, 아니면 갑작스레 엘리베이터가 멈추고 철문이 열리며 피로 칠갑한 비닐 에이프런을 두른 도살자가 나타난다거나, 도륙된 머리들이 도살자가 올라탄 층간의 심부에 가득 쌓여 있다거나, 이런 상상은 좀처럼 종잡을 수 없고 끝이 나지도 않는데, 다행히 그러한 일은 벌어지지 않고 있다.

집에 도착한 그녀는 열쇠로 대문의 잠금을 풀고 현관을 향해 들어선다. 그를 부른다. 그는 집에 없다. 거실은 적막하다. 그는 마치 외출한 것 같다. 외출…… 이라니. 그것은 불가능하다. 휠체어는 거실 한복판에 텅 빈 채로 방치되어 있다. 뿐만 아니라 거무튀튀한 빛깔로 녹슬어 있다. 휠체어는 고물상에 처박힌 리어카 같다. 이상한 일이다. 그녀는 휠체어를 향해 다가선다. 휠체어는 마치 백 년쯤 전부터 그곳에 방치되어 있었던 것 같다. 백 년…… 그것이 가당키나 한 일인가. 그녀는 눈을 의심한다. 휠체어를 제외한 집 안의 정황은 평소와 다름없다. 오직 휠체어만이 시간의 폐차장에서 막 끌려 나온 모양새로 거실 정중앙에 우두커니 내팽개쳐져 있는 것이다.

휠체어 뒤편으로 미닫이 창문이 있고, 미닫이 창문에는 여전히 물방울무늬 커튼이 쳐져 있다. 커튼 뒤쪽에서 덜컹거리는 소리가 들린다. 맨션에 머리를 찍어대는 바람이 우우 흐느끼고, 그것은 마치 유령 같고, 활공하는 손바닥 유령들이 모가지밖에 없는 공동주택들의 높다란 외벽에 새빨간 페인트를 바르고 있다. 그녀는 어스름한 거실에 홀로 있다. 용도 폐기된 휠체어와 함께 있다. 그녀는 휠체어 손잡이를 힘주어 쥐어본다. 손안에 녹이 묻는다. 그녀는 걱정이 된다. 그는 정말 휠체어를 버리고 스스로의 힘으로 집을 떠나갔을까? 기어서, 골반이 빠진 연체동물처럼? 아니면 누가 그를 납치했을까? 어떤 이유로? 손에 묻어난 녹은 사실 타버린 그가 남긴 재나 그을음이 아닐까? 그러한 일을 '자연 발화'라고 한다던데…… 그녀는 여전히 무엇도 확신할 수 없다.

그녀는 휠체어를 밀쳐본다. 지금 휠체어는 닻을 내린 정물 같다. 바퀴가 움직이지 않고, 그녀는 휠체어 앞에서 기나긴 무력감에 사로잡혀 있다. 어제, 바로 어제까지만 해도 그녀는 휠체어에 그를 태운 채 동네를 산책했다. 불투명한 맨션의 창문들은 하나같이 더러운 수조를 연상시켰다. 그는 간혹 어설픈 손짓으로 어딘가를 가리켰다. 손가락이 지시하는 방향은 대개 울타리에 가로막혀 있거나 산책로로 어울리지 않는 장소였다. 그는 말이 없었다. 그들을 둘러싼 맨션은 종일 같은 자리에 서서 벌을 받고 있는 것처럼 보였는데, 또한 그녀는, '당신이 무슨 생각을 하고 있는지 모르겠다. 당신에게도 박약에 휩쓸리지 않은 의식의 뒤꿈치라는 것이 존재하는지 전혀 모르겠다' 등등의 나쁜 생각에 시달리고 있었다. 이게 다 백 년 전의 일이라고 하니 모든 기억이 멀어지고, 아스라해지고, 그녀가 매우 어리거나 태어나지 않았거나 늙고 쇠약하고 이미 죽은 사람처럼 여겨져 정말 휠체어의 바퀴가 백 년 동안 녹슬고 망가진 건지 그녀가 휠체어를 밀칠 만한 힘을 상실한 건지 잘 모르겠다. 세계에서 인간이 증발하고, 헛헛한 의식이 먼지구름처럼 대기 위로 흩어지는 것만 같다.

*

그는 커튼을 걷고 창밖으로 드러난 세계를 본다. 창밖엔 무엇이 있나. 어떻게 서술해야 폐허의 삐뚤빼뚤한 능선을 온전히 박리할 수 있나. 그것은 물어뜯는다. 나눠서 처분한다. 헐값에 팔아버린다. 그것은 나열하고 그것은 넘어뜨린다. 그것은 잡아빼면 줄줄이 끌려오는 파열의 포말들이다. 그는 본다. 그녀의 턱밑, 길거리, 야외 변소, 음울한 국공립 초등학교의 먼지 쌓인 청소함들, 판서가 금지된 칠판들, 녹색 안개를 퍼뜨리며 날아가는 공중 로켓, 자물쇠가 빠진 과거와 미래의 조립식 창고들, 망해버린 양장점의 정중한 마네킹, 차단기를 내린 지하 주차장들, 봉안된 납빛 유골들, 옥상에서 발사되는 자축용 축포, 연석을 넘나드는 오토바이들, 나선 뿌리를 더듬는 파란 빛깔의 소년들과 엉덩이가 바닥까지 처진 늙은이들의 무리, 굴종하는 골격들, 어기적거리는 행렬, 망치를 휘두르는 풍향계들, 타액과 음악, 피떡이 된 돌담들과 돌담 난간에 박힌 월담 방지 파편들, 자위용 침실, 사체의 생태에서 폭등하는 능청스러운 사면발니들, 공사장의 가설 숙소, 소녀가 억류된 굴뚝, 오물이 모여드는 저지대, 첨벙거리는 헛것 태양, 부러진 삽자루들, 막 용접된 함석 몽둥이 위에서 서서히 식어가는 깜부기 빛, 색색으로 해어진 정글복들, 뇌 속의 탄환, 누유(陋儒), 누적되는 정욕의 흡혈 거머리들, 고갈, 짓밟힌 잔디들, 목욕하는 갈빗대, 폐기 정유가 흘러드는 구덩이, 웅덩이를 건너뛰는 구겨진 발목의 고무장화들, 손가락을 꼽듯이, 버려진 거치대마다 수북하게 겹쳐진 자전거, 너덜거리는 광고 전단, 비존재의 건더기들, 분뇨, 기흉 발작, 치매, 공황장애에 시달리는 쇠약한 민무늬 뱀들, 드럼통, 난파선, 의자가 겁박된 전봇대, 모퉁이를 돌면 나타나는 흥성거리는 술집들과 지퍼를 내린 등짝, 울먹거리며 엎질러지는 헛바닥들, 돌담에 눌어붙은 검질긴 젤리들과 맨홀의 둘레로 삐져나온 싸구려 신(神)의 검은 소맷부리, 대형 병원의 청회색 복도에서 울리는 수다스러운 비명들, 전극이 빠진 의료용 변압기들, 지하에 붙박여 있는 이형(異形) 철근들, 상하수도 시설, 꿈틀거리며 밀려가는 강물의 아무개 살점들, 치아를 살살 녹이는 고형 악취, 생식하는 신체, 분열의 행간에서 찐득하게 새어 나오는 젓갈들, 개들이 탐닉하는 헌신짝, 낙수로 빈속을 채우는 얼빠진 청동상들, 거짓 물체들, 빛을 단속하는 창문과 창문 뒤에서 내다보는 사람들, 내다보지 않는 사람들, 고적한 길거리를 휘청휘청 걸어가는 남자, 남자 앞을 막아서는 헬멧을 쓴 남자들, 번쩍 터지는 외눈박이들, 쫓겨난 흥분, 장착된 성기, 소년의 마른 어깨에서 연이어 미끄러지는 헝겊 가방끈…… 소년은 존재하지 않는다. 어머니는 존재하지 않는다. 여자가 존재하지 않고, 남자가 존재하지 않고, 그것들 모두가 존재하지 않고, 밤은 존재하지 않고, 장대에 꿰인 낮, 포로가 된 낮, 마스크를 착용한 낮은 존재하고, 궤멸된 세계는 존재한다. 얻어맞은 세계는 존재한다. 피랍된 세계는 존재한다. 파리한 조각상은 존재한다. 뒤집힌 하늘을 가로지르는 비행기, 열 개가 훌쩍 넘어가는 잘린 발가락들은 존재한다.

그는 단정하고 냉담하다. 겉보기엔 그렇다. 가교가 무너져 있다. 들끓는 아스팔트 위로 흙더미가 용솟음친 자리들이 있고, 일렬로 찌그러진 승용차들이 차폐된 채 멎어 있다. 압착된 차량마다 연기가 피어오르고, 스키드 마크의 흐트러진 실선들이 차량들 주위를 어질어질하게 에워싸고 있다. 공중은 전체적으로 혼탁한 먼지에 짓눌려 있다. 두부가 깨진 맨션들 아래로 괴사한 콘크리트의 잔해들이 해안의 테트라포드처럼 간격 없이 쌓여 있다. 창틀이 쟁쟁하다. 무언가 쪼개지는 소리, 으깨어지는 소리, 떨어져서 산산이 부서지는 소리가 들리고, 그러한 소리들은 또한 들리지 않고, 귀가 먹먹해지고, 그것이 들리거나 들리지 않는다는 사실이 문제가 되는 것은 아니다. 창틀이 거칠게 덜컹거린다. 균열은 서서히, 그러나 끈질기게 광경을 집어삼킨다. 폐허는 포화 상태이고, 뽑힌 가로수들은 더 이상 일어서지 못하며, 고집스럽게 입을 다물고 있던 주거 용적들은 지하의 내막을 장엄하게 개방해준다. 불 꺼진 편의점 옥상으로 박살난 비행체가 박혀 있다. 아스팔트 아래의 엄폐된 침실에서 다리가 일곱인 벌레들이 범람하고, 벌레들에 의해 뒤덮인 콘크리트 위에서 잡스러운 악다구니가 벌어진다. 터진 파이프가 물보라를 토해내고, 물먹은 암석들이 빠르게 어두워지며, 수면 아래까지 늘어진 전선들에서 불꽃이 탁탁 일어난다. 전류가 흘러든 암석들이 부르르 진동하고, 밀봉된 쓰레기들, 토사에 버무려진 쓰레기들이 저절로 기립한다. 불활성, 어스름, 녹황색 스모그가 폐허의 짓이겨진 곡면을 희끄무레한 명암으로 누그러뜨리고 있다. 차가운 수술대 위에 개복수술을 받은 지구가 누워 있다. 그는 샅샅이 본다. 아스팔트 중앙에 거대한 구멍이 있고, 구멍 아래로 우우 통곡하는 지하 주차장의 빈 동

(洞)들이 있고, 꺼져 드는 구멍의 테두리가 점차 넓어지는 와중이다. 황폐한 덤불들이 삭막하게 갈라진 시가지의 곡벽들을 우글거리며 봉합하고 있다. 부유물들은 어디든 내걸리고, 외부로 삐져나온 신경병적인 파이프들이 떠다니는 유실물들의 날갯죽지를 갈기갈기 찢어버린다. 폐허의 능선으로 말할 것 같으면 암석의 파도가 무수히 덧붙여져 잔해 그것이 원래 위치했던 자리를 복원할 수가 없는 형국이다. 세계는 잔해를 알리바이로 어딘가 비밀스러운 곳으로 물러날 권리를 획득한 모양이다. 여기서 인간은 당신이 당신의 와이셔츠 위에 튄 붉은 얼룩을 지우기 위해 화장실에 가서 얼룩을 세숫비누로 박박 문질러대는 속도로 사라져버렸다. 혹은 그것은 당신의 자율신경계 틈새에서 지금도 하얗게 사그라지는 부재의 잔상이 소각되지 않고 지속되는 필름의 트랙으로, 트랙이 싣고 가는 운동의 악무한을 투사하는 백색 칸막이들이 여기 좌초된 채 쪼개진 빛과 분화된 볼륨을 집어 던지는 사유의 빈손처럼. 없지 않음으로 이야기할 수밖에 없는 있지 않음처럼. 그것은 모든 과정을 앞지르면서 당도한 실상이며, 생각의 하반신을 잘게 부수면서 도착한 훗날의 생각, 시간이 와해된 훗날과 훗날, 한계를 갱신하는 생각과 미래로 날아가는 세계의 교착 지점, '적색 맨션', 부서진 입방체, 흐트러진 먼지구름의 세계이다.

  그는 기적과 함께 찾아온 이러한 악몽을 무연한 표정으로 응시하고 있다. 다리에 힘이 풀리고, 무릎이 후들거리고, 그러나 그는 아직 창문 앞에 서서 무언가 다른 생각을 시도해보고 있다. 세계는 꿈이고, 그의 기적은 꿈이 아니다. 기적은 꿈이고, 세계는 꿈이 아니다. 그는 그러한 괴이한 깨달음들을 결사적으로 부정한다. 불우한 안간힘들이 그의 골반 아래에서 각개격파를 당하고 있다. 그는 지금도 자신이 맥없이 쓰러지거나 고꾸라지지 않고 창밖의 광경을 내려다볼 수 있다는 사실에 약간 기분이 좋다. 약간, 비록 약간이지만. '보기엔 저래도 아래에는 아직 살아남은 사람들이 있을지도 몰라. 그 사람들에게 가서 말해야지. 나는 원래 이렇듯 멀쩡하게 걸을 수 있는 사람이 아니었어요. 특별한 일이 일어나지도 않았는데 아주 감당할 수 없는 일들을 상상하며 스스로를 가혹하게 몰아세우는 사람이었고…… 그 시절의 내가 그저 몰매를 맞아도 가만한 자, 마비된 자라면 둔감하게 무뎌진 감각 다발 속에 납작 엎드려 가쁜 숨을 내뱉는 일을 업으로 하는 사람…… 스스로의 불능을 방벽처럼 쌓은 다음 그러한 부동성을 향해 투명하게 내리꽂히는 빛이 냉혹하게 굴절되는 모습을 통해 개인의 취미라는 것을 실감하는 사람에 불과했지요. 하지만 지금은 많은 일이 달라졌고 차라리 나는 당신들을 향해 이렇게 말하겠어요. 세계가 나의 기다림을 부러뜨렸다고요. 지금의 내게 유일한 슬픔이 있다면 나를 돌봐주던 그녀를 영영 잃어버렸다는 사실인데요. 그녀는 나보다 먼저 죽는 것을 두려워했지요. 그런 모습으로 늙어갈 내가 참 안쓰러웠던 모양인데…… 보세요. 나는 그녀 없이도 이렇게 잘 살아가고 있지 않습니까.'

생각의 탄갱에서 되풀이하는 의식의 삽질은 무엇인가. 그것은 무슨 의미를 지니고 있고 그것은 또 무슨 비의미를 지니고 있지 않은가. 그곳에서 젓가락도 없이 도시락을 까먹는 일은 무엇인가. 그는 무엇을 목격할 수 있나. 상상의 박리다매로, 돌무더기, 돌무더기, 돌무더기들 사이로, 돌무더기 틈새로 포자를 내리는 균체, 만발한 덩이버섯의 비틀린 화환들을 상대로, 그는 무엇을 발견해야 하고 눈을 가늘게 뜬 채 어떤 초월적 환영과 마주해야만 하는가. 어떤 내재적 외양간을 구축해야만 하는가. 가령 그는 볼 수 있다. 붕괴된 맨션들 사이로 한 채의 붉은 망루가 솟아난다. 한 동의 '적색 맨션'이 자라난다. 자라나는 것이 아니다. 그것은 애초부터 거기 있었던 것, 단지 시가지를 감도는 먼지구름들에 의해 여태껏 발각되지 않았을 따름이다. 그는 믿을 수 있다. 암석들과 폭침된 여타 맨션들 사이로 '적색 맨션'의 형상은 너무나 분명하고, 적색, 적색이라면 말라비틀어진 녹음의 빛깔, 그것은 창밖에서 꿈틀꿈틀 부어오르는 여섯번째 손가락, 수산양의 음경, 도깨비의 산문(山門), 부감하는 새들의 한가로움을 쏘아 떨어뜨리는, 혹은 건실하고 위생적인 생물의 눈동자에 전근대적 질병들을 수혈하는 감염성 주사기, 지금껏 박살이 나지 않은 맨션이 존재한다는 사실이 참 신비롭구나. 신비로워서 만지고만 싶구나. 이것은 망상인가 망상이 아닌가. 망상이면 또 어떤가. 그는 '적색 맨션'을 향해 눈을 부라린다. 모래바람이 헐거운 창문으로 우르르 부딪친다. 그는 시선을 거둬들이지 않는다. '대문을 열고 밖으로 나서면 나는 죽는 건가. 먼지구름을 마시고 콜록콜록 기침을 하며, 예컨대 나의 흉부가 한밤의 모래사장이 되는 건가. 그곳에 발을 디디면 나의 발바닥, 나의 기적적인 발바닥이 참 서늘할 것이다.'

*

그녀는 그를 기다린다. 그녀는 전기밥솥에 밥을 안치고, 으레 그래왔던 것처럼 식판의 각 공란에 무치거나 볶은 찬들을 나눈다. 찬이 정갈하게 담긴 식판은 녹슨 휠체어의 다용도 받침대 위에 놓여 있다. 만약 이곳이 백 년 후…… 혹은 백 년 전의 거실이라면, 그녀는 계속해서 그를 기다리고 있다. 기다리기만 한다. 창문을 닫아놓고, 물방울무늬 커튼을 쳐둔 채, 녹슨 휠체어에서 풍기는 매캐한 냄새를 맡으며, 그녀는 아무쪼록 그가 무사하기를 바란다. 그녀는 자신이 그에게 매우 모진 인간이었다고 생각하고, 그가 자신으로 인해 상처를 받았으면 어쩌나, 내내 함께 있어주지 못한 자신을 책망해본다.

그리고 그녀는 아무것도 하지 않는다. 이번에 그녀는 거실 벽에 등짝을 기댄 채 앉아 있다. 리모컨을 쥐고서 말이다. 그녀의 눈앞엔 꺼진 텔레비전이 있고, 깜깜한 브라운관에 비친 자신, 희붐한 음영으로 윤곽이 흐릿해진 자신이 있다. 미진한 움직임, 혹은 몇 가지 사소한 자세의 불안한 교차. 그녀는 대체로 얼떨떨하게 침묵한다. 어쨌든 그녀의 눈에 들어온 그녀 자신의 모습이 그렇다.

한편 그는 걷는다. 베란다를 등지고, 휠체어를 지나, 현관에서 슬리퍼를 신고, 대문을 열고, 가로로 이어진 맨션 복도를 통과해(복도 난간에서 맨션 아래를 내려다보지 않고), 닫힌 엘리베이터 앞에 도착한다. 버튼을 누른다. 난간 아래로 허물어진 굴다리가 있고, 몇 대의 덤프트럭이 무너진 돌무더기들 사이에 매몰되어 있다. 완만한 시멘트 구릉이 좌초된 굴다리 틈새로 봉긋하게 솟아 있다. 그는 엘리베이터의 전광판을 본다. 전광판은 아무런 숫자도 표시하지 않는다. 전기가 나가버렸기 때문이다. 엘리베이터에서 등을 돌린 그는 곧이어 비상계단으로 통하는 철문을 연다. 철문이 삐걱거리는 소리를 낸다. 이윽고 계단, 계단, 계단들이다. 곰팡이 냄새가 나는 정신의 지루한 하향이다.

그가 계단을 내려가는 동안 그녀는 무엇을 하나? 음식이 식어간다. 찌개가 혼탁해지고, 식판의 세 홈에 나누어 놓은 반찬들이 거무스름해진다. 오징어초무침이 굳어간다. 배추겉절이가 쉬어간다. 정신의 빈틈에서 막 생성된 초파리들이 밀폐된 거실 안을 정신없이 날아다닌다. 그녀는 시선으로 초파리들의 움직임을 좇는다. 거짓말이다. 눈앞에 주어진 것들, 시각적인 효과들, 안구를 쥐어짜는 머릿속 망상들, 매듭을 산출하는 윙윙거리는 궤적들. 그러나 그녀는 자신의 시야 속으로 들어온 그 어떤 대상도 쉬이 자각하지 못한다. 정신의 둔화에 어울리는 가장 나긋한 정황은 어떤 걸까? 가령 그녀가 앉아 있고, 앉아 있고, 그녀는 흐르는 시간을 거의 느끼지 못하고, 앉아 있고, 그야말로 자신의 영토를 결사적으로 수호하는 사람처럼, 넋을 놓은 채로, 경미한 고독과 함께.

계단은 끝이 없고 어쩌면 영원히 이어질 수도 있다. 그는 종말을 향해 반송되었다. 그와 그녀 사이에 백 년가량의 간극이 있다. 간극은 계단의 개수만큼 무한히 길어질 수 있다. 그와 그녀는 동시적으로 서술될 수 있다. 그녀는 마지막까지 아무것도 하지 않을 수도, 그는 마지막까지 내려가는 행위를 그만두지 못할 수도 있다. 어쨌든 그는 제 걸음을 포기하지 않는다. 계단이 출현하면 계단이라는 장애를 넘어뜨려야 한다. 그는 한다. 오랫동안 한 걸음도 떼지 못했기 때문에, 앞지르면 다시 앞서가는 두 다리의 움직임 자체가 매우 경쟁적으로 여겨지기까지 한다.

그녀가 그를 진정으로 걱정했다면 벌써 그를 찾아 동네를 들쑤시고 다녔겠지. 그러나 그녀는 내내 제자리에 있다. '더 잘해줬어야 됐는데. 잘해주고 잘해줘서 그가 불편을 느끼지 못하게끔. 내가 그의 입이 되고 발이 되고 눈이 되고. 내가 대신 걷고 내가 대신 자줬어야 됐는데.' 그녀는 생각한다. '헛꿈은 그만 꾸고 다음 일을 고민해보자. 다음, 내게도 그런 시간이 주어진다면 말이야.'

'내가 이미 한번 죽었고 죽어버린 몸이고 이곳이 내 죽음을 딛고 일어선 세계라면 나는 어떻게 죽지? 피로가 재활의 의지를 압도한다면? 나의 삶이 나를 에워싼 육체의 유해에 불과하다면? 나는 누워 있거나 제한적으로 앉아 있지. 식사를 하고 침을 흘리지만 말을 하거나 노래를 불러보았던 기억은 없고. 나는 나를 의식하지만 의식에 흘레붙은 독사의 모가지를 단숨에 틀어쥐지는 못하지. 나는 그녀 없이는 죽지도 못하지만 그녀가 나를 살게 해주는 것은 결코 아니지. 나는 나를 어떻게 해버릴 수 없고 그녀라면 나를 어떻게 해버릴 수 있겠지만 그녀가 어떻게 해버리는 사람은 내가 아니지. 절대로 내가 되지 못하지. 그렇다면 내게도 도달하지 못한 내가 여기 사로잡힌 채 다음을 준비하는 까닭은 뭐지? 내 죽음을 더 죽일 수 있는 사람이 그녀라면 좋겠다. 나는 그녀 말고는 없으니까. 어쩌면 이미 가망 없는 내가 보다 전적으로 죽을 수 있다는 긍휼한 잠재성이 결국 내가 날 산 사람으로 착오하는 이유는 아닐까?'

그는 생각하면서 기분이 좋다. 그것이 지나가버린 생각이라는 것이 기쁘고, 지나가버린 생각을 지나치게 지나치면서 그는 퇴락한 계단을 뛰어 내려간다. 그의 다리가 경박하게 쟁강거린다. 층수가 낮아질수록 전방이 캄캄해진다. 먼지의 밀도가 상승한다. 한 치 앞을 분간할 수 없다. 이때 그는 발에 맞닿는 바닥의 딱딱한 감각에 제 몸 전부를 의탁하고, 계단의 칸칸이 일정한 높낮이를 갖는다는 사실을 전적으로 신뢰하고 있다. 어쩌면 믿음이란 그런 정도의 기대이고, 먼지 구덩이 속에서 빠르게 교차하는 왼발과 오른발에 불과할지도 모른다. 그는 계단을 빠져나간다. 숨을 고르며 맨션 로비에 도달한다.

그녀는 여태 거실에서 그를 회상하고 있다. 그는 끔찍한 외모의 소유자였다. 이목구비는 그야말로 억지로 붙여놓은 모양새였다. 그녀는 종종 그를 눕혔고 그는 아장거리듯 짧은 팔을 뒤흔들었다. 그녀는 그의 옷을 벗겼다. 그녀에게도 그녀가 기억하지 못하는 그의 표정이 있었다. 그녀는 그를 욕실로 데려갔다. 그는 저항하지 않았지만 무거웠다. 무거웠기에 욕조에 집어넣을 수도 없었다. 그녀는 욕실의 타일 바닥에 그를 앉혔다. 그는 침을 흘렸다. 타액이 샤워 호스에서 쏟아진 물줄기를 타고 떠내려갔다. 목욕을 마친 후 그는 한동안 발가벗은 채 거실에 드러누워 있었다. 몸을 말리기 위해서였고, 그녀는 한 차례 그를 뒤집었다. 이후 그는 부쩍 위축되어 있었다. 그것은 매일의 일과였다. ……그의 존엄에서는 입욕제 냄새가 난다…… 언제나 향긋하지는 않지만 말이다…… 그녀는 회상을 마친다. 그가 떠난 휠체어에 앉는다. 짤막하게 흐느낀다.

*

시가지에서는 인기척을 찾을 수 없다. 인기척을 발굴하는 일 자체가 무용할 지경이다. 무너진 콘크리트 축대를 밟자 암석을 뒤덮고 있던 벌레들이 수십 갈래로 흩어진다. 매연이 지독하다. 그는 돌멩이를 쥐고, 던지고, 스모그 아래로 풍덩 가라앉는 돌멩이를 바라다본다. 그는 통과한다. 흉물스럽게 절단된 전선들, 철거된 상가, 출처를 알 수 없는 옷가지들이며 무질서하게 널브러진 유류품들 사이를, 걷어차면 날아가 둔탁한 소리를 내는 돌멩이들 사이로, 그러나 여전히 전방을 가로막는 허물어진 맨션들, 시가지 외부로 밀려나온 쇠꼬챙이들, 지금도 진행 중인 붕괴의 위험천만한 기울기들을 향해. 그는 손바닥으로 입을 틀어막은 채 '아무도' 없는, 정작 자신은 그러한 '아무도'에 해당되지 않는 시가지를 걸어간다.

분화구에서는 유황 냄새가 난다. 그는 우묵하게 파인 분화구를 우회하고, 도넛 모양으로 겹쳐진 암석들 사이를 가벼이 건너뛴다. 멀리 그의 목적지인 '적색 맨션'이 어슴푸레하다. 그것은 시가지 한복판에 홀연히 서 있다. 좀처럼 가까워지지도 않는다. 그는 소리친다. 그는 폐허를 등반한다. 눈앞의 봉분이 아래로 꺼진다. 그는 균형을 잡기 위해 팔을 널찍하게 펼친다. 비탈 아래로 조각난 암석들이 굴러떨어진다. 이곳엔 202동이 있었고 204동이 있었지…… 공원이 있었던 것도 같고…… 맞은편 교각 위에서는 차량들의 행렬이 교통 체증을 앓고 있었지…… 얼마나 변변찮은 동네였는지 모르겠다. 그는 쉬이 장소를 특정할 수 없는 빌라들 사이를 지나고 있다. 이곳은 그곳쯤이 아닐까…… 헛된 추측을 남발하면서 말이다.

'적색 맨션'은 그의 걸음마다 조금씩 뒷걸음질하고, 그를 골리듯 물러서면서도 시야에서 사라질 만큼 멀리 가버리진 않는다. 그런 느낌이다. 그는 약이 오른다. '적색 맨션'이란 단지 구덩이 위로 펄펄 피어나는 먼지의 환영에 불과할지도 모른다. 신기루나 오로라, 섬광의 관(管) 속을 회오리치는 관념의 분해된 입자들인지도. 하늘은 어둡다. 구름은 때에 절은 걸레 같다. 그는 세계의 실상을 서서히 깨닫고 있다. 그러나 이러한 깨달음이란 그가 체험한 기적만큼 선연하지는 못하다.

그만두자.

삽자루가 부러져버린다.

파헤쳐진 무덤 안에서 생환한 도살자는 에이프런 차림에 물기로 번들거리는 수술용 장갑을 착용하고 있다. 도살자가 있는 장소는 내벽에 광택제를 발라 굳힌 어느 콘크리트 큐브이다. 어마어마한 몸집의 황소가 천장의 사슬에 수직으로 결박되어 있다. 흙빛 머리가 무성의하게 제작된 경극용 가면 같다. 가죽은 윤기가 흐르지 않는다. 튀어나온 혓바닥이 파랗고, 어슷하게 자란 뿔이 토막으로 잘려 있다. 어쨌든 황소는 평온한 표정이다. 여느 황소들과 마찬가지로. 도살자의 허리가 죽은 황소의 뒷발에 차일 때마다 달랑거리는 창자들이 갈라진 단면으로 구불구불 삐져나온다. 도살자는 거구 황소의 배 속에서 내장을 들어내는 작업을 진행하는 와중이다. 복부에 꼬챙이 모양의 끌개를 집어넣은 다음, 그것을 앞뒤로 뒤흔드는 것이다. 살점이 장화 밑창에 질편하게 짓밟힌다.

처음엔 아주 날렵하고 뾰족한 연장을 사용해야 한다. 단번에 짐승의 목숨을 빼앗을 수 있도록, 고통 없이, 빠른 처방으로. 그다음엔 끌개나 정을 사용해 짐승을 뜯고 부수고, 몽둥이질을 한다. 도살자는 실외로 나간다. 눈부신 날씨, 따가운 빛, 쾌청한 하늘. 도살자는 공원의 공용 개수대에서 에이프런을 빤다. 미간을 찡그린 아이들이 개수대 옆을 종종거리며 지나간다. 아이들은 기가 질려 있다. 석탄 찌꺼기며 기름때가 묻은 아이들의 얼굴에서 움푹 꺼진 눈두덩이 샛노랗게 멍들어 있다. 그는 아이들을 향해 다가간다. 정수리를 쓰다듬는다. 아이들은 소심하고 온순하다. 아이들의 맨발은 그들이 밟고 있는 공원의 진흙과 거의 분간되지 않는다. 몇몇 아이로 말할 것 같으면 머리에 붕대를 두른 채 목발을 짚고 있는데, 목발 끄트머리가 진흙 구덩이에 빠져 도무지 옴짝달싹할 수 없는 처지이다. 도살자는 앞장선 아이에게 제 요대에 차고 있던 발골용 단검을 쥐여준다.

"자, 이걸로 날 찔러봐." 그는 진지하게 말한다. 실실거리며 말하진 않는다. 그러나 아이들의 입장에서 그는 실없이 농을 하고 있는 사람으로 보일지도 모른다. "이런 일도 해봐야지." 아이는 주저하다 단검을 떨어뜨리고, 단검은 진흙 아래로 더디게 가라앉는다.

그때 그들 옆으로 군용 트럭 한 대가 지나간다. 진흙에 바큇자국이 팬다. 트럭 짐칸으로 깃발이 나부끼고, 깃발 아래로 덕지덕지 겹쳐진 인간의 사체들이 부패한 짚단처럼 한가득 쌓여 있다. 사체들은 모두 진흙이 발린 알몸들이며, 고깃덩어리들이다. 깃발이 펄럭거린다. 아이들이 트럭을 가리킨다. 왜소한 손가락들이 트럭이 나아가는 방향으로 흐른다. 경례. 반복. 그는 한다. 그을린 마후라 바깥으로 배기가스가 뭉게뭉게 피어오른다.

"쉿!"

그는 울기 직전의 아이들을 진정시킨다.

어느 날 도살자는 죽은 황소의 무덤 앞으로 간다. 황혼 무렵이다. 무덤 측면의 갈아엎어진 자리로 이가 빠진 삽 한 자루가 꽂혀 있다. 도살자의 삽이다. 그는 황소를 도살하고, 관을 짜고, 땅을 갈고, 포획한 황소를 발굴 현장인 콘크리트 큐브로 운반하고, 황소를 한갓 정육된 고깃덩어리들로 해체하며, 무덤을 파고, 소를 매장하지 않고, 무덤 아래 좀처럼 파묻히지 않는 자신을 대신 파묻는다. 그런 기분이다. 그는 한 마리의 짐승을 도축하는 일에 하루의 절반을 소모한다. 약속한 시간이 되면 시신을 운반했던 군용 트럭이 도착해 해체된 황소를 전부 싣고 간다. 매장할 주검이 남아나지 않는 것이다. 그는 다시 황소의 무덤을 짓는다. 이때 무덤 아래 매장된 것은 황소가 아니다. 세계엔 인간의 사체가 널려 있다. 그는 세계가 종말에 이르길 꿈꾸고, 밀폐된 콘크리트 큐브 안에서 그러한 일을 상상하는 것은 아주 쉬운 일이다.

도살자는 수레의 적재함으로 황소를 인도한다. 황소는 빈사 상태에 빠져 있다. 엉덩이에 최루액을 주사한 다음부터다. 거품을 물고 있는 황소는 제 의식을 저버리기는커녕 집요한 시선으로 전방을 응시한다. 가여운 얼굴이다. 도살자가 수레를 밀고 간다. 그가 나아가는 지대는 아직 사후 처리가 이루어지지 않은 날것의 천변이다. 수면에는 익사자들이 허우적거리고, 총탄에 맞은 군인들의 해골이 무성한 수풀 사이로 횡하니 굴러다닌다. 악취가 코끝을 마비시킨다. 냇가에 즐비한 사체들은 서로를 끌어안고 있고 동시에 개개의 고독 속에서 잠자코 누워 있다. 무수한 사체를 목격했지만 기억에 남는 얼굴은 없다. 무수한 돌멩이를 목도했지만 기억에 남는 돌멩이가 없는 것처럼. 수레가 지나가면 사체들은 짓밟힌다. 으스러져 진물이 배어나지만 아무런 소리도 내지 못한다. 시간이 완전히 빠져나간 사체들은 육체 범벅이다. 그것들은 쉬이 섞이고 헝클어지며 내외를 구별할 수 없다. 그것들을 그냥 육체,라고 부르는 일이 나쁜가. 도살자는 생각한다. '내가 얼마나 많은 육체를 도축했으며,

또한 되팔았는데!'

'적색 맨션'은 스모그에 둘러싸여 있고 스모그는 마치 맨션을 호위하는 것처럼 보인다. 맨션은 그림자로 세워진 벽이다. 피고름에 절은 탈지면이다. 빗금으로 빼곡한 칠판이다. 그 벽 안쪽에도 거주하는 사람들이 있다면 그들은 스모그에 휩싸인 세계를 관람하고 있다. '오늘은 흙먼지가 가득하군.' '찝찝하겠어.' '마스크를 써야지.' '적색 맨션'을 마주한 도살자는 허리춤에서 달랑거리는 에이프런의 매듭을 정갈하게 교차시킨다. 맨

션 창밖을 내다보는 사람들은 불만이 많다. 불만의 계기는 엇비슷하다. 하품이 맨션의 지층들을 무덤처럼 뚱뚱하게 부풀리고 있다. 그가 허리춤에서 연장을 꺼내든다. 칼끝이 구부러진 작달막한 단검이다. 도살자가 팔목을 허공으로 두어 번 휘젓는다. 맨션의 목숨이 경각으로 치닫는다. 도살자가 맨션을 향해 단검을 겨눈다! 그것을 내리꽂는다! '적색 맨션'은 졸지에 사경을 헤매버린다. 맨션의 급소가 경직된 근육으로 인해 불룩하게 솟아오른다. 도살자가 박힌 단검을 비틀어 뽑아낸다.

'적색 맨션'을 취급하는 그의 동작은 몇 획이 채 되지 않는다. 그는 여태껏 도살을 주저해본 적도, 제 생업을 후회해본 기억도 없다. 맨션은 서서히 창백해지고, 이내 사후경직을 시작하며, 그는 맨션이 완전히 굳어버리기까지의 짤막한 시간을 놓치지 않는다. 맨션 안쪽은 증기를 지피는 창자들, 생물의 내적 운동을 모사하는 기묘한 육체 실린더들로 가득하다. 창자들은 비대하고 사이사이에 지방이 끼어 있다. 증기에서 타버린 그리스 냄새가 난다. 이때 창자들을 결속한 물관들은 가느다란 인공 단백질을 꼬아 만든 복잡하고 종합적인 행렬이다. 도살자가 물관에 끄트머리가 휘어진 끌개를 걸고 그것을 바깥쪽으로 당기면 거기 매달린 창자들이 떼로 끌려나온다.

창자들을 모두 제거한 도살자는 이번엔 척추를 중심으로 맨션을 두 갈래로 해부한다. 피가 덜 빠진 맨션은 단검을 박을 때마다 움찔거리고 환부로 야윈 핏물을 찔끔찔끔 내비친다. 이때 그는 한 명의 인간을 해치려는 마음이지만 어디까지나 한 마리의 짐승을 도축하려는 태도를 유지한다. 태도는 그의 숙명이다. 원망 속에서 분개의 내압 속에서 상심과 상심이 키워낸 만개한 자의식 속에서 그는 육체의 규격을 측량하고, 그것을 어지간히도 망각하지 못하는 사람이다. 칼날이 낙하한다. 도막 난 맨션의 부위들이 콘크리트 큐브의 철제 테이블 위로 척척 쌓인다. 도살자는 테이블 앞에서 칼날을 두들긴다. 이윽고 맨션은 아주 잘게 다져져서 혼미한 더미가 되고 그것의 까마득한 형상을 모두 잃어버린다. 높게 치솟아 있고 먼지구름에 속해 있고 그래서 좀처럼 정체를 헤아릴 수 없던 '적색 맨션'이 무릎을 꿇고, 무릎을 잃고, 물큰한 건더기로, 비존재의 점액으로, 환란의 조작된 육체들로, 스멀스멀 누그러지는 것이다.

작업을 마친 도살자가 지저분한 육체들이 산재한 도마 위로 칼날을 내리박는다. 마스크를 벗고, 에이프런을 벗고, 도살자는 방금 다져낸 고깃덩이들이 운반될 군용 트럭을 기다리고 있다. 침착하게, 거칠게 뛰는 심장이 정상 궤도를 회복하길 바라면서, 도살자는 큐브 모서리에 쭈그려앉아 숨을 고른다. 큐브는 썰렁하다. 도살자의 숨소리가 나긋나긋한 간격으로 잦아든다. 도살자는 눈을 감은 채 자신의 호흡을 듣고 있다. 엿듣고 있다. 찌그러진 타원형으로, 부옇게 흩어지는 입김을 상상하고 있다. 메아리. '적색 맨션'은 간데없이 희미해진다.

그는 멈춘다. 무너진 야외에서 그는 더 할 일이 없다. 온갖 출구에 버젓이도 고무 패킹이 씌워진 생각들이 좀처럼 진척될 기미를 보이지 않는 것이다. 지금 기적은 기적이 아니라 불청객 같기도 하고, 그저 멍청할 따름이어서 눈치가 없는 것처럼도 여겨지는데…… 만일 기적이 도래하지 않았다면 어땠을까? 보다 문제적인 생각들, 문제적인 망상들을, 아무래도 '적색 맨션'보다야 그럴싸한 환영의 칸막이를 제작하지는 않았을까? 휠체어에 앉아 손장난을 하고 있지는 않았을까. 번개에 맞은 듯 쨍한 느낌의 손장난들을, 왼손이 오른손을 순식간에 압류하는 그러한 체험들을 말이다. 그는 발등으로 돌멩이를 뒤집어본다. 물론 아무런 글씨도 씌어져 있지 않다. 그것은 암시의 조각보가 아니다. 수수께끼가 아니다. 그것이 무엇이든.

백 년……(그러나 이러한 시간의 '사용'이 대체 무슨 의미를 지니고 있는가?)의 간격 바깥에서 그녀는 떠올린다. 아슬아슬한 기억이다. 그때 그녀는 동떨어진 거리에서…… 예컨대 전봇대 뒤에 숨어 휠체어 너머로 한 발도 떼지 못하는 그를 바라보고 있었다. 대낮의 공원이었다. 공원에서는 개들―시추나 요크셔테리어, 스피츠들―이 뛰어다녔고 아이들의 빽빽거리는 웃음소리가 들려왔다. 몇몇 아이가 인공 호수 가운데서 물장난을 하고 있었다. 가로수의 새파란 이파리들이 휠체어 주위를 자욱하게 에워싸고 있었다. 이때 그는 잿빛 그늘 아래서, 그러니까 가로수의 그늘이 아니라 오로지 그만의 함몰된 잿빛 그늘 아래서, 무언가 기이한 목표에 열심이었다. 얼굴의 복잡한 근육들이 벌어진 입과 비죽 불거진 혀를 향해 팽팽하게 비뚤어진 채였다.

그가 짓는 표정은 인간이라면 지을 수도 따라 할 수도 없는 표정이었다. 그러니까 그가 정말 인간이라면, 침을 질질 흘리면서, 제 얼굴을 무슨 버려진 기저귀처럼 취급하면서, 저다지도 괴상한 표정을 지을 수는 없는 법이다. 아이들이라면 금방이라도 울음을 터뜨릴 표정이다. 악취가 나지 않아도 자연스레 악취의 순간을 불러들이는 표정이다. 물론 그녀는 이러한 생각들을 구체적으로 떠올리지는 않았고, 그저 그가 안타까웠으며, 안타까움의 와중에 서둘러 통과하게 되는 이러한 생각들을 모두 외면할 수는 없었다. 그녀는 여전히 전봇대 뒤에 있었는데, 내놓은 자식을 우두커니 지켜보는 사람처럼, 말하자면 내놓은 자식을 영영 내치기 위해 내놓은 자식의 마지막 종적들을 불안스레 수집하고 있는 사람이었다고 할까.

이파리들이 나부꼈다. 덤벙덤벙 스쳐가는 이파리들과 허공을 휘젓는 나뭇가지들이 그의 이마를 무던히도 쓰다듬고 있었다. 그의 혀가 점점 더 길어졌고, 위로 곤두섰고, 끊어질 것처럼 당겨진 혀뿌리가 훤히 내다보였다. 이때 그는 무언가를 시도하고 있었는데, 말하자면 그의 혀는 눈앞을 횡행하는 이파리들을 부지런히 쫓아다니며 그것을 낚아채려는 시도를 되풀이하고 있었다. 그는 손을 전혀 쓰지 않은 상태로, 대략 입술, 혀, 쳐든 턱만으로 한 잎의 이파리를 향해 집요한 '건드리기' '맞붙이기' '만지기' '빨기' 등등을 수행하는 와중이었다. 이파리는 쉬이 붙들리지 않았다. 이파리들은 혀의 부질없는 열정과 무관하게 이리저리 흔들릴 따름, 좀처럼 그에게 '맛보기'를 허락하지 않았다.

'맛보기'가 여러 차례 좌절되는 와중에도 그는 그러한 시도를 멈추지 않고 있었다. 그녀는 그의 '맛보기'를 응원했다. 그녀는 이파리가 어서 그의 입속으로 빨려들길 바랐다. 그가 제 욕망의 주인이 되기를, 욕망을 손에(입에?) 넣기를 간절히 희망했던 것이다. 일순간 그녀는 현기증을 느꼈다. 그녀는 그를 이해할 수 없었고, 그의 미혹, 그의 강박관념, 그의 관능에 무지했다. 혀가 이파리를 잡아챌 때의 감각, 그의 설렘, 씹히는 이파리, 이파리의 시큼털털한 맛, 그러한 것들은 상상만으로 거북한 느낌을 불러일으켰다. 그가 그러한 '맛보기'를 통해 닿으려는 목적에는 뭔가 음험하고 비밀스러운 구석이 있었고, 혹은 그렇게 여겨졌고, 그것은 전적으로 그가 머무르는 휠체어를 초과하는 무엇이었다. 적어도 그녀에겐 그렇게 생각되었다.

그녀는 뒷걸음질했다. 그녀는 자신이 그로부터 도망치고 있음을 알았고, 이러한 자각을 의식하면서도 그녀는 제 걸음을 멈추지 않았다. 그녀는 내팽개쳤다. 그를, 그녀를 붙잡는 망설임들을, 휠체어와 결부된 시절들을 말이다. 어느새 그녀는 공원을 벗어나고 있었다. 맨션들이 몰려들었다. 그녀는 넘어지지 않았고 그녀가 넘어질 수 있었더라면, 그녀에게도 그러한 '문턱'이 존재했더라면 그녀는 다시금 그에게 돌아갔을 것이다. 자신의 선택을 반성하면서, 그에게 돌아가 여러 번 제 잘못을 고백했을 것이다. 그러나 이제부터 그녀가 용서를 구할 수 있는 장소는 백 년 동안 녹이 슬어 새까맣게 그을린 휠체어 앞뿐이며, 그러나 또한 결국 그녀는 거기서 시간의 장애 너머를 어정거리는 그의 자취를 발견할 수 없을 것이다. 그가 절멸한 세계의 훼손된 전시장에서 그녀의 흔적을 끄집어낼 수 없듯이 말이다. 그들은 서로의 실종을 향해 나아간다. 말을 걸고 대답을 듣지 못하며 언어를 끼얹고 생각을 그만두지 못한다. 또한 그것은 영원한 의료이기도 하다. 그와 그녀 사이에 비뚜름히 놓인 휠체어가 결렬을 매개로 한없이 되살아나는 항구적인 정물인 것처럼 말이다. 도망치는 와중에 올려다본 맨션들은 죄다 선글라스를 끼고 있었다. 그녀는 그녀를 내려다보는 눈동자들을 상상할 수 없었다.

*

어떤 막연한 생각으로 소설의 똥구멍에 접속하는 일이다. 도박에 가까운, 허묘에 가까운, 그저 곤란한 상태의 무제한적 폭로에 지나지 않는, 지금도 섣불리 되돌아오는 좌불안석의 고립된 의자들을 통해, 그것을 굴착하면 영문 모를 시절에 당도하고 이렇게 쓴다. 세계는 망해버렸다. 돌멩이들의 역사를 거슬러갈 수 없다. 굴을 파면 다시 굴, 굴이 깊어지면 깊어진 굴, 곤히 잠든 삽을 일으켜 내벽에 박는다면 삽을 깨워 그곳에 박는 자세, 중첩된 자세들이 무려 한 질이다. 그는 같은 자리에서 자신의 자세에 열심이다. 그것을 철회할 생각도 없다. 세계에는 조난당할 인간이 남아 있지 않다. 그리고 기적, 기적을 추종하는 불구의 가능성들은 제 눈먼 이빨에 몰두한다. 긴장한 채, 수캐처럼 뾰족하게 곤두서서, 깨물기 좋은 시간의 발목이 아직도 실재하듯이, 그러나 그 발목은 버석거리며 부서지는 깡마른 나무토막처럼 그저 비틀거리고 헛디딜 때마다 맥없이 균형을 잃고 마는 것이다.

도살자에 의해 해체된 '적색 맨션'을 바라보다가,

이제 그의 의식 속에서는 좀더 분명하고 확연한 모습이 떠오르는데, 그것은 생선과 동물 내장을 집어 먹는 사람들, 본 적은 없지만, 그들은 피가 줄줄 흐르는 긴 창자를 잘근잘근 씹고 있거나 간을, 간, 간, 간. 간이라니, 그러나 그러한 장면은 허구이고, 우연은 의지가 없으며, 거짓말을 너희 나라말로 뭐라고 하니, 실마리 사이로 삐져나온 얇은 실을 겨우 붙들며, 기억의 아궁이에 불을 지피면서°

달궈진 아궁이 속으로 제 발을 묻어보다가,

불가해한 원망에 휩싸인 도살자가 대문을 열어젖히고 거실로 돌입하는 상상, 아니면 복도 쪽으로 뚫린 창문을 타 넘은 도살자가 신체가 봉랍된 그를 향해 성큼 다가온 뒤 낫이나 그에 준하는 흉기를 휘두르며, 그에게 말할 기회를 주지도 않고, 도살자 또한 아무 말도 할 수가 없고, 적어도 변명이라도 할 수 있다면 양쪽 모두에게나 이로운 일이었겠지만 도살자의 흉기가 가리키는 그곳에 여지없이 사로잡힌 그는 두려워하거나 겁에 질리지도 않고, 그를 해치기 위해 찾아온 도살자를 기꺼이 영접할 수 있는 사람처럼, 그러나 마중을 위한 어떤 요령도 체득하지 못한 사람처럼, 휠체어에 앉아 도살자가 쥐고 있는 날붙이의 끄트머리를 히죽거리며 응시하고 있을 따름으로 그의 시선에 날붙이가 미지근하게 녹아버리고 도살자의 얼굴이 기이한 모멸감으로 붉게 달아오르는 가운데 도살자는 그의 불능을 견딜 수가 없고,

이때

휠체어에 앉은 그로 말할 것 같으면 제 엉덩이가 휠체어 좌석으로부터 몇 밀리미터씩 미끄러지는 중으로 말하자면 그에겐 그런 정도의 위험만이 생존에 관련한 유일한 고난이자 시련인 것이다, 그는 도살자의 위협에 아랑곳하지 않고 제 신체를 갈무리하는 일에 여념이 없다, 어느새 히죽거림을 거두어들인

○　민병훈의 단편소설 「임무위스키」(『문예중앙』 2016년 봄호)에서 일부를 변용.

그는 여전히 그저 약간 배가 고픈 사람처럼 보일 정도로 매우 고분고분하고 온화한 표정인데 상황의 심각성을 전혀 깨닫지 못한 모양으로, 물론 깨달았다면 그것이 더 이상한 일이었겠지, 휠체어를 향해 다가간 도살자는 부쩍 가늘어진 흉기를 들이밀며 묻는다,

나를 아느냐고, 나의 출처, 나의 욕망을 아느냐고, 그는 묵묵부답으로, 묵묵부답 속에서 아무것도 고민하지 않고 있다, 생각이라는 것을 할 수 없는 사람인 거다, 마비된 기관은 비단 다리만이 아닌 거다, 그런 생각이 든다, 도살자의 흉기가 그의 가슴 정중앙으로 다가선다, 귓전으로 도살자의 후덥지근한 호흡이 지나간다, 도살자의 흉기가 그의 가슴을 꿰뚫는다, 이내 흉기는 그의 가슴에 붙박인 채 도무지 빠지지를 않는다, 별안간 날붙이가 뚝 부러져버리는 거다, 무슨 플라스틱 장난감처럼, 놀랍고 황당할 따름으로, 순간 엎드려 휠체어의 발가락을 쩝쩝 빨아대기 시작하는 도살자, 관능, 박약, 회로들, 탈진한 연통들, 불가피한 자동기계들.

마침내 그녀는 그를 잊어버린다. 그녀가 그를 잊어버린다 해도 그는 존재하는데, 예컨대 그녀는 그녀 자신이 의식하지 못하는 순간에도 계속해서 그를 기다리는 중으로…… '마치 삶이 어떤 난해한 꼭짓점을 위해 존재하는 것처럼……' 그는 돌아간다. 그녀의 망각 속을, 황폐한 교각 아래를, 이제는 전후좌우가 캄캄해진 눈앞, 단지 넘어지지 않는다면 기필코 당도할 수밖

에 없는 다리의 역능에 촉각을 곤두세우며, 혼곤한 걸음걸이에서 파행의 재미를 찾는 산책자처럼, 신경계에 향정신성을 투여한 중환자의 분발처럼, 고갈된 기적의 불씨를 간신히 되살리면서, 그는 로비의 엘리베이터 앞에 다다른다. 전광판의 숫자가 줄어든다. 엘리베이터가 열린다. 부러진 단검을 움켜쥔 도살자가 씩씩거리며 엘리베이터를 빠져나온다. 엘리베이터에 탑승한 그는 그녀의 안부를 잠시 걱정해본다. 닫히는 문틈으로 맨션 로비를 황급히 빠져나가는 도살자의 모습이 보인다.

그는 현관을 향해 들어선다. 거실에는 여전히 휠체어가 있다. 애착이 가는, 그러나 다시는 앉고 싶지 않은 휠체어. 그녀는 돌아오지 않을 것이다. 폐허의 세계에서 잔해들의 일부가 될 것이다. 폐허를 역광으로 그림자가 도드라진다. 그림자를 역광으로 폐허가 도드라지거나. 오늘은 종일 걸었다. 감격스러운 일도 불행했던 일도 있었다. 그는 그녀가 그립지 않다. 그리움이라면 넌더리가 난다. 그는 휠체어에 자신을 앉힌다. 폐허가 복원되고 눈앞이 분명해진다. 무릎이 얼얼하다. 다리가 세차게 요동친다. 그는 그녀에게 자신의 기적을 보여줄 수 없다. 입안에 침이 고인다. 머리털이 빠진다. 텅 빈 두상이다. 그는 깡마른 폭포처럼 걷는다. 잠을 누설하듯 걷는다. 그녀가 휠체어에 태운 그의 시신을 천변으로 운반해도 좋다. 그를 굶겨도 좋다. 지퍼를 내려도 좋다. 성기가 없어도 좋다. 자아가 없어도 좋다. 절멸을 전시하거나 위조하는 세계가 그를 간과해도

좋다. 만장(輓章)처럼 날리는 폐허가 그를 누락해도 좋다. 그
는 있다. 그는 앉아 있다. 그렇게 보인다. 그는 단위가 아니다.
묶음이 아니다. 소설은 나아가지 않는다. 인물은 사람처럼 걸
어보지 못한다. 이제 그는 그녀가 돌보는 한 대의 의자이다. 의
자 위에는 아무도 앉아 있지 않다. 세계는 인간이 결박된 한 대
의 휠체어다. 나는 저지당한다. 그는 떠내려간다.

사살 없음

나는 이 유리창 밑에서 손에 권총을 들거나 권총을 곁에 둔 채 발에 힘을 주어 바닥을 딛고 서서 항상 무용한 도전 의식을 간직하고 있으면서도 거리를 둔 채 무관심하게 수많은 밤을 보냈다.°

그, 무능하고 여태껏 아무런 실적도 거두지 못한 비밀경찰인 그는 알몸인 상태로 전나무들이 자욱한 숲속에서 깨어난다. 경찰국에서 처음 리볼버를 쥐여주었을 때 그에겐 단지 여섯 발의 총알만이 배당되었을 따름이다. 빗나감이 예정된 탄환들, 소진된 열정, 어눌한 총잡이들. 리볼버를 받아 들고 경찰국을 빠져나온 그는 다음 날 오후 경찰국 시설이 불가해한 조직의 테러로 궤멸되었음을 알았다. 동시에 그는 임무를 잃었다. 그는 자신의 비밀경찰 이력을 입증할 어떤 증서도 소유하지 못했다. "일주일 후 시계탑이 있는 광장에서 만나지." "집배원을 파견하겠네." "그러면 당신은 어떤가요." "초병(哨兵)의 신실한 마음은 갖추

°   후안 카를로스 오네티, 『조선소』, 조구호 옮김, 문학과지성사, 2015.

었나요." "준비는 되었나요." 비밀경찰은 소속감을 갖지 않는다. "마음이란 오로지 자네의 몫이네. 그것은 동료의 것도 아니고 조직의 것도 아니며 머릿속에 부정한 알을 낳는 뻐꾸기들의 것도 아니지." 창밖에서 깃발이 펄럭거린다. 국장은 담배를 태운다. 연기가 바람 한 점 없는 국장실 천장으로 게으르게 흩어진다. 동료들은 차렷 자세로 얼어붙어 있다. "매달 정액의 월급이 자네 통장으로 지급될 걸세. 월급은 경찰국과 자네 사이의 끈끈한 유대를 보증하지." 담뱃불이 꺼진다. "외롭겠지만 혼자라고 생각하지는 말아요. 혼자를 두려워하는 사람들, 자신이 혼자라는 사실에 구태여 의문을 제기하는 사람들만이 삶에 불행을 끌어들이는 법이니까요."

보위부에도 매수된 자들이 있다. 당신의 일이 국가에 도움이 되지 않더라도 국가는 당신을 방관하리라. 보위부가 권력의 자리바꿈을 방관하는 것처럼 말이다. 무슨 일을 해도 좋다. 당신이 죄를 짓고 구류된다면, 당신은 나태하고 무기력한 순경들 앞에서 떳떳하게 자신의 정의를 주장할 수 있다. 뿐만 아니다. 당신은 순경들을 흠씬 패줄 수도 있다. 당신에겐 그들을 혼쭐낼 권리가 있다. "당신은 풀려나겠지." "순경들은 문책당할 거예요." 명심하라. 비밀은 사실을 압도한다. 음모란 현상의 주인이다. "춥고 무서워요." "잠들면 깨워줘요." 당신은 당신의 동료들과 싸워야 할지도 모른다. 권력은 충돌하며, 피도 눈물도 없고, 쪼개진 원탁 위에서 당신이 올바른 입장을 견지하고 있는지를 한사코 시험하려들기 때문이다. 당신은 분열된 의식 가운데서 보다 본질에 가까운 당신을 판별해낼 의무가 있다. 그가 보위부 소속으로 비밀경찰 생활을 시작했을 때, 그는 경찰국 직원들의 이러한 혼란스러운 언동을 자신의 업으로 받아들이기 위해 노력해야 했다. 그는 일주일 후 시계탑이 있는 광장으로 갔다. 임무는 끝끝내 도착하지 않았다. 급여도 지급되지 않았다. 그는 며칠째 배를 곯고 있었다. 숙박비가 떨어졌다. 그는 여인숙에서 생활하고 있었다.

그리고 그는 별안간 전나무들이 우거진 삼림 한가운데서 발가벗겨진 모습으로 발견된다. 물론 별안간이라는 말은 적절치 않은데, 그는 숲에서 깨어나기 직전의 순간들을 비교적 명확하게 기억하고 있기 때문이다. 그러나 기억은 효력이 없다. 그는 자신의 출처에 관한 어떤 확고한 비전도 갖고 있지 않다. 햇빛이 수목의 빽빽한 잎사귀들 사이를 통과한다. 햇빛은 삐뚤빼뚤하다. 그는 올려다본다. 머리가 지끈거린다. 그는 의욕이 없다. 빼앗긴 의욕을 되찾을 만한 용기도 없다. 그가 이제부터 무엇을 할 수 있는지, 그것은 전적으로 그에게 달려 있고, 그는 의식의 빈한한 열정을 동원해 눈앞을 지나쳐가는 구름의 무리를 치어다보는 와중이다. 태평스러운 표정으로 말이다. 입술을 잘근잘근 씹어대면서 말이다. 햇빛은 어지럽다. 그늘은 축축하다. 당장이라도 자리를 박차고 일어나야 하는데. 그러나 그는 그렇게 하고 싶지 않다. 서술은 숲에 누워 하늘이나 바라보고 있는 그의 허탈한 내면에 대해 아는 바가 없다. 아직은 그를

숲속에 놓아두자. 그에게서 치열한 망상들을 이끌어내고, 거짓
자백을 재촉하고, 그의 무결하고 죄 없는 알몸이 겨울나무들의
깡마른 낙엽에 뒤덮이길 기다려보도록 하자.

*

　이해할 수 없는 일들이 많았다. 애초에 그는 죽은 사람이었
다. 죽음의 순간을 회상하는 일은 다른 범속한 일들에 관한 회
상과 별 차이가 없었다. 고통, 암전, 눈부신 빛, 뒤집힌 양말들.
시간은 별개의 기억들을 막연한 인상의 범벅으로 갈아엎는 위
력을 지니고 있었다. 여하간 그는 숲속에 있다. 날씨가 쌀쌀하
다. 무리에서 이탈한 까마귀들이 전나무들 사이를 황망하게 오
르내린다. 귀엽다. 그는 잠시간 생각해본다. 나는 용감하지 않
다. 그러나 나는 때때로 용감한 행동을 했다. 나는 용감하다.
그러나 나는 때때로 비열한 행동을 했다. 그는 떠밀리는 대로
의식을 내버려두고, 그것을 거두어들일 생각을 하지 않는다.
까마귀들이 내 눈알을 파먹을 수도 있겠지. 그렇다면 귀엽지
않다. 귀여움이 징그러워진다. 나는 정상이 아니다. 그러나 나
는 종종 멀쩡한 사람처럼 행세하기도 한다.
　안개 낀 날씨였다. 출몰한 그림자들이 비현실적으로 짙어서,
그것은 마치 어두침침한 광장의 조도를 상대로 힘겨루기를 하
고 있는 것처럼 보였다. 광장은 전체적으로 활기가 없었다. 비

를 흠뻑 맞은 듯 볼썽사나운 외양의 청동 송아지 한 마리가 광장 초입에 멈춰 서 있었다. 청동 송아지가 짊어진 안장 위로 가슴팍에 훈장을 주렁주렁 매단 독재자의 등신상(等身像)이 있었다. 어스름 속에서 번들거리며 빛을 뿜는 것은 독재자의 눈, 독재자의 칼자루, 독재자의 구두코, 독재자의 혓바닥뿐이었다. 그는 독재자를 쳐다보지 않았다. 그는 종일 얼빠진 표정으로 광장 계단에 앉아 있었다. 밑단이 무릎까지 내려오는 코트를 입고, 코트 안주머니의 리볼버를 만지작거리면서 말이다. 시계탑의 그림자가 길어졌다. 청회색 후드를 뒤집어쓴 사람들이 종종거리며 광장 둘레를 맴돌고 있었다. 후드 밑으로 삐져나온 아래턱이 하나같이 투박하고 옹색했다.

아무튼 그들은 광장을 벗어나지 않았다. 그도 마찬가지였다. 시계탑의 그림자가 게걸음 치듯 꾸물거리며 광장 도처에 박힌 붉은 포석들을 스쳐갔다. 그는 멍하니 전방을 응시했으며, 그럼에도 자신을 위한 임무가 도착하리라는 희망적인 기대를 좀처럼 포기하지 못하고 있었다.

그는 시간의 흐름을 거의 느끼지 못했다. 그러나 시간은 어김없이 계속되었다. 광장을 지나가는 사람들은 자존감이라고는 코빼기도 찾아볼 수 없는, 말 그대로 절망적인 행보를 되풀이하는 중이었다. 어느 순간 그들은 포석 안쪽으로 부자연스럽게 양발을 맞붙인 채 우두커니 정지했는데 이내 고개를 주억이며 입술을 씰룩거렸다. 띄엄띄엄 간격을 두고 개인적인 박약에 몰두하는 그들은 예컨대 광장의 불행을 사수하는 사람들이었다. 그는 리볼버를 치켜들었다. 그들은 동요하지 않고 제자리를 사수한 채 광장을 향해 격발될 탄환을 기다리고 있었다. 불구의 표적들, 초연한 얼간이들이 아닐 수 없었다. 시계탑의 그림자가 광장 너머로 엎질러졌다. 일순간 그는 제 관자놀이에 총구를 붙이고 방아쇠를 당겼다. 탄환은 이파리를 갉아 먹는 애벌레처럼 느린 속도로 그의 최후를 상연했다. 눈알이 탁구공처럼 들썩거렸다. 한 호흡이 채 되지 않는 짤막한 총성이었다.

두개골이 산산이 부서진 그의 얼굴은 아무 피라미나 집어넣고 끓인 잡탕찌개를 연상시켰다. 사람들이 시신 곁으로 몰려들기 시작했다. 수하를 주고받았다. 신호를 전달하듯 고개를 까딱거렸던 것이다. 마치 예고된 작전을 결행하는 사람들처럼 말이다. 여전히 입술을 씰룩거리는 행동을 멈추지 않았는데 이번엔 자신들끼리 뭔가를 속닥거리고 있었다. 사람들이 그의 시신을 운반하기 시작했다. 신속한 처분이었다. 비밀경찰은 수레에 눕혀졌다. 그는 자신이 어디로 운반되고 있는지를 자각하지 못했다. 그에겐 관이 없었다. 뚜껑이 없었다. 낡은 수레 위에 널브러진 채 시가지의 안개 속으로 스며드는 그의 주검 뒤편으로 후드를 눌러쓴 사람들이 삐걱거리는 수레의 뒤꽁무니를 호젓하게 뒤따르고 있었다. 시계탑이 주섬주섬 제 그림자를 수거해갔다. 밤이었다. 청동 송아지 위에 올라탄 야광 독재자가 광장의 야음을 향해 연분홍빛 광기를 끼얹고 있었다.

그는 회상을 그만둔다. 역류하는 의식은 공사 도중 잘못 건드린 지하의 수도관을 연상시킨다. 그는 한낮, 숲, 까마귀들 사이에서, 온몸에 진흙이 발린 채, 뿐만 아니라 의지의 대부분을 잃어버린 채로 눈을 뜬다. 그는 당혹스럽다. 그는 땀을 흘린다. 땀이 식으면 오한이 몰려든다. 오한은 죽음의 전조이다. 기억이 수수깡처럼 부러진다. 까마귀들은 숲을 미로처럼 여기지 않는다. 벌거벗은 그를 산 사람으로 여기지도 않는다. 시선은 부패한다. 눈을 감으면 그는 진공을 배회하는 하품이다. 그는 고집을 부린다. 자신의 생존을 부정하고 싶은 것이다. 죽음에 관한 회상은 그의 황당한 회생을 저지하지 못한다. 겨울인데도 날씨가 화창하다. 쾌청한 하늘을 가로지르는 까마귀들은 불길하지도 위험하지도 않다. 어느 날에는 시야가 먹구름으로 새카매진다. 하루와 이틀, 사흘과 나흘, 허전하게 이동하는 구름, 낱장처럼 찢어지는 까마귀들, 측량할 수도 달력을 마련할 수도 없는 나날들이 이어진다. 그는 그만큼의 시간 동안 누워 있다. 그는 정량의 실감 속에 있지만 실감이 항상 분연한 결행을 종용하는 것은 아니다. 그는 불시에 깨어난다. 그는 자아의 불침번이다.

*

서술은 그를 운반하는 사람들의 정체를 밝혀주지 않는다. 그

들의 정체가 무슨 대단한 비밀이라도 되는 것처럼. 딱히 궁금
하지도 않다. 숲이 일렁거린다. 전나무들은 낙엽 대신 씨눈을
떨어뜨리고, 낙하한 씨눈의 속껍질이 까슬까슬한 질감으로 오
그라든다. 바람이 분다. 낙엽들이 전나무들의 군락지로 떠밀려
온다. 그는 팔을 뻗어 제 얼굴을 어루만진다. 살갗에 닿은 것은
분명 그의 손바닥이지만, 또 손바닥이 더듬는 자리는 그의 얼
굴이 아니다. 그런 느낌이다. 그는 목청이 터져라 고함을 친다.
갈급한 허기로 사나워진 까마귀들은 그를 습격할 만반의 태세
를 갖춘 다음이다. 그는 돌아눕는다. 싸늘한 대지가 코끝에 맞
닿아 있다. 그는 코를 훌쩍거린다.

  그는 열네 살에 비밀경찰을 양성하는 시설에 맡겨졌다. 집배
원이 목덜미에 총구를 가져다 댔다. "가자." 그는 갔다. "해라."
그는 엉덩이를 내밀었다. "자라." 그러나 잠이 오지 않았다. 집
배원들이 그를 대동하고 들어온 숙소는 그와 비슷한 고아들의
열기로 후텁지근했다.

  집배원들은 고아들을 숙소에 버려두었고 매일 밤 폭음을 했
다. 집배원이란 교련 시설로 고아들을 인계하는 경찰국의 끄
나풀이었다. 집배원들이 숙소, 혹은 수용소로 사용하는 여인숙
객실엔 고아들이 넘쳐났다. 그들은 시가지 여기저기에서 고아
들을 잡아들였다. 집배원들은 이견을 허용하지 않았다. 징용은
무자비했다. 고아들은 모두 그의 또래였고, 객실 바닥에 무릎
을 꿇은 채 보위부의 인도 차량이 자신들을 인솔해갈 날을 학

수고대하고 있었다. 몇몇은 아직 비밀경찰의 운명을 받아들이지 못하고 무모하게 탈출을 시도하거나 울음을 터뜨리기 일쑤였는데, 말하자면 그들은 하자가 있는 아이들이었다. 집배원들은 술에 취한 채 그러한 아이들을 향해 리볼버를 겨눴고, 다음 날 기상한 집배원들은 숙취에 절어 자신들이 저지른 살인이 의도치 않은 결과였음을, 모든 불화는 과음이 획책한 악마의 장난일 따름이라며 중얼중얼 혼잣말을 늘어놓았다. 그것은 일종의 구차한 변명 또는 각성이나 재발 방지를 절대로 기대할 수 없는 참회의 넋두리에 불과했는데, 고아들은 이후 교련소에서 집배원들의 불합리한 내면을 마음 깊이 공감하게 되었다.

그는 함께 끌려온 고아들과 쉬이 친해지지 못했다. 그는 내성적인 성격의 소유자였다. 낯선 사람 앞에 서면 저절로 머릿속이 새하얘지고 손끝이 저릿저릿해졌다. 집배원들이 새로운 고아들을 물색하러 나간 뒤 객실에서는 소규모 난투극이 벌어졌다. 고아들의 성정은 살갗만 스쳐도 서로에 대한 강렬한 적개심을 품을 만큼 예민하고 불온했던 것이다. 숙소의 문은 열쇠 없이는 안에서도 밖에서도 열고 나갈 수 없었다. 비좁은 숙소에서 고아들은 서로를 의지하기는커녕 서로의 적개심에 가깝게 밀착해갔다. 그는 객실 구석에서 숨을 죽인 채 온갖 갈등이 지나가기만을 바라고 있었다.

소년과 소년, 소녀와 소년, 소녀와 소녀, 그와 다른 어떠한 조합도 사랑을 배태할 만큼의 풍요로운 잠재력을 가지고 있었다. 그러나 사랑은 원만한 방식으로 발화되지 못했다. 그들은 사랑을 섬세한 언어로, 혹은 장난스러운 제스처로 표현할 여유를 갖고 있지 못했다. 사랑은 이전투구의 양상을 띠었다. 더 사랑받을 수 있는 소년들과 소녀들이 있었으며 그렇지 않은 소년들과 소녀들도 사랑을 했다. 이때 사랑이란 색욕과 질투와 집착과 열정의 대상이 너무나도 빈번하게 뒤바뀌는 부질없는 마음의 환란들을 모두 포함하는 말이었다. 고아들은 태생적으로 지금처럼 많은 수의 또래를 접해본 경험이 없었기 때문에 서로에 대한 모든 표현의 시도에 서툴렀고 엇갈렸으며 만족할 만한 관계 맺음의 형식을 획득하지 못했다. 게다가 지극히 사랑했던 대상이 그들의 힘으로 극복할 수 없는 집배원들의 무성의한 오발(誤發)에 의해 사살당하고 난 뒤에는 병적인 심경으로 자신의 마음을 사방으로 방사했는데 그렇게 대책 없이 방사된 마음이란 얼마 지나지 않아 부패하고 괴사하는 수순을 거치는 것이 일반적이었다.

그는 자신의 사랑을 홀로 간직하고 있었으며 그 사랑은 밖으로 꺼내자마자 빛을 잃는 종류의 눈부신 착각이었다. 그는 착각을 휘황하게 밝힌 다음 마음의 내밀한 객실에서 그것을 닳도록 빨아대는 중이었다. 고아들 중 누구도 그가 사랑의 열병에 시달리고 있다는 사실을 알아차리지 못했다. 그것만이 중요했다. 내가 사랑으로 마음을 졸이고 있는 중이라는 사실을 누군가 알아챈다면 그는 부끄러움으로 수치심으로 혀를 깨물고 죽어버릴 것이다. 그는 그렇게 마음먹었다. 그가 사랑하는 소년이 그의 마음을 전달받는 일은 불가능할 터였다. 그러나 또한 그가 사랑하는 소년이란 그러한 불가능을 천연덕스럽게 뛰어넘을 수 있는 자질을 갖추고 있었다. 소년이 그를 3초가량 지긋이 바라보며 능청스러운 미소를 지었을 때, 그는 사랑의 내밀한 객실이라 믿었던 마음의 공터가 광장에 마련된 사형장이나 다름없다는 사실을 깨닫게 되었다. 그는 졸지에 제 목덜미로 낙하할 칼날을 기다리는 신세였다.

그가 사랑하는 소년은 고아들의 세계에서 인정하는 불한당이었다. 소년은 그가 자신을 사랑한다는 사실을 교묘하게 이용했다. 이를테면 소년은 고아들 앞에서 대놓고 자위행위를 즐겼다. 그는 그때마다 마음이 찢어지는 것 같았다. 소년이 자신의 마음을 희롱하고 있다는 사실을 알았기 때문이다. 그가 괴로워하는 기미를 보이면 소년은 당시 사귀던 연인을 그에게 붙였고, 연인은 꼬물거리는 작은 손을 바지 속에 집어넣어 그의 성기를 강제로 일으켰다. 그는 그 손을 뿌리치지 못했다. 그는 그만큼 소심했고, 온순했으며, 타인을 대하는 대부분의 요령에 무지했던 것이다. 마음의 격통과 성적 희열이 굴절된 채로 버무려진 그의 사랑은 폐사한 물고기처럼 악취를 풍겼다. 밀실에서 교환되는 마음이란 몇 날 며칠 동안 씻지 못한 소년들과 소녀들의 팬티 아래서 썩어가는 불가피하고 통속적이며 그들 모두에게 평등하게 배분된 비뚤어진 욕망들의 지저분한 낙서일 따름이었다. 그는 소년의 악의적인 희롱에도 불구하고 소년에게 어떤 저항의 제스처도 내보이지 않았는데, 첫째론 그의 성정이 저항을 시도할 만큼 호기롭지 못했기 때문이며, 둘째로는 제 마음을 짐짓 들키지 않은 척 오해하고 싶었기 때문이다.

그의 관심사는 소년이 대체 누구를 사랑하고 있는가의 문제였다. 소년은 여러 명의 소년, 또는 소녀들과 피상적인 감정을 주고받고 있었지만 그들에게 진실한 마음을 쥐여주지는 않고 있었다. 이러한 소년의 태도가 억눌린 사랑의 질서에서 유리한 위치를 점했다는 것은 불 보듯 자명했다. 소년에게 상처를 입은 옛 연인들이 고래고래 소리를 지르고 반쯤 넋이 나가 객실을 멍하니 배회하고 있었지만 소년은 태연자약했으며 아무런 동요의 낌새를 내비치지 않았다. 그는 소년이 이토록 냉담한 성격을 가지게 된 이유가 소년이 견지하는 고고한 감정 때문이리라 짐작했으며 얼마 지나지 않아 이 고고한 감정이란 고아들의 세계를 월등하게 초월하는 보다 상위의 대상을 동경하며 흠모하는 마음이라는 사실을 꿰뚫어보게 되었다. 처음에 그는 기분이 언짢았다. 소년 또한 자신처럼 감추어진 욕망 속에서 그 대상을 곁눈질하고 있었던 것이다.

소년은 집배원들을 사랑하고 있었다. 집배원들이 만취해 객실로 돌아오면 소년은 집배원들 앞에서 몸을 배배 꼬며 아양을 떨었다. 고아들은 하루하루가 지날수록 집배원들의 변덕스러운 성정에 적응하기 위해 애교를 부리기 시작했는데, 그중 가장 돋보였던 것은 소년의 태도였다. 소년은 집배원들의 양말을 벗겨주었고, 집배원들의 외투를 탈탈 털어 옷걸이에 걸어두었으며, 어깨를 주물렀고, 곤히 잠든 집배원들의 얼굴을 향해 차렷 자세를 취하며 '경-례'를 했다. 소년을 제외한 고아들은 '경-례'를 배우지 못했기 때문에 '경-례'를 시도할 엄두를 내지 못했지만, 소년은 달랐다. 소년은 '경-례'를 고아들 중 누구보다 잘 흉내냈고, 진짜 '경-례'보다야 많이 모자랐지만, 집배원들에 대한 신실한 경외심만으로 '경-례'의 본질을 어렴풋이 체득하고 있는 상태였다.

그는 소년에 대한 연민을 금할 길이 없었다. 집배원들은 소년에 무관심했다. 어느 날은 리볼버를 들이대기까지 했다. 소년이 무릎을 꿇고 빌었다. 벌벌 떨었다. 집배원들이 소년을 떠밀었다. 소년이 뒤집어진 개구리처럼 나동그라졌다. 집배원들은 리볼버를 허리춤에 주섬주섬 집어넣고는 침대에 벌러덩 누워버렸다. 코를 골며 잠을 잤다. 소년은 충격을 받은 모양이었다. 그 순간 소년은 두려움 앞에서 한없이 왜소해지는 그 나이 또래의 아이들과 다르지 않았다. 그는 마음속에 간직했던 소년에 대한 애정이 뿌리째 뽑혀 나가는 느낌을 받았으며, 소년에 대한 사랑이 애초부터 착오에 기인한 환영의 화환, 덩이버섯이 덕지덕지 엉켜 있는 볼썽사나운 정글에 불과했다는 사실까지는 통찰하지 못한 채, 자신의 사랑을 짓밟은 집배원들을 향한 강렬한 원한에 사로잡혔으며, 동시에, 소년을 위로하고 싶다,

소년을 다분히 가망 없는 사랑에서 구해주고 싶다 등등의 막연한 생각을 했다.

며칠이 지나갔다. 인도 버스가 도착할 날이 가까워졌다. 술독에 빠진 집배원들이 들썩들썩 어깨춤을 추고 있었다. 누군가 집배원들의 외투를 받아 옷걸이에 걸었다. 집배원들이 침대 주변에서 허우적거렸다. 그는 멀찍이 떨어진 거리에서 소년과 집배원들을 곁눈질하며 외투를 뒤졌다. 갑작스러운 일이었다. 외투의 안주머니에는 리볼버 한 정이 들어 있었고, 그는 총기 사용법을 배우지 못한 초짜였지만, 불가사의한 기지로 리볼버의 안전장치를 해제한 뒤 집배원들의 급소를 향해 정확히 여섯 발의 탄환을 명중시켰다. 고아들이 함성을 내질렀다. 집배원들이 침대로 고꾸라졌다. 시트가 흥건해졌다. 고아들이 쿵쾅거리며 침대 위에 올라 뜀박질을 하고, 더러운 발바닥들이 집배원들의 환부를 쿵쿵 짓밟고 지나갔다. 객실에서 지독한 유황 냄새가 났다. 총성에 귀청이 떨어져 나간 아이들이 검지로 양쪽 귓구멍을 틀어막은 채 진동하는 고요를 청취하고 있었다.

그는 소년을 돌아보았다. "잘 봐. 내가 집배원들을 죽였어. 경찰들이 따라붙겠지. 도망치다 건너편에서 질주하는 버스와 정면으로 충돌할 수도 있어. 그러나 그런 일이 일어나지 않을 수도 있고, 나는 골목을 내달리며 나를 검거하기 위해 혈안이 되어 있는 경찰국 직원들의 무용한 음모를 영원히 무산시킬 수도 있겠지. 너는 나를 사랑하게 될 거야. 집배원들을 사랑했으니 나를 사랑하지 못할 까닭이 없지." 그는 이러한 말들을 직접 발설하지는 않았지만, 유사한 뉘앙스를 눈빛으로 전달하려 애썼다. 소년이 그에게로 성큼성큼 다가왔다. 저절로 귀가 붉어지고 얼굴이 홧홧해졌다. 소년은 울상이었다. 소년이 사랑을 고백한다면 어떻게 해야 할까. 부끄러움으로 수치심으로 죽어버릴 것이다. 밀쳐내고 뿌리치고 도망칠 것이다. 소년이 쫓아온다면 어느 시점에서 달리기를 멈추고 돌아볼 것이다. 그리고 소년을 껴안아야지. 소년의 마음을 으스러져라 받아주어야지.

사람들은 그를 죄지은 사람처럼 대한다. 물론 그는 잘못을 저지른 기억이 없다. 그는 버려진 비밀경찰, 자살한 실직자, 무기력한 게으름뱅이, 열네 살에 비밀경찰의 운명을 배당받은 불쌍한 고아에 불과하다. 지금은 사람도 없는 숲속의 원형경기장에서 전나무들과 까마귀들의 오락거리가 되고 있다. 그의 의식 속으로 지나친 말들이 오락가락한다. "당신 주위엔 항상 당신을 원하는 사람들이 있어요. 당신을 응원하며 당신을 북돋고 당신이 정말 잘되기만을 손꼽아 기도하는 사람들이 있지요. 마음 같아선 당신의 삶을 대신 살아주고 싶어요." 까마귀, 고적함, 그의 귓속으로 머리를 들이미는 지렁이들이 있다. 폭설이 퍼부어진다. 소년의 손가락이 그의 목을 휘감는다. 가면이 벗겨진다. 가면 속으로도 눈이 쏟아진다. 공백 속에서 흩날리는 눈발은 소년의 음성을 쭈글쭈글하게 구겨버리는 잡음 영상이다. 그의 목을 감아쥔 소년의 손에 힘이 들어간다. 그는 버둥거린다. 소년의 어깨가 들썩인다. 소년은 흐느낀다. 희박한 잔상이 어지러운 호를 그리며 떠밀려간다. 풍경은 침투한다. 휩쓸린 잔상이 광포한 눈사태가 된다. 그는 눈 속에 파묻힌다. 감각이 무뎌진다. 암실이 팽창한다. 방부 처리된 뇌가 투명한 알코올 속에 담겨 있다. 눈밭은 평평하다. 의식이 새하얗게 이지러진다.

*

그는 잠들지 않는다. "소년의 사랑스럽고 무모하며 미끈하게 신비로운 손가락에 의해 교살된 그는 지금 창백한 주검이 되어 전나무들이 자욱한 눈밭에 누워 있습니다. 소년은 그를 용서할 수 없었습니다."

"까마귀들이 그의 주검을 파헤치고 있습니다."

"당신은 꿈을 꾸지 않습니다. 매연이 지독하고요. 누군가 이글거리는 환몽의 벽난로에 찬물을 끼얹은 모양이고요. 당신은 검댕이 쌓인 굴뚝으로, 휑뎅그렁한 출구로, 자꾸만 기어오르는 연습을 하는 중이고요." 그는 눈 속에 고립된 나무토막 같다.

"피로하고 의욕이 부재하며 비밀경찰로서 어떤 긍지도 가져본 적 없지만 또한 할 일이 아무것도 없는 까닭에 비밀경찰의 까마득한 벼랑에 범접하려다 아득히도 미끄러져버린 그대여." 의식이 혼미하다. 숲속 공터에서 몸을 일으킨 그는 이내 평형을 잃고 지면으로 고꾸라진다. 메아리가 들린다. 까마귀의 울음소리인지 고라니의 비명인지 구조를 타진하는 인간의 외침인지 출처가 모호하다. 메아리는 달아나는 청각을 억지로 추적하면서 숲 전역을 돌아다닌다. 시선이 머무는 자리마다 진흙에 오염된 눈의 잔해들이 듬성듬성 남아 있다. 그는 사타구니를 내려다본다. 쪼그라든 성기는 악취를 풍기지 않는다.

그는 샛길을 따라간다. 숲은 괴괴하고 음산하다. 곳곳에 찌그러진 덤불들이 여물용 짚단처럼 쌓여 있다. 그는 걸음을 멈추지 않는다. 더 나아가니 들쥐 한 마리가 나지막한 나뭇가지 끄트머리에 목을 매달고 있다. 괴이한 일이다. 고개를 치켜들자 사체가 아주 많고 종류가 제각각이다. 사체들은 대개 별 유사성이 없는 짐승들, 그러니까 송아지, 자색 부엉이, 등껍질이 적출된 거북이, 불에 그슬린 원숭이들, 산닭과 표범들, 알비노들, 취임 초기의 독재자를 닮은(그러나 고의적으로 분장된) 인간의 사체들이다. 신체의 개별 부위가 돌이킬 수 없이 훼손된 시신들은 복잡하게 얽힌 외줄의 악취미를 통해 여러 갈래로 뻗친 나뭇가지에 아슬아슬하게 매달려 있다. 뭔가가 그를 홀리고 있는 모양인데 무슨 암시가 그를 홀리고 있는 건지 추측할 방도가 없다.

숲의 경계를 배회하던 그는 일순간 도로 한복판으로 내던져진다. 한적한 도로변으로 외발의 금속 푯말이 서 있고, 불그죽죽하게 녹이 낀 푯말 하단에는 경찰국 시설이 위치한 도시의 지명이 씌어져 있다. 그는 푯말이 가리키는 방향으로 도로를 거슬러 간다. 콧노래를 흥얼거리며, 벌거숭이인 자신을 민망해하는 기색도 없이, 견고하게 다져진 흙길을 으스대는 걸음걸이로 앞질러 가는 것이다. 반바지를 사야지. 돈이 없지만 반바지를 구해봐야지. 반바지는 푼돈이니까. 그는 안도한다. 시내에 도착하면 무엇이든 배부르게 먹어둘 예정이었다. 허기가 가신 다음엔 광장으로 돌아가 보위부의 지침을 기다리거나, 폐허가 된 경찰국 주변을 얼쩡거리며 그와 같은 처지에 놓인 동료 비밀경찰들과 함께 생계를 모색해볼 수도 있을 것이다. 아무도 나를 저버리지 못하지. 어떤 망상도 나를 실의의 구렁텅이로 몰아넣지 못하지. 나는 반바지의 자금줄이니까. 정신이 또렷하다. 한파, 냉해, 얼얼한 맨발도 별 방해가 되지 못한다.

그때 맞은편에서 버스 한 대가 달려온다. 경적이 쟁쟁하다. "당신이 비밀경찰이라는 사실을 잊어버려선 안 돼요." 대낮인데도 헤드라이트가 번쩍거린다. 먼지구름이 난분분하게 흩어진다. 그는 미간을 찡그린 채 자신을 향해 전속력으로 치달아 오는 버스 기사의 권태로운 표정을 응시한다. 가슴이 두근거린다. "마음을 길들이세요." "자신을 거듭 설득하세요." "성가신 질문들을 집요하게 되풀이하세요." "위증을 수락하며 자백을 재촉하고 강박관념을 제 집처럼 여기며 암실에 사로잡힌 저주받은 눈동자들을 알코올에 씻어버리게." "차라리 재갈을 물고 죽어버리게." "지긋지긋하게 죽어버리게." 그는 반가운 나머지 두 팔을 흔들어댄다. 버스가 그의 상반신을 들이받는다. 온몸이 버스 하부로 빨려든다. 버스 기사가 가속페달을 힘껏 밟는다. 전나무들이 버스를 향해 헛손질을 한다. 버스는 헛손질에 일일이 맞장구를 쳐주며 도로를 질주한다.

"당신은 시내의 주점으로 들어선다. 불쾌하게 짓이겨진 열기와 잡스러운 악다구니로 우글거리는 실내를 향해 한 발 한 발 발걸음을 옮기며 망설이듯 주춤거리면서 당신은 자신의 기척을 쉽게 노출하는 사람이 아니고 누구도 당신과 같은 기죽은 유령에 관심이 없으며 당신은 당신의 정체를 감추는 방법에 능숙한 사람인데 바의 의자에 걸터앉아 천장을 쳐다보면 퇴락한 전등갓이 있고 전등갓의 원추형 관(管) 속에서 회오리치는 노란 연기가 보인다. 당신은 독주한 잔을 주문한다. 눈두덩에 마스카라가 엉겨 붙은 펠리컨이 당신을 바라보다 말다 테이블을 향해 길고 구부러진 목을 늘어뜨린다. 피를 흘리는 귓바퀴들이 술잔을 전진시킨다. 소매를 걷은 성마른 웨이터들이 팬티에 묻은 오줌을 긁적이는 난봉꾼들과 파상풍으로 목발을 짚게 된 늙은 소녀들을 향해 부엌용 가위를 전진시킨다. 식탁보 대용으로 깔린 방수포에 맺힌 물방울들이 피로한 당신의 눈동자를 향해 샛노랗게 찢어진 레몬을 전진시킨다. 당신은 온몸이 근질거리는 것을 느끼며 평소라면 거들떠보지도 않을 지저분하고 비위생적인 주점 한복판에서 눈앞에 놓인 독주를 연달아 들이켜고 있다."

버스가 과속방지턱을 넘어간다. 고아들은 쩝쩝거리며 손안의 초코바를 먹어치운다. 실내가 혼탁하다. 어깨 너머로 자란 머리카락이 초코바와 함께 입속으로 딸려 온다. 절반의 복종과 절반의 기대가 있다. 절반의 멀미와 절반의 침묵이 있다. 고아들은 초코바의 은박 껍질을 조심스럽게 벗겨낸 뒤 껍질에 발린 녹은 초콜릿을 게걸스레 핥아댄다. 고아들의 뒤통수는 보위부로 향하는 인도 버스가 목적지에 도달할 때까지 줄곧 좌석 등받이에 달라붙어 있다. 그들은 대체로 비밀경찰의 운명을 덤덤하게 받아들인다. 차량에 설치된 브라운관이 독재자의 집무실을 접사해서 찍은 사진들을 빠르게 진열한다. 영상이 퍼뜨리는 청회색 잔물결이 차량 내부에 은밀한 광채를 덧입힌다. 음향은 들리지 않는다. 집무실 창문 거치대로 러그 한 벌이 걸려 있다. 연속무늬가 있다. 세계지도가 있다. 이중 구속이 있다. 브라운관에 출연한 독재자의 손이 장례용으로 여겨지는 흰 장갑을 착용한 채 뜨개질을 하고 있다. 계속해서. 지치지 않고. 버스가 덜컹거린다. 영상이 암전된다. 고아들은 차창 밖을 쳐다본다. 도로변에 백골이 즐비하다. 스펀지처럼 구멍이 숭숭 뚫려 있다. "우리도 저렇게 되는 거야?" 고아들 중 하나가 묻는다. "아니야." "그럼 저것들은 뭐야?" "마루타들이야." "마루타가 뭐야?" 그는 대답하지 못한다.

"경솔한 언행으로 화를 자초하는 자는 납치를 당하고 형무소에 감금됩니다. 취조에 불응하는 자는 고문실로 끌려가 독재자의 좌변기가 되지요. 당신은 독주를 홀짝거려요. 체통을 지키고 먹이를 물색해야겠지요. 사람들을 엿듣고 목덜미를 붙들고 실적을 착실하게 쌓아서 권력에 이바지하려는 노력을 게을리하지 말아야겠어요. 하지만 당신은 오늘 독주를 너무 많이 마셨지요. 당신은 취기에 경도된 채 주점의 난봉꾼들과 한판 주먹다짐을 벌이고 있습니다. 당신은 분노를 느끼고 오래 묵힌 울화인지 술김인지 모를 원한으로 코트 안주머니에 숨겨두었던 리볼버를 꺼내 들어요. 주점은 과열됩니다. 난봉꾼들의 대가리가 박살이 나지요. 유리잔이 날아갑니다. 무수한 대가리들이 맨바닥으로 머리를 조아려요. 당신은 발각되고, 목숨을 구걸하는 측은한 난봉꾼들과 바지를 무릎까지 내리고 국기를 흔들어대는 양아치들 사이에서 비약적으로 낯설어집니다. 당신은 자신을 추궁하지만 도무지 그럴싸한 변명을 마련하지 못해요. 황급히 주점을 뛰쳐나간 당신은 주점 앞 철제 쓰레기통에 리볼버를 처넣습니다. 당신은 숙취에 절어 밤새도록 주점 근방을 돌아다녀요. 여명이 드리워진 시계탑 아래로 그림자들이 스멀스멀 모습을 드러냅니다. 당신은 광장의 십자형 포석을 향해 구토를 합니다. 여명은 피가 마르는 심정이에요. 당신은 광장을 가로지릅니다. 오늘 당신은 국가를 잃었어요. 비밀을 욕보였지요. 끝까지 냉담하게 처신했어야 했는데, 당신에겐 오로지 자신, 자신이라는 모자란 기울기만이 남겨지고 말았던 것이지요."

그는 돌연 자신이 광장에서 관자놀이에 총구를 대고 방아쇠를 당겼다는 사실을 깨닫는다. 그는 숲이다. 술렁이는 낱장의 이파리들 사이로, 빳빳하게 곤두선 깃털들, 불시에 틈입하는 까마귀들의 모가지를 양손으로 틀어쥐면서, 그는 숲 자체, 벌거숭이로 전락한 그를 향해 건방을 떨고 있는 삼림의 방대한 내면성이다. 영혼이 수월하게 까먹을 수 있는 바나나처럼 생겼다면 좋겠다. 심신을 고집스럽게 닦달한 뒤 출현하게 될 부드럽고 달콤한 영혼의 맛이라는 게 정말로 존재한다면 좋겠다. 마음으로 항의하는 고립과 만발하는 불구의 헛손질들이 영혼으로 통하는 잠수교처럼 이해된다면 참 좋겠다. 그러나 그런 일은 일어나지 않고, 지속은 득의만만하고, 그는 미련 같고, 서술은 불가피하게 자행되는 그의 죽음을 좀처럼 모면하지 못한다. 그는 날조된다. 간극이 없었다면 삶을 재배치하지도 않았을 것이다. 태엽이 망가지지 않았다면 기계를 훼손하지도 않았을 것이다. 소설이 없었다면 소설을 참칭하는 망국의 새파란 갱도를 향해 제 구실을 망실해버린 누덕누덕한 생식기를 들이미는 일도 없었을 것이다. 그는 버젓하게 살아 있다. 반듯하게 누워 있다. 의식은 잘린 머리를 쫓아 숲을 헤매는 뱀의 몸통이다. 궤적은 소진되지 않는다. 좀처럼 체념하는 법이 없다. 추적을 방치하고 갈망을 헝클어뜨리고 무익한 갈림길을 기획하면서 숲 전체를 소란스레 들쑤시고 있는 것이다. 숲이 손가락을 까딱거린다. 그는 굴욕적인 기분을 느끼며 땅바닥에 엎드린다. 전나무들이 키득거린다. 그는 주랑처럼 이어지는 가랑이들 사이를 기어간다. 저항할 수 없는 희롱의 압력에 굴종하면서 말이다. 숲을 형성하는 전나무들은 투박하게 가공되어 있고 허구의 평야를 조밀하게 에워싸고 있는 육각형 펜스들을 연상시킨

다. 숲은 무주공산이다. 숲은 사고실험이다. 숲은 작위의 무한
이다. 그는 숲을 향해 발작적으로 되돌아온다.

*

　그는 교련소를 우수한 성적으로 졸업했다. 누구도 그가 위대
한 비밀경찰이 되리라는 사실을 의심하지 못했다. 총기를 지급
받은 날 그는 밤을 꼬박 지새웠다. 침상이 딱딱했고 소총은 차
가웠으며 훌쩍 높아진 천장은 또 너무 캄캄하게만 느껴졌던 것
이다. 동료들은 혼비백산했다. 무수한 혼비백산이 드넓은 연병
장을 유령처럼 행진하고 있었다. 그는 시간이 날 때마다 소총
을 분해해 뇌관에 기름칠을 했다. 그는 허벅지며 옆구리에 고
스란히 배기던 소총이 걸음걸이마다 가벼워지는 느낌을 받았
다. 그는 곧 다섯을 세기도 전에 한 벌의 분해된 소총을 온전하
게 조립할 수 있게 되었다.
　그는 사격에서도 두각을 나타냈다. 탄환은 빗나가지 않았다.
그는 단지 표적지에서 2백 미터가량 떨어진 거리에서 눈을 감
고, 공중 어딘가를 막막하게 조준한 뒤 슬쩍 방아쇠를 당기기
만 하면 되었다. 탄환은 표적지의 중앙을 꿰뚫었다. 그는 얼떨
떨한 기분이었다. 그의 재능을 알아본 교관은 그에게 특별한
임무들을 맡겼고, 그것은 불평분자를 색출하고 수상한 낌새를
보이는 동료들을 보고하는 등의 대부분 질이 좋지 않은 임무

들이었다. 그는 자신의 비범한 재능이 거추장스럽게 여겨졌다. 교관의 신임도 도무지 납득할 수 없었다. 좀더 나를 막 다뤄줬으면 좋겠는데, 폭언을 저지르고 구타를 일삼고 나의 몸을 군홧발로 여러 번 짓밟아줬으면 좋겠는데. 그러나 교관은 그의 어깨를 여러 차례 다독여주었을 뿐이었다.

막 사춘기를 통과하던 그는 괄목할 만한 신체의 변천을 이룩하고 있었다. 턱이 뾰족해졌고 어깨가 단단해졌으며 몸매는 날씬해서 마치 사람, 그것도 남자로 분장한 암표범을 연상시켰다. 그는 생도들의 선망과 질투를 독점하고 있었다. 이러한 선망과 질투는 금세 치졸한 음해로 변질되기 일쑤였다. 외부에서 들이닥치는 선망과 질투란 그의 타고난 성정과 부합하지 않았다. 오히려 그를 더욱 의기소침하게 만들었다. 그는 고뇌했다. 대체 어떻게 하면 선망과 질투의 아귀지옥에서 빠져나갈 수 있는가. 대체 어떻게 하면 재능이라는 실존의 부자연스러운 치부를 적극적으로 도려낼 수 있는가. 이러한 위축된 심사와 무관하게 그는 당해의 온갖 실습에서 빼어난 기량을 발휘했다. 공작 업무, 사격, 총검술을 포함한 군사 훈련들과 신분을 은닉하기 위한 엄폐의 요령들, 도청, 변장술, 타인의 경계를 느슨하게 만드는 표정들과 미혹을 연출하는 세련된 기교들을 지루하게 체득해가는 과정이었다. 보람 없는 나날들이 속절없이 지나갔다.

그맘때 그의 마루타가 배정되었다. 그의 마루타는 미장이라고 불리던 남자 생도였다. 마루타는 현 독재자가 고안한 독창적인 '고문 훈련'의 짝패를 뜻하는 말이었다. '고문 훈련'이 시작되면 그는 마루타와 함께 독방에 수감되었다. 독방에는 전기의자 한 대가 놓여 있었다. 전기의자 옆의 나무 탁자 위로 각기 종류가 다른 '흉기들', '고문 도구들'이 차곡차곡 정렬되어 있었다. 그는 마루타를 전기의자에 앉힌 다음 마루타를 향해 죽지 않을 만큼의 고통을 이끌어내야만 했다. 독방의 철문에는 복도 쪽으로 난 작은 창문이 있었고, 교관은 복도를 떠돌다 불시에 창문을 들여다봤다. 훈련에 성실하게 참여하지 않거나 훈련을 게을리하는 생도들은 어김없이 다른 독방으로 끌려가 고문을 받았다. 생도 미장이는 이러한 '고문 훈련'으로 한 명의 생도를 살해한 전력이 있었다. '고문 훈련'으로 누군가를 살해했을 경우에도 마루타의 신세를 면할 수 없었는데, 고문실에서 미장이와 조우한 그는 보다 홀가분한 마음으로 훈련에 임할 수 있었다. 모든 고문은 미장이의 죗값을 치러주는 일, 속죄의 방법이었기 때문이다.

그는 생도 미장이와 친하지는 않았지만 몇 차례 팔씨름을 겨뤄본 적은 있었다. 함께 장기를 둔 기억도 있었다. 미장이는 억울해 보였다. 할 말이 많은 눈치였다. 미장이에게 고문을 당한 마루타는 처참한 모습으로 독방을 빠져나왔다고 했다. 갈빗대가 다섯 대나 부러졌고, 옆구리에서 창자가 삐져나왔고, 코와 입술은 짓뭉개져 형체를 알아볼 수 없을 정도였다는 것이다. 미장이가 말했다. "제가 '괜찮지?'라고 물으면 고개를 끄덕거렸어요. '아직은 할 수 있지?' 저는 그를 격려하고 있었지요. '그래, 잘 하고 있어.' 우리는 친구였어요. '그럼 말해봐. 무슨 일이 있었던 거야?' 그가 자백을 시작했지요. '그만해.' 저는 얼른 말을 막았지요. '거짓말이잖아.' 그는 입을 다물지 않았어요. 사망한 다음에도 자백을 멈추지 않았지요. 저는 알지도 못했어요. 눈을 부라리며 정면을 쳐다보고 있었거든요. 누가요? 걔가요. 교관이 지나다니던 독방의 창문을 말이에요.

자신이 경찰국을 폭파했다고 했어요. 자신은 범인이지만 죄인이 될 수는 없다고 했지요. 떳떳하다면서, 후회가 없다면서요. 문책당하는 주제에 말이에요. 저는 처벌의 강도를 높였어요. 그것은 미래의 어느 날에 대한 회상이었고, 문밖에는 곤봉을 휘두르는 교관이 복도를 거닐며 온갖 자백을 청취하는 중이었으니까요. '그냥 비명을 지르면 돼.' 저는 간청했지요. '아무 말도 하지 마.' 그가 눈을 치뜬 채 대답했어요. '나를 안아줘.' 저는 그를 끌어안았어요. 그가 나지막하게 속삭였지요. '독재자는 송아지야.' '뭐라고?' '독재자는 부드러운 암송아지야.' 부옇고 침침한 회랑을 따라가면 연회장을 연상시키는 어떤 실내에 도달하고, 그곳에는 야생 치와와 스무 마리가 타원형 탁자의 여섯 개 다리에 묶여 있고, 겁먹은 얼굴로 융단위에 엎어져 있으며…… 사람들은 연회장 기둥에 양각으로 억류되어 있지요. 융기한 데스마스크처럼 말이에요. 원탁 위에는 파란 불을 뿜는 휴대용 버너가 놓여 있어요. 깨끗한 접시들, 날렵한 식기들, 주인 잃은 의자들이 있지요. 독재자는 냄비 속에서 끓고 있어요. 먹기 좋게 손질되어 그것이 독재자인지 뭔지 알아볼 수는 없겠지만요. 그는 이러한 망상이 이해를 불허하는 방식으로 설계된 세계의 실상이라고 말했어요. 누구나 쉽게 훔쳐볼 수 있는 비밀, 현상의 물렁한 뒤꿈치들은 전부 독재자의 눈속임이라고 말했지요. 생각해봐요. 자신이 죽었다는 사실을 까맣게 잊어버린 채 해괴한 망령에 사로잡힌 혀, 개불처럼 뒤집어지는 혓바닥에 비하면 그의 육체는 얼마나 초라한 것이었는지요. 저는 두려웠거든요. 저는 이미 그의 진술을 한참이나 초과하는 박약의 망령을 상대하고 있었거든요."

미장이는 발악의 와중에도 거품을 물지 않았다. 그는 변압기의 스위치를 내렸고 미장이의 손끝이 낙엽처럼 오그라드는 모습을 지켜보았다. 눈시울이 시큰해졌으며, 그것은 고문실 화로에서 솟아나는 매캐한 연기 탓이었다. 이때 그는 미장이를 살해할 마음을 품고 있었다. 미장이에겐 안타까운 일이었겠지만, 그는 미장이를 살려줄 생각이 눈곱만큼도 없었다. 그는 입술을 깨물었고 나무 탁자 위의 연장들을 치켜들었다. 그는 미장이의 죽음을 이용할 생각이었다. 동료들의 질투와 선망을 끝장내고, 교관의 불쾌한 신임을 통째로 도려낼 계획이었다. 미장이처럼 스스로를 마루타로 내몰아 자신의 비범한 재능을 향해 가혹한 처벌을 부과할 예정이었다. 비밀경찰의 운명을 폐기하기 위하여 모든 자학적인 시도를 기꺼이 감내할 마음이었던 것이다. 그러나 미장이는 죽지 않았다. 발버둥을 통해 삶의 처절한 뒤꽁무니를 단계적으로 연장해갈 따름이었다.

　그는 낙담했다. '고문 훈련' 기간은 총 열흘이었는데, 그 시간 동안 미장이는 생사의 고비를 용감하게 건너뛰었으며 혼절과 실신을 고문의 행간에 적절히 배치하는 방식으로 죽음의 위기를 회피하고 있었다. 마루타가 혼절했을 경우 그는 고문을 그만두고 마루타를 깨워야 했고 마루타를 살려낼 의무가 있었는데 그는 규칙을 어기고 싶었지만 그러한 일에 번번이 실패했다. 심문관으로서의 그는 구제할 수 없을 정도로 심약한 인간이었다. 견디기 어려웠던 것은 마루타가 깨어 있을 때 마루타를 고문하는 일이 아니라 마루타가 실신했을 때 마루타를 고문하는 일이었다. 그것은 뭔가 정정당당하지 않은 일처럼 여겨졌고 의식이 없는 마루타를 향해 물고문을 하고 인두로 허벅지를 지지고 채찍으로 어깨를 후려치고 하는 일들이란 마치 구체관절인형을 대상으로 말을 할 수 없는 동물들을 대상으로 화단의 배추꽃들을 대상으로 가학적인 장난질을 치고 있는 느낌을 불러일으켰다. 그는 자신이 미장이의 죽음을 전적으로 받아들이게 되길 원했는데, 고통에 사로잡힌 미장이를 똑바로 응시하고 스스로 저지른 돌이킬 수 없는 만행으로 괴로워하고 싶었으며 최후의 순간 미장이가 자신을 용서하지 않은 채 울분의 비명을 지르며 죽어가길 희망했다.

　첫값을 치른 미장이는 열흘째 되던 날 고문실을 빠져나왔다. 그는 미장이를 어찌할 수 없었다. 어찌할 수 없는 일들이 그의 앞길을 쥐락펴락 조율하며 그를 위대한 비밀경찰의 길로 이끌고 있었다. 의무대에서 응급처치를 마친 미장이가 내무반으로 돌아왔을 때, 미장이는 왼쪽 발목과 오른쪽 불알을 적출한 다음이었으며 그야말로 만신창이가 되어 있었다. 곧 미장이는 교련소를 떠났다. 미장이는 그를 원망하지 않았고 기실 많은 동료가 원망의 대상을 발견하지 못하고 있었다. 절망의 원인은 생도 개개인의 나약한 품성에 있었다. 죄책감도, 불안도, 우연과 맹목도 그와 다르지 않았다. 그는 미장이를 향한 죄의식에 시달렸다. 그러나 누구도 그를 책망하려 들지 않았다. 내무반에서 내벽에 이마를 찍어대는 무수한 시간들 또한 그의 나머지 운명을 막아서지 못했다.

그가 비밀경찰에 임명되어 경찰국을 벗어났을 당시, 그에겐 여섯 발의 탄환이 배당되었다. 그는 한 발의 총알도 허투루 낭비하지 않았다. 그러나 그는 벌써부터 수많은 탄환을 낭비한 기분이었다. 그는 시계탑이 있는 광장으로 갔다. 미장이는 노숙자가 되어 있었다. 시계탑의 그림자가 희미해지고 있었고, 노숙자가 말했다. "한 푼 내놔라. 적선 좀 해라. 나 기억하지? 나는 죽었잖아. 당신도 그렇잖아. 당신은 수목원에 뿌려진 까마귀밥이었잖아. 당신은 광장에서 관자놀이에 총구를 대고 방아쇠를 당겼잖아. 소년이 당신을 용서하지 않았잖아. 버스에 치였잖아. 내가 당신을 고문했잖아. 나는 당신이잖아."

"저는 노숙자가 아니에요. 저는 비밀경찰이에요."

"나는 당신을 없애버릴 작정이야. 나는 당신을 가만히 내버려두지 않을 거야. 당신이 조금이라도 낙관적인 마음을 품게 되면 너절한 믿음과 조작된 위로의 변기통을 향해 그 처연한 미혹의 연못 앞에 엉덩이를 깔고 앉아 멸균된 의료용 시험관에서도 잘만 번식하는 굴지의 영생 사면발니들을 상대로 말더듬이 혓바닥을 날름거리는 머저리가 되면 시트에서 표백제 냄새가 나는 아늑한 호텔 객실 침대에 누워 부어오르는 욕구불만의 깜찍한 거머리들을 상대로 무슨 몽환적인 딸딸이를 시도하는 얼간이가 되면 숙맥의 관능을 세계의 전망으로 이해하는 발기한 수산양이 된다면 나는 이제 그러한 당신을 향해 당신이 꿈에서도 상상하지 못했던 최악의 묘사들을 착불로 부쳐버릴 생각이야. 나는 나를 구조하지 않을 거야. 역겨운 외양간을 자처하고 혹독한 위생을 강제하며 부정의 강박관념 속에서 나를 숙주로 무한히 득실거리고 있는 인공 생체들의 저열한 생식기를 지루하게 살처분할 생각이란 말이야."

낙엽들이 광장의 중심으로 떠밀려온다. 총성이 들린다. 예광탄이 불을 뿜는다. 광장이 전율한다. 혈흔이 사방으로 튄다. 노숙자의 손가락이 포석을 더듬거린다. 그는 한발 물러서고, 노숙자의 손바닥이 뒷걸음질하는 구두코를 자꾸만 따라온다. 손바닥은 구두 밑창을 감아쥔 채 그의 구두코를 쓰다듬는다. 그는 놀란다. 손바닥은 구두에 튄 혈흔을 닦아주려는 모양이다. 그의 구두를 벗겨서 낚아채려는 모양이다. 그는 구두코에 겹쳐진 손바닥에서 제 발목을 한 뼘가량 후퇴시킨 뒤, 재차, 부들거리는 노숙자의 손바닥을 발등으로 걷어찬다. 손바닥이 잠잠해진다. 그는 코트를 벗어 벌집이 된 노숙자의 몸을 가려준다. 그는 운다. 그대로 서서, 울음을 제어할 수 없어서 울고, 이유가 없고, 이유가 없다는 사실이 슬프지도 않고, 그러나 울음은 넘치고 솟구쳐서 노숙자가 잠든 코트 위로 줄줄 흘러내린다. 광장은 텅 비어 있다. 노숙자는 함부로 흥건해진다. 코 묻은 휴지처럼.

내무반 한쪽 벽면에는 독재자의 초상이 걸려 있다. 독재자는 주야장천 눈을 부릅뜨고 있다. 생도들을 내려다보고 있다. 콧수염을 덥수룩하게 기른 독재자는 금방이라도 재채기를 할 것만 같은 얼굴이다. 생도들은 '경-례'를 하며 되뇐다. 제발 재채기를 해라. 내가 답답하니까 재채기를 해버려라. 어느 날 독재자의 초상이 바뀐다. 어린 꼬마다. 입술에 으깨어진 초콜릿을 덕지덕지 묻히고 있다. 면상이 생떼와 탐욕으로 뚱뚱하게 부풀어 있다. 초상은 교체된다. 이번엔 새빨갛게 팽창한 네안데르탈인의 음경이다. 그는 되뇐다. 바라건대 오줌을 싸라. 내가 답답하니까 오줌을 싸버려라. 생도들에겐 '경-례'를 그만둘 권리가 없다. '경-례'에 지독히도 의문을 품고, 그것을 마음속으로 모욕하고, 절정에 도달한 '경-례'의 거대한 음경이 다량의 액상 단백질을 토해내고 흐물흐물 녹아내리는 순간을 기다려볼 방법밖에 없다. 생도들은 기립한다. 발끝을 붙이고 올려다본다. 황홀경, 좌절, 얼굴로 뿌려지는 비릿함. 그는 전나무들이 자욱한 숲속에서 올려다본다. 부리에 창자를 물고 날아가는 까마귀들을. 그것의 무감함. 노을이 짙다. 풍선이 저물어버린다.

*

휴무.
숲.
공백이 사라질 수 있음을 부인하기 위해 다시 돌아오기. [……] 공백은 사라질 수 없음. 어둑함이 사라지지 않는다면. 그러면 모든 것이 사라짐.°

*

서술은 숲속에 드러누운 채 시간을 허투루 소모하는 그의 암적인 처지에 대해 해줄 말이 없다. 정말이지 아무것도. 그를 숲 바깥으로 끌어내고 싶지도 않다. 그는 뒤척인다. 굴종의 결과가 고작 이렇다. 그는 그럴듯한 임무를 수행하지도, 무슨 번듯한 비밀경찰이 되지도 못했다. 생각이 무색해지는 것이다. 어쩌면 그는 회상하겠지. 그러나 이 회상이란 그가 관자놀이에 총구를 대고 방아쇠를 당긴 이후의 기억, 다시 말해 그가 까무

○ 사뮈엘 베케트, 「더 나쁜 쪽으로」; 알랭 바디우, 『비미학』, 장태순 옮김, 이학사, 2010.

230

룩 유예된 시간 동안 그에게 벌어진 사건들에 관한 섣부른 상상의 산물에 불과하다. 사람들은 광장 계단에 널브러진 비밀경찰의 주검을 손가락으로 건드려본다. 가난한 자들, 생활고로 양쪽 볼이 움푹 팼고, 엉덩이가 납작하게 닳아버렸으며, 일상과 흥청망청 이어지는 앞날을 헛헛하게 교차하는 두 다리의 어기적거리는 움직임으로밖에 입증할 수 없는 자들, 그들이다.

그들은 동업자들이다. 일단 주검을 이송할 수레가 필요하다. 주검을 은닉할 천막도 필요하겠지. 문제는 다음이다. 언제나 다음의 불행이 속수무책으로 도착해버리는 것이다. 동업자들이 주검 앞에 쪼그리고 앉아 묵념을 한다. 묵념은 망국의 풍습이다. 묵념을 마친 동업자들이 쓰러진 비밀경찰의 손아귀에서 리볼버를 빼앗는다. 광장을 지키던 청동 송아지의 눈매에서 광채가 번뜩인다. 청동 송아지 위에 올라앉아 있던 독재자의 조각상이 부서지며 뻐근한 파열음을 낸다.

동업자들이 마편을 휘두른다. 마편이 송아지의 엉덩이에 쩍쩍 달라붙는다. 송아지는 먼 길을 간다. 영광의 시절, 독재자는 취임식에 송아지를 타고 등장했다. 길거리를 빼곡하게 메운 군중들이 국기를 휘젓고 있었고, 박수갈채와 축포가 도심을 시끌벅적하게 수놓았다. 황금빛 안장 위에 오른 독재자는 아방궁에 다다르는 장장 수십 킬로미터의 융단을 천천히, 느긋하고 위엄 있는 포즈로, 취임을 축하하는 군중들의 열화와 같은 함성에 충분히 응대하면서 나아갔다. 취임식은 장장 나흘 동안 거행되었다. 물론 그것은 다만 독재자의 송아지가 꾸물거리며 속력을 낼 생각을 하지 않았기 때문이었다. 군중들은 융단 주위를 벗어나지 않고 박수를 쳤으며 최선을 다해 고함을 질러대는 방식으로 독재자의 취임을 환영했는데 그 바람에 기절하거나 사망하는 사람이 속출했다. 독재자는 취임식 기간을 꼬박 안장 위에서 치르며 자신의 신체적 역능을 과시하고 있었다. 하지만 영광의 시절들은 모두 옛날이 되었다. 지금 송아지는 병들고 비쩍 말라서 한 걸음 한 걸음이 빈사의 목전이다. 안장이 있던 자리에는 멍에가 씌워져 있다.

송아지가 이끄는 수레에는 비밀경찰의 주검이 실려 있다. 천막이 바람에 위태롭게 휘날린다. "다 왔어?" 동업자들이 숲으로 진입한다. 송아지가 무릎을 꿇는다. 골격이 황폐하다. "여기가 좋겠군." "더 들어가야 돼." 송아지는 배를 드러내고 외로 넘어져서 거품을 물고 있다. "더 이상은 못 가." 까마귀들이 동업자들의 정수리를 내려다본다. "여기서 나눌까?" 동업자 중 한 명이 삽으로 허공을 쑤신다. "그래." 동업자들은 숲에 유기한 비밀경찰의 주검을 발가벗기기 시작한다. 호주머니에서 봉지를 뜯지 않은 카스텔라가 나온다. 동업자들이 송아지에게 카스텔라를 먹인다. 주검은 시계를 차고 있다. 먼저 발견한 사람이 시계의 주인이 된다. 소지품을 가로챈 동업자들은 주검과 함께 수레에 방치되어 있던 쇠톱과 줄칼을 꺼낸다. 몇몇은 비밀경찰의 주검을 배꼽이 바닥에 깔리도록 뒤집고, 쇠톱과 줄칼을 들이대고, 뒤집고, 뒤집어버려서, 비밀경찰은 그야말로 맨바닥과 입술을 마주대고 있는 처지가 된다.

아무튼 이러한 회상 또한 굉장히 무용하다. 따분해서 이골이 날 지경이다. 전나무들이 그를 굽어본다. 그를 추궁하려는 것이다. 말해지지 않은 무언가를 내놓으라는 식이다. 서술의 연료가 모자라다는 식이다. 무엇을 해볼까. 시간이 쪼개지면 자아도 쪼개지는가. 자아가 쪼개지고 몇천 개의 거울 속에서 헤매는 신세가 되면 전나무들이 자욱한 숲속에서 몸을 뒤집고, 다시 몸을 뒤집는 볼품없는 육신의 생환을 저지할 수 있는 건가. 음습한 호주머니를 털어 비밀을 꺼내고 막대사탕을 물고 있는 타인의 입술을 향해 "네가 열심히 빨고 있는 막대사탕이 바로 내 영혼이야"라고 말해버리면 진실한 관능에 근접할 수 있는 건가. 정말 그런가. 하지만 이러한 문제들은 모두 그의 몫이 아니다. 밤이 오고 있다. 그는 몸을 덮을 뭔가가 있었으면 좋겠다고 생각한다. 담요, 낙엽이나 마른 이끼도 좋다. 그러나 없다. 그가 나머지 생애를 보내게 될 숲에는 국가도, 국장(國葬)도, 월급도, 세금도, 경계도, 독재자도, 무덤이나 비밀경찰도 없다. 밤은 막간까지 그를 남겨놓는다. 그리고 점진적으로 그를 갉아먹는다. 밤이 구덩이를 파고 구덩이 안으로 잿빛 식물을 심는다. 그는 허우적거린다. 토양과 생장이 분간되지 않기를 바란다. 고립이 시들지 않기를, 그가 잿빛의 잔해로서 가엾이 탈진하기를 바란다. 그의 실천은 이러하다. 앞구르기를 하는 것이다. 회전하는 머리를 돌바닥에 처박으면서 말이다. 결락과 부재, 회문, 갱생을 끈질기게 보전하면서 말이다.

모빌 트리

스스로 엄격한 의지를 발휘할 수 있느냐에 내 마음의 평정이 달려 있다는 걸 [……] 내가 다루어야 하는 문제가 혐오스럽게도 자연에 위배되는 것이라는 진실에서 가능한 한 고개를 돌려야 한다는 의지 [……] '자연'을 신뢰하고 그것을 참작함으로써, 그리고 나의 기괴한 시련을, 물론 이례적이고 불쾌한 방향이지만 결국 공정한 대결을 위해, 즉 평범한 인간의 도덕성이라는 나사를 한 번 더 조이기를 요구하는 압력으로 여김으로써°

지붕이 없는 곳에서 빗소리를 듣고 있다. 빗소리가 없는 곳에서 우산을 쓰고 있다. 유령들을 씻어버리는 색약의 진공관 속에서 번쩍거리며 사라지는 번갯불을 상상하고 있다. 하품, 진공 폭포, 이곳을 더디게 지나치는 영문 모름을, 비뚤어진 윤곽을 나른하게 통과하는 광채의 난맥상을 상상하고 있다. 석화된 상상력의 난분분한 먼지들을, 영문 모름의 고갈된 구체성 속에 잠재하는 뚜렷한 어스름을 상상하고 있다. 그는 가만히 있다. 그는 나타나지 않는다. 그는 후방에 머무르고 있다. 그는 어떤 좌표로도 진입하지 않는다. 어쩌면 그것은 다만 그의 누덕누덕한 정체성이 나타남의 의지를 거듭 약화시키는 어스름

○   헨리 제임스, 『나사의 회전』, 이승은 옮김, 열린책들, 2011.

의 집요한 훼방 자체이기 때문일지도 모른다. 알 수 없다. 그는 어스름이다. 어스름의 실천, 어스름의 관능이다.

그는 어스름이지만 지워지지 않고 흡기를 유출하며 서서히 뭉쳐지기 시작한 흐름처럼 보인다. 그는 주저한다. 그는 체류한다. 그는 일어선 채로 있다. 그는 건들거린다. 장소를 점유한 어스름 속에서 그는 초점 없는 인상의 광막한 쇠잔함이다. 그는 있다. 그는 개념으로서의 어스름이다. 앉거나 눕지 않는다. 그는 구멍으로서의 어스름이다. 대답이 없다. 그는 나아가지 않는 방식으로 절멸한 장소의 혼잡한 잔해들에 몰두한다. 책을 읽지 않는다. 그는 장소의 어스름으로 환원되지 않는 어둑한 공백이다. 친구가 한 명도 없다. 그는 황홀한 실종을 무산시키는 괴팍한 경계로서의 어스름이다. 그가 무엇을 생각하고 있는지 모르겠다. 어스름 가운데서 하나쯤 기척을 밝힐 수 있는 뭔가가 있다면 좋았겠지만 그러한 서술은 허용되지 않는다. 음영의 사소한 차이, 또는 서술의 어긋난 트릭으로만 간신히 식별될 수 있는 그는 박명의 토대이고 박명의 장소 없음을 결사적으로 사수하는 어스름이다.

인간 없음의 과열된 침묵(들) 속에서 그는 아무것도 하지 않는다. 그는 사람도 아니다. 육체가 아니다. 그는 마비된 자이다. 억류된 자이다. 그는 형상을 묵살시키며 관념의 회전을 되풀이하는 고독한 관찰자이다. 두개골에 처박힌 채 그대로 굳어버린 부러진 도끼날이라고 할까. 부러진 도끼날에서 우글거리며 피어나는 축축한 이끼들이라고 할까. 그는 장소의 어스름을 벗어나지 않는다. 장소는 너비를 측량할 수 없을 만큼 편평하다. 지독하고 빈틈이 없다. 소설을 위한 온갖 기교가 사멸한 작위의 몽중이라고밖에 말할 도리가 없다. 서술은 어스름이 자초한 함정 속에서 영생을 소일할 수 있다. 서술은 서술이 매장된 함정 속에서 자학적인 갱생을 거듭할 수 있다.

어스름이 어스름 쪽으로 길쭉한 그림자를 늘어뜨린다. 어스름은 기웃거린다. 어스름은 내가 글쓰기를 상대로 설치한 일종의 한계이다. 의미를 착취하기 위한 한계, 기만적인 한계, 가학적인 한계, 통 속의 전두엽, 규범, 무모함, 제약, 낙오, 조바심, 배회, 헛손질과 그러한 장애(들) 전체. 어스름은 또한 이곳 잿빛 자욱한 공장에 고의적으로 삽입된 잠행의 회로이다. 어스름은 있다. 그는 어스름이다. 어스름은 더듬거린다. 가물거리는 낱장들 사이로 대문자 L을 발굴하듯이, L을 절개하는 암중의 줄넘기처럼, 의미를 망실한 문장들 사이에서 더 어스름과 덜 어스름을 시도하듯이, 어스름 아래서 고통스러운 감정에 시달리고 있는 인물 어스름, 인물 어스름 속에서 가짜 감정의 환란을 체험하고 있는 상상 어스름, 박약을 글쓰기의 샛길로 오인하듯이, 채혈을 위해 주검을 쥐어짜는 회전식 꼬챙이처럼, 상상의 면상에 비닐 봉투를 씌우고 상상이 강요된 드럼통에 콘크리트를 들이붓듯이, 아무것도 발생하지 않기를, 발생하더라도 내가 모르기를, 발생하지 않음의 평평한 어둑함 속에서 망연자

실의 관능을 실험하듯이, 어스름, 홀로 갈망하는 나의 덤불을
어스름 속에서 꺼내주지 않듯이.

*

볼 수 없음의 가혹한 응시를 통해 어스름을 추적하는 것이
다. 어스름은 사라질 수 없다. 그는 사라지지 않는다. 그의 시
선은 어스름 속의 벌거벗은 어스름을, 어스름과 어스름의 지난
한 차이를, 뒤범벅된 시간의 오물찌개를, 깨어나자마자 마주친
광채 없음(들)을 구분하지 않는다. 그는 팽팽한 기척이고 기척
이 나아간 자리를 되밟으며 궤도의 척추에 단검을 꽂는 집행자
이다. 어스름은 의욕이 없다. 성격이 없다. 어스름은 서술에 무
관심하다. 어스름은 서술에 호환되지 않는다. 그는 자신을 사
랑하지 않는다. 그는 사고의 고립된 밀실에서 스스로를 책망하
는 자이다. 날개가 끊어진 박쥐들을 어스름 속으로 내던지는
자이다. 익사한 자신의 주검을 매개로 비좁은 연못의 생태를
어지럽히는 자이다. 그러한 생각 속에 닻을 내린 채 신원 미상
의 추억들을 도살하는 자이다.
　그렇다면 그의 기분. 곤란한 순간 속으로 태연하게 진입하는
망상의 저주받은 경향에 대해, 소설이 위증하고 그가 전부 뒤
집어쓴 몰이해에 관해서. 그는 줄곧 가짜 처소 안에 머무르고
있다. 가짜 믿음 속에. 가짜 권태 속에. 가짜 진술, 가짜 사건,

가짜 위기들, 가짜 감정들 속에. 서술은 그에게서 비껴 서 있다. 서술은 그를 건드리지 못한다. 그를 인도하지 못한다. 손을 잡아주지도 않는다. 애초에 손바닥이 없다. 그는 무기력하기도 하고 때때로 불만스러운 기분을 느낀다. 어쩌면 그는 무감한 앵무새처럼 보인다. 그는 어떤 감정에도 합치되지 못하는 나약한 표현이다. 변질된 마음, 소설 속으로 엎질러진 유사 감정의 거머리들이다. 그는 너저분한 조각보이다. 그는 베일을 뒤집어쓴 신비가 아니다. 그는 신비가 혁파된 어스름한 뒷간이다. 버젓한 어스름, 이제는 내놓을 게 없는 어스름, 탈진한 그, 음험한 속내를 구태여 숨기지 않는 뻔뻔한 가짜, 그는 어스름 속에서 어스름을 맹목적으로 응시하고 있는 텅 빈 휴지부이다.

어스름은 발각되지 않는다. 서술은 어스름을 향해 탐조등을 들이대고 있지만 그러한 목격이란 다만 서술로 실마리를 희롱하는 공상적인 환영에 불과하다. 불시착이거나 착시, 식칼을 악물고 개천으로 뛰어든 그림자들인 것이다. 좀더 분명하게. 어스름은 서술할 수 있는 온갖 앎의 부재이다. 어스름은 서술을 길들이는 앎의 갑작스러운 정지이다. 어스름은 나의 아무것도 모르겠는 마음을 베끼는 마음이다. 시선의 무능을 포기할 수 없다. 어스름의 체내에서 나가기 싫다. 장소의 용처를 파악하기 싫다. 어스름의 의중을 무시하고 싶다. 어스름을 보전하기 위해 아둔한 서술을 끝없이 되풀이하고 싶다. 어스름에 결박된 채 이로운 극복의 수단들을 온전히 좌절시키고 싶다. 생활의 후덕한 집배원들이 대충 던져주는 눈부신 깨달음을 어스름의 황야에 유기하고 싶다. 어리석은 소설의 입체적 어스름, 멍청한 서술의 타액으로 흠뻑 젖은 어스름, 형상이 궤멸하는 진공 폭포, 맹인의 시점을 상상하는 힘으로 맹인의 지팡이를 부러뜨리고 있는 어스름 소설.

그는 여전히 제자리이다. 어스름은 서술의 어리둥절한 행로에 참여하고 있다. 그것에 복종하고 있다. 그러나 또한 어스름이란 서술의 변덕스러운 명령을 싸늘하게 거절하는 비정함이다. 그것은 달리 기입될 수 없는 현상의 냉혹함이다. 접근 불가, 고정점, 푯말, 광물, 불활성이다. 어스름을 절개하는 일은 실종된 칼을 찾아다니는 일과 동일하다. 이때 소설이란 어스름을 향해 제공된 무한한 먹이이기도 하다. 이해할 수 없다. 괴이하다. 대책이 없다. 망망대해를 굴착하는 삽질이다. 보폭을 벌리는 일이 여의치 않다. 침이 마르고 귓속이 먹먹해진다. 서술의 앞날이 걱정스럽다. 어스름과 관계하는 앞날(들)이 점진적으로 혼탁해진다. 흔적만 남고. 어스름만 남기고. 결백한 어스름이다. 파산을 깨닫고도 장렬하게 죽어버리지를 못한 굴욕의 개헤엄이다. 무지를 격리할 수 없다. 장소를 설계할 수 없다. 어스름을 관측할 수 없다. 할 수 있는 일이 없다. 어스름에의 혹독한 집념으로 머릿속이 혈거인의 암굴이 된다고 해도 어쩔 수가 없다. 어스름을 파헤치다 내가 귀환할 좌변기를 잃게 된다고 해도 어쩔 수가 없다. 서술은 어스름을 전개하는 속도로 어스름에 가로막힌다. 거기 납작하게 엎드린 채 좀처럼 일어날 생각을 하지 못하고 있는 것이다.

지금 서술은 어스름 속에서 완전히 길을 잃어버렸다. 서술은 어스름 한복판에서 쇠막대로 깡통을 두들기고 있는 앵벌이 소년이다. 어스름은 장황하다. 그것은 설교한다. 어스름을 증빙하기 위해 누더기로 덧붙인 갈급한 묘사들이 어스름 안쪽으로 적막하게 매장되기를 바란다. 그가 누그러지기를, 춥지 않기를, 그가 어스름 속에 있지 않고 다만 어스름 자체의 기화된 편재성이길 바란다. 어스름이 부재의 난해한 궤적으로 영영 어둑하길 바란다. 심신미약을 종용하는 어스름의 저능한 조건들 사이에서 자의식의 악취미가 지속되길 바란다. 그의 없음이 줄곧 안녕하기를, 먼 곳을 바라보며 매번 당도하는 먼 곳의 더한 멀어짐 속에서 조금 어슴푸레해지고 조금 더 어슴푸레해질 따름인 어스름(들)의 파노라마가 헛것처럼 아득하게 이어지길 바란다. 그는 나타날 수 없다. 그리고 그는 나타나지 못한다는 사실에 대해 아무런 입장도 가지고 있지 않다.

내가 무엇을 쫓고 있는지 모르겠지만 쫓고 있는 그것과 직접 조우하면 참 황당하겠다,라는 마음으로, 깊은 잠에 들고 유실된 마음의 형체 없음 속에서 창백한 유령들과 사랑에 빠지고 유령들이 하나 둘 셋 희미해지면 그만이 궁벽하고 옹색한 어스름으로 남아 여기 피로한 눈동자를 짓이기며 뚫어져라 응시하고 있는 경계 없음에 관해, 누군가 내 두뇌를 맛있게 먹어주었으면, 휘휘 저어서, 노른자에 찍어서, 일본식 나무젓가락으로, 그러한 막돼먹은 친목을 구걸하는 타인이 당신이라면 어떨지. 자신의 없음을 철회하지 않는 그의 공백. 어스름을 차지하기 위해 생떼를 쓰고 있는 그의 공백. 개성이나 내면성을 마련할 어떤 사건들 또한 간직하지 못한 그. 공허한 서술의 후미진 초점으로만 존재하는 그. 그를 중심으로 따분하게 공전하는 어스름의 거짓 안개들. 부질없는 사고실험에 얼간이처럼 낚인 채 모호한 글쓰기의 명사형 가지치기에 시달리는 그. 당장이라도 마음만 먹으면 그를 묘사할 수 있겠지만 여전히 은닉된 어스름으로만 서술되어야 하는 그. 어스름을 그럴듯하게 전달할 만한 어떤 역량도 갖고 있지 않기 때문에 관념의 자의적인 리듬으로 근근이 연명할 따름인 가난한 윤곽들, 어스름 속의 따개비(들).

*

그러나 상상은 일종의 징그러운 잠재성인데, 가령 목구멍에 둥지를 틀고 있는 이빨 달린 종양들, 폐사한 잉어들이 흘려주는 오염된 초록, 민무늬로 분열하는 메스꺼운 달팽이들, 항상 무엇인가가 자라나고 있는데, 아니면 질질 흘러나오는데, 그러한 광경을 받아쓰기 위하여 괴사한 육체의 들끓는 고깃덩어리들을 묘사하는 방법을 연습하고 있었는데, 순전히 개인적인 실험으로, 괴사한 육체에 주렁주렁 매달릴 호박색 구더기들을 위하여 말이다.

　그는 왜소한 자이다. 그는 차양 아래에 서서 퍼붓는 빗줄기를 얼떨떨하게 바라보고 있는 자이다. 한 뼘 미만의 그늘에 자신을 밀착시키고 있는 자이다. 어스름은 부드럽다. 어스름은 매 순간 허공을 향해 흩어지고 있지만 장소의 실체를 드러내는 그 어떤 정보도 쉬이 노출하지 않는다. 어스름은 흐트러진다. 어스름은 시간을 허수의 관념에 귀속시키는 꾸준한 유예이다. 어스름은 인간적인 의미의 접근을 허락하지 않으면서도 그곳에 들어선 이를 어스름의 영역에 포함시킨다. 그는 어스름과 접촉하지 못한다. 어스름은 그물이 아니다. 그것은 실물을 가늠하는 포옹이다. 나의 물러섬이다. 그가 무언가를 바라보고 있다면 그것은 어스름이다. 그가 응시하는 대상이 어스름 저편에서 아른거리는 희부연 그림자라고 해도 그것은 어스름이다.

　그는 지쳐 있다. 모르는 것을 모르는 그대로 방치할 수 있다면, 어스름으로서, 어스름의 타인으로서, 그곳에 호젓하게 내걸린 잘린 머리로서, 아무것도 사유할 수 없음을 차례차례 넘어뜨리는 사유의 계속으로서, 계속에 대한 무참한 굴종으로서, 결락에 몰두하는 피학의 자충수로서, 어스름 속에서 무언가 저절로 나타나기만을 기다릴 수 있다면, 쓰지 않고, 쓰기를 배반하지 않고, 쓰기에 의지하지 않고, 글쓰기는 무기질의 폐쇄 병동이 아닌가, 삶은 육체를 궁지로 내모는 악의적인 기계체조가 아닌가,

그러한 생각들, 이른바 나의 글쓰기를 똥물에 튀겨버리고 싶다, 는 생각, 나의 글쓰기를 면전의 재떨이에 지져버리고 싶다, 는 기획들, 나의 글쓰기는 어스름에 부적합하다, 나의 글쓰기는 비존재의 염병할 점액이다, 나의 글쓰기는 나의 천박한 존엄에 하등 도움이 되지 않는다, 나의 글쓰기는 세계에 관심이 없고 무해한 어스름을 초조하게 따라붙는 이상성욕의 머저리에 불과하다, 그를 어스름에서 떼어놓지도 못해, 나는 그의 갈증이나 헐벗은 내면을 서술할 어떤 자격도 없어, 습작 시절에 대체 무엇을 연습했는지 도무지 기억이 나지 않고, 하여 이런 망상이란 내가 나의 문제를 성급하게 저울질하는 강박관념에 불과할지도, 나의 문제, 나와의 관계, 나와의 대화, 참수당한 모가지로서, 나를 위한 협잡으로서, 참수당한 모가지가 무심하게 폭로하는 어스름의 운명으로서, 나는 냇물에 비친, 양손의 칼날을 날렵하게 가로저으며 떠내려가는 그림자들을 상상하고 있다, 나를 열어본 사람이 바로 나다, 나를 열고 그 자리에 징그러운 도롱뇽을 삽입한 사람이 바로 나다, 이러한 생각들을 멈출 수가 없어서,

어쨌든 나는 등받이가 불안하게 삐걱거리는 의자에 앉아 소설을 쓰다 창밖으로 눈길을 주다 맞은편 맨션의 창문들이 환해졌다 어두워졌다 하는 광경을 지긋지긋하게 올려다보고 있었다. 그는 어스름 속에서 무엇이나 될 수 있었는데 실제로 나는 몇 가지 간단한 문장으로 그를 어스름에서 떼어놓을 수 있었

다. 예컨대 그는 갔다, 국경의 긴 터널을 빠져나오자 눈의 고장이었다 운운, 그의 신분으로 말할 것 같으면 눈의 고장으로 숨어든 잠입자였다, 그의 낡은 가방엔 그가 앞으로 수행하게 될 비밀스러운 임무의 목록이 빼곡하게 기입된 수첩 한 부가 있었다, 몇몇 임무는 그가 곧 고장의 어느 눈밭에서 또한 비밀스럽게 희생될 것이라는 사실을 또렷하게 예지하고 있었다 등등. 그러나 나는 그렇게 하지 않았다. 서술이란 얼마나 쉽고 부정확한지, 어스름을 견뎌내기 위해 침묵하는 서술의 행간은 얼마나 정연하게 팽창하고 있는지.

밤이었다. 나는 여전히 맞은편 창문을 바라보고 있었는데 누군가 베란다를 서성거리고 있었다. 이때 누군가는 담배를 태우고 있는 사람, 널어둔 빨래를 걷고 있는 사람, 나처럼 잠이 오지 않는 사람, 그저 난간 아래의 깜깜한 깊이를 곁눈질로 내려다보고 있는 사람일 수도 있었다. 더 할 수 있을까. 한다면 뭘 해야 할까. 더 느긋해질 수 있을까. 더 용감한 사람이 될 수는 없을까. 더 아닐 수 있을까. 불을 끌 수 있을까. 구차한 회심이며 저열한 공황에 가까운 나의 영혼을 꾹꾹 짓밟을 수는 없는 걸까. 더 어려워질 수 있을까. 나를 저개발의 공터처럼 여길 수 있을까. 더 내려갈 수 있을까. 그러한 어스름이 있을까. 휑뎅그렁한 시선에 모래를 끼얹고 나의 게으른 자아를 성실하게 훼손할 수 있는 좀더 치명적인 의혹에 다다를 수는 없는 걸까. 나는 갑갑한 인간이다. 나는 의미심장함이 없는 망설임이다. 나는 빗금이다. 나는 모자란 대답이다. 나는 출구이다. 나는 나를 용서하지 않는다. 나는 나의 고립을 해소하지 않는다. 나는 나를 위무하지 않는다. 나는 한다. 나는 처벌한다. 나는 희구한다. 나는 붙박임이다. 나는 실물이다. 나는 고립을 나눠 쓴다. 나눠 쓰면서 고립을 더 먼 곳으로 데려가고 있는 것이다. 어스름 속으로, 비워지지 않는 공백의 넘침으로, 잔존하는 나머지와 나머지(들)을 향해, 마치 이곳이 모르는 나의 손으로 차갑게 바스러지는 돌멩이를 쥐어보듯이 말이다.

*

그는 어스름이다. 카드를 뒤집어보자. 자명한 순간을 미제의 어스름 속으로 유인하는 서술의 온갖 단서를 가없는 시간의 빨랫줄에 줄줄이 매달아보자. 다그치자는 말이다. 질척거리자는 말이다. 시험해보자는 말이다. 그는 지금 사교성이라곤 찾아볼 수 없는 엄혹한 철 가면이다. 그는 불행한 (사람)이 아니다. 그는 찌꺼기이다. 그는 사물의 투명한 반향을 희롱하는 서술의 반회전이다. 속임수이다. 이러한 속임수가 통할 리 없는 꽉 막힌 행정이다. 배뇨 장애를 앓는 코기토이다. 재난과 교미하는 상상적인 어스름이다. 아무개에 저항하는 방식으로 아무것을 토해내고 있는 서술의 길고 구부러진 식도이다. 뜬눈으로 지새우는 어스름이다. 혼미한 부동성이다. 어스름은 나의 글쓰기를 어지럽히는 여분의 얼룩이다. 내가 도입한 오류이다. 오류의 기계적이고 질긴 연역(들)이다. 그는 모형이다. 그는 소설의 중지를 표현하기 위한 모형이다. 형태 없는 모형, 추상을 증강하는 모형, 허물어진 모형, 소화불량을 일으키는 모형, 그는 언표의 저지대를 향해 쏟아지는 폭우이다. 기록적인 폭우, 공들인 가능성을 모질게 기각하는 폭우의 겹침 또 겹침이다.

그는 부인한다. 나는 그것이 아니다. 나는 (사람)이 아니다. 나는 그렇게 생각하지 않는다. 그는 어스름이다. 그는 서술을 어스름 속으로 불러들이는 외발의 푯말이다. 푯말이 가리키는 가망 없는 누각이다. 생각을 시작하면 손쉽게 빼앗기는 나의 믿음이다. 더 많이 생각하면 더 빠르게 달아나는 나의 확신(들)이다. 어스름은 허수를 전전하는 토끼들이다. 내면의 난동으로 정수리가 새빨개진 금자탑이다.

경첩이 떨어진 어스름이다. 침착함을 잃어버린 어스름이다. 착지할 수 없는 어스름이다. 잠정적인 어스름이다. 내가 비축한 어스름이다. 복통을 호소하는 어스름이다. 탁류 말미의 침전물이다. 장작용 어음이다. 진주 없는 진흙이다. 정체된 어스름이다. 뭍에서 늪으로 향하는 인간이다. 밀실의 중첩으로 더러워지는 사전이다. 잡음이다. 잡음 속에서 뜻 모를 음어를 솎아내는 통신병이다. 끄트머리부터 타들어가는 가연성 걸레짝이다. 학대의 흔적을 온몸에 칠갑한 채 마른땅을 뒹구는 두더지의 집 짓기다. 머릿속을 쟁쟁 메아리치는 두통이다. 낮달의 정수리를 향해 직선으로 낙하하는 바늘이다. 맨손으로는 만질 수 없는 순간들이다. 과오와 기대가 헤아릴 수 없이 교차하는 서술자의 어스름이다. 비전 없는 사유, 골격 없는 사유, 제한 없는 사유, 퇴장 없는 사유, 이렇게밖에 서술할 수 없는 사유, 방금 서술한 문장으로 어쩔 줄 모르는 나의 손가락들이다. 언어보다 더 많은 언어이다. 게걸스러운 언어이다. 언어에 함몰된 언어이다. 제 목덜미를 쥐어뜯고 있는 언어의 의대증(衣帶症)이다. 조작된 알리바이다. 어떤 빈한한 조건에서도 다시 쓸 수 있는 소설이다. 불구의 알리바이들이 양화된 기적으로 혼재하는 불모의 채석장이다. 제 손가락을 열심히 빨고 있는 소설이다. 뙤약볕 아래를 통과하는 알비노의 희박하고 절대적인 확실성이다.

그는 자신을 기억하지 못한다. 서술은 지혜가 없다. 과단성이 없다. 그는 입간판이다. 공사 직전의 현장이다. 예산을 헛되이 낭비하는 벽돌이다. 누군가 어스름의 문턱을 결연하게 밟고 서 있다는 말이다. 문을 닫을 수 없다는 말이다. 그를 함부로 취급할 수 없다는 말이다. 어떤 사건에도 연루되지 않은 그가 여기 있다는 말이다. 잡다하고 시끄러운 사건들이 그가 사건의 여백을 향해 미끄러지기를 초조하게 기다리고 있다는 말이다. 야음과 야만이 빈사의 권좌를 탐하는 늙은 개들처럼 공사장으로 모여들고 있다는 말이다. 그는 미진하다. 그는 어수룩하다. 그는 울지도 않고 웃지도 않는다. 그는 현재형이다. 그는 자전이다. 그는 거기 잠자코 머무르며 어스름을 꿰뚫는 모든 시선을 튕겨내는 음속의 자전이다. 그는 가지 않는다. 나는 어스름이 아니다. 그는 나의 졸렬한 응시를 냉담하게 배척하는 어스름한 자유이다. 어스름은 사그라지지 않는다. 그는 거기 머무르며 임박한 죽음을 교란하는 음속의 부자유이다.

감상 소설

그는 어느 날 홀연히 석방되었다. 그는 오래전부터 날짜를 가늠하는 일을 포기한 상태였다. 외롭고 지루했다. 그가 기거하는 옥사 앞에 우두커니 멈춰 선 교도관이 그를 향해 세 번 박수를 쳤는데 그것은 다름 아닌 그, 일생의 대부분을 퇴락한 교도소의 비좁은 닭장에서 소일한 그의 형량이 만기에 다다랐다는 뜻이었다. 교도관이 그의 어깨를 조심스레 붙잡았다. 교도관은 야위고 수척했다. 악력이 거의 느껴지지 않았다. 그는 교도관에게 꾸벅 인사를 했다. 바깥을 향한 철문이 덜컹거리며 열릴 때 그는 홀가분한 기분보다는 눈앞이 아득해지는 당혹감을 느꼈다. 눈부신 햇빛은 교도소 안뜰로 비쳐 들던 햇빛과 크게 다르지 않았다. 달랐던 것은 기분이었다. 그의 나이, 그의 얼굴, 그의 복장이었다. 그는 석방 절차에 필요한 몇 가지 서류를 작성했다. 볼펜을 쥔 손이 달달 떨렸다.

그는 교도소 직원에게 대필을 부탁했다. 어디로 가십니까. 직원이 물었다. 그는 대답하지 않았다. 입술이 석회 반죽이라도 되는 것처럼 끈적거렸다. 그는 입술을 깨물었다. 말하지 않겠다. 행적을 노출하지 않겠다. 나의 흔적과 관계하는 집요한 추적이며 부주의한 단서들을 궁벽한 언어의 독방에 억류하겠다. 침을 질질 흘리거나 껌을 씹거나 부르튼 입술의 상처를 겸연쩍게 보여주거나 아니면 거짓말만 하겠다. 죗값을 저울질하는 도살장의 무감한 행정을 향해 내가 사육한 기름진 거짓말을 보여주겠다. 이러한 다짐이란 그가 형무소에서부터 끈질기게 실천했던 고집이었다. 그는 입을 다물었다. 교도소 직원이 서류 공란에 인접한 여인숙의 주소를 적었다. 킥킥 웃었다. 그는 직원을 뚫어져라 노려보았다. 직원이 얼른 고개를 떨어뜨렸다.

화창한 날씨였다. 그는 교도소 앞 버스 정류장에 붙은 대자보를 바라보았다. 어쩐지 모르게 낯익은 문체였다. 계속 눈으로 따라 읽으니 언젠가 그가 한 잡지에 발표했던 소설의 한 단락을 제멋대로 잘라낸 파본이었다. 그는 목청을 가다듬었다. 그는 많은 일이 돌이킬 수 없을 정도로 바뀌었다고 생각했다. 그는 정류장 뒤편의 풀숲에 들어가 오줌을 쌌다. 오줌발이 튀어 바지 밑단이 축축해졌다. 풋풋한 냄새가 났다. 그는 음경을 세차게 털었다. 그는 갈 곳이 없었다. 아니면 당장이라도 향할 장소를 마련해야만 하는 처지였다. 교도소에 들어가기 전엔 정신없이 글을 써댔다. 지금은 아무것도 쓰지 않는다. 쓰기를 그만두기 위해 글을 쓰는 사람들이 있다. 쓰는 행위 자체를 어찌할 수 없어서 아무렇게나 문장을 휘갈기는 사람들 또한 있다. 글을 쓰면 된다. 쓰고 있다는 자각이, 구태여 마음을 담아 전하고 싶은 진의가 없어도 된다. 그것은 생긴다. 한 문장씩, 아니면 가능한 대로 한 페이지씩. 그는 다시금 글을 쓰는 사람이 되고 싶었다.

그는 버스를 기다렸다. 지평선에서 아지랑이가 피어올랐다. 그는 미간을 찌푸렸다. 어쨌든 삶의 입장에서 글을 쓰는 행위란 대체로 생활의 중심에 땅굴을 짓는 일에 가깝다. 과거의 그가 그러한 땅굴에 유기된 채 대책 없는 홀로를 타진하는 인간이었다면, 지금 그는 지하의 땅굴을 삶의 출구로 오인하며 고갈된 역량의 바깥을 향해 나아가고자 한다. 그러나 삶은 형무소가 아니다. 그것은 착각이다. 그는 영원한 범인이 될 수 있을지언정 영원한 죄인이 되지는 못한다. 그 증거로 그는 이렇게 자유의 몸이 되었지 않은가. 그는 자신을 감금하던 온갖 내적 유산을 깡그리 잃어버린 기분이다. 어쩌면 그에게도 다시 시작할 용기가 있을 것이다. 외람된 구석이 있을 것이다. 그곳에서 그는 쥐구멍에 틀어박힌 들쥐처럼 넙죽 엎드린 채 제 몫의 치즈를 갉아 먹는다. 그가 사랑하는 선량한 딸이 그가 거주하는 구멍 입구에 먹다 남은 치즈를 놓아둔 것이다. 쥐를 신기하게 바라보던 딸은 곧 쥐를 포획하는 사냥꾼이 된다. 징그러움을 학습하는 것이다. 딸은 그가 쏘다니는 길목에 쥐덫을 설치하고 그가 나타나기를 기다린다. 그는 그러한 덫을 향해 머리를 들이밀어야 한다는 압력을 느낀다. 빚을 갚기 위해. 마치 변덕스러운 어린아이의 욕망에 헌신하는 사람처럼 말이다.

그는 호주머니에 손을 넣었다. 편지 봉투 한 장이 가지런하게 접혀 있었다. 봉투 안에는 형무소에서 종사한 노역의 대가로 지급된 얼마의 푼돈이 있었다. 세어보니 스무 장도 채 되지 않았다. 버스가 다가왔다. 먼지구름이 자욱했다. 버스가 제자리에 정차하지 않았기 때문에 그는 제 면전을 휑하니 스쳐가는 버스를 향해 손사래를 쳐야 했다. 어디까지 가십니까! 기사가 물었다. 그는 자신이 막 출소했으며 가까운 소읍의 여인숙에 짐을 풀 예정이라고 말했다. 못 가요! 기사가 말했다. 썩 꺼져요! 기사가 혓바닥을 널름거렸다. 그는 짊어진 크로스백에서 늘씬한 산탄총을 꺼내 버스 기사의 관자놀이에 들이댔다. 물론 얼떨떨하게 버스 좌석에 앉아 머릿속으로. 어림없는 상상이었다. 후덥지근한 날씨 때문에 제복을 입은 기사의 등짝이 땀으로 젖어 있었다. 기사가 노래를 흥얼거렸다. 상상은 곧 순경들이 하품을 하고 얼치기 농담을 주고받는 교도소의 정문을 향해 버스를 전진시키는 장면으로, 굉음과 함께 바리케이드가 파열하는 장면으로, 억울함에 사로잡혀 있던 친구들이 배를 붙잡고 꽃을 토하며 그를 환영하는 장면으로, 죄수들이 열을 맞춰 버스 안으로 승차하는 장면으로 이어졌다. 장면들은 마치 스냅

사진 같았다. 한 가닥의 빨랫줄에 걸려 휘청거리는 스냅사진들의 단속적인 드라마처럼 말이다. 죄수들은 감동한 모양인지 그의 인솔을 아주 잘 따랐다. 마후라가 매연을 뱉어내면 도로에 검은 그을음이 생겼다. 상상은 그걸로 끝이었다. 상상 속의 버스가 전복되었기 때문이다. 다시 작가가 되려면 그러한 위험을 미리 제거해야 했음에도. 그러나 그는 그렇게 하지 않았다. 그는 종점에서 하차할 예정이었다.

*

그는 교도소에서 한 권의 책만을 읽었다. 그는 망설였다. 그는 마디마디가 옹색하게 구부러진 손가락을 가졌다. 그는 첫 문장을 썼다. 그것은 그가 여인숙에 도착한 다음 3일이 지난 후에 일어난 일이었다. 그는 막연하게 산책을 해야겠다고 생각했다. 그러나 그는 산책을 하지 않았고, 산책하는 것처럼 글을 쓰자, 아니면 산책을 시도하듯 대문을 열고 갑작스레 들이친 햇볕에 당황한 사람처럼 뒷걸음질을 치자, 그것을 옮겨버리자, 순간의 놀라움에서 우연한 지속의 궤적으로 부리나케 나아가자, 그렇게 생각했다. 첫 문장은 이러하다. 나는 소설을 집필하는 대가로 국가의 녹을 먹었다. 봉급으로는 고무젖꼭지를 샀다. 그것은 내가 사용하는 물건이 아니라 나의 어린 딸이 사용하는 물건이었다. 구태여 회상으로 이 글을 시작하는 까닭은 회상이 글쓰기를 통해 편리하게 오염시킬 수 있는 누덕누덕한 헝겊 조각이기 때문이다. 딸은 힘차게 고무젖꼭지를 빨아댔다. 나는 딸을 저주했다. 딸에게 윽박을 질렀다. 나의 영특한 딸은 금세 내 마음을 이해했다. 칭얼거리고 싶을 때마다 고무젖꼭지를 물어뜯었던 것이다.

사실에 근접하는 글을 쓰고 싶지만 졸지에 부정확한 서술로 사실을 훼손하고 있다. 그러나 사실을 훼손하는 일이란 간혹 사실을 능가하는 일이 되기도 한다. 사실을 궁지로 몰아넣고서 겁에 질려 빈사의 낯짝으로 창백해진 사실이 어떤 당돌한 용기를 획득하는지, 귀엽게 빌빌거리는지, 그대로 배를 까뒤집고 게거품을 흘리며 나자빠지는지, 사실의 운명이 벌써 희끗희끗한 갈기를 털며 마구간 너머를 아득하게 응시하는 절름발이 노새의 신세는 아닌지, 이러한 방식의 괴이한 변이를 권장하며 그것을 기꺼이 방관한다면 서술은 얼마든지 앞으로 밀쳐질 수 있다. 그러므로 글쓰기는 한없이 멍청한 방향으로 향하려는 욕망을 가지고 있는지도 모른다. 폐곡선을 그리는 곡예에 열심인 것이다. 박약에 저항하는 것이 아니라 박약의 변주를 위해서 말이다. 순식간에 고꾸라져서 무엇이 지나갔는지도 모르겠다. 더군다나 책상 앞에 앉은 작가에겐 어떤 사건도 일어나지 않는다. 작가란 고요하고 따분하게 전율하는 사람에 불과하다. 그는 거기 머무른다.

퇴행한 서술의 근육을 재활하기 위해선 고정된 채로 뇌리에 붙들려 있는 사실에 똥물을 끼얹어야 한다. 똥물이 아니면 황산. 증기를 펄펄 피워내며 이글거리듯 허물어지는 부동성에 도착적인 아름다움을 부여해야지. 이를테면 감히 그를 범할 엄두를 내지 못하는 무능한 괴물의 아름다움. 옥사에 불합리하게 격리된 채 제 뱃가죽을 쥐어뜯는 총천연색 식물 기계. 이야기가 아니라 잠음. 기억이 아니라 잠음. 그가 교도소에서 읽은 단한 권의 책은 딸이 쓴 장편소설이었다. 그는 생각했다. 딸은 악마의 문학을 실천하고 있군. 나를 닮아 언어적 재능이 남다르군. 허황된 하품의 무덤을 새빨간 부지깽이로 마구 찔러대기. 가만한 세계에 조작된 환란을 삽입하기. 성애의 포인트를 도무지 이해할 수 없군. 내가 있었다면 보다 이로운 글쓰기의 방법들을 일러주었을 텐데. 앞길이 캄캄하군. 그러나 딸의 소설은 연이어 큰 성공을 거두었다. 그리고 지금 글쓰기의 삐뚤빼뚤한 회랑을 눈먼 채로 거닐고 있는 사람은 바로 그였다.

그는 딸에게 일러주고 싶다. 소설은 삶을 변화시키지 못한다. 삶은 피규어가 아니니까. 나도 그것은 안다. 모를 거라고 생각하지 마라. 글쓰기는 도박장의 망가진 슬롯머신이지. 그것은 아무리 코인을 넣어도 참된 행운, 또한 도저한 불행에도 가까워지지 않는 아둔한 반성이란다. 이제 내겐 코인을 넣는 순간만이 남지. 짤막한 기적. 코인을 움켜쥐는 순간. 코인을 잃는 순간. 꼬리를 자르는 순간의 잘린 꼬리. 아무 일도 일어나지 않음을 분할하는 순간. 공허와 코인을 교환하는 바로 그 순간을 쉽게 망각할 수는 없는 거야. 이러한 순간에 미혹된 작가는 글쓰기를 통해 아무도 찾지 않는 까마득한 종탑을 짓고 엄격한 표정으로 작가를 내려다보는 노름판의 우상을 향해 매일 자정 종을 치는 부질없는 의식을 되풀이하는 것이다. 물론 나의 경우엔 그렇다는 말이다. 네가 읽을 소설이 아니라 내가 쓰는 소설에 관한 이야기이다. 네 생각이 네 서술을 이끄는 것이 아니다. 반대로 네가 자초한 서술이 너를 집어삼키며, 네가 점점 원숙한 서술의 방법들을 사용하게 될수록 너는 또한 너라는 괴물을 장려하고 재차 포획하는 이율배반적인 회로를 조직하고 있는 것이다. 그 퇴색한 회로의 은행으로 말할 것 같으면 기계장치의 장식적인 무용성으로 빽빽하게 얽힌 골렘의 형상, 정수리에 뿔처럼 박힌 치솟은 굴뚝으로 희뿌연 연기를 토해내고 있는 폐기 콜라주, 증기선의 불우한 화부(火夫)를 집어삼킨 석탄 트럭, 산화된 부속들이 가득 쌓인 고철장의 정상에 수직으로 꽂혀 펄럭이는 낡은 허수아비의 모습이다. 물론 나의 경우엔 그렇다는 말이다.

그가 교도소에서 딸의 소설만을 반복해 읽었던 것처럼 그는 딸과 함께 지냈던 모든 순간을 또렷하게 기억하고 있었다. 그는 머릿속으로 그 기억을 수차례 상연했다. 그것을 더 잘 서술하기 위해. 그러나 서술이란 애초에 그의 머릿속을 가만히 내버려두지 않는다. 말벌처럼 붕붕 소리를 낸다. 딸을 에워싼다. 떼를 지어. 뙤약볕 아래, 쨍쨍한 대로변에서. 그는 눈을 감아버린다. 그가 신중한 제스처로 선별한 회고적 언어와 정제된 수사들이 사실 딸의 얼굴을 뭉개버리는 말벌들을 위한 벌집을 짓는 일이었음을, 견고하며 칸칸의 모양이 일치하며 달콤하고 투명하게 반짝거리는 관능의 벌집, 인간과 적대적으로 관계하는 말벌들의 세계, 애벌레들이 꿈틀거리는 아늑한 말벌들의 가정. 말벌 텍스트를 비유로 이해하는 것은 말벌들의 치명적인 독이 가진 무한한 잠재성을 순화시키기 위해서이다. 말벌 텍스트는 세계의 축소된 모형이 아니다. 그것은 인간의 세계 내부에서 인간을 위협하는 다른 세계다. 말벌들의 꽁지에 얻어맞은 딸의 얼굴은 이제 살점들이 떼로 합창을 하고 무너진 윤곽선이 벌겋게 부어오르는 난장이 되었다. 어떠한가. 그는 항상 딸을 사랑했다. 소설을 완성하면 딸에게 보여줄 심산이었다. 딸을 찾아가면 딸은 기뻐할까. 원고를 읽어줄까. 딸은 내게 반감을 느끼고 있을까. 적의를 느끼지는 않을까. 딸은 왜 내게 관심이 없을까. 아무튼 그는 소설을 써야 했다.

*

그가 보위부의 날조에 의해 B급 내란 음모 혐의로 체포되었을 당시, 딸은 그가 사는 곳에서 그리 멀지 않은 장소에 위치한 공립 기숙학교의 학생이었다. 재판에서 그의 형량이 확정된 후 딸의 관할은 자연스레 보위부 산하의 보육원으로 이전되었다.

그는 딸에게 서신을 보냈다. 무척 걱정이 되는구나. 소식 전해
주렴. 교도소로 답장을 보내온 이는 딸이 아니라 보육원의 원
장이었다. 원장은 교활한 남자였다. 그는 원장이 보육원으로
발송한 자신의 서신을 횡령하고 있다고 생각했다. 가로채고 있
다고. 알 수 없는 일이다. 원장은 답장에서 딸이 매우 우수한
학생이라고 썼다. 간혹 신경질적인 언행으로 급우들과 소소한
마찰을 빚긴 하지만 그러한 문제를 제외하면 놀라울 정도로 침
착하고 어른스러운 학생이라는 것이다. 특히 언변이 뛰어납죠!
원장은 하루 걸러 서신을 보내왔다. 따님은 오늘 교내 화학 경
시대회에서 만점을 받았습죠! 길고 하얀 다리를 쭉쭉 뻗으며
걸었습죠! 지도자 각하와 포옹을 했습죠! 저는 사진을 찍었고
요!

따님께선 오늘 교내 대강당에서 손수 작성한 보고서를 낭독
했습죠! 건군 기념일 행사였습죠! 대강당에는 전교생이 모두
모였습죠! 모두 피로한 표정으로 따님의 낭독을 얼떨떨하게
청취하고 있었습죠!

연단 아래쪽에 가로놓인 의자에는 행사에 참석한 당원들이
교만한 자세로 앉아 있다. 팔걸이에 조각된 은빛 사과를 쓰다
듬는 그들은 또한 당일 치러진 낭독 대회의 심사를 맡은 장학
사들이기도 하다. 강당에 도열한 여학생들은 차렷 자세로 전방
을 바라본다. 교사들이 분대 단위로 집합한 여학생들 사이를
거닐며 열 밖으로 삐져나온 무릎을 옷걸이 모양의 회초리로 후

려친다. 장내는 적막하다. 딸이 연단 위에 선다. 가늘게 찢어진 눈매와 이마를 시원스럽게 드러내며 뒤통수를 향해 팽팽하게 묶인 머리카락이 딸의 고집스러운 성품을 드러내 보여주는 듯하다. 그녀는 당의 휘장이 날염된 푸른 종이 케이스를 들고 있다. 그녀는 연단 중앙에 마련된 강연대에 종이 케이스를 차분한 동작으로 내려놓는다. 엄숙한 표정이다. 그러나 이러한 엄숙함이란 가장된 엄숙함이라기보다는 그녀가 견지하는 태연자약한 침묵이라고 서술하는 편이 적당해 보인다. 그녀는 낭독 직전 한 호흡을 쉬고 숨을 고르는데 이때 섬약하게 새어 나오는 호흡이 낭독을 듣는 사람들의 의식을 저절로 곤두서게 한다.

부동 상태로 얼어 있는 학생들의 인중에 꼬물꼬물 땀방울이 맺히고 있었습죠! 그만큼 무더운 날씨였습죠! 원장의 귓불이 벌겋게 달아오른다. 그것은 마치 방울져 녹아내리는 촛농처럼 보인다. 목구멍이 간질거린다. 원장은 기침을 참기 위해 혀끝을 입천장에 붙인다. 혀뿌리가 얼얼해진다. 따님은 양팔을 힘차게 휘저으며 낭독을 시작했습죠! 단추를 끝까지 채웠는데도 소매가 헐렁하게 남는 따님의 야윈 팔목이 또한 따님이 견지하고 있는 불면의 정신을 반영하는 절도 있는 동작으로 공중을 가로지르고 있었습죠! 저는 매혹되었습죠! 매혹될 수밖에 없었습죠! 당신이 그 모습을 직접 보셨어야 했는데! 어땠을까! 저절로 어깨가 들썩거리지 않았을까! 공기의 합력이 비스듬히 쌓인 블록처럼 허물어지기 시작한다. 매혹된 사람은 제 주제가 우습다. 심신이 불안정해지고 입으로 새를 낳는 사슴처럼 목이 불룩하게 늘어진다. 발가락이 감전된 것처럼 빳빳해진다. 따님의 발제는 당신과 같은 악질적인 레지스탕스들을 처형하기 위한 여러 방법에 관한 공학적인 보고서에 가까웠습죠! 웅변조로 발화되는 딸의 문체는 아직 서툴고 머뭇거려서 훗날 정말 성공한 작가가 되었을 때의 무분별하며 또한 유려한 광기를 어스름 속에 붙잡아두고 있는 듯하다. 그러나 그는 훗날을 예감할 수 있다. 보고서를 꾹꾹 썹듯이 읽는 딸의 단호함에서.

굵은 대못에 의해 팔다리가 결박된 당신의 육체가 돌아가는 풍차의 칼날 달린 네 쪽 날개 합판에 매달려 피를 쏟아내고 있었습죠! 잔혹한 광경이었습죠! 어눌함의 어둑한 터널을 지나 점진적으로 율격을 획득하는 따님의 우아한 억양이 보고서에 기술된 상상적인 풍차를 회전시키고 있었습죠! 피떡이 된 당신을 쥐어짜는 풍차가 한가로운 들판에 휘휘 뿌리는 혈청의 선명성은 이미 관성이 붙은 핏빛 풍차의 회전을 자축하는 신실한 군악대 나팔수들의 모습을 밀교의 굿판을 벌이는 무당들처럼 보이게 하였습죠! 그러나 굿판 따위 알게 뭐람! 저는 그런 의식엔 조금도 관심이 없습죠! 당신의 사지를 찢어발기기 위해 불알을 기른 황소들은 또한 지도자가 그들의 맹목을 치하하기 위해 직접 하사한 황금 투구를 눌러쓰고 있었습죠! 발굽을 지면에 맞붙이고 콧김을 뿜으며 동서남북으로 나아가는 네 마리 황소들의 중심에서 당신이 꿈꿀 수 있는 것은 오직 당신의 육체를 훼손하기 위해 설계될 다른 기계였습죠! 다른 기계! 다른 징벌! 당신은 갑작스레 눈을 뜹니다! 당신은 누워 있습죠! 여전히 팔다리가 묶인 채! 천장에는 시뻘겋게 달궈진 쇳덩어리가 도르래를 통해 결박되어 있습죠! 달랑거리고 있습죠! 당신은 이곳이 당신의 감상을 실험하기 위해 마련된 외부와 차단된 큐브라는 사실을 너무나 잘 이해하고 있습죠! 쇳덩어리 표면엔 어떤 문장이 음각으로 새겨져 있습죠! 드러누운 채로 뜨거운 쇳덩어리의 문장을 올려다보는 당신은 죽음 이후 입관될 빛나는 금자탑에서 또한 홀로 남겨질 당신이 대대로 외우고 암기해야 할 비문(碑文)의 영구적인 공포를 상상하고 있습죠! 도르래의 밧줄을 도끼로 자르고 낙하한 쇳덩어리가 당신을 짜부라뜨리면 당신은 비석에 새겨진 금언의 생육(生肉)에 근접합죠! 매캐한 누린내와 타들어가는 살점, 무두질한 가죽에 이식된 금언의 관능이 병풍처럼 첩첩이 겹쳐지는 섬유의 무늬, 드디어 당신은 지도자가 거하는 관저 침실 바닥을 장식하는 아름다운 융단이 되었습죠!

 낭독은 계속되었습죠! 이윽고 따님은 모발도 없이 매끄럽게 깎인 당신의 대가리를 칼로 째고 거기 멸균된 플라스크 속에 기괴한 모양으로 헝클어진 한 송이의 목련을 툭, 하고 꺾었습죠! 분명 죽은 시궁쥐의 사체인데 다 쓴 걸레 모양으로 까발려 버려진 더러운 기저귀처럼 보였습죠! 따님이 당신의 두뇌를 돌담에 짓이기고 있었습죠! 축축하고 찐득찐득했습죠! 연단 아래에서 낭독을 청취하는 사람들의 지친 얼굴이 어느새 헐벗은 두려움으로 창백하게 변하고 있었습죠! 그들은 경악했습죠! 누구도 따님의 웅변을 억지할 수 없었습죠! 보고서를 읽는 딸의 음성은 깐깐하고 정확하다. 그것은 도축된 언어의 팔과 다리를 누덕누덕 기워 만든 크리스마스트리처럼 행간의 안전한 휴지부를 허락하지 않는다. 딱딱하게 이어지던 낭독은 웅변의 진행과 함께 감상적인 어조로 변한다. 그것은 위대한 낭독자들의 점진적으로 고양되는 발성을 복제하고 있긴 하지만 탁한 음조의 딸의 목소리와 혼합되어 기묘한 느낌을 자아낸다. 학생들은 기절 직전이다. 등짝으로 땀이 주르르 흘러내리고 있었습죠! 따님이 당신의 비육한 사체에서 짜낸 미끌미끌한 언어의 비눗물이 강당에 모여 아연하게 소스라치는 몽매한 뼈다귀들을 세척하고 있었습죠! 뼈다귀들은 새것으로 번들거리고 있었지만 그것은 죽음을 재차 삶으로 인도하는 일이 아니라 죽음에 기름을 부어 부패한 해골의 판판한 이마에 새로운 광채를 부여하는 일에 가까웠습죠!

따님은 잔잔하지만 또한 틈틈이 서늘한 공백을 간직한 말씨로 당신을 처형하기 위해 조립된 기계들의 환상적인 효과들을 나열하고 있었습죠! 당신의 언어를 온전히 상속받은 따님이 오직 당신을 살해하기 위하여 그러한 눈부신 묘사적 기예를 발휘하고 있었습죠! 온몸을 휘돌아 나가는 하나의 감정, 간질거리는 감정, 간질거림을 초과한 다음 이미 제어할 방법 없이 부풀어버린 감정, 감정의 머리에서 무한히 하늘을 향해 자라나는 공중 철탑이 반신욕에 환장하는 늙은 신(神)의 되바라진 엉덩이를 능멸하는 것처럼! 그래! 바로 그것이로구나! 당신을 꿰뚫기 위해서라면 어떤 도구도 취할 수 있었습죠! 담배 한 개비, 젓가락 한 짝, 바늘 하나, 어떤 사물도 당신을 극형에 처넣을 수 있는 날카로운 열쇠가 될 수 있었습죠! 만일 병아리 한 쌍이 당신이 잠든 교도소의 독방으로 입양된다면 병아리들은 음험한 속내로 당신을 암살할 계획을 품고 있습죠! 금붕어들도 음모를 꾸미고! 당신은 그러한 작은 생물들을 얼마든지 굶겨 죽일 수 있겠지만 지금 당신이 혼곤한 잠에 빠졌다면 어떻습니까! 당신의 귓속으로 파고든 딱정벌레 한 마리가 자신이 은신한 당신의 두뇌를 평생 게으르게 축낼 만한 풍요로운 곳간처럼 여길 수도 있지 않겠습니까!

홍분은 수그러지기 마련입죠! 더디게 따라오던 생각이 초라해진 감상의 뒤꿈치를 밟고! 제 머릿속에서 석화된 감상이 방법에 대한 모색으로 변모하면서! 저는 따님의 서늘하며 결연한 목소리에 응답하기 위한 더욱 구체적인 방법들을 생각했습죠! 그러한 방법이 필요하다고 다짐하고 있었다고요! 물론 따님은 따님을 응시하는 수많은 시선을 아랑곳하지 않고 자신의 작업을 실현하는 일에 몰두하였습죠! 따님의 정념은 비애와 은밀한 즐거움과 신경쇠약과 해방적인 기쁨을 산만하게 오르내리는 잔인함에 대한 열띤 순진성을 지니고 있었습죠! 그것은 극도로 소심한 작가가 자신의 서술을 뾰족하게 깎는 강박적인 회랑의 말미에서 공들여 설계한 정육면체의 밀실을 연상시키기도 하였죠! 무용하고 과장된 사물들의 끈질긴 배치, 설득할 수 없는 내밀하고 사소한 세부들로 가득 채워진 그녀만의 아방궁을 말입죠! 따님은 자신의 낭독을 올려다보는 청중들을 압도하거나 배척하면서 개인적인 바리케이드, 다시 말해 폐기물과 고철 더미와 당신의 새빨간 혈흔이 채 마르지 않은 처형 기계들을 겹겹이 쌓아 매우 과시적으로 여겨지는 바리케이드를 설치하고 있었죠! 그와 더불어 호소력을 놓아버리지 않는 단속적인 발음, 침착하고 근엄하며 진지한 태도를 겸비하고 있었죠! 뒤틀린 것들이 한꺼번에 혼재되어 있었고, 그것들이 부딪쳐 번뜩이는 불똥은 난해한 궤적을 그리며 머릿속의 권태로운 어둠을 소란스럽게 했죠! 그러다 그대로 꺼져버렸죠! 그것은 그저 음향이었으니까!

그녀가 보고서의 마지막 페이지를 낭독한다. 청중들은 얼어붙어 박수조차 치지 못한다. 낭독을 마친 그녀는 강연대를 쓰러뜨리며 제자리에서 혼절하고 만다. 허구의 바리케이드가 허물어진 것이다. 낭독의 호흡을 고려할 때 연단에 널브러진 그녀의 모습은 마치 고도로 연출된 기획처럼 여겨지는 구석도 있다. 역시 알 수 없다. 원장이 단상 위로 뛰어오른다. 바지에 오줌을 지린 것처럼 부자연스러운 뜀박질인데, 원장은 자신을 마비시킨 낭독의 영향력에서 좀처럼 벗어나지 못한다. 당원들은 미간을 찌푸린다. 나자빠진 그녀의 다리가 거칠게 뒤흔들린다. 원장은 얼른 그녀에게 가져온 담요를 씌워준다. 담요가 꿈틀거린다. 원장은 맥없이 처진 그녀의 몸을 들쳐 업고 연단 위에서 내려온다. 연이어 당원들 앞으로 다가가 악수를 하고 차렷 자세를 취하고 그러한 의례를 되풀이한다. 진이 빠진 그녀의 머리가 원장의 어깨에 목만 남은 불상처럼 놓여 있다. 당원들이 그녀를 힐끔 쳐다본다. 그리고 생각한다. 위인이 되시겠군! 이내 행사가 마무리된다. 원장은 여태껏 의식이 돌아오지 않는 그녀를 업고 기숙학교 복도를 걸어간다.

저는 기대하였습죠! 텅 빈 관능의 짓밟힌 알밤 껍질을 떠올리게 하는 그녀의 엉덩이를 더듬거리며! 등짝에 밀착된 그녀의 가슴이 고르게 오르내리는 것을 은근하게 감지하면서! 아 정말 좋다! 세상이 망해도 좋다! 귓속의 솜털이 쭈뼛거린다! 복숭아뼈가 시큰거린다! 좆이 다 빠지겠다! 불모의 모래성을 운반하듯 조심스레 전진하면서! 이 시간이 영원했으면! 그녀를 발가벗겨야겠다! 오일을 발라야겠다! 성가신 잡초들은 모두 베어버려야겠다! 짙푸른 언덕을 올라 거기 캄캄한 구덩이를 파고 홀로 장(葬)을 치르는 외로운 지게꾼처럼! 그녀를 취해야겠다! 서신을 작성하는 이 순간에도 몸이 달아 머릿속이 새하얘진다! 빠른 시일 내에 그녀와 잠자리를 가져야겠다! 원장으로서 내가 행사할 수 있는 온갖 치졸한 협박과 비열한 유혹의 기술을 모두 동원해야겠다! 밑그림을 그려야겠다! 하하!

홍홍! 힝힝! 저는 지금 편지 바깥으로 비실비실 흘러나오는 웃음을 서술합죠! 당신은 저를 어쩌할 수 없으니까! 저는 이미 그러한 계획을 실천에 옮기는 중이니까! 당신은 독방에서 제 발가락이나 빠는 모자란 인간이니까! 말하자면 저는 직전에 도달해 있습죠! 당신의 따님이 교탁 위에 올라 벌을 서고 있으면 저는 슬며시 다가가 그녀의 머리카락을 쓸어내립죠! "그러지 마라!" "그렇게 하지 않아도 된다!" "그만 교탁에서 내려와라!" 달콤하게 속삭입죠! 그녀는 다리가 부러진 노새처럼 깜찍한 눈빛으로 저를 올려다보고 있고요!

*

원장 개새끼. 후장을 찢어버릴 새끼. 그는 생각한다. 그는 원장이 근무하는 보육원 입구를 서성거린다. 원장이 나타날 때까지. 그러니까 원장이 아직도 원장이라면, 원장이 쭈글쭈글한 입술로 보육원의 고아들을 희롱하는 탐욕스러운 얼간이라면, 지팡이를 짚은 늙은 원장이 절뚝거리며 귓갓길에 올라 생기라곤 터럭만큼도 찾아볼 수 없는 입술을 비죽이 모아 휘파람을 시도한다면, 그것은 매일 아침 향정신성을 투약하는 저 깡마르고 가소로운 생물 귀두가 오늘 모처럼 감동의 눈물을 찔끔 쌌기 때문, 지금 원장을 추격하는 그는 옷섶에 늘씬한 사냥용 산탄총을 감추고 있고, 원장의 걸음걸이는 진척되지 않고 다만 어정거리듯 지지부진해서 원장의 뒤를 밟는 그 또한 앞서가는 원장이 적당한 간격으로 멀어질 때까지 머뭇거리는 거리를 유지하는 중이다. 황량한 저지대의 풍광이 저물녘의 어스름 속에서 장밋빛 아마포를 뒤집어쓴다. 빽빽한 공동주택의 먼지 두텁게 앉은 난간들에는 퀼트 모양으로 널린 빨래들 사이로 소년들의 머리가 냉골에 기생하는 못생긴 버섯처럼 돌연하게 불거졌다 순식간에 지워진다. 그는 그 광경을 바라보지 않는다.

죽은 지도자의 눈알을 물고 날아가는 까마귀들. 죽은 지도자의 창자를 물고 날아가는 까마귀들. 그것들은 사라진다. 거열형에 처해진 지구의 값비싼 불알을 적출하기 위해 우주에서 날아오는 외계의 포클레인. 그것은 공중에 떠 있다. 귀여운 들쥐가 불쑥 얼굴을 내민 악취 나는 하수구에서는 청회색 광채가 은은하게 새어 나온다. 그는 본다. 흘러나오는 광채가 마치 서서히 유출되는 허상의 분진이듯. 어스름은 구겨진 신문지 같다. 그 신문들은 그의 마지막 소설이 수록된, 그러니까 20여 년 전에 간행을 중지하여 더는 연재를 재개할 수 없는 만료된 헛짓이 수록된, 그러나 그가 언젠가 딸의 도움을 빌려 소규모 출판사에 앙앙 생떼를 부려 억지로 출간하게 될 말년의 양식을 예감하게 한다. 물론 그는 그때까지 살아남지 못할 것이다. 이 소설이 계획한 것보다 조금만 일찍 망가진다면. 이미 그러고 있다. 원장은 절룩거리며 버려진 신문지가 창궐하는 굴다리의 어둠을 향해 나아간다. 그는 원장에게 가깝게 다가선다. 원장의 뒤통수에 총구를 들이댄다. 총구의 냉기를 감지한 원장이 흠칫 놀란다. 그는 목숨을 구걸하는 원장을 향해, 뒤축 뜯어진 장화처럼 무릎 꿇은 원장, 그 삶에 대한 처량한 집념을 향해 침을 퉤 뱉는다! 이제 무슨 말을 할까! 어떤 말을 해야 직성이 풀릴까! "……!" 원장의 낯빛이 사색으로 변한다!

그러나 그는 원장의 행방을 추적하지 않는다. 딸과 재회하지도 않는다. 그는 소설을 쓴다. 그는 기만자이다. 그의 손은 자주 주저한다. 누구도 쫓을 수 없는 손이다. 그는 이 손으로 무엇을 만졌을까? 아무것도 제대로 만진 적 없는 자가 만질 수 없는 것을 만지겠다고? 사유는 가로막힌다. 무릎이 썩어버린다. 환영은 어떤 의미도 표현하지 않는다. 그것은 꿈도 침묵도 부재도 아니다. 그것은 글쓰기가 산출하는 가능한 어지럼증의 이동이다. 내가 오를 수 있는 외줄을 긋고 외줄이 아니면 글쓰기를 정지하기. 심연으로 떨어지지 말고 뒤뚱거리며 허구의 영도에 납치당하기. 3미터가 채 되지 않는 고립된 공중을 직선의 외줄로 통과해 지면에 안착하는 것이 아닌, 지면에 다다르지 않고 멋대로 휘어버리는 외줄의 계속으로 3미터의 제한된 공중을 겹쳐져 뒤엉킨 거리 다발로 만들기. 매듭이나 덤불처럼. 치닫는 파고와 혼란의 부피. 말미잘 형상으로 회오리치는 궤적들. 아득한 해변의 미농지 낱장처럼 건조된 우윳빛 해파리들.

글쓰기가 중단된 자리에서 그는 자신의 창백한 손을 내려다본다. 창백한 손은 번들거리다 기름진 손이 된다. 기름진 손은

물어뜯기며 훼손된 채 부들거리는 소중한 뻐꾸기가 된다. 그는
운다. 손톱으로 여인숙 화장대를 긁어댄다. 화장대 위로 그의
갈겨쓴 필체가 뭉텅이로 펼쳐져 있다. 그는 생각한다. 딸아, 내
글쓰기를 막아서는 사람일랑 오로지 너뿐이란다. 네 소설은 내
소설의 목발이란다. 내가 원장을 추적하는 것이 아니다. 나는
멈춘다. 나는 무섭구나. 네가 내 발각된 거짓을 감춰진 진실의
흔적으로 환치하는 사람, 네가 내 비겁함과 부주의와 잘못된
선택이 야기한 암전된 소망의 자취를 추적하는 사람인 것이다.
너는 커버렸다. 나의 영향력 바깥에서 훌쩍 커버렸다. 그는 자
신이 표현하는 정념이나 환상이 전부 딸이 쓴 소설의 다른 판
본에 지나지 않음을 깨달았다. 그는 교도소에서 딸의 소설만을
반복해서 읽어댔기 때문이다. 그러나 그는 자신의 글쓰기를 실
천해야 했다. 목발을 내버리고 스스로의 힘으로 뒤척거려야 했
다. 어쨌든 과거 그가 발표했던 소설이란 죄다 자극적인 기사
나 허황된 도시 전설을 덕지덕지 짜깁기한 수준 낮은 르포르타
주였다. 그에게 그 이상의 재능이 숨겨져 있을 턱이 없었다.

　소리.

　자박거리는 발소리.

　딱딱한 느낌의,

　오줌보에 맺힌 결석을 쥐락펴락하는,

　누군가 그의 객실 문을 걸어찬다.

　구두코로 세 번가량.

—안녕하십니까! 선생님!

　그는 황망하게 의자에서 일어나 걸쇠가 채워진 객실 문짝 앞
까지 간다. 서둘러서 말이다. 그는 문을 열고 싶지 않고, 그러
니까 문고리를 쥐고 자세를 낮춰 의미심장하게 버티는 어떤 결
연한 항의의 포즈를 취하고 싶고, 하지만 그는 그러한 그의 의
지와 무관하게 주섬주섬 문의 잠금을 해제하는 사람이기도 하
다. 문고리를 비틀어 열자 복도가 나타난다. 그는 문밖을 두리
번거리다 적막한 복도 측면에 걸린 액자 한 점을 발견하게 된
다. 액자에는 붉은 사과를 깨물고 있는 지도자의 초상화가 있
다. 그것은 떼어진다. 떼어진 자리에 희미한 테두리가 남아 있
다. 희미한 테두리에는 붉은 사과를 깨물고 있는 지도자의 정
물화가 있다. 그는 누구도 객실로 찾아오지 않았다는 것, 자신
이 환청을 들었다는 사실에 오싹한 기분을 느낀다.

　그의 기분을 무참하게 배반하는 원장은 무슨 이벤트를 준비
한 사람처럼 문짝 뒤편에서 깜찍하게 튀어나온다. 아마도 그가
액자를 바라보는 동안 열린 문짝 뒤편으로 으흐흐 웃음을 흘
리며 몸을 숨겼던 모양이다. 그는 객실 문턱을 사이에 두고 원
장과 마주한다. 원장의 외모는 그가 기나긴 세월 교도소에서
마음속의 원한을 키우며 상상했던 모습과는 판이하다. 그의 상
상 속에서 원장은 중풍 앓는 노인네 자체였다. 그러나 지금 그
를 방문한 원장은 지저분한 축사에서 콧구멍을 왕성하게 킁킁
거리는 집돼지를 연상시킨다. 몸집이 땅딸막하다. 헤어스타일

은 포마드를 발라 가르마를 탔으며 포마드의 점도 때문에 뭉쳐진 머리카락에는 잿빛 먼지들이 들러붙어 있다. 익살스러운 몰골이지만 광대라기보다는 부담스럽게 친절한 푸줏간의 백정 같다.

─선생님! 처음 뵙습니다! 저는 승진에 승진을 거듭해 보위부의 차관이 되었습니다! 이것 보세요!

원장은 까불거리듯 제복 가슴팍에 달린 배지를 자랑한다. 배지는 지도자의 얼굴이다. 광택이 난다. 빌빌거리는 일이 습관이 되었는지 차관은 인사를 여러 차례 반복하다 문턱 앞에서 우물쭈물하며 몸을 배배 꼰다. 발을 동동 구른다. 그러한 소극적인 태도에 비해 차관의 목소리는 담대하고 울림통이 크다. 목소리만을 당원 식(式)으로 훈련한 듯하다. 이 한심한 작자가 어떻게 차관이 되어 보위부 예하의 무수한 비밀경찰을 통할하는 막중한 임무를 떠맡게 되었는지 도무지 납득할 수 없다.

─선생님! 제가 이렇게 직접 찾아온 까닭은 이번 분기 보위부에서 새로 창간하는 잡지에 선생님의 원고를 청탁하기 위해서입니다!

귀청이 떨어질 것 같은 목소리 다음엔 굽실거리는 침묵이다. 그는 대답하지 않는다. 눈앞의 부조화, 황당할 정도의 기만적인 외침에 말문이 막힌 탓이다. 차관에 대한 그의 적의는 일순간 방향을 잃고 만다. 이 남자가 정말 원장이, 아니면 차관이 맞는가. 내 해묵은 원한을 방출하기 위해선 버젓하게 출현한 차관의 뻔뻔함을 압도하는 분노의 일격이 필요할지도 모른다! 그는 생각한다. 차관은 어깨 너머의 객실을 힐끔거린다. 뭔가를 기대하는 눈치다. 그러나 그는 제 객실 안으로 차관을 들일 생각이 없다. 길길이 성을 내며 차관을 내치고 주먹으로 그 통통한 얼굴을 갈겨주는 편이 보다 온당한 대응일 것이다. 그는 차관을 가로막는다. 차관은 고개를 떨어뜨린 채 그의 발등을 내려다본다. 참회하는 것처럼? 처연하게? 기회를 엿보듯이?

— 선생님이 출소하기만을 손꼽아 기다렸습니다! 선생님! 선생님은 원고료가 필요하십니다! 우리는 선생님의 소설이 필요하고요!

차관은 제 육체를 후련하게 밀어붙이듯 객실 안으로 미끄러져 들어간다. 차관을 저지하는 그를 어떻게 통과할 수 있었는지, 마치 길쭉하게 늘어진 그림자처럼, 그러니까 복도 천장의 실내등을 등진 차관의 발끝에서 시작해 문턱을 사수하는 그의 바짓가랑이 밑으로 천연덕스럽게 진입하고 있는 바로 그 그림자, 면(面)을 갖지만 내부를 갖지 않는, 척척한 냄새를 풍기며 객실의 중심에서 재차 솟아나는 차관의 육체, 어떤 방벽에서도 빈틈을 발굴해내는 그 육체, 격리된 공간을 구부리며 육체를 이전시키는 그림자, 깊이 없는 평평한 오줌 지도, 존재의 꼬리이자 존재의 물총인 바로 그것, 그는 그러한 그림자 앞에서 홀연히 휘어버리는 등불 속의 꼬마.

차관은 객실 침대에 앉아 있다. 차관은 실내용 슬리퍼를 신고 있다. 차관은 슬립 차림이다. 차관은 기웃거린다. 돔 속의 칠면조. 없는 뒤통수. 대답 없는 머리. 대답 없는 로비. 머릿속에서 녹아내리는 버터. 나는 종종 결단의 비명. 그러나 대부분의 나는 비명 직후의 얼얼한 침묵. 통제할 수도 예측할 수도 없는 비명의 효과. 언제나 나의 비명을 묵살하는 것은 비명을 초과하는 그러한 효과들. 나는 임계점. 지겨운 임계점. 나는 육체에 박리된 균열. 깨어진 균열을 회복하고 봉합하는 것이 아닌, 균열의 위치와 그 일그러져 굳어진 모양을 움직이고 갱신하며 흐트러뜨리는 동안. 동안의 침 튀김. 지도자. 연설문. 더위먹은 강아지. 나는 방송을 준비합니다. 나는 전시합니다. 나는 따라갑니다. 균열 하부의 무의식적인 판들이 그 치밀한 고착인 결락의 간격을 포기하지 않으면서 어질어질하게 흔들리는 모습을. 나는 나. 달라지지 않지만 달라지는 것. 회전하는 결함. 결함은 마치 가스로 이루어진 광장처럼 소요를 거듭합니다. 상황은 간단하지 않다. 차관은 앉는다. 차관은 일어선다. 차관은 체조를 한다. 차관은 창밖을 바라본다. 창밖에 새 떼가 날아가고 새 떼는 그 꼬랑지로 형형색색의 풍선을 생산하고 있구나. 차관은 화장대 앞에 앉는다. 차관은 쓰레기통을 뒤져 구겨진 원고들을 펼치고 입으로 읽지 않고 다시 구겨 창밖을 향해 던진다. 소설은 개구리가 잠수한 물동이 속으로 처박힌다. 차관은 타액이 말라붙어 있는 베개를 베고 드러누운 채 천장의 도형을 본다. 도형의 찌그러짐. 찌그러진 도형들은 합쳐진다. 그렇게 합쳐지는 도형들을 보고 있자니 참된 우정이 무엇인지 가늠할 수 있을 것만 같다. 차관은 생각한다. 많은 경우 차관은 생각하지 않는다. 생각하지 않으면 비뚤어진 도형들이 차관의 얼굴을 향해 쏟아진다. 도형은 빨판을 잃어버린다. 차관은 3일째 그의 객실에 있다. 같은 객실에서 출입과 퇴장 중 무엇도 선택하지 않는 차관은 언제나 같은 서술로 표현될 수 있는 일을 한다. 차관의 정체성이란 광물 경향의 포르노이다. 예컨대 침대에서는 일어나야겠지. 잠을 잤으니까. 깨어난 시각이 언제이든. 뒤척임이 길어져 잠 속을 헤엄치다 다시금 눈을 뜨고 이불 속으로 기어들어 유년의 점액질을 뭉텅이로 토해내더라도. 화장대 앞에선 앉아야지. 화장대 앞에서 앉지 않고 허리를 구부린 채 자신의 지문이 덕지덕지 묻은 거울을 바라볼 수도 있겠지. 그렇지만 앉아야 한다. 변소에 가야 한다. 소변이 마려운 사람처럼. 내가 아사한다면 내가 아무것도 먹지 못했기 때문이 아니라 내가 변소에 너무 자주 드나들었기 때문. 수탉처럼 갸웃거리며. 사유에 무관심한 덜떨어진 의문들을 생산하면서. 변소에선 꼼지락거린다. 다음엔 객실로 돌아와야겠지. 텔레비전은 켜보지 않았지만. 텔레비전을 켜면 지도자가 나온다. 나의 지도자는 어여삐도 생겼다. 쇄골이 단정한 가냘픈 소년이네. 입술이 봉긋하게 부풀어 야생 딸기를 연상시키네. 그렇다면 나는 야생 딸기를 느리게 베어 물고 있는 빨강 범벅이 된 당나귀의 입술 같네.

그는 외친다.

─당장 나가시오!

차관은 그의 외침에도 개의치 않고 화장대에 널브러진 그의 원고들을 뒤적거린다. 원고를 솎아내는 차관은 또한 화장대 거울에 비친 자신을 곁눈질하며 민첩한 동작으로 위로 뻗친 잔머리를 포마드가 검질기게 엉겨 있는 제 정수리에 고정시킨다. 차관의 손가락이 화장대에 펼쳐진 그의 원고와 광이 나는 자신의 정수리 사이를 빠르게 오르내린다.

─그만두지 못하겠소!

그가 치미는 구역질과 함께 차관의 어깻죽지를 움켜쥐었을 때

차관의 목이 돌아가는데,

대체 이게 뭐지?

통통하고 작달막했던 차관의 신체는 이제, 붉게 익은 문어처럼 댕댕하게 부어오른, 복막염을 앓는 돼지의 창자처럼 기세등등하게 팽창한, 새파란 빛깔의 기름진 핏줄들에 의해 겹겹이 에워싸인, 복수(腹水) 차오른 거대한 고깃덩어리 물병처럼, 원형의, 바늘로 찌르면 검은 담즙이 비어져 나오는 종양 상태의 다육질 인큐베이터, 표면에는 짜낸 고름 모양으로 솟아오르는 물고기의 눈알, 와류처럼 동심원을 그리는 수백의 눈알이 명멸하는 배치를 이탈하는 과정 중의 찌꺼기들, 물큰하게 함몰된 양파와 썩은 달걀과 질척한 젤라틴과 눅진하게 굳은 염소의

젖을 무자비하게 배합해 끓여낸 악취의 뚝배기, 아니면 옆구리가 찢어져 노란 액젓을 흘리는 비계 폭포, 골격이 녹아버린 외설 개밥 그릇, 두뇌도 성대도 불알도 없는 어린 알비노 고릴라가 매장된 쫄깃한 구근의 형상으로, 여전히, 이 혼탁한 점액질 고깃덩어리를 표현하기 위한 환란의 얼개는 그저 비유가 아니라 마치 그의 눈앞에서 벌어지는 실황 자체인 것처럼

서술해야겠지!

그러므로 그는 쩔쩔매고, 뒷걸음질하며, 할 수 있는 말을 잃어버리고, 할 수 있는 말이란 언제나 그의 빈곤한 내면을 보충할 허구의 재산이었는데, 그는 지금 그러한 가상의 영토에서도, 파산했기 때문에, 얼굴에 돋아난 종기를 손톱으로, 성급하고 집요하게 뜯어내고 있을 따름으로, 그는 초조하고 겁이 나니까, 자신이 어떤 순간에 황당함을 느끼고, 또 어떤 순간에 두려움을 느껴야 하는지도, 잘 모르겠으니까, 자라나는 종양의 동태를 살피면서, 천천히 다가가는데, 그러한 기형의 고깃덩어리가 단지 차관의 변화된 모습이라는 것을 입증하듯이 머리카락이, 차관의 머리카락, 폐기 정유를 쏟은 잔디처럼 끈적끈적한 머리카락이 종양의 표면에 듬성듬성 돋아나 있고, 이때 종양의 머리카락은 인간의 머리카락이 그러하듯 종양의 상단에 돋아나 있는 것이 아니라, 아래쪽에, 인간이라면 생식기가 위치할 만한 그곳의 자리를 차지하고 있으며,

그는, 용기가 생겨서, 종양이 차관이고, 차관이 종양이라면,

그것이 트럼프 카드의 앞뒷면이라면, 혹은 휠체어에 앉은 고아한 시인의 영혼이 휠체어에 앉은 괴팍한 미성년 독서가의 영혼과 다르지 않듯이, 사망 직전에 놓인 인간의 신체를 게걸스레 먹어치우는 종양과 종양의 삶을 위해 반드시 경유해야 하는 인간 사이의 가교 또는 미싱 링크처럼 보이는 머리털의 잔해를 헤아리면서, 따뜻한 피가 온몸을 돌아 나가는 것을 느끼며, 간지럽게 하자, 종양을 간지럽게 해보자, 호기심이 생겨서, 스스로를 다독이면서, 슬쩍 종양의 아랫도리에 손을 넣어 거웃을, 천진한 척, 예뻐하는 척, 사랑해 죽겠다는 척, 쓰다듬고 어루만지기 시작하는데, 빳빳한 덤불을 손가락으로 헤집으며, 살살 문지르는 가운데, 그는 종양이 너털웃음을 터뜨리길 바라고, 좋아하길 바라고, 거웃 사이로 자라난, 기계 레버? 벌거벗은 인형? 쥐의 꼬리? 아무튼 생식기를 대체하는 무엇을 발굴해서, 그것을 비틀고, 쥐어짜서, 아니면 잡아 빼서, 조롱박이라는 것을, 쌍떡잎식물이라는 것을, 자중지란이라는 것을, 확, 낚아챌 수 있기를 간절하게 바라는 마음으로!

그러나 종양은 아무런 반응이 없을 뿐만 아니라, 거웃 사이에는 아무것도 없고, 이 종양에겐 인간의 민감하게 벌어진 가랑이라는 것은 존재하지 않을 뿐만 아니라, 그것이 만약 차관처럼 남성이라면, 종양의 남성 생식기는 외부가 아니라 내부를 향해, 틀림없이 그것은, 예컨대 자신의 남성 생식기를 거꾸로 뒤집어 삽관하고 있는, 내면의 어스름 속으로, 전체적으로 둥근 모양의, 살코기들이 부글거리는, 눈먼 힘줄들의 악착스러운 줄다리기로 붐비는, 배척하는 각도로 빠듯한, 제로로 멎은, 김을 피워내는, 구토를 유발하는, 시럽을 끼얹은, 따뜻하고 부드러운, 펜 위에서 포슬포슬 굳어버리는, 타원형의 오믈렛이며, 시간이 흐르는 과정에서, 종양의 표면을 장악한 잡스러운 생육의 더미가 지구본처럼 종양을 둘러싸며 공전하기 시작하는데, 마치 자전하는 행성의 이마를 스치고 가는 구름처럼, 그는 현기증을 느끼고, 아무것도 할 의욕이 없고, 만지기도 싫고, 그가 그럼에도 여전히 이러한 무감동한 주법을 지속하는 까닭은, 그는 무엇이든 발견하고 채집하기 위해 노력하는 사람이니까, 어쩌면 이 종양과 관계할 수 있는 어떤 마땅한 인간적인 수단이 부재하기 때문에, 그는 이따금 종양의 눈치를 살피고, 눈알은 또한 수백의 눈알, 수백의 눈알은 또한 수백의 찡그림, 수백의 찡그림은 또한 수백의 얼굴들처럼 분화되는 가운데, 종양은 시간이 흐를수록 두개골처럼 형해의 단단한 얼개로 변화하여, 이제 그것은 물큰하게 만져지는 고깃덩어리가 아니라 괴사한 육체가 뒤얽혀 형성된 일종의 매듭이며, 그가 더듬는 종양이 관능의 극점에 근접하는 동안, 망상 속에서, 안쪽으로 커다래지는 종양의 내향성 생식기가, 대못처럼, 종양의 중심, 다시 말해 차관의 내적 우주를 향해, 자족적으로, 내밀하게, 꿈틀꿈틀, 비척비척, 발기하면서, 그것이 관통하는 지점, 다시 말해 종양 스스로의 연약한 코어를 산산이 부수어내는 장면을, 그는, 역시 상상하거나 기대할 뿐, 보지 못하며, 그는 이제 망연자실한 표정으로, 종양의 거웃을, 한 올씩 뽑고 있을 따름으로, 마치 잡초를 뽑듯 거웃을 신경질적으로 뽑는 동안, 자명종 시계처럼 일정한 간격으로 딸깍거리는 소리를 내는,

차관,

뇌 없는,

궤도에 합류한,

키득키득 부품을 뱉어내는 형해의 무덤이

재차 차관의 목소리를 되찾고 있는 것이다.

—선생님! 선생님의 역량을 보여주셔야 하지 않겠습니까! 우리들에게! 선생님의 소설을 기다리는 독자들에게! 따님에게요! 우리는 좀처럼 실망이라는 것을 경험하지 못한 사람들이란 말입니다!

그는 차관의 제안을 반려해야 할까? 정중하게? 곤란한 표정으로? 포악하게 따귀를 날리면서? 그는 아무것도 하지 않는다. 차관이 과거에 어떤 인물이었든 어렵게 청탁을 결정한 보위부 일동을 향해선 감사하는 마음을 가져야겠지. 그는 생각한다. 청탁서는 수기로 작성되었다. 말미의 발행인 명단에 딸의 이름이 적혀 있다. 딸의 이름. 그는 그것을 잊고 있었다. 딸의 이름. 그것은 읽자마자 전부가 상기되는 이름이다. 차관이 돌아간 직후 그는 객실을 초조하게 어슬렁거린다. 객실은 싸늘하다. 발바닥이 차갑다. 그는 슬리퍼를 신는다. 밑창에 비계가 붙은 슬

리퍼가 찍찍 소리를 내며 객실을 돌아다닌다.

그는 봉투를 찢는다. 차관이 찔러준 네모반듯한 서류 봉투 안에는 교도소가 그에게 지급한 급여를 훌쩍 상회하는 현금 다발과 함께 영수증, 차관의 명함, 스테이플러로 찍은 딸의 편지 한 묶음이 있다. 편지들은 모서리가 낡고 색이 바랬다. 차관은 딸의 편지들을 교도소로 부치지 않았다. 차관은 딸의 편지들을 착복했다. 딸의 고독과 불행을 심화시키기 위해, 그와 딸 사이의 오해를 부추기면서, 남몰래 축재한 딸의 편지들이 딸과의 관계에서 차관이 꿈꾸는 흉악하며 변태적인 협잡을 실현할 수 있는 명분이자 재산이라도 되는 것처럼 말이다. 지금에야 편지들을 반납한 저의를 모르겠다. 틀림없이 나를 희롱하려는 것이다. 자극하고 들쑤시려는 것이다. 그는 약이 오른다. 그는 딸의 편지를 읽지 않는다. 그것을 거부한다. 그는 자신이 딸의 편지를 읽기 위해 소설을 쓰고 있다고 생각한다. 마치 동기를 부여하듯, 자신을 힐난하는 것처럼. 그러면 작업이 더 잘된다. 마감과 동시에 딸의 편지와 황홀하게 조우해야지. 자신에게 암시를 건다. 문장은 쓰면 는다. 그것은 간다. 사랑하는 마음을 포기하지 않으면 소설이 어엿해진다. 그것은 상황이 징그럽게 변하고 있다는 뜻이기도 하다. 눈물을 펑펑 쏟아야지. 편지가 흥건해지도록. 그러나 이건 또 무슨 지랄일까? 고작해야 이런 방식으로 딸을 생각하는 그는 딸을 그리워할 자격이 있는 사람일까? 그것은 헛꿈에 불과하다. 아직까지.

*

그는 객실을 나섰다. 로비를 향해 내려갔다. 피로한 눈의 여인숙 주인이 그를 심드렁하게 쳐다보았다. 여인숙 주인은 청년 시절 그가 쓴 소설을 읽은 독자였을 것이다. 지금은 청년의 마음을 위로하고 그 섬세한 영혼을 뇌쇄적으로 핥아준 이 노쇠한 작가를 알아보지도 못한다. 그는 마음으로 툴툴거렸다. 괘씸한 기분이 들었다. 그러나 그는 부정적인 성격의 소유자가 아니었다. 그는 여인숙 밖으로 갔다. 더 걸었다. 도착한 저택의 초인종을 누르자 한 번도 듣지 못한 멜로디가 들렸다. 대문이 열렸다. 대문 앞으로 코안경을 쓴 남자가 등장했다. 차관이었다. 기병대 대장처럼 무릎에 황금색 각반을 착용한 모습이었다. 웃고 있었는데 눈만이 찌그러지지 않고 이글거리며 멎어 있었다. 차관은 악수를 청하며 그에게로 가까이 다가왔다. 그는 한 보 물러서서 악수는 됐다고 말했다.

　—일전에 만났지요?

차관은 자신이 이 저택의 청지기로 근무하고 있다고 말했다. 야윈 목에서 깊은 인중에 이르기까지 빨래판 모양의 검버섯이 피었다. 해쓱한 피부는 고사한 나무의 수피처럼 거칠고 핏기가 없었다. 체중을 급하게 감량한 모양인지 말 그대로 폭삭 삭아 있었다. 그는 뚫어져라 자신을 응시하는 청지기의 시선이 괜스레 민망하게 여겨졌다.

악수를 청하려던 청지기의 손이 자취를 감췄다. 그는 놀랐다. 청지기는 요대에서 승마용 채찍을 꺼내 그를 향해 휘두르려는 자세를 취했다. 갑작스레 일어난 일이었던 탓에 그는 치솟는 채찍을 피할 겨를이 없었다. 그는 눈을 감았다. 아무 일도 벌어지지 않았다. 공중에서 말벌이 날아다니는 소리가 들렸다. 이윽고 그가 눈을 떴을 때 청지기는 허공에 휘두른 채찍을 공손하게 내밀고 있었다. 청지기의 왼쪽 팔꿈치에 둥글게 말려 있는 채찍은 거기 똬리를 튼 귀여운 방울뱀 같았다.

─받으세요.

─싫소.

그는 청지기를 따라 저택의 정원으로 향했다. 풀 냄새가 향긋한 정원은 관리가 잘되어 있었다. 보도 양쪽 측면으로 절지된 관목들이 줄지어 늘어서 있었다. 청지기는 절뚝거리며 걸었다. 말이 없었다. 인공 호수가 나타났다. 지느러미를 맞붙여 기도하는 사람의 자세를 취한 물고기 석상 몇이 폭포를 맞고 있었다. 수면에는 잉어들이 바글거렸다. 청지기는 각반이 거추장스러운 듯 자주 무릎을 만졌다. 그는 청지기가 어색했다. 청지기가 인공 호수 앞에서 튀밥을 뿌렸다.

그는 청지기에게 자신의 상황을 설명하려 했다. 최대한 예의를 갖춰서 말이다. 기분이 상하지 않도록. 호의는 고맙습니다. 당장 원고를 집필하고 싶지만 아시다시피 부득이한 사정으로 오랫동안 글을 쓰지 못했습니다. 저는 그저 제가 국가에 씻을 수 없는 위해를 끼친 죄인이라고만 생각합니다. 저도 제 소설을 잊지 않은 보위부의 은혜에 보답하고 싶습니다. 하지만 제 얼굴을 좀 보십시오. 저는 작가로서의 재능과 총기를 전부 잃어버리고 말았답니다.

한 가지 진심을 담아 전하고 싶은 것이 있다면 그럼에도 저는 하루의 가장 오랜 시간을 책상 앞에서 소모한다는 사실입니다. 그것은 중요한 문제입니다. 자꾸만 책상 앞으로 귀환해 뭔가 조잡한 옹알이를 시도하는 형편이니까요. 문제는 나아지지 않습니다. 다 틀렸습니다. 그렇게 되었습니다. 이러한 일을 끝내는 방법을 모르기 때문입니다. 어쩌겠습니까? 지금의 제겐 책상 앞에 앉을 비용이 절박하게 필요합니다. 연금을 수령할 방법을 구체적으로 일러주시면 요구하는 서류를 준비해드리겠습니다. 제게 연금을 지급하십시오. 심려를 끼치지 않겠습니다.

청지기의 걸음이 빨라졌다. 그는 황급히 청지기를 따라갔다. 그는 마음속으로 자신이 하려는 말을 되뇌어 외웠다. 그러자 자신감이 생겼다. 무슨 말이든 할 수 있을 것 같았다. 그것이 마땅한 이야기라면 말이다. 저택의 정문으로 향하는 보도 양쪽 측면으로 비슷한 신장의 인삼들이 외발로 서 있었다. 생장점에 호르몬제를 주사한 것처럼 커다란 크기였다. 인삼들은 제각기 막막한 벽 앞에서 인삼이 취할 수 있는 다양하고 무의미한 자세들을 사실적으로 표현하는 중이었다. 예를 들어 쪼그려 앉은 자세나 기대어 있는 자세. 마치 마임을 하고 있는 듯했다.

인사를 하거나 사격을 하거나 넘어지기 직전의 인삼들. 공놀이를 하거나 파리를 쫓거나 혀를 깨물고 있는 인삼들은 성별이나 연령이 상이했으며 모두 가족이었다. 죄다 개처럼 한쪽 다리를 들고 울적한 사람의 심리적인 하향 곡선을 연상시키는 오줌을 발사하고 있었던 것이다.

　―이게 뭐요?

　―몰라요.

　저택 내부는 어슴푸레했다. 청지기가 내벽을 더듬어 스위치를 누르자 환하게 밝아진 저택의 정경에 그는 당혹감을 감출 수 없었다. 저택은 천장이 높았다. 마치 예배당에 들어선 느낌이었다. 정면으로 아라베스크 문양의 카펫이 깔린 널찍한 계단이 보였다.

　―저는 20년째 이 저택에서 근속하고 있습니다.

　청지기가 계단을 올랐다. 몇 보 떼지도 않았는데 어깨에 무거운 짐을 얹은 것처럼 무릎이 쑤셨다. 청지기는 그를 저택의 응접실로 안내했다. 응접실 안에는 원형 테이블이 있었다. 그곳에 초조한 얼굴의 작가 몇이 앉아 있었다. 다리를 떨며 하나같이 면전에 재떨이를 놓아두고 담배를 피우고 있었다. 불안해 보였다. 그는 주춤거리다 비어 있는 좌석에 앉았다. 청지기가 그에게 재떨이를 가져다주었다. 그는 재떨이가 필요하지 않았다.

　―받으세요.

　―됐소.

청지기가 속삭였다.

─몰래 들으세요. 표정을 관리하시고요. 헛기침을 하세요. 연금이나 뜯으러 온 가난뱅이들이에요. 게으른 자들이지요. 낙오한 자들도 나름의 알리바이를 가져야지요. 지도자 각하의 말씀이에요. 세상일이 그래요. 유치원에 소속되느냐 노인정에 소속되느냐가 문제일 따름이지요. 둘 중 하나예요. 작가들 또한 형무소로 향하는 것보단 협동농장으로 향하는 편이 낫지요. 게으른 자들은 결국 죄를 짓는 법이니까요. 정량의 연금을 대가로 협동농장으로 이주한 작가들은 함께 글을 쓰게 되어요. 사랑을 해요. 소설을 쓰지요. 세상을 이롭게 만들어요. 그렇게 작성된 소설은 협동농장의 이름으로 잡지에 실려요. 소설에 감격한 독자들은 협동농장의 주소로 팬레터를 쓰고요. 협동농장은 자애로운 공간이에요. 그러니까 소설이란 언제나 자애로운 마음을 표현해야 하지 않겠어요? 협동농장이 그들에게 자애로운 공동체를 보여주는 것처럼 말이에요.

청지기가 박수를 쳤다. 그리고 시간이 되었다고 말했다. 작가들이 응접실 밖으로 나서려는 그를 힐끔 쳐다보았다. 청지기와 그는 복도를 지나쳐 갔다. 복도에는 아무런 장식품이 없었다. 액자도 없었다. 청지기는 그를 식당으로 안내했다. 나무 문의 상단에 식당이라는 문패가 보란 듯이 걸려 있었다.

─이곳은 작업실입니다.

작업실은 족히 백 평은 넘어 보였다. 작업실 중앙으로 길쭉

하게 가로놓인 식탁이 있었다. 작업실에 상주하는 웨이터들은
전부 서른 명가량이었다. 그들은 접시를 한쪽 손바닥으로 받들
고 작업실 안쪽을 분주하게 왕래하고 있었다. 한눈에도 바빠
보였다. 그는 멈췄다. 웨이터들은 모두 수려한 외모에 매력적
인 신체의 소유자들로 제 사타구니만을 손수건 너비의 훈도시
를 이용해 감추고 있었다. 농염한 분위기를 풍기는 자가 있었
던 반면 수줍어하는 자도 있었다. 기민하고 사뿐거리는 걸음걸
이를 가진 자가 있었는가 하면 중후하게 제 무게를 한 걸음에
전부 내어주듯 나아가는 자도 있었다. 귓불이나 젖꼭지나 팔꿈
치가 붉은 자가 있었는가 하면 야무진 근골에 세심하게 붓질을
해서 갈라진 부위의 음영을 뽐내듯 적나라하게 드러낸 자도 있
었다.

　발가벗은 웨이터들은 작업실 안을 왕래하며 백색의 접시를
날랐는데 식탁은 항상 텅 비어 있었고 그 때문에 그는 그들이
같은 접시를 운반하며 마치 그것이 별다른 접시라는 듯 서둘러
식탁 근처와 부엌으로 통하는 작업실 후문을 이리저리 내왕하
고 있음을 깨달았다. 그들은 충돌할 것처럼 서로를 향해 정면
으로 다가오다 일순간 급격히 턴을 하고 방향을 꺾거나 했으며
무슨 아슬아슬하게 부딪치지 않는 웨이터 놀이를 되풀이하고
있는 것 같았다. 게다가 그들은 토슈즈를 신고 있었다. 웨이터
들은 마치 암거래를 주고받는 것처럼 그와 청지기를 의식하며
접시를 교환했는데, 교환한 접시와 교환된 접시를 다시 교환하

기까지 채 몇 분이 걸리지 않았다. 이러한 웨이터들의 놀이는 사실 딸에 의해 기획된 것이었다. 저택의 주인인 딸은 웨이터들이 탈진해 나가떨어질 때까지 종일 이러한 서비스를 지속하게 했다. 서비스는 지엄한 명령이었다.

그것은 작업을 진행하는 딸의 눈요기를 위해서였다. 식당을 작업실로 개조한 사람도 딸이었다. 딸은 작업을 하다 글쓰기가 지지부진해지면 고개를 쳐들고 분방하게 약동하는 웨이터들의 신체를 그윽한 시선으로 감상하곤 했다. 요염하게 무르익은 웨이터들의 육체는 대개 답답하게 막힌 글쓰기의 회로를 환기하는 일에 도움을 주었다. 딸은 식탁의 상석에 앉아 있었다. 타자기 한 벌이 놓여 있었다. 딸은 백발이 되어 있었는데, 정갈하게 묶인 머리카락에 비녀를 꽂았고 불투명한 살굿빛 슬립을 입고 있었다. 그의 가슴이 거칠게 뛰었다. 딸은 글쓰기에 열심이었다. 타자기를 부서져라 두들기는 제 손가락에만 주의를 기울일 뿐 기계적이거나 임의적으로 밀고 밀리는 웨이터들과 그들 사이에서 우두커니 걸음을 멈춘 그와 청지기를 염두에 두지 않았다. 타자 소리가 간격 없이 이어졌다. 마치 폭우 속에 우산을 쓰고 덩그러니 버려진 기분이었다. 그의 심경이 그랬다. 청지기가 웨이터들 사이를 뚫고 딸을 향해 다가갔다.

청지기는 이윽고 착용하고 있던 각반을 해제하고는 입고 있던 옷을 훌훌 벗어버렸다. 건장한 웨이터들 사이에서 탄력 없는 살갗이 망측하게 늘어진 청지기의 알몸은 단연 도드라져 보였다. 청지기가 웨이터들의 대열에 합류했다. 그러나 상대적으로 민첩함이 모자란 청지기의 입장에서 웨이터들을 좇아 딸의 명령을 수행하는 일은 불가능에 가까웠다. 말하자면 청지기는 딸의 눈요기를 망치는 난봉꾼일 따름이었다. 아무도 청지기에게 접시를 쥐여주지 않았다. 일종의 이지메였다. 회전하는 웨이터들의 뒤꽁무니를 따라 무질서하게 작업실을 배회하는 청지기는 마치 능숙한 웨이터들 사이에서 맹랑하게 두드러지는 제갑갑함과 어눌함과 흉측함으로 말미암아 이 모든 극화된 명령의 주인공인 것처럼 보였다. 청지기는 애꿎은 투쟁을 시작했다.

청지기의 합류로 대열의 리듬을 잃어버린 웨이터들은 점진적으로 나태해졌다. 활기가 사라졌다. 인원이 줄어들기 시작했는데 다들 청지기의 존재를 끔찍하게 여기고 있는 것 같았다. 그리하여 그들은 작업실 후문으로 도주해 더는 작업실에 나타나지 않았다. 후문 뒤편의 어둠 속에서 작업실 내부를 엿보는 반짝거리는 눈빛들은 청지기의 메스꺼운 신체를 품평하는 메이드들이었다. 웨이터들은 메이드들의 연인이었다. 그들은 잠재적인 모반자들이었고 반역을 꿈꾸고 있었다. 웨이터들이 후문으로 피신해 휑뎅그렁해진 작업실에서 청지기만이 승마용채찍 한 짝을 꼬아 잡고 스스로를 웨이터로 가장하는 불능의 폭주를 지속하고 있었다. 청지기의 민폐와 난동을 저지할 사람이란 오로지 딸밖에 없는 것 같았지만, 그녀는 작업에 열중할 뿐 그와 청지기를 의식하지 않았으며, 동시에 그는 이러한 광

294

경에 넋이 빠져 아직까지 딸의 이름을 목청 놓아 부르지도 못하고 있었다. 청지기의 움직임이 격화되었다. 리본체조를 하듯 구불거리는 채찍으로 허공에 형상의 공허한 토대들을 휘갈기고 있었던 것이다. 형상의 공허한 토대들, 그게 뭘까?

가파르게 휘어지는 채찍의 움직임을 일순 붙잡은 사람은 딸이었다. 딸이 식탁 의자에서 일어섰다. 청지기는 자신의 행위에 완전히 몰입하고 있었다. 딸은 마치 날뛰는 독사의 머리를 틀어쥐듯 재빠른 손으로 채찍 끝을 비끄러맨 다음, 무릎을 꿇으려는 청지기의 이마를 신고 있던 하이힐로 걷어찼다. 청지기가 나가떨어졌다. 채찍을 빼앗긴 것이다. 딸이 구두를 벗었다. 청지기는 넘어지자마자 벌떡 앉아 무릎을 꿇은 채 허리를 반으로 접고 양손으로 깍지를 낀 다음 반성의 넋두리를 우물거리듯 무슨 신실한 단독자의 방언을 뇌까리듯 뜻 모를 입말들을 중얼거렸다. 요가 고수 같았다. 딸이 청지기를 내려다봤다. 법원의 현관에 설치된 여신상이 왼손엔 저울, 오른손엔 칼을 들고 있다면 도도하게 얼어붙은 채 청지기를 빤히 내려다보는 딸은 왼손엔 채찍, 오른손엔 자신의 하이힐을 치켜들고 있었다. 청지기가 애걸을 했다. 자신을 상대하는 애걸이었다. 청지기는 자기 연민에 빠져 있었다. 그러므로 청지기는 더 이상 청지기의 역할을 수행할 수 없을 것이었다. 딸이 말했다.

—아버지도 하세요.

냉담한 목소리였다. 딸이 그에게 채찍을 쥐여주었다. 청지기는 양손으로 뒤통수를 감싼 채 궁색하게 엎드려 있었다. 딸은 청지기의 대가리에 하이힐 굽을 맞붙인 채 마치 정으로 돌을 쪼듯 그곳을 톡톡 두드리고 있었는데, 그녀가 마음만 먹는다면 청지기의 머리를 깨부수기까지 채 몇 초가 소요되지 않을 것 같았다. 청지기가 벌벌 떨었다. 청지기가 뱉어내는 뜻 모를 입말들이 점점 의미를 갖추기 시작했으며 그것은 대략 딸을 향해 간청을 하는 내용이었다. 어서 하세요. 제발 하세요. 제게 당신이라는 절대를 먹여주세요. 간청은 공포에 시달리는 청지기의 바짝 엎드린 자세와 대비되어 보다 팽팽한 긴장감을 자아냈다. 이때 그는 아래로 고꾸라진 채찍을 간신히 움켜쥔 채 딸과 청지기를 멍하니 응시할 따름이었다. 방법이 없었다. 어떤 행동을 취하는 일 자체가 여의치 않게 여겨졌다. 딸이 청지기의 머리에 하이힐을 내리쳤다. 비틀거리던 청지기의 몸이 판판하게 펼쳐졌다. 청지기가 견지하던 굴종의 정념이 일시에 와해된 것이다. 딸의 눈이 호기심으로 빛났다가 이내 누그러졌다. 하이힐은 청지기의 머리에 그대로 꽂혀 빠지지 않았다. 순식간에 벌어진 일이었다. 청지기의 머리통에 하이힐이 말뚝처럼 우뚝 솟아 있었다.

　—아버지가 하세요.

　딸이 말했다. 그는 그렇게 했다. 하이힐에 의해 완벽히 봉쇄된 청지기의 머리, 피나 골수가 단 한 방울도 흘러내리지도 않는 그 머리를 내려다보며 그는 채찍을 휘두르는 중이었고 휘두를 때마다 온몸이 신체의 연장처럼 여겨지는 채찍의 굽이치는 행로를 향해 빨려드는 느낌을 받았다. 채찍은 더뎠다. 탄성이 없었다. 그의 이마에 땀방울이 맺혔다. 그는 지쳐 있었다. 청지기의 얼굴은 하이힐에 치받치는 순간의 쨍한 경악으로 일그러져 있었다. 채찍이 다녀갈 때마다 청지기의 알몸에 시퍼런 멍이 생겼다. 딸은 채찍을 내리치는 그의 동작을 감시하듯 팔짱을 끼고 서서 제 아버지의 성실성을 시험하고 있었다. 말하자면 그는 어떤 삽질, 어떤 의욕 없는 사무에 종사하고 있었는데 이 순간 이 장소, 2층의 작업실이란 폭력을 위한 격발된 충동의 즉흥성과 거리가 먼, 당일의 할당량을 달성하기 위해 무기력하고 기진맥진한 정동을 거듭하는 뙤약볕 아래의 노역장을 의미하는 것이었다. 딸이 독려하듯 그의 등짝을 몇 차례 토닥거렸다.

──아버지.

딸이 그를 말렸다.

──이제 됐어요.

딸이 그의 손등을 어루만졌다. 따뜻한 손바닥이었다. 그는 감격했다. 그러나 눈물이 나오진 않았다. 그는 이 순간을 평생 그리워했던 것이다. 머릿속으로 이 장면을 몇 번이나 복기했던 것이다. 반복이 감동을 마비시킨 것이다. 채찍이 그의 손에서 미끄러지듯 빠져나갔다. 그는 딸에게 참회의 제스처를 취하려고 했지만 가능한 말을 마련하지 못했다. 그러므로 그는 침울하게 고개를 떨어뜨리고 있었다. 자책감이 들었지만 청지기 때

문은 아니었다. 딸은 곧 작업실 후문을 향해 눈짓을 했다. 후문
에서 그림자들이 혼란스레 수선을 떨었고 곧 멀끔하게 정장을
차려입은 남자가 등장했는데, 그는 후문 뒤편의 감추어진 주방
에서 벌어진 웨이터들 사이의 경쟁적인 소동을 청산하고 막 청
지기로 등극한 입지전적인 인물이었다. 청지기는 우쭐한 것처
럼 보폭을 넓게 벌리며 그와 딸을 향해 다가왔다. 청지기 뒤편
으로 마스크를 쓴 웨이터들이 전(前) 원장, 전 차관, 또는 전 청
지기의 시신을 치우기 위해 들것을 들고 왔다. 시신을 들것에
태웠다.

　──가시죠.

　딸은 다시금 타자기 앞에 앉아 작업을 시작했다. 타이핑 소
리가 또박또박 계속되었다. 그는 작업실을 나온 뒤 청지기를
따라 저택의 복도를 지나쳐 갔다. 타자 소리가 점차 흐릿해졌
다. 청지기는 저택 복도 끝에 있는 널찍한 침실로 그를 안내했
다. 침실 화장대에는 딸이 쓰던 타자기와 동일한 타자기 한 벌
이 놓여 있었다. 타자기 옆으로 색색의 유리병들이 배치되어
있었다. 포플러 냄새가 났다. 그는 침대를 층층이 에워싼 레이
스를 걷고 침대에 걸터앉았다. 시트에 화사한 빛깔의 꽃잎들이
아무렇게나 흩어져 있었다. 그는 꽃잎 하나를 쥐어 콧잔등에
댔다. 정신이 몽롱했다. 침실 창밖으로 정원의 풍광이 보였다.
노을이 침실 안으로 스며들었다. 정원의 수목들이 밀려든 노을
로 인해 노곤한 미광을 발하고 있었다. 청지기가 창문을 열었

다. 바람이 불었다. 저물녘의 청량한 취기였다. 그는 침대에 걸터앉아 목을 길게 빼고 창밖을 응시했다. 청지기 또한 잠자코 창밖을 향해 고개를 돌린 채 어딘가를 주시하고 있었다.

내려다보이는 정원 한가운데 응접실에서 보았던 작가들이 모여 있었다. 누군가 이 측은한 작가들에게 원산폭격을 시킨 모양이었다. 뒷짐을 지고 부들거리는 머리를 잔디밭에 맞붙인 채 그들은 엇비슷한 자세의 육체적인 고행을 감내하고 있었다. 타들어가는 노을 속에서 말이다. 그들은 자신들을 바라다보는 청지기와 그의 시선을 감지한 것처럼 최선을 다해 끙끙거렸다. 신음이 2층에 있는 침실까지 전해질 정도였다. 그림자가 휘청거렸다. 바람이 정원을 헤매고 다녔다. 잔디들이 바람이 부는 방향으로 가지런하게 쓰러졌다. 퇴로가 막힌 노을이 자신의 뒤를 바짝 추격하는 어스름에 의해 제 온유한 광채를 빼앗기고 있었다. 작가들은 시간의 경과에도 불구하고 자신들이 시도하는 균형을 포기하지 않았다. 넘어지지도 않았다. 그것은 고통이었다. 그러나 그것은 왠지 가짜 고통처럼 여겨지기도 했다.

─쉬시죠.

청지기는 꾸벅 인사를 하고 침실을 나갔다. 나무 문이 삐걱거리며 닫혔다. 침실에 홀로 남겨진 그는 여전히 작가들을 지켜보고 있었다. 기꺼이 고통을 감내하겠다는 태도로 제 몫의 원산폭격을 끈질기게 이행하던 작가들은 어느새 요령을 피우기 시작했다. 그는 하품을 했다. 눈이 침침해졌다. 어두워지자마자 정원은 으스스한 분위기를 풍겼다. 작가들은 배를 깔고 풀밭에 엎드려 시시덕거렸다. 간혹 낄낄거리기도 했다. 그는 미소를 지었다. 교도소 시절이 떠올랐던 것이다. 단조로운 선분을 연상시키는, 먼지구름이 피어오르는 교도소의 노역장에서 함께 복역하는 친구들과 오붓하게 둘러앉아 주먹밥을 까먹던 화목한 권태에 관해. 그 시절을 형언하는 언어는 거짓말이거나 진실이더라도 아주 무례한 진실일 것이다. 눈꺼풀이 무거워졌다. 그는 서둘러 잠 속으로 헤엄쳐 들어갔다.

귀청이 얼얼한 총성을 듣고 깨어났을 때는 한밤이었다. 그는 얼굴에 덕지덕지 들러붙은 꽃잎을 털어내며 자리에서 일어났다. 머릿속이 흐리멍덩했다. 조갈이 들었다. 비강이 눅눅했다. 냉수를 마시고 싶었다. 총성에 놀란 청각은 한동안 정상으로 되돌아오지 않았다. 하늘거리는 윤슬을 닮은 미미한, 그러나 찰랑거리는 빛이 침실 내부를 희미하게 밝히고 있었다. 빛의 출처가 모호했다. 일단 그는 창틀 앞으로 갔다. 캄캄한 어둠이 드리워진 정원으로 어둠보다 더 짙은 음영이 불길하게 팽창하고 있었다. 그 음영은 틀림없이 가지치기를 당한 정원의 나무들이었는데 잠든 사이에 그 부피가 몇 배로, 그리고 보다 혼연한 형세로 부풀어버린 듯했다.

이윽고 그는 정원을 가로지르는 남자를 보았다. 남자는 램프를 들고 있었다. 램프가 형성한 반원의 차양 아래서 남자의 걸음은 망설임이 없었다. 오히려 조바심을 내는 것처럼 목표를 향해 급전직하로 전진하는 걸음걸이였다. 어둠이 램프와 남자를 잡아먹을 듯이 가까워지다 썰물처럼 제자리로 휩쓸려 갔다. 램프는 캄캄한 정원의 어둠에 우묵하게 팬 구멍이었다. 그리고 환한 구멍 안에서 구멍을 이끌고 정원을 통과하고 있는 남자의 정체는 청지기였다. 청지기 말이다!

청지기는 크로스백을 메고 있었다. 잔상을 긴 꼬리로 늘이며 정원을 질러가던 청지기가 정지한 장소는 작가들이 원산폭격을 하고 있던 그곳이었다. 비천하며 빌어먹는 일에 도가 튼 작가들은 이번엔 팔꿈치를 귓전에 맞붙인 채 어디선가 가져온 허름한 의자를 양손으로 받쳐 들고 벌을 서는 와중이었다. 청지기가 램프를 풀밭 위에 내려놓았다. 크로스백에서 산탄총을 꺼냈다. 이때 청지기가 크로스백 안에서 끄집어낸 이 산탄총이란 어쨌든 그가 이 소설의 처음과 중간에서 각각 버스 기사와 원장을 향해 들이댔던 그 산탄총들과 동일한 산탄총이었다. 그 산탄총들이 그저 상상의 산물이었다면, 청지기가 꺼낸 산탄총은 그의 거듭된 상상을 역전시키거나 배가시키는 무서운 실물 자체였다. 그러나 상상이건 실물이건 그것들은 똑같은 산탄총이기도 했다. 그는 온전히 개별적인 산탄총을 떠올릴 수 없었기 때문이다. 청지기가 총신을 작가들 쪽으로 돌렸다. 개머리판을 어깨에 붙였다. 기절초풍한 작가들은 징벌용 의자를 내동댕이친 후 각자의 방향으로 도망치기 시작했다. 질겁해 얼어붙은 자도 있었으며 기어가는 자도, 뛰어가는 자도 있었다. 물론 청지기에게 덤비려는 자도 있었다.

굉음이 솟구쳤다. 총구가 불을 뿜었다. 여러 갈래로 쪼개진 탄환이 고요한 정원을 꿰뚫었다. 탄환이 달아나는 작가들의 급소를 관통했는지의 여부는 불분명했다. 포연이 난분분했다. 아무튼 덤비려는 자는 쓰러졌고, 청지기는 덤비려는 자의 등짝에 깃발을 꽂으며 산탄총을 연달아 갈겨댔다. 어둠이 술렁거렸다. 단말마가 들렸다. 작가들 중에는 죽은 자도 있고 산 자도 있었다. 죽은 자들은 정원의 풀밭에 엎어져 있을 것이고, 산 자들은 어디엔가 숨어 저택을 빠져나갈 방법에 골몰하고 있을 것이었다. 그때였다. 쿵쿵 하는 소리가 들렸다. 그는 반사적으로 침실 문 쪽을 노려보았다. 누군가 침실 문을 매섭게 두드리고 있었다.

—아버지!

그것은 딸의 목소리였다.

—아버지! 모반이에요! 쿠데타라고요!

딸의 목소리는 급박했다. 헐떡거리는 것 같기도 했다. 그는 허둥지둥했으며 모종의 불안감을 느끼며 문을 열었다. 문은 잠겨 있지 않았다. 딸은 침대에서 그대로 뛰쳐나온 듯했다. 맨발이었으며 눈에는 눈물이 그렁그렁 맺혀 있었다. 작업실에서 웨이터들을 지휘하고 청지기의 머리를 박살내던 그녀가 아니었다. 위엄과 성마름이 동시에 공존하던 그녀가 아니었다. 고무젖꼭지를 물어뜯으며 칭얼거리다 울음을 꾹 삼키던 어린 시절의 딸이었던 것이다. 그는 딸을 끌어안고 싶었다. 그는 떨리는 딸의 어깨를 양손으로 힘주어 붙잡았다. 그리고 딸을 안심시키려 했다. 그때 딸의 손이 스르르 상승했다. 그는 물러섰다. 딸의 표정이 돌변했다. 공중에서 도끼날이 번뜩였다.

　—그렇습니다! 머리를 빠개야 합니다! 머리를 빠개는 일이 소설의 역할입니다! 개중 가장 빼어난 소설은 자신의 머리를 빠개는 소설입니다! 동물 공장의 컨베이어에 탑승한 정교한 머리의 분신들이 잇따라 도착하면 도끼를 쳐들고 하나씩 빠개야 합니다! 뒤처지면 혼쭐이 납니다! 망설이지 말고! 혓바닥으로 꽃꽂이를 하듯이! 안녕하세요! 환영합니다! 코가 크시네요! 귀걸이가 예쁘시군요! 눈썹이 진하네요! 늙으셨어요! 반갑습니다! 머리를 조아리는 것처럼! 이렇듯 머리를 빠개는 이유는 궁극적으로 지도자의 머리를 빠개기 위해섭니다! 지도자는 머리들의 총합이니까요! 그러나 지도자는 또한 머리를 빠개는 일을 감독하는 사람이기도 합니다! 지도자는 빠개진 머리를 헐값에 처분해 제 부를 늘리는 사람이니까 말입니다! 눈앞의 머리를 빠개지 않으면 지도자가 화를 냅니다! 마구 때립니다! 해고를 당합니다! 지도자는 딴청을 부리는 일을 용납하지 않습니다! 반응하고 내리쳐야 합니다! 끝없이 응시해야 합니다! 수많은 머리가 웅성거리며 몰려오고 있는 레일의 저편, 불길한 트랙의 저편, 먹구름에 파묻힌 미끄덩한 저편을 말입니다!

　도끼날이 그의 머리에 박혔는데, 이번엔 청지기의 경우처럼 호락호락하지 않았다. 그것은 그의 머리에 꽂혀 있었지만 곧 딸은 그것을 뽑아냈고, 으스러진 골격을 향해 다시금 도끼질을 했으며 조각난 두개골, 물에 젖은 휴지처럼 풀어진 두뇌가 새빨갛게 다져져 뼈와 고기가 살점 덩어리로 뭉쳐 분간되지 않을 때까지 도끼질을 멈추지 않았다. 그러나 딸은 분노하지 않았으며 오히려 이러한 결말의 꼭짓점으로 모든 정념을 집중한 사람의 냉정함을 유지하고 있었다. 그것은 기숙학교 시절부터 그녀가 무던히도 다스렸던 감정들이 태엽처럼 적재적소를 찾아 맞물려 돌아가는 순간이기도 했다. 딸의 얼굴이 흠뻑 젖었다. 분화구처럼 검붉게 뚫린 머리에 비해 그의 인중 아래는 온전한 편이었다. 딸은 진이 빠진 것처럼 그의 시신에서 떨어져 숨을 골랐다. 주저앉아서 말이다. 거친 호흡이 잦아들었다. 딸은 잠시간 휴식을 취했다. 비린내가 진동했다. 새벽이었다. 창밖이 보랏빛이었다가 이내 새파래졌고, 정원에는 한 겹의 반투명한 장막 같은 안개가 드리워졌다. 청지기에게 발각된 작가들이 양쪽 손바닥을 세차게 비벼대고 있었다. 용서를 빌고 있었던 것이다. 청지기는 곧 그들을 인솔해 응접실로 향했다. 응접실에는 그들 몫으로 주어진 공짜 담배가 있었다. 테이블이, 머릿수만큼의 재떨이가 있었다. 담배는 좀처럼 동이 나지 않았다.

일어선 딸이 그의 오목한 인중에 도끼를 처박고는 제 엄지와 중지를 맞부딪쳐 딱 소리를 냈다. 청지기가 웨이터들을 대동하고 침실로 들어왔다. 딸은 침실을 빠져나갔다. 목욕을 하려는 것이다. 청지기가 호루라기를 불었다. 웨이터들이 일사불란하게 움직였다. 그들에게 그의 시신은 장난감이거나 인형이었다. 인중에 도끼가 처박힌 장난감. 혹은 인중에 도끼가 처박힌 인형. 웨이터들이 그의 사체를 화장대 앞에 앉혔다. 신체가 경화되기 시작하면 그는 마치 의자에 고스란히 용접된 얼굴 없는 도롱뇽의 흉상처럼 보일 것이다. 방부제를 친다면. 유약을 바른다면.

　청지기는 침실을 드나들었다. 그가 잘 있는지 확인하려는 것이다. 마치 아빠처럼. 아빠는 나날이 왜소해졌다. 그는 타자기 자판에 양손을 얹었다. 얹게 되었다. 웨이터들의 날랜 조작에 의해서. 그는 글을 써야 했다. 쓰는 자의 자의식을 회복하고 지속을 다짐해야 했다. 그것은 그가 이 소설에서 끈질기게 타진했던 고민이었다. 한 단락도 제대로 나아가지 않았지만. 아무래도 끝장을 내야겠지. 그는 생각했다. 생각한 바를 옮길 수야 있을 것이다. 그러나 그의 생각은 물큰한 고기 조각의 모습으로 쭈그려 핀셋으로 고기 조각을 수거하는 웨이터들에 의해 병목이 좁은 호리병으로 운반되었다. 그래서 찰랑거리고 있었다. 막간이었다. 말하자면 그는 막간을 딛고 되돌아와야 했다. 사체에게 다음 소설을 써낼 수 있는 감상의 단초를 심어주어야 했다. 여기를 넘어갈 수 있다면, 사체에게 인공의 전극을 붙이고 사활을 실험할 수 있는 후반기의 권능, 요행과도 같은 도깨비불을 일으킬 수만 있다면. 그럴 수 없음을 통해 자신의 볼기

짝에 확언의 매질을 가하듯이. 이러한 바람은 어디선가 배워온 넋두리였다. 그의 것이 아니었다. 이윽고 그는 조금 더 먼 곳에 도달했다. 따뜻하고 막다른 곳에. 차갑고 거품이 떠다니는 곳에. 웨이터들이 훌쩍거렸다. 콧물을 먹고 있는 것이다. 청지기가 찐득한 분화구를 쓰다듬었다. 그를 응원하는 것처럼. 달덩이를 달래듯. 딸은 작업실로 갔다. 그는 소설을 쓸 준비를 하고 있었다. 그렇게 보였다. 미심쩍은 소설을. 극진하게 내밀어 받든 손아귀로 낙하하는 한 줌 똥과 같은 소설에게. 가짜를 탄원하는 가짜의 가짜, 가짜의 가짜를 탄원하는 가짜 소설을 위하여. 이제 그만 두려움을 그칠 것. 제발 그만. 여기 물체와 같은 두려움을 끝끝내 두려워하지도 못하는 네가.

현상 소설

먼저 운전석에서 내린 사람은 그녀였다. 잡초들이 자라난 바닥의 갈라진 틈새로 떨어진 민들레 꽃받침이 앙상하게 말라붙어 있었다. 그녀는 차량 주변을 얼쩡거리며 담배를 피웠다. 하품을 했고 쪼그려 앉아 잡초를 뽑기도 했다. 황폐한 해변을 배경으로 그녀는 한가로운 사람처럼 보였다. 기뻐하거나 무언가를 기대하는 사람처럼 보이지는 않았다. 그녀가 해안을 따라 쳐진 철조망을 두어 차례 흔들었다. 금속 네트가 한꺼번에 철렁거렸다. 일정한 간격으로 늘어선 철조망 사이의 기둥마다 녹슨 흔적이 거무튀튀하게 퍼져 있었다. 그녀가 양쪽 손바닥을 부딪쳐 탁탁 털었다. 가볍게 박수를 치듯.

그는 조수석 창문에 비스듬히 머리를 기댄 채 그녀를 바라보았다. 온몸이 나른했다. 잠에서 깬 지 얼마 되지 않았던 탓이었다. 그는 꼼지락거렸다. 피로가 머릿속을 무겁게 짓눌러 쉽사리 일어날 수 없었다. 그녀가 조수석 문을 열고 나오라고 말했다. 좀 걷자고요. 그는 고개를 끄덕였다. 바다가 갯벌을 잠식하고 있었다. 그것은 점진적인 이동이었고 가물거리는 어스름 속에서 단조롭게 거듭되는 물결이었다. 밀려온 포말이 레이스 모양의 띠를 그리며 어른거렸다. 그들은 서서히 줄어드는 갯벌을 향해 시선을 고정했다. 비릿한 냄새가 났다. 폐기물이나 유실물들, 진흙에 절은 나뭇잎들, 조개껍데기들, 짓뭉개진 공산품 쓰레기들이 인적 없는 해변 이곳저곳에 대중없이 널브러져 있었다. 산화된 유람선 한 척이 해안에 선체를 처박고 있었다. 선박의 하부는 질펀한 갯벌에 매립된 상태였다. 뻐끔거리며 거품을 뱉어내는 귀여운 게들이 갯벌 위를 바쁘게 오갔다. 파헤쳐진 구멍 안으로 숨기도 했다. 그가 눈을 가늘게 뜨고 게들의 산만한 움직임에 주의를 기울이는 사이 그녀는 보다 멀리서 배회하는 물체, 다시 말해 수평선 언저리에서 번뜩이는 부표를 응시하고 있었다. 부표는 해안을 향해 떠밀려 오는 것처럼 휘청거렸지만 사실 같은 지점에 결박된 채 흔들리는 물결에 따라 솟구쳤다 가라앉길 되풀이하고 있었다. 그가 게들을 손가락으로 가리키자 그제야 그녀는 눈을 가늘게 뜨고 게들을 봤다. 작고 꼬물거리는 게들. 수평선의 아스라한 거리에 떠 있던 어선들이 집어등을 켰다. 집어등은 빨강과 초록으로 각각 번쩍거렸다.

산등성이에서 총성이 들렸다. 아마 군부대가 가까운 장소에 있는 모양이었다. 해안 귀퉁이엔 몇몇 민박집이 퇴락한 간판을 내걸고 있었다. 낡은 사진틀 속에 들어와 있는 기분이었는데, 그중 두어 채의 민박은 식당과 횟집, 그리고 구멍가게를 겸하고 있었다. 그들은 철조망을 따라 걸었다. 꾀죄죄하게 뭉쳐진 관목 덤불 위로 부패한 과일들이 있었다. 먼지 더께가 자욱하게 내려앉은 아이스박스, 찢어진 옆구리로 노란 액젓을 흘리는 쓰레기봉투가 있었다. 사물들은 오로지 방치되어 있었다. 지독하고 흉한 자취를 남기며. 시선이 닿는 장소마다 대개 엇비슷한 풍경이었다. 구태여 묘사할 가치가 없는 너절한 디테일만이 약간씩의 차이를 보이며 지루하게 반복될 따름이었다. 어떡하죠. 그가 묻자 그녀는 별로 대답을 하고 싶지 않았다. 뭘 먹어야 할까요. 배는 고프신가요. 잘 곳은 정했어요? 한번 가봐요. 어디요? 그녀가 고개를 끄덕였다. 그들은 해변으로 내려갔다. 돌계단이 있었다. 돌계단은 말라붙은 따개비들로 울퉁불퉁했다.

저는 정말 재주가 없어요. 그녀가 말했다. 네. 저도요. 그는 그런 대답을 하고 싶었다. 그녀의 말에 동의하는 것이 아니라 그녀의 말과 더불어 자신이 보유한 몇몇 불안을 가만히 헤아리듯이. 파란 야광 조끼를 입은 노인 두어 명이 집게를 들고 파도가 들이치는 암석들 사이에서 쓰레기를 줍고 있었다. 바람이 불었다. 그녀는 해변을 향해 허리를 숙인 채 조가비 몇 개를 집고 호주머니에 넣었다. 모래사장의 어느 지점에나 충분히 바스러지지 않은 조가비들이 널려 있었다. 그녀의 호주머니 속에서 조가비들은 잘그락거리는 소리를 내지는 않았지만 그는 그 소리를 영원히 상상할 수 있을 것만 같았다. 그는 해안에 떨어진 담배꽁초 몇을 모아 쓰레기를 수거하는 노인들에게 가져다주었다. 고맙습니다. 노인들이 말했다. 게딱지도 줍나요? 그의 물음에 노인들이 고개를 내저었다. 이 일을 매일 하면 어촌 계장이 용돈을 줘요. 노인들이 히죽거렸다. 그녀가 그의 팔목을 잡아끌었다. 조가비들을 보여주었다. 그녀가 우물처럼 받든 양손에 모래가 묻은 조가비들이 한가득 쌓여 있었다. 그는 개중 모양이 볼만한 조가비 몇몇을 골랐다. 마음에 들어요. 예쁘네요. 발치까지 바다가 밀려와 있었다. 그것을 의식하자마자 눈앞의 모래사장 전체가 물보라에 몸을 헹구고 있는 커다란 짐승의 거칠고 윤기 없는 가죽처럼 여겨졌다. 시야가 눅진했다. 그들은 물체의 의기소침한 뒷모습을 남기며 짙어지는 어스름을 동시에 쳐다보았다.

그러나 그들은 같은 장소를 바라보고 있는 것이 아니었다. 어스름은 어디에나 있었다. 그것은 그들이 속해 있고 가끔 놀라 뒤돌아보는 거기, 아니면 그들의 위나 아래에, 또는 그들이 호흡하는 어느 장소에나 무정형으로 편재하는 희미한 낙진을 닮아 있었다. 노인들이 조끼를 벗었다. 창백한 상반신이 드러났다. 이제 노인들은 수평선을 향해 제 볼품없는 갈빗대를 펼치고 있었고 그것은 마치 그러한 의도로 제작된 입상(立像) 두엇의 메마른 표면에서 낙후된 빛이 흘러내리듯 미끄러지는 광경이었다. 노인들은 아무것도 하지 않았다. 그저 웃통을 탈의한 채 거기 굳어버린 소금 기둥처럼 제자리에 우두커니 기립해 있을 따름이었다. 그녀는 해안선을 따라 걸었다. 그는 모래사장에 주저앉았다. 해안선은 둥글게 꺾인 초승달 모양의 만곡에 의해 바다를 둘러싸고 있는 형세였다. 초승달의 바깥쪽 끄트머리 부분은 절벽이었고, 돌출된 기암괴석 위쪽에는 짙푸른 빛깔의 이름 모를 식물들이 나지막하게 자라나 있었다. 그는 지쳐 있었다. 그러나 또한 그는 그녀를 부리나케 쫓아갔고, 그녀는 활력이 있었지만 또한 매우 차분한 상태였으며, 그녀가 견지하는 이러한 차분한 태도는 이 황량한 해변이 그저 편평하게 되감기는 지평의 무구한 계속임을 입증하고 있는 것만 같았다. 그는 그녀를 따라가다 적당한 시점이 되면 멈췄다. 쪼그려 앉아 모래를 만졌다. 손으로 작은 구덩이를 팠다.

숙소에서 그와 그녀는 해변에 버려져 있던 물체들 중 몇몇에 관한 이야기를 나눴다. 그는 그물에 관해, 그러니까 해변에 둘둘 말려 구겨져 있던 주인 없는 해먹에 관해, 그러니까 뒤엉켜 풀릴 수 없는 낡은 매듭에 관해, 전체적인 형상이 봉제선이 터져 겨드랑이 사이로 짚단을 흘리며 쓰러진 허수아비를 닮은 형클어진 그물에 관해 이야기했다. 그는 그녀가 조가비들에 관한 이야기를 할 것이라고 생각했지만 그녀는 의외로 닻 모양으로 널브러져 있던 밧줄에 관한 이야기를 했다. 밧줄은 모래사장에 파묻혀 있었다. 그는 밧줄을 살짝 들춰보았는데, 썩은 밧줄 아래쪽에는 해변에 서식하는 손톱 크기의 갯강구들이 바글거렸다. 그는 얼른 밧줄을 놓았으며 그 바람에 밧줄의 모양이 살짝 뒤바뀌었다. 모래톱이 들썩거렸다. 그녀가 운동화로 밧줄 끄트머리를 짓이겨 밟았다. 그들은 사소한 세목에 민감한 사람들처럼 이야기를 주고받고 있었지만 실은 어떤 사물에도 특별한 관심을 기울이지 않았다. 어제는 마음이 유리로 만들어진 투명한 상자처럼 여겨져, 양지바른 창가의 스테인리스 선반에 진열된 눈부시게 반짝이는 프리즘처럼, 그러나 오늘, 그나 그녀, 누군가의 마음이란 낡아빠져 보풀이 일어난 마분지에 가깝고, 마분지의 네 변에 들러붙은 굶주린 벌레들의 득실거리는 게걸스러움이 누덕누덕하게 해어진 마음의 평면을 좀먹고 있는 것만 같다. 그들은 자신의 마음을 기꺼이 포착하지만 그것을 의식하지 않는다. 오히려 그러한 마음에 무관심한 사람들처럼 서로의 눈을 바라본다. 거기 있을 물체는 거기 반드시 부재하며, 거기 있을 마음 또한 희박한 기척을 헛디디는 영혼을 모면하지 못한다.

*

그는 펜션 침실을 멍하니 서성거렸다. 욕실을 향해 내일 비가 올지도 모른대, 하고 말했다. 일기예보 봤는데. 그녀는 말이

314

없었다. 굳게 닫힌 욕실 안쪽에서 그녀가 수도꼭지를 돌리는 소리, 쏟아진 물줄기가 타일을 때리는 소리가 들렸다. 침대 측면에 위치한 상아색 자개장 위로 그녀가 해안에서 수집한 조개껍데기들이 수북하게 쌓여 있었다. 그는 조개껍데기들을 뒤적거리다 거기 함께 있는 조개껍데기 몇이 해안에 널린 조개껍데기들의 깎이고 닳은 무늬를 정교하게 모사한 가짜, 모양만 닮은 모조품임을 알아챘다. 무게와 질감이 여느 조가비들과 확연히 달랐기 때문이다. 그것은 사소한 함정이었다. 그는 언제나 그녀가 자신을 속이고 있다고 생각했는데, 이렇듯 그녀가 저지르는 작은 속임수들이 결국 지향하는 바, 그 의도를 도무지 파악할 수 없었다. 그래서 어려웠다. 그녀가 욕실에서 오랫동안 나오지 않았던 까닭에(더군다나 욕실이 이상하게 조용했기에), 그는 욕실 앞으로 다가가 문고리를 살짝 돌려보았다. 그녀가 안쪽에서 욕실 문을 매섭게 두들겼다. 좀 얌전히 있을 수 없어요? 그녀의 목소리가 들렸다. 그는 안심했다. 바깥은 밤이었다. 그는 외출을 했다. 펜션 마당의 나무 의자에 앉아 라이터로 담배에 불을 붙이며 모기를 쫓아냈다.

시야로 도깨비불 몇이 지나갔다. 밤공기가 후덥지근했다. 파도 소리가 귓속을 헛헛하게 드나들었다. 소리는 시원하다기보단 나른하고 간질거리는 느낌이었고, 사위가 가로등 하나 없이 깜깜했던 탓에 그는 펜션 마당의 울타리 너머에서 끈질기게 일변하는 해안의 풍경을 상상할 수 있었다. 그는 떠올렸다. 상상

속의 해변은 그가 거닐던 해변이 아니었다. 말하자면 상상 속의 해변이란 어둠 너머에 있을 진짜 해변의 멸균된 버전이었고, 본래의 해변보다 훨씬 막막하게 펼쳐진, 아득하고 그 아득함 때문에 진공의 해안처럼 보이는, 결백하며 출입이 통제된, 그러나 또한 지평이 가지런하게 정돈되어 모래 입자의 크기마저 일정한, 따스한 햇볕이 평평하게 내리쬐는, 그곳에 입장이 허락된 극소수의 사람들만을 위해 마련된 모종의 부조리한 휴양지처럼 생각되었다. 그는 눈앞을 응시했다. 그는 어둠 속을 부유하는 도깨비불들의 정체가 해안을 순찰하는 군인들일 것이라고 추측했다. 그러나 곧이어 그의 추측은 잘못된 것으로 판명되었는데, 도깨비불들이 그가 있는 펜션 마당을 향해 다가오고 있었기 때문이다. 그는 가까워지는 도깨비불들을 따라 시선을 움직였다. 도깨비불들이 점차 커다래졌고 광채의 중심에서 얼굴들이 떠올랐다. 죄다 새까만 낯빛의 소년들이었다. 소년들은 비틀거렸다. 다들 술에 취한 것처럼 보였는데 간혹 낄낄거렸고 제각기 손에 쥔 랜턴을 정신없이 휘저어댔다.

불빛의 꼬랑지가 수선스레 나부꼈다. 랜턴에서 쏟아진 빛의 원통형 관(管) 속에서 소년들의 깡마른 다리가 잠시 드러났다 사라졌다. 빛들은 소년들의 전후좌우를 혼란스레 겨냥하다 빠르게 펜션 마당 쪽으로 모아졌고, 곧 발치의 포석이며 웃자란 잡초들 사이를 배회하며 그가 앉은 나무 의자 주변을 버젓하게 맴돌기 시작했다. 마치 그를 희롱하는 듯했다. 그는 대뜸 무서운 기분이 들었으며 나무 의자에서 일어나 객실로 돌아가려 했다. 소년들은 어느새 그가 있는 펜션 마당으로 진입했다. 그는 초조했다. 소년들은 골반 정도 높이의 나지막한 울타리 사이에 있는, 마당으로 통하는 잠긴 미닫이 쪽문의 열쇠 구멍에 열쇠를 가져다댔다. 곧 걸쇠로 물려 있던 쪽문이 삐걱거리며 내려앉았다. 소년들 중 하나가 쪽문을 밀쳤다. 소년들의 윤곽이 한층 명확해졌다.

슬리퍼를 찍찍 끌며 마당으로 들어선 소년들은 녹초가 된 사람들처럼 무기력하고 비척거렸지만 뭔가 기이한 활기가 느껴지기도 했다. 말하자면 유령이 지닐 법한 그런 활기가. 이러한 활기란 취약하고 협소한, 언제나 저들만의 공상적인 우주에 사로잡힌 소년들이 내내 몰두하는 위태로운 흥분 상태를 암시하는 것이었다. 마당에 들어선 소년들은 각자의 손에 들린 랜턴을 소등했다. 불빛 하나만 남기고서 말이다. 마당 여기저기를 두서없이 헤매던 빛의 원통들이 모두 사라지자 남은 랜턴의 불빛이 도드라졌다. 그는 얼른 객실로 달아나고 싶어 성급한 동작으로 담뱃불을 털어 껐다. 그러나 괜스레 겁쟁이처럼 보일까 싶어 조금은 느긋하게, 제 걸음걸이의 장단을 맞추며 뒤돌아 객실을 향해 나아가고 있었다. 소년들이 그의 뒤통수에 대고 무슨 말을 지껄여댔다. 쟤 봐. 내빼고 있잖아. 소년들이 뭔가를 모의하기 시작했는데 시종일관 그를 얕잡아 보는 말투였다. 그는 귀를 기울였다. 어떻게 좀 해봐. 목소리가 제각기 달랐다. 변성기를 통과하는 소년들의 경우 목소리가 어색하게 갈라져 있었으며, 아직 변성기에 도달하지 못한 소년들도 있는지 섬약하고 앳된 목소리가 동시에 섞여 들었다. 소년들이 떠드는 소리가 증폭되었고, 그들은 여전히 언쟁을 하다가 갑작스레 친목을 도모하는 것 같기도 하다가 과음(혹은 본드와 같은 환각제를 흡입한 것은 아닐지?)으로 인해 뭉개진 발음을 질질 흘리며 그를 제물로 한 모호한 계획을 실현하려 하고 있었다.

그는 서늘해진 뒤통수를 긁적이며 객실 문을 열려고 하다 돌연 이렇게 문을 여는 일이 위험한 일일지도 모른다는 사실을 깨달았다. 그는 결연하게 문을 막아선 채로 소년들을 노려보았다. 다리가 후들거렸다. 소년들은 키가 작고 왜소했다. 티셔츠가 해져 있었으며 옷에 묻은 기름때며 거무스름하게 그을린 얼굴 때문에 한눈에도 불결한 인상이었다. 그러나 타이트한 티셔츠에 야무진 상반신이 비쳤고 얼룩에 절은 반바지 아래로 드러난 종아리는 매끈하고 탄력적으로 여겨지기도 했다. 소년들은 모두 여덟 명가량이었으며 개중엔 몸을 가누지 못하는 소년도 있었다. 손바닥으로 땅을 짚고 애완견처럼 엉덩이를 씰룩거리는 소년도 있었다. 일순간 랜턴의 불빛이 그의 눈을 향해 일직선으로 쏘아졌는데, 그 바람에 그는 점멸하며 폭발하듯 발광하는 눈앞을 손바닥으로 더듬거려야 했다. 마치 마임을 하는 사람처럼 말이다. 어떤 그림자가 민첩하게 그를 향해 달려들었고 밝은 백색의 광원 속에서 이지러지는 그림자들이 나긋나긋한 물풀처럼 요동을 쳤다. 그러나 그것은 순간의 착시에 불과했다. 그림자들은 그저 기괴하게 휘어진 고사목을 표현한 음각 판화처럼 굳어진 채 휘몰아치기 직전을 표현하듯 역동적으로, 그러나 역동적인 동세를 예감하게 할 뿐인 어떤 응집된 정지 상태를 보여주는 사진 한 장처럼 거기 멎어 있을 뿐이었다. 이때 그는 소년들이 가진 음험한 목적이 무엇인지, 그것을 몰랐고, 그래서 무서웠으며, 만약 그것이 돈이라면 가진 돈을 모조리 줘버리고, 단순히 그를 향해 겁을 주고 소년 자신들의 힘을 과시하고 싶은 의도라면 기꺼이 소년들의 사타구니 사이로 제 모가지를 늘어뜨릴 준비가 되어 있었다. 그는 다만 이 상황을 끝내고 싶었다.

망가진 수상기가 보여주는 일그러진 파형의 무늬들. 아무것도 수신하지 못하는 브라운관의 안쪽과 바깥쪽으로 들이치는 핏기 없는 물결. 그는 시야가 캄캄해지지만, 거듭된 잔상을 생성하며 떠밀리는 얼룩들, 얼룩에 덧쌓이거나 얼룩을 용해하는, 눈부심을 침범하는 창백한 밤, 그 어떤 유구한 밤의 역사보다 무한한 음수의 바다, 파도 소리에 오래 노출되면 혼탁하게 뒤척이는 바다가 개별적인 노이즈들을 운반하는 커다란 진공관이라는 사실을 깨닫게 된다. 노이즈들은 파장 단위로 각각의 신경질적인, 혹은 독특한 충동의 그래프를 보여주면서 동시에 순식간에 사그라지는 하얗고 텅 빈 물거품 속으로 합류하는 것 같다. 그는 듣는다. 잡음들은 교차하는 가운데 충돌하거나 깨어지면서, 폐곡선이 되면서, 방사형으로 분산되면서, 혹은 구부러진 요철들이 우연하게 맞붙듯 완벽하게 겹쳐지면서 뒤척이는 바다가 끈질기게 송출하는 음향 전체의 부글거리는 연속성을 획득한다. 음수의 바다에 거주하거나 출현하거나 거기 매장된 물체들은 어떤 수준에선 물체로 인지되지만 그것 자체로 상이한 노이즈의 파편이기도 하다. 이 노이즈들은 붕괴된 형상의 잔해로서의 노이즈가 아니라 무분별한 궤적들이 법석을 떨고 있는 헝클어진 노이즈 다발에 불과하다. 그리고 지금 소년들과 맞닥뜨린 그는 귓속을 들쑤시는 노이즈를 어둑한 먹구름 속에 잠재하는 천둥처럼 느끼며 제자리에 멈춰 있다. 그렇게 되었다. 그는 물러서지 않는다. 이렇듯 의연한 부동성을 유지하는 것만으로 소년들이 저절로 가버리리라는 막연한 착각, 바로 그것처럼, 어떤 착각이 보다 자신에게 유용할 것인지 판별하는 일을 망각한 채, 어쩌면 이러한 의연함에 분노한 소년들이 그를 살해할 수도 있다는 사실 또한 지금의 그에게는 중요하지 않았다.

그때 소년들 중 하나가 그에게 다가왔다. 소년은 유난히 몸집이 작았다. 다른 소년들에 비해. 삭발을 했는데 정수리에 별 모양의 흉터가 있었다. 화상 자국 같았다. 흉터가 우글거렸다. 벌어진 꽃봉오리처럼, 아니면 꽃봉오리에 꾸덕꾸덕 달라붙은 날벌레들처럼 말이다. 소년의 대가리가 역광을 받아 새까매졌다. 소년은 거기서 눈을 치뜬 채로 그를 빤히 올려다봤다. 말 그대로 박살이 난, 끔찍한 눈빛이었다. 어째서일까. 랜턴이 정확하게 소년의 뒤통수를 비추고 있었으므로 옹색한 대가리 가장자리가 산란된 광채의 삐뚤빼뚤한 테두리를 형성하며 찢어져 흩날리고 있었다. 소년의 눈알이 한계까지 치뜬 눈꺼풀 아래서 진동했다. 그 눈은 분명 마주한 그를 향해 있었음에도 마치 별개의 대상에 경도된 것처럼 보였고, 이때 소년의 시선을 사로잡은 대상이란 소년의 응시를 무화시키며 언제나 한발 먼저 도착해 소년이 견지하는 그 눈먼 초점을 훼손하는 찌그러진 환영이었다. 그러나 어쩌면 그러한 환영 역시 망실된 포착에 불과할지도 몰랐다. 말하자면 소년은 그를 바라보면서 어느새 그의 자리를 대체하며 어렴풋하게 일렁이는 환영을 바라보고 있는 것이었다. 그 환영은 특정한 형태를 갖지 않고 그저 안개 속에서 제 박명을 수상하게 중첩된 잔상으로 포개며 소년의 거듭된 응시가 갖는 팽팽한 집념을 와해시키는 것이었다. 모든 주의력을 빨아들이는 빗나간 구멍이 되어 시선에 대해 소년 스스로가 갖는 권리 전부를 앗아가는 것이었다. 소년은 그를 응시하고 있었지만 소년이 응시하는 자는 심지어 이곳에 존재하지도 않았다! 그것은 취약하며 건조한, 그러나 휘발되지 않는 눈빛, 또는 아무것도 관측하지 못한 사람이 관측할 수 없음을 포기할 수 없을 때 직면하는 집요한 무의미 자체였다. 가령 소년의 눈동자가 미지근하게 식은 잿더미라면 잿더미 위에 공연히 낙서를 하는 손가락들이 토막토막 부러지고 부러진 손가락들을 땔감으로 잿더미 위에 불을 붙이더라도 그 불은 형상에 훼방을 놓는 어스름 속에서 그 머리부터 잡아먹힐 운명이었던 것이다.

뒤쪽의 소년들이 휘파람을 불었다. 그는 소년을 향해 눈을 부라렸다. 소년의 눈동자는 그의 시선을 튕겨내듯 무감하게 가라앉아 있었다. 그는 망설였다. 소년의 눈이 확대되었다. 실물 크기로 제작된 인형의 눈알에 새겨진 세밀화, 그 세밀화 속에 얼어붙은 반영으로 박제되어 있는 그는 입을 떡하니 벌린 채 턱밑으로 타액을 흘리고 있는 박약자의 이미지였다. 그는 뒷걸음질했다. 그러나 이런 행동은 이상했다. 그는 얼마든지 소년을 제압할 수 있었다. 소년은 체구가 아주 작았기 때문이다. 그가 품는 두려움은 일종의 관념이었다. 그 미쳐버린 눈, 둔감하며 시야에 포획된 사물 전부를 갈피 없는 흐릿함으로 길들여버리는, 압류된 사물들의 뒷덜미를 잡아채는, 자신이 몰입하는 환영의 없음을 통해 역설적으로 거기 실족한 사물들을 무모하게 납치하는 소년의 눈동자는 그가 행사할 수 있는 가능성 전부를 요령부득으로 만드는 엉뚱한 압력이었고, 그는 아연하게 몸서리를 치며 소년에게나 해당될 내밀한 환영의 영토를 벗어나려 했지만 어쩐지 온몸이 탈진한 것처럼 도무지 움직여지지 않는 것이었다. 그는 붙박이였다. 아무것도 비치지 않는 시선의 막연한 공백이, 아니면 공백 속에 몸을 엄폐하고 간혹 움찔거리듯 기척을 내비치는 모호한 환영이 그를 소년의 시야에 억지로 결박하는 두려움의 중심이라도 되는 것처럼 말이다. 그때였다. 그는 소년의 왼손에 들려 있는 식칼을 발견했다. 그는 이때까지 식칼에 관심이 미치지 못했다는 사실이 황당하게 여겨졌다. 팔을 늘어뜨린 소년이 제 모가지를 좌우로 꺾었다. 소년의 새까만 눈이 모가지를 따라가지 못하고 허공에 박힌 유령의 안경알이 되었다. 그는 식칼을 빼앗지 못했다. 그는 바닥에 내던져졌다. 처음부터 짓밟히고, 짓밟혀 늘여 펼쳐지고, 양팔을 부채꼴로 허우적거리며 해안으로 떠밀려온 분비물 거품들, 커다랗게 군집을 이룬 거품들의 우윳빛 파고, 반죽된 거품들의 광막한 기울기, 그 끈덕진 비계를 닮은 미끄덩한 거품의 진창을 헤엄치고 있었다. 그곳은 바다가 아니었고 해변조차 아니었으며 단지 소년의 시야에 머무르는 가짜, 가짜들이 질펀하게 쌓여 있는 무람한 퇴적물의 심연이었다. 물론 이곳에 편재하는 온갖 거품이 그러하듯 이 심연 또한 가짜 심연이었다. 이 심연은 별로 깊지도 않았으며 심연의 목구멍에 낀 더러운 점액질 속에서 조작된 허구의 늪에서 그는 버둥거리듯 헤엄을 치고 있었지만 기실 헤엄을 치지 않아도 익사할 염려는 없었다. 그러나 그는 순전히 개인적인 이유로 헤엄을 치고 있었으며 이때 희극적인 헤엄을 거듭하듯 가로지르며, 되돌아오며, 전력을 다해 사방으로 물큰한 거품을 흩뿌리는 일은 역시 개인적인 이유에서 환영을 극복하는 일에 도움이 되는 행위처럼 여겨졌다. 무의미함 속에서 어떤 동기를 발견하려 한다면 그것을 무의미

함 외부에서 찾는 일을 그만두어야 한다. 무의미함 안에서 어
정거리는 무수한 궤적과 함께 그 동기의 꼬리를 망상해야 한
다. 망상의 뒤섞인 여러 흔적까지도 머무름에 불과한 이곳의
순간들과 함께.

　그러나 짤막한 장면이었다. 소년의 입가가 귀에 걸렸다. 소
년의 눈빛에서 물결치는 부표들이 떠올랐다. 그것들은 물론 익
사한 사물들의 배 속에 차오른 가스 때문이었다. 그러나 그는
헤엄을 계속했다. 익사체를 향해 접근하지는 않고 익사체들을
가볍게 일별하듯 그 사이를 스치고 지나갔다. 소년의 왼팔이
그를 향해 치솟았다. 소년들이 야유를 했다. 그는 양손을 뻗었
다. 갑작스러운 동작이었다. 그는 소년을 밀치거나 넘어뜨리는
대신 번뜩이는 식칼의 날을 양손으로 움켜쥐었다. 칼날이 손아
귀를 파고들었다. 핏물이 배어 나왔다. 그러나 통증이 느껴지
지는 않았다. 통각이 마비되어 있었고, 대신 뻣뻣하게 경직된
감각들이 칼날을 움켜쥔 그의 손깍지를 에워쌌다. 소년이 칼자
루를 뒤흔들었다. 식칼을 사이에 두고 그들은 고요한 난투극을
벌이는 중이었고, 식칼만이 기울어지는 힘의 평형과 합력의 추
이에 따라 소년 쪽으로, 아니면 그 쪽으로 가까워졌다 멀어지
기를 되풀이할 따름이었다. 물론 그는 기꺼이 식칼을 탈취할
수 있었겠지만, 그러니까 소년은 소년에 불과했으니까, 마음만
먹으면 지금 무방비하게 칼자루를 뒤흔드는 소년을 발로 걸어
차고 흉기를 빼앗아 이 모든 위험을, 생각지도 못한, 겪지 않아

도 될, 구태여 참여하지 않아도 좋을 위험에서 놓여날 수 있었겠지만, 그것은 지금 그의 입장에서 불가능한 것처럼, 그러니까 보다 상위에서 그와 소년을 한 자루의 식칼에 의해 결속하는 장면의 정념이 그에게 가능한 온갖 자발적인 선택의 분기(分岐)들을 억류하거나 금지하고 있는 것처럼, 더욱이 소년은 매우 한결같은 태도로 그를 향해 식칼을 전진시키고 있었으니까, 당황하거나 달아나지 않고, 오로지 과녁의 중심을 응시하며, 거기 그가 없었기 때문에, 소용돌이치는 과녁의 눈을 향해, 외눈박이의 급소를 향해, 번뜩이며 나아가는 칼날이 이죽거리듯 명멸하는 환영의 정점을 정확하게 꿰뚫는 순간만을, 거의 맹목적으로, 욕망하고 있는 것처럼 보였으므로, 어떠한 행동도 소년의 의지를 교란할 수 없을 것이고, 그것은 체념이었으며, 이러한 체념은 칼날이 간신히 도달하지 못한 거리에서, 칼날을 붙들고 애걸하듯 엎치락뒤치락하는 부자유만을, 거의 인자하게 종용하며 또 허락하듯이, 그를 이러한 피동적인 대결, 어리숙한 투쟁으로 몰아넣고 있는 것이었다. 눈이 풀린 소년들이 마당에 주저앉아 저마다의 식칼을 축축한 진창에 내리꽂고 있었다. 파도가 해변에 토사물을 뱉어내고, 토사물이 배태한 번들거리는 알집에서 징그러운 애벌레들이 용솟음쳤다. 미끄러운 자취를 남기며 해변을 기어갔다.

어쩐지 꿈과 같은 장면들, 그러므로 장면들 사이의 경계를 쉽사리 확정할 수 없는 다음 장면에서 그는 무더운 방의 커다란 침대 위에 누워 있다. 그는 천장을 올려다보지 않는다. 누군가를 떠올리지도, 어떤 특별한 과거의 순간을 추억하지도 않는다. 그는 생각하지 않는다. 그는 디자인이 원형의 수정구를 닮은 머리맡의 스탠드, 푸르스름한 조명, 투명한 수정구 안쪽의 새파란 모래 무덤을 곁눈질하고 있다. 모래 무덤의 중심에 작은 파라솔 하나가 꽂혀 있다. 파라솔이 드리운 그늘 아래로 향하고 있는 수영복 차림의 사람들이 보인다. 사람들은 달아오른 모래 위를 맨발로 걷고 있다. 수정구는 신비로운 사물이다. 스탠드가 놓인 나이트 테이블 너머로 뿌연 유리창이 있다. 습기로 뒤덮인 유리창은 그저 창틀 사이에 끼워놓은 공백의 동판화처럼 어떤 풍경도 보여주지 않는다. 오히려 그것은 묘하게 즉물적인 추억을 환기하는데, 말하자면 그러한 추억이란 동판을 철침으로 긋는 소리, 대못으로 어떤 장면을 새기는 소리, 언제나 그의 귓속으로 같은 정도의 끔찍함을 야기하는 적응할 수 없는 소음들, 이미지로 존재하는 것이 아니라 고착된 소음의 강박적인 환청으로 그의 청력을 약화시키는 시간의 판판한 매질, 한없이 반향하며 날카롭게 고조되는 동일한 순간의 메아리를 연상시킨다. 답답한 공기의 밀도 때문에 호흡이 불편하다. 그는 한 차례 크게 숨을 들이쉬고 침실에 자리한 여러 사물을 둘러보다 아직도 그 상아색 자개장 위에 조가비들이, 그녀가 해변에서 성의껏 채집한 수많은 조가비가, 누군가 그것을 일부러 헤집어놓은 듯 엉망진창으로 흐트러져 있는 것을 발견하고, 실내 바닥에는 창백한 조가비들이 깨진 도자기 박편처럼 어지럽게 흩어져 푸르스름한 인광을 발하고 있는데, 그는 침대 아래로 손을 뻗어 조가비들의 매끄러운 표면을 매만지고, 손아귀에 힘을 주어 가냘픈 패각을 부수며, 손날로 부서진 조가비의 잔해들을 쓸어 침대 아래에 감추고, 또다시 다른 조가비로 옮겨 가는 일, 그러한 패턴의 정체된 질서에 속해 있다. 그러나 또한 패턴이란 중첩되며 새로워지는 영향력이기도 하다. 그는 만진다. 그러한 행동엔 이유가 없다. 오늘의 조가비들은 대개 쉽게 부서지고, 부서지지 않는 조가비는 사실 조가비가 아니라 그녀가 그를 위해 남몰래 준비한 모조품이다. 조가비는 많다. 그리고 그는 그러한 방식으로 진짜 조가비와 진짜가 아닌 조가비를 구별할 수 있다.

　그와 그녀는 늦은 밤 그 침대에서 함께 잠을 잔다. 그녀는 그가 걸친 실내용 가운의 매듭을 풀고 옷섶 사이로 드러난 음경을 손으로 쥐어 마찰시킨다. 얼마의 시간이 흐른다. 아늑한 속삭임이 있다. 얼얼한 목덜미가 있다. 그들은 머물기 좋은 피로를 공유하거나 그러한 피로를 서로의 살갗에 부드럽게 발라준다. 그는 그녀의 동작을 제지하듯, 장난을 치듯 부끄러움을 느끼듯 그녀의 목덜미에 제 얼굴을 묻는다. 그들은 입맞춤을 한다. 그녀의 손이 그의 배꼽 주변을 맴돌다 가슴을 더듬고 마침내 그의 튀어나온 어깨 둔덕을 살며시 끌어당긴다. 그들은 가르랑거리며 그리 갈급하지 않은 허기를 느끼는 사람들처럼 느리고 유순하게 서로의 윤곽을 배회한다. 그들은 망설이지 않지만 또한 설익은 관능에 지배받지도 않는다. 그들이 뒤척인 흔적으로 하반신을 덮고 있는 홑겹의 이불이 벗겨지고 나풀거리다 매트리스 아래로 낙하한다. 그와 그녀는 온몸을 서로를 향해 기울이고 있는데 살갗의 어느 지점에서나 넘실거리는 맥박을 느낄 수 있다. 그러나 그들은 거칠게 뛰는 맥박의 통제를 받지 않고 다른 어떤 것, 어떤 사소한 움직임이 또한 그 사소한 움직임에 어울리는 작은 포옹을 호출하듯이 사랑을 나눈다. 그의 손가락이 그녀의 다리 사이를 파고든다. 적막한 침실에 미미한 탄성이 흐른다. 그녀는 드러누운 그의 위로 올라가 한 손으로 그러쥔 그의 음경을 자신의 벌어진 다리 사이로 가져간다. 그는 올려다본다. 그녀는 그를 향해 웅크리듯이 그의 상반신을 끌어안는다. 그녀의 어깨를 부둥켜안은 그는 자신의 골반을 움직여 삽입된 음경이 흥건한 그녀의 안쪽으로 충분히 진입할 수 있도록 자세를 교정한다. 신음이 날렵해진다. 여전히 푸르스름한 스탠드가 밝혀진 침실, 수정구 안에는 파라솔의 그늘 밑에서 오수를 즐기고 있는 사람들이 있다. 그녀는 오른손을 뻗어 스탠드 상단의 스위치를 누른다. 스탠드는 꺼지지 않는다. 다만 광채의 빛깔이 달라지는 것이다. 그녀는 스위치를 여러 차례 눌러 조명의 빛깔을 변경하며 마치 그러한 색의 반전을 재밌어하는 것 같다. 푸르스름한 빛에서 녹색으로, 빨강으로, 보라색으로, 변모하는 광채의 빛깔들 속에서 불변하는 것은 환한 모래 무덤 위에서 죽은 듯이 잠들어 있는 사람들의 모습이다. 그가 스탠드로 향한 그녀의 팔을 잡아챈다. 그들은 잠시 떨어진다. 그는 수정구를 골똘히 바라보다 침대 아래쪽에서 콘센트를 찾아낸다. 플러그를 뽑자 무더운 방이 완벽하게 깜깜해진다. 그들은 그러한 어둠이 마음에 든다.

*

그녀는 정오가 돼서야 잠에서 깼다. 그는 돌아가고 없었다. 핸드폰을 확인하니 그에게서 도착한 메시지 한 통이 있었다. 폭우가 온다더군요. 일이 생겼어요. 그녀는 갈증을 느꼈으며 냉장고를 열어 물을 병째로 들이켰다. 그러나 갈증이 잦아들지는 않았다. 마치 만취한 다음 날 같았다. 그녀는 흐느적거리며 창문 앞으로 이동했다. 커튼을 걷었다. 창틀의 홈이 빗물로 흥건했다. 창밖으로 빗줄기가 매섭게 쏟아지고 있었다. 창밖의 풍경이 도수가 맞지 않는 안경을 쓴 것처럼 침침했다. 빗소리는 그녀가 있는 침실을 진공의 드럼통으로 만들며 쟁쟁하게 계속되었다. 그녀는 잠자코 웃었다. 즐거운 기분은 아니었지만, 웃을 이유가 아무것도 없었지만 그래도. 그것은 거울 앞에서 자신이 시도할 수 있는 어떤 낯선 표정을 상기시키려는 사람의 미소였다. 그녀는 침대로 다가가 이불을 가지런하게 개어 매트리스 위에 쌓아두었다. 배낭에서 세면도구를 담은 은색 파우치를 꺼내 욕실로 갔다. 그녀는 무성의했다. 수도꼭지를 돌리자 그녀의 가슴께로 물이 쏟아졌다. 물의 온도는 처음에 뜨겁다가 이내 미지근해졌다. 그녀는 빗소리에 귀를 기울였다. 물을 맞으면서. 욕실 측면에 있는 작은 창문을 열어놓은 채. 욕실을 채운 수증기는 창문 근처에 이르러 서서히 지워졌다. 빗소리는 수도꼭지를 쥔 그녀의 손에서 해안의 누덕누덕한 슬레이트 지붕들을 다급한 템포로 두들기는 빗소리였다가 그녀의 상반신을 너그럽게 휘감으며 수챗구멍으로 떠내려가는 물의 기둥이 되었다.

옷을 갈아입고 침대에 걸터앉아 있는데 누군가 그녀를 불렀다. 문을 열자 어제저녁 객실을 빌릴 때 만났던 노파가 있었다. 노파는 온통 검은 복장을 하고 앞니 몇 개가 빠져 발음이 부정확했다. 노파는 퇴실할 시간이 다 되었다고 말했다. 그러면서 가져온 우산을 쥐여주었다. 식사를 하시오. 뭉개진 발음 사이에서 그 말만이 또렷했다. 노파는 해안을 따라 조금만 걸으면 칼국수를 전문으로 내는 식당이 있다고 했고 식당이란 식당은 모조리 망했으니 그곳을 방문하면 어떠냐고 말했다. 그런데 비가 그쳤나요? 현관에 덩그러니 선 노파의 굽은 등짝 너머로 햇빛이 들이쳤다. 맑고 청명한 하늘이 드러났다. 그녀는 노파와 함께 펜션 마당으로 나갔고 물방울이 맺힌 싱싱한 풀꽃들을 내려다보았다. 누군가 세상의 표면을 공들여 닦은 듯 깨끗하고 윤기가 흐르는 풍경이 눈앞에 펼쳐져 있었다. 내가 키우는 풀

꽃이오. 노파가 우쭐거렸다. 여전히 닳아빠진 목소리였다. 끙
끙거리며 허리를 기울인 노파가 풀꽃을 꺾더니 그녀에게 내밀
었다. 기념으로 가져가시오. 먹어도 좋소. 다음으로 노파는 자
신의 손자를 언급했다. 간추려 풀이하자면 가출한 노파의 손자
는 읍내의 경찰서를 수시로 드나드는 얼간이 도깨비다. 어린
시절엔 누구보다 총명하고 의젓한 아이였지만 사춘기에 들어
서고부터 얼간이 도깨비들을 만나 도깨비가 되었다. 노파는 도
깨비라는 발음을 입술을 꾹꾹 눌러 씹듯이 단호하게 했다. 최
근에도 순경들이 찾아와 손자의 행방을 묻고 갔는데, 아마 무
슨 심각한 범죄에 연루된 모양이었다. 머리에 흉터가 있는 놈
이오. 우연히 만나게 되걸랑 집으로 돌아오라고 꼭 좀 전해주
시오. 완곡한 어조였다. 그녀는 노파의 하소연을 얼떨떨한 표
정으로 경청했다. 노파는 끊임없이 주절거렸고 어떤 대답, 혹
은 중단이 개입할 여지를 내어주지 않았다.

　그녀는 배낭을 메고 노파가 일러준 식당으로 향했다. 그녀는
장우산을 질질 끌며 해안의 철조망을 따라갔고 날갯죽지에 부
리를 묻고 철책에 심드렁하게 앉아 있는 갈매기 몇을 쫓아버리
기도 했다. 의도한 결과는 아니었다. 성미가 고약한 갈매기들
은 휴식을 방해하는 그녀 주위에서 빽빽 악을 쓰며 원호를 그
렸다. 갈매기들이 그녀를 덮치듯 아래로 강하할 때 그녀는 짧
게 비명을 질렀다. 갈매기들이 생각보다 크구나. 갈매기들은
깃털이 젖어 추레한 행색이었다. 바닥이 찰박거렸다. 시멘트가

충분히 평탄하게 다져지지 않아 빗물이 고인 웅덩이 속으로는 이제 막 번식한 소금쟁이들이 싱그러운 빛깔의 녹말을 따 먹고 있었다. 철조망 너머 갯벌에서는 벙거지를 눌러쓴 어민들이 호미를 들고 뭔가를 캐고 있었다. 그들은 구부정한 자세로 검은 장화를 착용하고 늘어진 작업복의 바짓가랑이를 움켜쥔 채 어슬렁거리듯 갯벌을 돌아다녔다. 뙤약볕이 이글거렸고, 그녀는 제 시선 안쪽에서 시신경의 가느다란 씨줄들이 홧홧한 불꽃에 타들어가는 것 같은 극심한 이물감을 느꼈다. 해안의 끄트머리가 먹구름으로 뒤덮여 있었다. 비현실적인 날씨였다. 그녀는 먹구름을 치어다보았다. 시시각각 영토를 불리는 먹구름은 그녀가 서 있는 해안의 만곡을 텅 빈 중심으로 일그러진 그녀의 얼굴을 향해 내리꽂히는 한 조각의 햇빛을 빠듯하게 포위하고 있었다. 도넛 모양으로 덧쌓인 구름의 성층들이 와류를 형성하며 텅 빈 중심을 휘감아 들었다. 하늘의 구멍이 점진적으로 비좁아졌다. 갈매기들은 갯벌의 튀어나온 암초에 눌러앉아 날씨를 향해 성질을 부렸다. 그러다 어딘가로 날아갔는데 갈매기들의 종적이 하나둘 묘연해지고 있었다.

그녀가 현기증으로 괴로워하는 사이 어민들이 갯벌을 빠져나왔다. 검질긴 수렁이 어민들의 발목을 잡아챘다. 어민들은 둔한 동작으로 갯벌을 이탈하고 있었고 여전히 수렁에 고립되어 난망한 슬로모션으로 뒤뚱거리며 무릎까지 빠진 장화를 건져내고 있는, 뛰쳐나오려는, 그러나 아직도 갯벌을 탈출하지 못한 어민들 또한 있었다. 밀물은 부쩍 가까워 어느 황망한 어민이 갯벌의 허리에 놓아두고 떠난 알루미늄 들통을 집어삼키고 있었다. 어민들이 해변에 모여 식사를 했다. 때늦은 점심이었다. 그들은 밀려드는 바다와 먹구름을 연이어 힐끗거렸다. 시간이 되었소. 대피해야겠소. 더딘 템포로 대화를 나눴다. 우중충한 모래사장에 엉덩이를 붙이고 앉아 숟가락으로 철제 쟁반에 놓인 양철 공기에 담긴 쌀밥을 한술 떠 그것을 굼뜨게 삼키고 우물거리는 것이었다. 태풍이요. 폭풍우요. 우묵한 눈두덩에 박힌 그들의 새까맣고 형형한 눈동자는 아무런 동요의 기미를 찾아볼 수 없을 만큼 평온해 보였다. 누군가 말했다. 갯벌을 손가락으로 가리키면서. 빠뜨리고 왔네. 양동이. 내 양동이. 그러나 양동이를 찾아 갯벌을 거슬러 가는 사람은 없었다. 어떤 사건도 그들을 재촉하거나 채근하지 못할 것만 같았다. 그러한 어민들의 태도는 단념이나 태만함이나 음울함이나 어떠한 종류의 자포자기와도 무관한 태연한 게으름이었고 이렇듯 밋밋하고 어떻게 보면 소박하기도 한 게으름 속에서 짓무른 총각김치를 깨무는 어민들의 입술이 김칫국으로 새빨개져 있었다. 그녀는 거기 억울하게 감금된 사람처럼 철조망을 뒤흔들었다. 어민들이 철조망 앞에 무릎을 꿇은 그녀를 돌아보았다. 시간은 시간을 억류한 물방울의 둥근 표면장력 속에서 요지부동이었다. 어민들이 쩝쩝거렸다. 불쌍하네. 기절하기 직전이네. 아픈가 보네. 그들은 말했고 그 말은 그녀에게 전달되었지만 그녀는 여전히 철조망에 머리를 짓이기고 있었다. 빨리 약국엘 가시오! 어민들 중 한 명이 그녀를 향해 고함을 쳤다. 그녀는 쪼그려 앉은 자리에서 수척하게 비틀거렸다.

식당 입구에는 비닐 천막이 씌워진 철장이 있었다. 철장 안에서 고집스럽게 돼지의 정강이뼈를 물어뜯고 있는 개는 종자를 알 수 없을 만큼 기괴한 생김새를 하고 있었으며 온몸에서 불온한 기운을 내뿜었다. 등골이 오싹할 지경이었다. 그러나 개는 으르렁거리지는 않았고 꼬리를 늘어뜨린 채 주저앉아 깡마른 정강이뼈와 사투를 벌이며 자신을 신기하게 바라보는 그녀를 외면하는 중이었다. 그녀는 개의 주의를 끌기 위해 입천장에 혀를 튕기며 쯧쯧 소리를 냈다. 식당에서 나온 종업원이 그녀를 향해 인사를 하더니 철장으로 들어갔다. 싸리비로 개의 엉덩이를 후려쳤다. 산책을 가요. 종업원이 개의 목에 목줄을 묶었다. 아빠가 시켰어요. 종업원은 정신이 온전치 않은 사람처럼 보였고 서툴게 개의 목을 끌어안은 채 아웅다웅했다. 나동그라진 개는 노란 반점이 피어난 복부를 공중에 내보이며 애교를 부렸다. 철장 바깥으로 나온 개가 달리기 시작하자 종업원이 허둥지둥하며 개를 쫓았는데 개는 간혹 멈춰 목줄을 쥔 종업원의 손등을 핥았고 그때마다 종업원은 당혹스러운 표정을 지으며 개의 혓바닥에 제 손등을 내어주었다. 그녀는 유리문을 밀며 식당 안으로 입장했다. 현관에서 운동화를 벗은 다음 창가 자리의 좌식 탁자 앞에 방석을 깔고 앉았다. 철장 앞에서 만났던 종업원과 흡사한 외모의 다른 종업원이 다가와 탁자 위에 분무기로 물을 뿌렸다. 저는 칼국수의 상속자예요. 야심이 있고요. 가문의 장남이에요. 왜 사람들은 별로 궁금하지도 않은 말을 천연덕스럽게 내뱉은 다음 그 허탈한 말에 어울리는 마땅한 반응을 살피듯 그녀의 얼굴을 뚫어져라 쳐다보고만 있을까. 저도 10년 전까진 서울에 살았어요. 종업원이 식탁 위에 식탁보 대용의 비닐을 씌우며 시큰둥하게 중얼거렸다. 물먹은 비닐이 식탁에 달라붙었다. 종업원이 물러간 직후 그녀는 종업원이 칼국수를 내올 때까지 비닐 안쪽에 피어난 공기 방울들을 손가락으로 문질렀다. 멍하니 공기 방울들을 내려다보았다. 공기 방울들은 손가락이 다녀갈 때마다 둘로 셋으로 갈라졌다. 낱알 크기의 공기 방울들을 손날로 쓸어 동일한 지점으로 유도하면 합쳐진 공기 방울들이 비닐을 살며시 맞들며 보다 부피가 큰 공기 방울로 변모하기도 했다. 그녀의 손가락을 따라 조금씩 와해되는 공기 방울의 무늬는 커다란 즐거움을 주지는 않았지만 아무것에도 주목하지 않은 채로 망연자실하게 관찰할 수 있는 소소한 눈요기가 되어주었다. 그녀는 탁자 위에 팔짱을 끼고 얼굴을 묻었다. 눈을 감았다. 그는 서울에 도착했을까? 왜 함께 돌아가지 않았지? 그런 의문이 잠시 들었지만 구태여 그에게 연락을 하고 싶지는 않았다.

식사를 마친 뒤 그녀는 식당 화장실에서 양치질을 했다. 식당을 빠져나와 해변을 거닐었다. 바람이 불었다. 머리카락이 목덜미를 간질였다. 그녀는 손목에 차고 있던 머리끈으로 부스스한 머리카락을 한 갈래로 동여맸다. 갯벌에 짱뚱어 한 마리가 있었다. 그녀는 진흙 위에서 노닥거리는 짱뚱어의 모가지를 붙잡아 들어 올렸다. 짱뚱어는 입을 휑하니 벌린 채 껄떡거렸다. 혼비백산한 듯했다. 그녀는 갯벌 위에 짱뚱어를 놓아주었다. 짱뚱어가 흙탕물을 튀기며 깜찍하게 점프를 했다. 그녀는 배낭을 앞으로 바꿔 맸다. 앞주머니 지퍼를 열어 어제저녁 해변에서 수집한 조가비들을 하나씩 꺼냈다. 물론 그를 위해 준비한 가짜 조가비들도 함께였다. 그녀는 조가비들을 해변에 던졌다. 소중하게 간직한 조가비들을 고의적으로 잃어버리듯. 몇몇 조가비의 경우 떨어진 모습이 마음에 들지 않았다. 그녀는 모래를 신발로 비볐다. 눈에 거슬리는 조가비들을 모래 더미 아래에 파묻었다. 대기는 끈적거렸다. 먹구름이 하늘을 가득 점령한 상황이었지만 폭우가 쏟아지지는 않았다. 해변은 눅진했다. 그녀는 위협적으로 들이치는 밀물과 일정한 거리를 유지하며 좀더 나아갔고, 얼마 지나지 않아 바닷가에서 물장난을 치고 있는 소년들을 발견했다.

발가벗은 소년들의 티셔츠와 반바지, 까뒤집힌 팬티가 해변 귀퉁이에 아무렇게나 널브러져 있었다. 물보라가 일었다. 키득거리는 목소리들이 파도에 부딪쳐 스러져갔다. 소년들의 상반신이 일제히 동요했다. 첨벙거리며 서로를 향해 물보라를 끼얹는 소년들은 그들의 허리까지 불어난 밀물의 수위를 의식하지 않았으며 오히려 점점 신이 나는 모양인지 서로의 목덜미를 부여잡고 자지러졌다. 물살이 닥치면 그대로 잠수를 했다. 누군가의 다리를 걸어 넘어뜨리거나 합심해 누군가의 머리를 물속에 강제로 처박고 도망을 쳤다. 늠름하게 벌어진 가슴팍이 들락거리는 물살을 헤치며 해안가를 향해 가까워졌다. 차가운 수온으로 짜부라진 불알과 듬성듬성 자라난 거웃 사이로 통통하게 부어오른 음경이 달랑거렸다. 구릿빛으로 건강하게 그을린 소년들의 육체는 밀려드는 물살에 수몰되지 않았고 오히려 그러한 파고를 절묘하게 회피하는 것처럼 민첩하게 건들거렸다. 바다의 색감은 잿빛으로 혼탁했다. 해안가로 공산품 쓰레기며 비닐봉지들이 떠밀려 왔는데 지상의 어느 해변보다 처참하고 흉흉하며 음산한 분위기를 자아내는 이 해변에서 물장난에 열중하는 소년들의 신체만이 어떤 밀봉된 관능을 표현하듯 왕성하게 술렁이고 있었다. 이제 소년들은 제 손에 마구잡이로 짚이는 쓰레기들을 서로의 얼굴을 향해 투척했으며 그녀는 어젯밤 소년들이 저지른 만행을 자각할 겨를도 없이 소년들의 머리가 수면 아래로 곤두박질하고, 연이어 솟아오르는 광경에서 모종의 순연한 기쁨을 만끽했다. 그것은 어제의 해변에서는 좀처럼 체험할 수 없었던 기쁨이었다.

수면 위로 불거진 암초에 올라타려는 까불거리는 엉덩이가 있었다. 암초를 밟고 일어선 소년은 주춤거리며 균형을 잡았다. 어둑해진 대양 너머를 가만히 치어다보았다. 천둥이 괴괴하게 울려 퍼지더니 폭우가 거세게 내리쳤다. 나머지 소년들은 암초에 고립된 소년을 구출하기 위해 헤엄을 치고 있었다. 그녀는 우산을 썼다. 소년이 암초에서 다이빙을 했다. 소년들은 기특한 난파선 선원들처럼 뛰어내린 소년을 부축해 해안가로 되돌아왔다. 탈진한 듯 숨을 몰아쉬며 모래사장에 드러누웠다. 입을 벌리고 빗물을 들이마셨다. 빗줄기가 줄기차게 떨어졌다. 소년들이 어깨동무를 했다. 목청 높여 노래를 불렀다. 그녀가 들어보지 못한 노래였다. 그녀는 용기를 냈다. 소년들을 향해 다가갔다. 모든 것이 공허하거나 허무하다는 사실을 자각한다고 해도 용기가 사라지지는 않는다. 오히려 용기는 허무와 부재 속에서 실험되는 것이다. 용기는 허무를 인정하고, 그럼에도 다시 뒤척일 수 있는 움직이는 잿더미가 된다는 것이다. 폐곡선이 예고된 허약한 궤적에 몰두하는 것이다. 좌절될 갱생을 끊임없이 모방하는 것이다. 빈한한 결락인 기척의 변주에 불과한 지속을 그만두지 않는 것이다. 용기는 사라지는 궤적을 사랑하는 것이다. 끈질기게 사랑하면서 깨달음이나 그리움 속에 착지하지 않는 것이다. 인간을 구원하지 않고 구경할 따름인 수많은 믿음에 기만당하지 않고, 또는 전부 속아주기도 하면서 형적의 환란을 중지하지 않기 위한 작위의 이동을 모색하는 것이다. 그 연료가 순간의 착란이라고 해도, 과거의 이명이라고 해도, 경험한 적은 있지만 시험해본 적은 없는 이명과 착란이기에. 그녀는 소년들에게 우산을 씌워주었다.

누나 울었어요? 머리에 흉터가 있는 소년이 물었다. 눈이 많이 부었어요. 그녀는 고개를 내저었다. 소년들이 돌계단을 올랐다. 해변에 붙어 있는 퇴락한 공용 샤워장을 향해 맨발로 뛰어갔다. 그녀는 공용 샤워장 앞에서 소년들을 기다렸다. 어슬렁거리며 여성용 부스를 살펴보기도 했는데 바닥의 타일이 물때로 노르스름하게 절어 있었으며 동굴처럼 어두침침한 내부에 부식된 수도꼭지와 콘크리트 내벽의 커다랗게 갈라진 균열이 오래도록 사람의 관리를 받지 못한 시설임을 적나라하게 증거하고 있었다. 그녀는 세면대로 다가가 수도꼭지를 돌렸다. 레버가 완강하게 맞물려 있었다. 보여줄 게 있어요. 샤워를 마친 소년들은 축축한 티셔츠와 반바지를 그대로 입고 등장했다. 그래도 산뜻한 냄새가 났다. 우산은 혼자 쓰면 되세요. 굳이 챙겨줄 필요 없어요. 민폐에요. 소년들이 툴툴거렸다. 친근한 태도였다. 너희는 나를 몰라. 너희는 실제로 존재하는 것들도 아니야. 소년들이 갸웃거렸다. 이상한 말 마세요. 홀리지 마세요. 그녀는 머리에 흉터가 있는 소년을 향해 말했다. 집에 돌아가. 할머니가 너 찾아. 소년이 씩씩거리며 대답했다. 언젠가 내가 죽일 거예요. 보세요. 그러면서 자랑하듯 정수리의 흉터를 손가락으로 가리켰다. 소년들이 흉터가 있는 소년에게 꿀밤을 먹였다. 효도해야지. 누나 앞에서 까불면 어떡하니. 배를 붙잡고 낄낄거렸다. 그녀는 입을 다물었다. 여전히 폭우가 퍼붓는 장면이었다. 우산의 방수포를 거세게 후려치는 빗줄기 속에서 소년들이 앞장을 섰다. 소년들이 무슨 말을 지껄일 때마다 그녀는 먹먹해진 청각을 소년들 쪽으로 기울였다. 빗소리 사이에서 소년들의 목소리를 솎아내려 했다. 여의치 않았다. 소년들은 팔뚝으로 눈앞에 차양을 만든 다음 물보라를 헤치며 마치 남루한 패잔병들처럼 걸어갔다. 그녀가 뒤처지지 않도록 보폭을 조절하면서 말이다. 떠드는 목소리가 현저하게 줄어들었다. 빗줄기가 바닥에 만드는 파문들은 생성되기 무섭게 찰나의 빗줄기에 의해 산산이 부서졌다. 그녀는 폭우를 얻어맞는 소년들 사이에서 홀로 우산을 쓰고 있다는 사실이 괜스레 미안하게 여겨졌다.

인도한 장소가 가까워지자 소년들은 그녀를 위로하려는 것처럼 아양을 떨었다. 우산 속으로 머리를 들이밀고 익살스러운 표정을 지었다. 머뭇거리는 그녀의 입술을 남몰래 곁눈질하는 소년들은 다소 경쟁적인 태도로 그녀의 기분을 풀어주려 했고 그녀는 사실 별로 울적한 기분이 아니었다. 농담은 대개 불발되었다. 소년들은 능청이 부족했다. 다급하고 눈치가 없어 보였다. 그녀는 소년들을 향해 애쓸 필요가 없다고 일러주려 했지만 최선을 다해 농담에 열중하고 있는 소년들을 방해하고 싶지는 않았다. 그러한 자신의 반응이 위축된 소년들을 더욱 의기소침하게 만들 것만 같았다. 소년들은 몸살을 앓는 것처럼 오들오들 떨었다. 양손을 제 겨드랑이에 끼운 채 안절부절못하는 기색이었는데 흠뻑 젖은 얼굴이 해쓱했고 입술이 납빛이었다. 소년들이 그녀를 데려가려는 장소, 바로 그곳이 소년들에 게 어떤 나쁜 기분을 불러일으키는 모양이었다. 지금 소년들에 겐 떨쳐버릴 감정들이 너무 많았다. 이를테면 소년들은 장소에 근접할수록 증가하는 불안과 싸워야만 했고, 불안에 항변하기 위해 찌푸린 얼굴을 의식적으로 교정해야 했으며, 더욱이 곧 장소에 도착할 그녀가 짊어질 죄책감을 조금이나마 덜어주어 야 했다. 그녀를 배려해야 했다. 그러나 소년들은 이로운 처신 의 방법들 중 무엇도 터득한 바 없었다. 그녀가 이러한 소년들 의 심경을 이해했는지의 여부는 불분명했다. 그녀에게 소년들 은 그저 어수룩하게만 보였다. 그녀는 연민을 느꼈다. 불안은 감춰지지 않았다. 오히려 불안을 은폐하려는 무익한 시도를 경 유해 보다 명백해질 따름이었다. 누나 알아요? 우리도 누나를 사랑할 수 있어요. 그럴 권리가 있어요. 머리에 흉터가 있는 소 년이 소심하게 중얼거렸다. 그녀는 참담한 기분이 되었다. 그 것은 말의 맥락 때문이 아니라 그러한 말을 꺼내는 소년의 모 습이 너무나 가엾게 보였기 때문이다. 소년들이 손바닥으로 소 년의 입을 틀어막았다. 팔로 소년의 모가지를 죄었다. 소년이 콜록거렸다. 그녀는 소년의 흉터를 어루만졌다. 천천히 애정 을 쏟듯 살점이 뒤틀려 범벅이 된 정수리를 쓰다듬었다. 소년 의 얼굴에 수줍은 기색이 떠올랐다. 소년들의 얼굴이 눈에 띄 게 밝아졌다. 그녀는 이러한 소년들의 변화 전부가 어리둥절했 다. 지금 소년들은 무엇을 바랄까? 소년들은 대체 그녀와 어떤 관계를 꿈꾸고 있는 걸까?

소년이 그녀를 뿌리쳤다. 갑작스레 외마디 함성을 지르며 내달려간 소년이 멈춘 곳은 철제 셔터가 내려간 구멍가게 앞이었다. 그곳 역시 민박과 횟집을 함께 운영하고 있었는데 다만 닫힌 셔터 전면으로 절단된 뒤엉킨 전선들, 산화된 철제 진열장, 모서리가 처참하게 구겨진 수족관이며 망치로 두들겨 맞은 듯 박살이 난 금전함, 으깨어진 벽돌들을 비롯한 폐기물들이 한가득 산적해 있었다. 문간으로 상호명이 적힌 간판이 반쯤 떨어져 기울어져 있었는데 이 잡스러운 폐허의 정체로 말할 것 같으면 리모델링, 혹은 철거가 예정된 버려진 공간임이 분명해 보였다. 굳이 눈여겨볼 가치도 없이 해변엔 이러한 공간들이 무수했다. 그리고 이미 그러한 공간들 중 몇몇은 소년들의 은밀한 아지트가 되어 있었다. 쪼그려 앉은 소년이 셔터 하부에 달린 자물쇠를 풀었다. 빗물에 잠긴 폐기물들 근처에서는 유황 냄새를 연상시키는 매캐한 악취가 났다. 소년이 끙끙거리며 셔터를 밀어 올리는 사이 다른 소년들은 폐기물들 근처에서 숨겨놓았던 랜턴을 끄집어냈다. 직접 보세요. 일이 전부 잘되었어요. 소년들이 그녀의 손에 랜턴을 쥐여주며 미묘하게 웃었는데 그것은 공모의 미소, 그러나 또한 공모의 미소를 어설프게 따라 하는 미진한 눈웃음에 불과했다. 그녀는 랜턴을 넘겨받았다. 휑뎅그렁하게 개방된 안쪽을 노려보았다. 랜턴의 스위치를 누르자 환한 빛이 빗속을 뚫고 네모반듯하게 격리된 어둠을 파고들었다. 우산은 주고 가세요. 머리에 흉터가 있는 소년이 손에 쥔 녹슨 자물쇠를 짤그락거리며 말했다. 어차피 우리 할머니 건데. 그녀는 안쪽으로 진입하기가 망설여졌다. 기분 나쁘게 생각하지는 마세요. 얘가 원래 말버릇이 이래요. 미친 새끼. 그냥 담배 좀 피우게요. 소년들이 황급히 손사래를 쳤다. 그중 한 소년은 이미 예리함을 잃어 고물이 된 작살을 치켜들고 있었다. 어쩌라는 거야. 그녀가 대답했다. 안에서 잘 보시라고요. 평가를 해달라고요. 누나가 시켰잖아요. 머리에 흉터가 있는 소년이 그녀에게서 우산을 낚아챘다. 누나! 그녀의 어깨를 살짝 밀쳤다. 셔터 안쪽을 향해.

힘내요! 랜턴의 불빛에 의지해 건물 안으로 나아가는 그녀가 슬쩍 뒤를 돌아보자 비좁은 장우산 안쪽으로 흐느끼는 어깨들이 모여 있다. 소년들은 묵념을 하듯 고개를 숙인 채 어깨를 맞붙이고 서 있다. 그녀는 안으로 나아간다. 소년들은 여전히 장우산 아래쪽의 모자란 피난처에서 비를 피한다. 소년들의 윤곽이 낙수에 씻기는 이미지처럼 파르르 해체된다. 화인이 번지듯 한 점 물방울이 소년들이 자리한 무채색의 그리자유grisaille를 갈아엎는 풍경과, 도금된 소년들의 음화가 달궈진 팬 위의 기름진 유지(乳脂)처럼 외곽부터 이지러지는 풍경과, 박리된 감광이 점액으로 떠내려가는 풍경과, 물먹은 인화지를 타고 녹아내리는 청회색 염료가 웅덩이가 고인 바닥으로 방울져 떨어지는 풍경이 덜덜거리는 영사막 위로 가파르게 지나간다. 이때 잔잔하게 멎은 웅덩이로 흘러내린 감광의 푸르스름한 막(膜)은 달팽이 모양의 회오리를 형성하고, 이내 한 척의 난파된 종이배처럼 뭉그러지며, 다시 연잎을 닮은 얇고 편평한 꺼풀이 되어 웅덩이 표면을 총총하게 떠다닌다. 시간이 흐른다. 시간은 단속적이다. 그것은 같은 말이다. 여전히 비가 내리는 와중이다. 흉포한 빗발들이 웅덩이에 착상된 이미지를 향해 총질을 하고, 용해된 피사체들이 빗발을 얻어맞는 웅덩이에서 솟아나는 다채로운 물방울에 뒤섞여 소년들의 발목으로 튀어 오른다. 소년들 중 한 명이 호주머니에 손을 넣어 가지런하게 접힌 비닐 봉투를 꺼낸다. 이 불우한 소년들에게 너무도 요긴하게 여겨지는 비닐 봉투 안에는 담배 한 갑이 젖지 않은 채로 들어 있고, 담뱃갑 안에는 소년들의 머릿수에 상응하는 담배가 역시 가지런하게 정렬된 채 들어 있다. 소년들의 눈에서 안광이 스친다. 소년들의 머리가 담뱃갑을 향해 곤두박질한다.

소년들은 발을 동동 구른다. 머리에 흉터가 있는 소년이 호주머니 안에서 비닐 팩으로 봉해진 라이터를 찾아낸다. 담배를 한 개비씩 공평하게 나눠 가진 소년들은 우산의 중심을 향해 얼굴을 맞댄 채 담배를 피운다. 아직도 빗발이 거세다. 소년들이 뱉어낸 뭉근한 연기의 흐름은 처음에 방수포로 된 우산의 천장을 향해 수직으로 피어오르다 피난처를 반구형으로 에워싼 방수포의 곡면에 편승해 갈라져 펼쳐지고, 허상의 얼개를 거둬들이며 휘어진 아치를 이루는 우산살의 낭창낭창한 꼭짓점을 이탈하지 못한 채 아래쪽을 향해 서서히 하강하게 된다. 연기가 짙어진다. 장우산의 외곽으로 형성된 가상적인 권역에 틀어박힌 연기는 마치 허공을 향해 주먹을 치켜든 버섯구름처럼 피난처의 부피를 온전하게 충당하는 가운데, 오래되어 실감을 망실한 낡은 사진의 흐릿한 사본을 통해 수시로 목격했던 거대한 낙진, 순간의 작열, 적외선카메라로 촬영된 폭발의 트림, 그 팽창된 환영의 견고한 밀도를 거의 완벽하게, 그러나 거의 찰나의 순간에 복제하면서, 피난처 바깥을 향해 바닥으로 기어가듯이, 여러 갈래로 뻗은 건조한 궤적을 통해 소년들의 발목 주위로 흩어져간다. 그녀는 소년들을 식별할 수 없다. 우산 안쪽이 연기로 잠식되었기 때문이다. 혹은 이미 그녀가 아지트로 들어섰고, 아지트 내부에서 조우하게 된 풍경 앞에서 어떤 종류의 경악과 공포를 느끼고 있기 때문이다. 아니면 이러한 장면 모두가 고통스러운 꿈, 깨어나면 사라질 의식의 노이즈에 불과하기 때문이다. 알 수 없다. 머리에 흉터가 있는 소년의 목구멍에서 밭은기침이 터진다. 우산 속의 연기는 항상 농밀하며 빽빽하지는 않다. 치밀한 환영의 꽃다발엔 미세한 공백이 생긴다. 담배가 너무 써요. 소년이 칭얼거린다. 소년들이 소년의 어깨를 다독인다. 소년들은 이제 그녀를 만나지 못한다. 소년들은 실종된다. 그녀는 랜턴을 움켜쥔 채 아지트 내부에서 우두커니 멈춰 있다. 아무도 없다.

그녀를 위해 소년들이 준비한 장면은 총 둘이며 이 두 장면은 번복되지 않는다. 랜턴에서 쏟아진 빛이 아지트 내부를 선회한다. 내벽마다 끊어진 전선들이 늘어져 있다. 쇠꼬챙이가 돌출된 콘크리트 바닥이 깨져 있다. 아지트의 중심에 그가 있다. 그는 아지트 내부에 비치된 나무 의자 위에 덩그러니 앉아 있다. 후방에서 삐걱거리는 소리가 들린다. 그녀는 소스라친다. 개방되어 있던 셔터가 둔중한 소음을 내며 닫힌다. 빗소리가 터무니없이 잠잠해진다. 실내는 조용하다. 랜턴의 빛이 나무 의자에 못질된 그의 육체를 타 넘는다. 그는 휘황하다. 시야에서 불똥이 튄다. 그녀는 랜턴을 휘젓고, 마치 비늘이 촘촘하게 박힌 것처럼 눈부시게 찰랑거리는 그의 육체를 고스란히 목도한다. 그는 유려하게 반짝거린다. 그녀는 미간을 찌푸린다. 재차 살피자 그것은 비늘 따위가 아니다. 그것은 신체의 온갖 부위에 삽입된 무수한 개수의 날붙이로, 랜턴이 지나가는 자리, 다시 말해 그의 머리, 양쪽 어깨죽지, 가슴, 오른쪽 팔꿈치, 배, 사타구니, 양쪽 허벅지, 장딴지, 발목을 아우르는 반사된 빛의 물결을 보여준다. 그의 몸에 가로로 꽂혀 있는 이 식칼들, 혹은 날카롭게 부서진 유리 파편들은 자수정처럼 약간의 붉은빛을 띠며, 이때 거의 광물질의 창백함으로 냉담하게 응결된 그의 육체는 아무런 혈류의 흔적도 내보이지 않는다. 그녀는 그의 얼굴에 랜턴을 들이댄다. 현란한 빛의 창끝이 의자에 유기된 그의 전신을 무분별하게 난자하듯 소란스레 일렁거린다. 이렇듯 미학적으로 과장된 그의 죽음 자체가 그의 사실

적인 반영을 토대로 제작된 실물의 트릭에 불과함을 암시하듯
이, 그러므로 그를 위조한 육체 인형의 정교한 데스마스크에는
고통이나 경악이 아니라 기묘한 신경질적 찌푸림이 떠올라 있
다. 그녀는 주춤거리며 나무 의자 앞으로 다가간다. 그녀는 나
무 의자 팔걸이에 늘어진 육체 인형의 손에서 조가비를 빼앗
고, 조가비를 들여다보다 마침내 조가비 안쪽에 금빛으로 새겨
진 텍스트, 생산된 나라를 표시하는 한 줄의 영어 문장과 함께
(중국이다!) 세공된 조가비의 줄무늬를 가로지르는 상표의 기
하학적인 문양을 확인하게 된다. 그녀는 이 가짜 조가비를 해
변으로 떠나오기 전 한 장난감숍에서 구입한 바 있다. 가짜 조
가비는 연출된 그의 죽음에 현실성을 부여하며, 그와 그녀의
관계를 명징하게 규명하는 약속된 사물이기도 하다. 그녀는 아
지트에 전시된 시신의 정체가 그를 모사한 육체 인형이 아니라
빛에 관한 소년들의 유별난 악취미에 의해 공들여 치장된 그의
시신이라는 것을 깨닫는다. 이제야. 확신이란 늘 현상보다 늦
게 찾아오는 법이니까.

시간이 생략된 두번째 장면에서 그녀는 그가 방금까지 앉아
있던 나무 의자 위에 앉아 있다. 정면의 셔터는 자동식 개폐 장
치가 설치된 것처럼 일정한 속도로 상승하고, 그녀는 천천히
드러나는 바깥의 풍경을 목을 길게 빼고 치어다본다. 사각형으
로 잘린 입구 너머로 철조망이 있다. 해변이 펼쳐진다. 바다가
널찍한 콘크리트 액자 속에서 갯벌의 지평선으로 후퇴하고 있

다. 비가 그쳐 있다. 소실점이 안개로 흐릿하다. 끼룩거리는 소리가 들린다. 갈매기들이 암초 위에서 바위 틈새를 쪼고 있다. 나무 의자 위의 그녀는 넋을 놓은 채 밝아오는 스크린 속의 여명을 주시한다. 그녀는 떠오르는 태양이 발산한 불그스름한 조도를 위장막처럼 뒤집어쓴다. 그녀는 움직이지 않는다. 그녀는 어긋나려는 몸의 평형을 애써 나사로 죄듯 제자리를 떠나지 않는다. 침투한 햇빛이 아지트 내부의 폐허에 환한 색감을 부여한다. 이때 색감의 발각된 희생양인 그녀, 사망한 그녀, 이제는 가망이 없는 그녀는 역시 케케묵은 나무 의자 위에 앉아 그야말로 핼쑥하고 앙상하게 관골이 팬 아사한 인간의 미라가 되어 있다. 살짝 건드리기만 해도 난분분한 먼지와 함께 주저앉을 잿더미의 입장으로. 우묵한 눈두덩, 피골이 상접한 가죽, 남루한 옷자락은 이 시신이 아주 기나긴 시간 이곳에 방치되었음을 버젓하게 폭로하고 있다. 그러나 이상하게도 부패하거나 구더기가 꼬인 흔적을 찾아낼 수는 없다. 삽시간에 입구의 셔터가 내려앉고, 마치 이 순간 셔터에 인위적인 조작이 다녀간 것만 같다. 누군가 개폐 장치를 작동시킨 것이다. 야외의 햇빛을 배척한 다음 교활하고 빽빽한 어둠 속에 잠긴 아지트는 그녀가 홀로 거주하는 밀실이 된다. 그녀가 의자에서 일어선다. 그녀는 아지트에 드리워진 까마득한 어둠 속을 마치 심해에 거주하는 유령 물고기들처럼 요령껏 거니는 방법을 알고 있다. 그것은 그녀에게 아주 쉬운 일이다. 그녀는 앞을 더듬거릴 필요도 없이 모든 내벽이며 장애물을 감지할 수 있다. 어둠은 그녀에게 아주 익숙하며, 내밀한 삶의 활력을 준다. 그러나 또한 그녀가 이러한 방법을 통해 아지트의 서늘한 어둠 아래서 실천하는 일이란 아주 보잘것없는 것으로, 건전지가 닳은 랜턴의 스위치를 간헐적으로 딸깍 누르기도 하면서, 나무 의자엔 가급적 앉지 않는 방식으로(그러나 그녀는 셔터가 삐거덕거리는 소리와 함께 상승하기 시작하면 아무 일도 없었던 것처럼 의자에 앉아 갯벌과 바다를 침착하게 응시하는 사람의 자세를 취한다), 그녀에게나 중요한 전진일 따름인 어떤 국지적인 전진을 시도하듯이, 어정거리고, 얼쩡거리며, 쩔쩔매고 뜸을 들이다 돌연하게 결심하듯이, 시큰둥하게 쇠막대를 두들기듯, 황무지에서 사방치기를 하듯이, 깨금발을 하거나 앞구르기를 하거나 물구나무를 서거나 군인처럼 걷거나 절뚝거리며 뒤로 물러서듯이, 고개를 주억거리며 아지트 안쪽을 쏘다니는 것인데, 물론 아주 성실하게, 어쩌면 이러한 일련의 전진이 동일한 궤적을 넘어서지 못하는 걸음걸이라고 해도, 반드시 그것이 망각되었기 때문에, 그러니까 망각된 자신을 다시 기억하거나 반추하기 위해서가 아니라, 망각이 그녀의 조건, 궤적이 다녀가는 궁휼한 어둠이기 때문에.

불능의 시뮬라크르

강동호

(문학평론가)

프롤로그

단순한 질문으로 시작해보자. 양선형 소설의 중심 초점 화자로서의 '그', 소설의 실질적 전개를 담당하고 있는 인물 '그'는 누구인가. 등장인물로서 '그'는 해변생활자, 스나크 사냥꾼, 환영을 좇는 순찰자, 자신의 임무를 망각한 비밀경찰이다. 그러나 '그'가 소설의 전역에 포진되어 있음에도 불구하고, '그'를 설명해주는 구체적인 속성적 지표를 특정하는 것은 쉽지 않다. 행위의 차원에서 '그'가 지나칠 정도로 무능하기 때문이다. '그녀'를 만나기 위해 '그'는 앞으로 나아가고, 계속해서 움직이지만, 결코 성공하지 못한다. '그'는 소설 쓰기를 욕망하나, 결과적으로 소설을 쓰는 데에도 실패한다. 요컨대, '그'는 무능한 존재들이다. 하지만, '그'가 무능한 진정한 이유는 의미 있는 행위를 이끌어내는 데 실패했기 때문이 아니라, 행위 자체를 의미화하는 데 실패하기 때문이다. "물론 모든 행위란 어디까지나 과정"(p. 73)일 것이다. 하지만 과정과 목적이 완벽하게 분리된다면, '그'가 벌이는 일들 가운데 유의미한 것은 아무것도 없게 된다. "그는 목적이 없다"(p. 133). 행위는 목적으로부터 탈구되어 있다. 이른바, "그는 제로 상태의 인간이다. 세계로부터 인간을 제하고도 좀처럼 제명되지가 않는 인간이다"(p. 161). 그러므로, 제로 상태의 '그'가 보여주는 무능함은 단지 정체성에 국한되지 않는다. '그'의 무능함은 '그'의 목적 없는 행위, 그리고 그것을 통해 수행되는 소설적 기능과 더욱 근본적으로 관련 있을 것이다.

그렇다면, 질문을 바꿔야 한다. '그'가 누군지 물을 것이 아니라 '무엇'인지, 그리고 소설 속에서 수행하는 서사적 기능과 역할에 관해 물어야 한다. '그'는 인물인가, 인칭대명사 아니면 초점 화자인가. 우선 '그'를 단순히 소설 속 등장인물이라고 말할 수는 없을 것이다. '그'라는 단어의 과잉이 수반하는 현상, 즉 고유명의 폐기는 소설의 등장인물에 관한 우리의 관습적 기대 지평을 배반한다. 아울러, 인칭대명사라고도 말할 수 없다. 문법적으로는 대명사에 가깝지만 그 무엇을 정확히 지시하거나 대변하지 못한다는 측면에서 인칭대명사의 일반적 기능을 담당하지도 못한다. 오히려, '그'는 로만 야콥슨이 말했던 '전환사shifter'의 역할에 지나치게 충실하다.[1] 때문에 초점 화자라고 규정하는 것도 충분하지 않다. 이름 없는 '그'는 고정된 하나의 인물, 하나의 속성, 하나의 문장, 하나의 작품 안에 갇힐 수 없으며, 언표의 상황과 맥락에 따라 유동적으로 변주되고 있을 뿐이다. 시작의 기원도 끝이라는 목적도 갖지 못한 '그'로 인해 소설 언어의 지시적 기능은 약화되고, 방향을 잃은 채 뻗어나가는 환유적인 그물망이 펼쳐진다.

'그'를 둘러싼 지시적 모호성은 양선형의 소설들이 하나의 계열체를 이룬다는 것, 즉 '그'라는 단어가 전통적인 소설의 분류법을 무력화시키고, 소설들 간의 분할선을 교란한다는 사실을 강조한다. 『감상 소설』은 열 편의 단편소설로 구성된 책이고, 각각의 작품들은 책을 이루는 부분에 해당하지만 그것은 내적으로 분해되어 있으며, 상호텍스트적으로 서로 연결된 채 차단되어 있다. 정체가 불분명한 '그'의 기능적 모호함 속에서 양선형의 소설들은 하나의 흐름으로 연결되지만, '그'의 지시적 무능성으로 인해 한 편의 소설 안에서도 서사적 흐름이 끝없이 단절되는 셈이다. 불연속적 흐름, 혹은 연속적 단절이라

---

1 야콥슨은 인칭대명사들을 일컬어 메시지를 지칭하는 일종의 코드 속의 요소들, 즉 전환사로 규정한다. 전환사의 의미는 그것이 포함되어 있는 메시지, 전후의 맥락에 대한 참조 없이는 규명될 수 없다. 이를테면, '그'라는 단어가 지시하는 대상을 규명하기 위해서는 전후에 등장하는 다른 메시지들을 참조해야 한다. 그가 인칭대명사 등을 일컬어 전환사라고 명명한 이유는 그것의 의미가 문법적으로 고정될 수 없고, 연속되는 새로운 메시지들에 의해 변화되고 전환될 수 있기 때문이다.

는 역설적 이중태 속에서 '그'는 소설의 기호들을 전역으로 운동시키는 매개로 작용한다. '그'를 통해 목적을 잃은 말, 주인 없는 욕망들이 끊임없이 유통될 때, '그'는 일종의 화폐에 가까워진다. 그러나 언어들의 유통을 통해 드러나는 것은 '그'라는 화폐가 무능하다는 것, 즉 "내던져진 모조 지폐가 되어버린다"는 사실뿐이다. "휴지 조각이 된 어음"(p. 75)에 불과한 '그'를 매개로 소설의 언어가 교환되고 호환될 수 있다고 하더라도, 사실상 그것은 재현 능력을 상실한, 무의미한 서술과 다를 바 없다. "서술은 그를 운반하는 사람들의 정체를 밝혀주지 않는다"(p. 205). 더 정확히 말하면, '그'라는 단어를 통해 증식되는 사태가 서술의 기능을 해체한다. 그러나 교환 불가능성은 거래의 전적인 폐기가 아니라, 사용처를 잃은 단어들의 끝없는 교환을 통해, 즉 목적 없는 사용의 과잉 속에서 태동한 어떤 사태이다. 따라서 '그'를 그저 무능한 기표라고 할 수는 없을 것이다. 단순한 무능이 아니라, 끝없이 무능을 시연하게 만드는 기표에 가깝기 때문이다.

그렇다면, 다시, 질문을 바꿔야 한다. 무능한 것들의 계열적 증식을 통해 드러나는 '사태'는 무엇일까. 모든 역량과 정체성이 소거된 제로 상태의 '그'는 무능한 행위들의 반복을 통해 "절멸한 세계의 훼손된 전시장"(p. 191)으로 소설을 전시한다. 세계가 애초에 훼손되었던 것일까, '그'가 세계를 훼손시키는 것일까. 선후를 확정할 수 없지만, 확실한 것은 '그'가 "부서진 입방체, 흐트러진 먼지구름의 세계"(p. 173), 결코 사라지지 않을 해변(「해변생활자」)이라는, 폐허에 유폐되어 있는 주변적 marginal 이방인으로 다시 태어난다는 점이다. 그런 맥락에서 '그'는 소설에 등장할 수 없고, 다만 "불시착"(p. 241)이라고 말할 수밖에 없는 방식으로 탄생한다. "그, 무능하고 여태껏 아무런 실적도 거두지 못한 비밀경찰인 그는 알몸인 상태로 전나무들이 자욱한 숲속에서 깨어난다"(p. 199). 이 불시착 같은 깨어남 속에서 그는 자신의 기원과 목적을 동시적으로 잃어버린다. 물론, 이때의 망각은 선험적이다. "그는 갑작스럽게 깨어난 자다 누군가에 의해 한꺼번에 주어진 자다"(p. 131). 그러나 실제로 주어진 것이 아무것도 없기에 아무것도 기억하지 못한다. "거의 완벽하게 잊어버렸다. 이름조차 기억나지 않는다"(p. 72). 그러므로, 자기 자신의 기원을 잃은 자, 반복되는 무능 속에서 깨어나는 자, 이름 없는 '그'를 위한 새로운 이름이 필요하다. 그것을 우리는 앞으로, 불능이라고 명명할 것이다. '그'는 무능한 언어들의 연쇄적 교환 체계 속에서 탄생한, 불능의 인간이다.

불능의 인간

불능의 폭주를 지속하고 있었다.

—「감상 소설」

불능impossible의 인간은 단순히 무능impotence한 인간을 의미하지 않는다. 불능의 인간은 무능한 인간보다 훨씬 납작한 존재이다. "그는 왜소한 자"(p. 245)이고, "깊이 없는 평평한 오줌 지도"(p. 278) 같은 흔적이다. 무능한 인간은 자신이 소유했던 역량을 일시적으로 잃어버린 존재에 가깝다. 그때, 무능이라는 말은 인간을 수식하고 결여를 묘사하는 정태적 형용사로 사용된다. 그러나 불능은 결여된 인간을 설명하기 위한 말이 아니다. 불능의 인간은 무언가를 상실했지만, 자신이 무엇을 잃어버렸는지 자체에 관해 무지하다. 그가 잃어버린 것은 그가 과거에 소유했던 어떤 것이 아니기 때문이다. "저는 제가 무엇을 잃어버렸는지 알지 못해요. 그것을 되찾고 나면 제가 지금까지 그토록 되찾고 싶어 했던 물건의 정체가 무엇인지 알 수 있겠지요. 그러나 저는 그것이 무엇인지 알지 못하기 때문에 그것을 찾을 수 없을 거예요"(pp. 17~18). 그는 영원히 상실할 수밖에 없는데, 그것은 자신이 무엇을 상실했는지 특정하지도, 규명하지도 못한다는 측면에서 그러하다.

역량이 결여된, 무능한 인간은 결여를 극복하고 대체하기 위한 욕망을 추가할 수 있다. 그리고 욕망을 소유함으로써, 무능의 반대항으로서의 역량을 잠재적으로 보유할 수 있다. 이때, 잠재성은 '실현 가능한 미래'라는 방식으로, 여전히 시간성과 관계를 맺는다. "그들은 잃어버린 것들에 대해 생각하지 않았다. 시간이 없었기 때문이다"(p. 9). 무능한 인간은 극복을 위해 결여를 응시하고, 그것을 대체하는 기표들을 위해 시간을 사용한다. 그러므로 무능한 인간에게 시간은 늘 부족할 수밖에 없다. 시간이 부족한 인간이 곧 무능한 인간이다. 반면, 불능의 인간에게는 시간이 부재한다. 시간의 부재는 시간의 부족이 아니라 "시간의 장애"(p. 191), 즉 시간의 철폐를 뜻한다. "주인을 잃어버린 물건이 주인 없는 물건이 되어가기까지, 어떤 미아가 자신이 이미 미아가 아니라 고아가 되었음을 이해하는 순간까지, 휴지(休止) 혹은 약간의 유예가 있었고 해변은 그 시간 속에 자리했다"(p. 25). 여기서 발생하는 시간의 변용은 어떤 근본적인 분리와 폐제foreclosure를 발생시킨다. 무능의 인간이 결여의 형식으로 무언가를 소유한다고 말할 수 있다면, 불능의 인간은 결여 그 자체에 연루되어 있다고 말해야 할 것이기 때문이다. 인간에게 불능이 귀속되어 있는 것이 아니라, 불능이 인간을 소유한다. 회복을 바라고 기대할 때, 무능의 인간은 왜소하지만 아직 가능성의 주체이다. 그러나 불능의 인간은 역량의 주체도, 가능성의 주체도 아니다. 그는 단지 역량을 일시적으로 잃어버린 주체가 아니라, 오히려 불능이라는 사태의 인질에 가깝다는 점에서 비-주체이다.

따라서 불능의 인간은 단순히 대상을 부정하는 주체, 혹은 부정성에 의해 희생되는 주체와 구별되어야 할 것이다. 부정은 여전히 어떤 것에 대한 부정을 수행함으로써, 혹은 부정의 대상이 됨으로써 의미를 확보할 여지를 보존한다. 부정하는/되는 인간이 곧 불능의 인간과 동일하다고 말할 수 없는 이유는 부정이 기초하고 있는 이항 대립이라는 변증법적 원리 때문이다. 무언가가 없다 혹은 아니다라고 부정하면서 그것을 제거했다고 믿는 것은 순진한 일이다. 같은 맥락에서 우리는 양선형의 소설이 인물을, 이야기를, 의미를, 언어를, 그리고 소설을 부정한다고 오해해서는 안 된다. 불능을 위해서는 부정보다도 더 괴롭고, 피로한 과정을 거쳐야 하기 때문이다. "지금은 아무것도 쓰지 않는다. 쓰기를 그만두기 위해 글을 쓰는 사람들이 있다"(p. 257). 자신의 행위를 중단시키기 위해 행위를 반복한다는 역설. 불능의 인간은 오히려 자신의 능력을 다 사용해버림으로써, 모든 역량을 소진시키는 행위의 되풀이 속에서 자신을 발견한다.

실현 불가능성의 차원에서, 무능과 불능이 완벽하게 구별되기 힘든 것은 그러므로 당연하다. 따라서 불능은 무능한 행위들의 계열적 증식을 통해 좀더 분명하게 확인되어야 한다. 끊임없이 자신을 소진시키면서, "고갈된 역량의 바깥을 향해"(p. 257) 나아가기를 욕망하는 것. 이것은 실패를 매개로 자기 자신의 탈진을 도모하는 일이다. "그들은 자신의 깨달음을 지속할 만한 기력이 없다. 깨달음이 완전히 소진될 때까지 그들은 앉아 있다"(p. 66). 의미("깨달음")를 유지시킬 기력을 잃고, 모든 것들이 소진되고, 탈진되고, 지쳐버렸을 때에도 여전히 남는 것. 불능은 그러므로 모든 가능성들의 소진 상태에서 비로소 나타나는, 극단적인 수동성과 관련된다.

따라서 불능의 인간에게 실패는 두려운 일이 아니다. 그에게 "두려운 것은 가능이 아니라 전망이다"(p. 73). 전망을 향한 기대와 낙관, 그리고 희망 속에서 불능의 인간은 무능한 인간으로 복귀될 수 있다. 따라서 불능의 인간이 노력할 수 있는 유일한 일은 회복을 지연시키는 일, 무언가를 소모하는 작업의 지속적 반복이다. "한 가지 진심을 담아 전하고 싶은 것이 있다면 그럼에도 저는 하루의 가장 오랜 시간을 책상 앞에서 소모한다는 사실입니다. 그것은 중요한 문제입니다. 자꾸만 책상 앞으로 귀환해 뭔가 조잡한 옹알이를 시도하는 형편이니까요"(p. 289). 그렇게, 그는 부정적 차이를 추구하기보다 이미 존재하는 언어들의 가능한 조합들의 극대화를 선호한다. 역시 문제는 조합들이 가능한 의미를 창출하기 위한 것이 아니라는 점에 있다. 언어의 가능성들을 극대화하는 실험적 조합 속에서, 의미의 가능성이 박탈된다는 역설. 이 역설을 수행함으로써 그는 진정한 의미, 고유한 무언가를 숨기고 은폐하는 대신, 계속해서 소모하는 데 성공한다. "환영의 영토를 벗어나려 했지만 어쩐지 온몸이 탈진한 것처럼 도무지 움직여지지 않는 것이었다. 그는 붙박이였다"(p. 322). 양선형의 소설이 어렵게 느껴진다면 그것은 의미의 난해성 때문이 아니라, 의미의 탈진 현상 때문이다.

문체, 글쓰기-기계의 프로토콜

고유한 것들의 탈진과 역량의 고갈이라는 관점에서 우리가 강조해야 할 것은 양선형 소설 특유의 문체이다. 의심할 나위 없이, 그의 소설을 읽은 독자가 주목하고 긍정할 수 있는 것은 그의 독특한 문체일 수밖에 없다. 그러나 불능과 소모라는 측면에서, 양선형의 문체는 단순히 개성적 스타일style을 지칭하지 않는다. 문체를 스타일로 간주하는 일반적 관점은 작가가 언어를 통해 무로부터 새로운 것을 창조해내는 역량을 소유한 존재라는 환상을 제공한다. 문체를 갖고 있는 작가는 자기만의 고유한 내면과 영혼을 갖고 있는 존재이다. 반면, 양선형 소설의 문체는 그가 소유하고 있는 고유한 무언가를 표식하지 않는다. 스타일로서의 문체가 작가의 개성을 표시하는 고유성의 지표라면, 고유명을 탈각한 불능의 '그'가 전시하는 문체는 오히려 그러한 개인성의 소멸을 증언하는 흔적에 가깝다. 그러므로 박탈된 개성, 개인성의 무화를 드러내는 양선형 문체의 문제적 성격을 조명하기 위해서는 일종의 반복 놀이 그 자체, 즉 자동적 글쓰기écriture가 일어나는 메커니즘을 추적해야 할 것이다.

"그는 다시금 글을 쓰는 사람이 되고 싶었다"(p. 257). 그러나 그가 되고 싶었던 것은 엄밀히 말해 사람이 아니라, 들뢰즈적인 의미의 기계-사람이다. '그'라는 불능의 인간을 통해 수행되는 글쓰기는 "일종의 기계적 반응"(pp. 162~63), 즉 언어를 소모하는 기계장치의 작동을 보여줄 뿐이다. 양선형에게 작가는 글을 쓰는 사람이 아니라, 작동하는 사람이다. 양선형이라는 고유명조차 단지, 그러한 글쓰기 기계장치의 작동을 표시하는 단어에 불과하다. "나는 빗금이다"(pp. 247~48). 그 기계가 벌이는 일은 이런 것이다. "그는 제 필체를 다 써버릴 때까지 이러한 놀이를 되풀이한다"(p. 151). 그는 무로부터 새로운 것을 창조하는 대신 익숙했던 무언가를 끊임없이, 작위적으로 조합하는 것, "형적의 환란을 중지하지 않기 위한 작위의 이동을 모색하는 것"(p. 338), 즉 고유성의 무화를 향해 나아가는 것을 선호한다. 이를테면, 다음 사례들처럼.

신체에 관한 무지는 결정적이다. 그에게도 머리가 있고, 그에게도 절지된 관목(灌木)처럼 딱딱하게 말라붙은 손바닥이 있다. 그는 휠체어 팔걸이에 양 팔꿈치를 맞붙인 채 뭉툭한 손가락을 꼼지락거린다. 그에게도 그런 능력이 있고, 그는 닭의 목처럼 뾰족한 손끝으로 휠체어 바퀴를 도미노의 첫 피스를 쓰러뜨리듯 가볍게 밀어내는 방식으로 여기에서 저기로, 마치 최후의 이주를 달성하듯, 나아갈 수 있다. '문턱'이 존재하지 않는다면 말이다. 그는 상반신 아래서 벌어지는 일들을 모른다. 하반신은 소금에 절인 배추처럼 삭아 있고, 녹아버린 관절은 지나치게 물렁하여 프레스에 틀을 놓고 찍어낸 젤라틴 같다. 세계가 충분히 평평해진다면 좋겠다. 한없이 전진하고 가로지르고 되돌아갈 수 있을 만큼, 그녀의 보살핌이 필요치 않도록, 그렇다면 이미 장애는 제거된 것이다. 그는 구태여 양손으로 바퀴를 밀치지 않아도 될 것이다. 평평한 세계가, 유약을 바른 미끄럽고 유려한 세계가 그가 탄 휠체어를 저절로 끌어갈 것이기 때문이다. (p. 165)

"나는 당신을 없애버릴 작정이야. 나는 당신을 가만히 내버려두지 않을 거야. 당신이 조금이라도 낙관적인 마음을 품게 되면 너절한 믿음과 조작된 위로의 변기통을 향해 그 처연한 미혹의 연못 앞에 엉덩이를 깔고 앉아 멸균된 의료용 시험관에서도 잘만 번식하는 굴지의 영생 사면발니들을 상대로 말더듬이 혓바닥을 날름거리는 머저리가 되면 시트에서 표백제 냄새가 나는 아늑한 호텔 객실 침대에 누워 부어오르는 욕구불만의 깜찍한 거머리들을 상대로 무슨 몽환적인 딸딸이를 시도하는 얼간이가 되면 숙맥의 관능을 세계의 전망으로 이해하는 발기한 수산양이 된다면 나는 이제 그러한 당신을 향해 당신이 꿈에서도 상상하지 못했던 최악의 묘사들을 착불로 부쳐버릴 생각이야. 나는 나를 구조하지 않을 거야. 역겨운 외양간을 자처하고 혹독한 위생을 강제하며 부정의 강박관념 속에서 나를 숙주로 무한히 득실거리고 있는 인공 생체들의 저열한 생식기를 지루하게 살처분할 생각이란 말이야."(p. 228)

  인용한 대목들이 작위적으로 느껴진다면, 그것은 단어들이, 개념들이, 비유들이 중심으로부터 사실상 이탈되어 있기 때문일 것이다. 지나칠 정도로 집요하고 과도할 정도로 세밀한 망상적 언어들로 인해 묘사되는 사태가 그것을 재현하는 서술 행위로부터 미끄러져나간다. 의미를 지탱하는 체계의 깊이가 부재하고, 말들의 평면적인 미끄러짐이 가속화되는 양선형의 소설을 구성하는 것은 "녹아버린 관절"로 인해 탈구되어버린 말들이다. 말들의 탈주가 겨냥하고 있는 진정한 목표를 언표화하면, 사실상 이런 선언이 도출된다. "나는 당신을 없애버릴 작정이야." 그러나 그것이 소멸시키고자 하는 것은 다름 아닌 자기 자신의 자아이다. "꿈에서도 상상하지 못했던 최악의 묘사들"은 통제되지 않는 기계처럼 작동하면서, 끝없이 언어의 탈진을, 주체의 고갈을, 즉 자기 자신의 소진을 유발한다. 그러므로 위 대목이 작위적으로 읽힌다면, 그것은 가능한 것들의 조합을 통해 은유의 성립을 끝없이 배반하는 기호들이 환유적 흐름만을 형성하기 때문이고, 그를 통해 끊임없이 의미의 송출을 저해하도록 중심을 비워내는 글쓰기-기계가 작동하기 때문이다. "나는 의미심장함이 없는 망설임이다"(p. 247). 거기에는 해석도 없고 의미화도 없으며, 오직 극단적인 언어의 교환과 그것들의 끝없는 반복적 변주만이 있을 뿐이다.

그는 커튼을 걷고 창밖으로 드러난 세계를 본다. 창밖엔 무엇이 있나. 어떻게 서술해야 폐허의 삐뚤삐뚤한 능선을 온전히 박리할 수 있나. 그것은 물어뜯는다. 나눠서 처분한다. 헐값에 팔아버린다. 그것은 나열하고 그것은 넘어뜨린다. 그것은 잡아 빼면 줄줄이 끌려오는 파열의 포말들이다. 그는 본다. 그녀의 턱밑, 길거리, 야외 변소, 음울한 국공립 초등학교의 먼지 쌓인 청소함들, 판서가 금지된 칠판들, 녹색 안개를 퍼뜨리며 날아가는 공중 로켓, 자물쇠가 빠진 과거와 미래의 조립식 창고들, 망해버린 양장점의 정중한 마네킹, 차단기를 내린 지하 주차장들, 봉안된 납빛 유골들, 옥상에서 발사되는 자축용 축포, 연석을 넘나드는 오토바이들, 나선 뿌리를 더듬는 파란 빛깔의 소년들과 엉덩이가 바닥까지 처진 늙은이들의 무리, 굴종하는 골격들, 어기적거리는 행렬, 망치를 휘두르는 풍향계들, 타액과 음악, 피떡이 된 돌담들과 돌담 난간에 박힌 월담 방지 파편들, 자위용 침실, 사체의 생태에서 폭등하는 능청스러운 사면발니들, 공사장의 가설 숙소, 소녀가 억류된 굴뚝, 오물이 모여드는 저지대, 첨벙거리는 헛

것 태양, 부러진 삽자루들, 막 용접된 함석 몽둥이 위에서 서
서히 식어가는 깜부기 빛, 색색으로 해어진 정글복들, 뇌 속
의 탄환, 누유(陋儒), 누적되는 정욕의 흡혈 거머리들, 고갈,
짓밟힌 잔디들, 목욕하는 갈빗대, 폐기 정유가 흘러드는 구
덩이, 웅덩이를 건너뛰는 구겨진 발목의 고무장화들, 손가락
을 꼽듯이, 버려진 거치대마다 수북하게 겹쳐진 자전거, 너
덜거리는 광고 전단, 비존재의 건더기들, 분뇨, 기흉 발작, 치
매, 공황장애에 시달리는 쇠약한 민무늬 뱀들, 드럼통, 난파
선, 의자가 겁박된 전봇대, 모퉁이를 돌면 나타나는 흥성거리
는 술집들과 지퍼를 내린 등짝, 울먹거리며 엎질러지는 혓바
닥들, 돌담에 눌어붙은 검질긴 젤리들과 맨홀의 둘레로 삐져
나온 싸구려 신(神)의 검은 소맷부리, 대형 병원의 청회색 복
도에서 울리는 수다스러운 비명들, 전극이 빠진 의료용 변압
기들, 지하에 붙박여 있는 이형(異形) 철근들, 상하수도 시설,
꿈틀거리며 밀려가는 강물의 아무개 살점들, 치아를 살살 녹
이는 고형 악취, 생식하는 신체, 분열의 행간에서 찐득하게
새어 나오는 젓갈들, 개들이 탐닉하는 헌신짝, 낙수로 빈속을
채우는 얼빠진 청동상들, 거짓 물체들, 빛을 단속하는 창문
과 창문 뒤에서 내다보는 사람들, 내다보지 않는 사람들, 고
적한 길거리를 휘청휘청 걸어가는 남자, 남자 앞을 막아서는
헬멧을 쓴 남자들, 번쩍 터지는 외눈박이들, 쫓겨난 흥분, 장
착된 성기, 소년의 마른 어깨에서 연이어 미끄러지는 헝겊 가

방끈…… 소년은 존재하지 않는다. 어머니는 존재하지 않는
다. 여자가 존재하지 않고, 남자가 존재하지 않고, 그것들 모
두가 존재하지 않고, 밤은 존재하지 않고, 장대에 꿰인 낮, 포
로가 된 낮, 마스크를 착용한 낮은 존재하고, 궤멸된 세계는
존재한다. 얻어맞은 세계는 존재한다. 피랍된 세계는 존재한
다. 파리한 조각상은 존재한다. 뒤집힌 하늘을 가로지르는 비
행기, 열 개가 훌쩍 넘어가는 잘린 발가락들은 존재한다. (p.
169~71)

　소설을 통해 전경화되는 것은 잘려 나간 신체 같은 기표들,
그리고 그것들이 발생시키는 어지럼증으로 궤멸되어버린 세
계뿐이다. 사정이 이러하기에 우리는 양선형의 문장이 말들의
어지럼증으로 인해 조성된 기표들의 숲이라고 말해야 한다. 그
리고 그 "숲은 무주공산이다". 숲을 통제하고, 관리하는 초월적
인 주체는 존재하지 않는다. 숲은 작가가 조성한 것이 아니라,
글쓰기-기계에 의해 번성하고 있는 것이다. "숲은 사고실험이
다. 숲은 작위의 무한이다"(p. 221). 작위적 조합의 무한을 지향
할 때, 양선형 소설의 서사는 이러한 무한을 향해 나아가는 실
험적 조합들을 위해서 희생될 수밖에 없다. 그의 소설에서 우
리가 신뢰할 수 있는 의미의, 서사의 중심이 부재할 수밖에 없
는 것은 필연적이다. 우리가 믿을 수 있는 것은 오직 양선형의
실험적 조합으로서의 문체뿐이다. "부질없는 사고실험에 얼간

이처럼 낡인 채 모호한 글쓰기의 명사형 가지치기에 시달리는 그"(p. 244)는 "이율배반적인 회로를 조직하고 있는 것이다"(p. 262). 때문에, 양선형 소설의 문체는 언어적 교란과 착종을 일으키는 회로, 즉 기계의 작동을 가능하게 하는 프로토콜에 가깝다. 그런 프로토콜이 실행되는 과정 속에서 작가는 이른바 기계가 된다. 이제부터 문체는 인격의 상징이 아니라, 비인격을 실행에 옮기는 환유적 회로를 뜻하게 될 것이다.

"딸은 글쓰기에 열심이었다. 타자기를 부서져라 두들기는 제 손가락에만 주의를 기울일 뿐 기계적이거나 임의적으로 밀고 밀리는 웨이터들과 그들 사이에서 우두커니 걸음을 멈춘 그와 청지기를 염두에 두지 않았다. 타자 소리가 간격 없이 이어졌다"(p. 293). 시간적 간격을 허용하지 않는 타자 소리, 끝없이 반복되는 기계적 행위 속에서 소모되는 시간, 철폐된 시간 속에서 발생하는 타자기들의 울림은 그 자체로 양선형의 부서진 문체를 이미지화한다. 그런 의미에서 작가는 단순히 글을 쓰는 사람이 아니라 실험적인 사람이고, 다시 반복하자면, 들뢰즈가 말했던 바대로 기계-사람이다. 기계의 작동을 통해 작동되는 욕망. 그것은 탈주의 욕망이기도 하다. "기계 안에 들어가고 거기서 나가는 것, 기계 안에 있는 것, 기계를 따라가는 것, 기계에 접근하는 것, 기계의 일부가 되는 것, 이 모든 것이 어떠한 해석으로부터도 독립적인 욕망의 상태들이다. 탈주선은 기계의 일부다."[2]

『감상 소설』은 이러한 기계장치 회로를 통해 전개되는 끝없는 의미의 순환과 연쇄들의 불협화음을 보여준다. 왜 이런 일을 반복하는 것일까. 소모와 탈진의 문체가 무언가의 중지를 표현하기 때문일 것이다. "그는 소설의 중지를 표현하기 위한 모형이다. 형태 없는 모형"(p. 249). '모빌 트리', 움직이는 나무는 움직이는 수형도tree graph이지만, 무한히 증식하는 환영의 수형도이자 "식물 기계"(p. 261)이다. "그 음영은 틀림없이 가지치기를 당한 정원의 나무들이었는데 잠든 사이에 그 부피가 몇 배로, 그리고 보다 혼연한 형세로 부풀어버린 듯했다"(p. 300). 그것은 구조도 아니고 상징도 아니다. "이야기가 아니라 잡음. 기억이 아니라 잡음"(p. 261). 이 잡음을 생성시키는 불능의 회로를 통해, "언어의 비의미적이고 강렬도적인 사용"[3]으로 인해, 언어가 표상으로 기능하기를 멈추고, 지시적 무능성이 새로운 극한의 상태에 진입한다. 글쓰기-기계를 작동시키는 언어적 프로토콜, 그리고 그것을 통해 관류되는 강렬한 욕망은 글쓰기가 전통적으로 의존하고 있는 체계, 수신자와 발신자 사이에서 이루어지는 의미 교환 체계의 곽란을 일으키고, 교환 자체의 불능 상태를 유발한다. 그러므로 우리가 살펴보아야 할 것은 교환 자체의 불능 상태에 내재되어 있는 특수한 가능성,

---

2 질 들뢰즈·펠릭스 가타리, 『카프카: 소수적인 문학을 위하여』, 이진경 옮김, 동문선, 2001, p. 25.

3 같은 책, p. 58.

다시 말해 글쓰기-기계장치가 표현하는 모종의 정치학이다.

글쓰기-기계의 정치학

글쓰기-기계가 되고 싶다는 욕망, 그것은 실험적인 인간, 정치적인 인간이 되고 싶다는 말과 다르지 않다. 양선형의 소설을 통해 우리가 발견해야 하는 것은 그러므로, 글쓰기-기계의 정치학이다. 그러한 정치학의 작동 메커니즘을 이해할 때, 비로소 양선형 소설의 글쓰기-기계 되기의 진정한 목표를 파악할 수 있을 것이기 때문이다.

물론, 글쓰기-기계의 정치학은 구체적인 정치, 내용으로서의 정치를 의미하지는 않을 것이다. 그의 글쓰기는 주장하지 않고, 저항하지 않는다. 아울러, 그것은 일반적으로 말해지는 예술의 정치와도 같을 수 없다. 양선형의 글쓰기-기계는 전혀 미학적이지 않은데, 그것은 들뢰즈가 카프카 문학의 정치적 근원을 일컬어 '반미학주의' 또는 '반서정주의'의 태도라고 지칭했던 성격을 공유하고 있다는 차원에서 그러하다. 이미지나 미학적 인상을 추출하는 것이 아니라, 오히려 미학적 은유를 축출함으로써 세계를 장악하려는 것. 그것은 자본주의라는 총체적 사회 기계로 진입하여, 그것을 내파하는 일에 가까울 것이다. 의심할 나위 없이, 글쓰기-기계는 자본주의를 비판하는 내용에 의존하지도 않을 것이다. 오히려 그것은 자본주의의 체계를 답습하고, 모방하고, 그것을 구축하는 작동 원리를 내장함으로써, 그리고 그것의 가속화에 과잉 가담함으로써 기계의 폭주, 오류, 고장을 유발하며, 마침내 자본주의 기계의 재영토화의 폐제를 위한 어떤 출구를 모색한다.

잘 알려진 것처럼, 자본주의라는 기계 체계는 의미라는 가치의 생산을 통해 작동될 수 있다. 이때, 그것을 가능하게 하는 관계는 기본적으로 교환이다. 등가성의 원리에 바탕을 둔 교환은 사물의 사용 가능성과 더불어 시간을 사용 가능한 것으로 대상화한다.[4] 사용 가능성(마르크스적인 의미의 사용가치)은 아직 현실화되지 못했지만, 충분히 현실화될 수 있는 미래를 향한 전망 속에서 그것의 표식인 가치(교환가치)를 획득한다. 물론, 그것은 실제의 사용가치와 구별될 것이다. 자본에 정체성을 부여해주는 가격, 값이라는 의미 화폐는 교환을 통해 자신의 명목적 가치를 확보하지만, 반복적 교환의 가속화는 오히려 사물의 사용가치와 교환가치의 도착적 전도를 일으키기 때문이다. 이제, 실제로서의 사용가치는 교환가치라는 표시, 기표의 범람 앞에서 정체성의 뒤집힘과 권력의 전도를 강제당할 수

---

4 관련하여, 마르셀 모스의 지적은 통찰력이 있다. 그는 증여와 교환을 구분하게 하는 근본적인 차이가 시간적 간격의 유무라고 결론내리는데, 그에 따르면 시간 간격이 극도로 축소된 증여가 곧 교환인 것이다. 그러므로 교환은 시간이 말소된 증여, 즉 시간의 사용을 통한 잠재성의 현실화를 의미한다.

밖에 없다. 교환가치라는 이름의 환영, 즉 시뮬라크르가 증식됨으로써 오히려 사용가치에 대한 환상의 이미지가 구축되는 것이다.

"대개의 환영은 피로 때문이다"(p. 125). 여기서 원인과 결과는 동시적이다. 자본주의 기계장치들의 세계에서 피로는 환영의 원인이자, 환영들의 결과이다. 가치라는 환영은 시간을 소모하는 노동의 피로를 매개로 태어나고, 이 환영들은 주체의 피로를 다시 증폭시킨다. 이때 피로는 역량들의 지속적인 과잉 활성화와 관련된다. 우리는 자신의 능력을 극대화하고, 목적에 부합하기 위해 스스로의 육체와 정신을 몰아세움으로써, 세계 안에 편입될 수 있고, 배치될 수 있고, 기계의 부품이 될 수 있으며, 비로소 의미와 가치의 주체가 될 수 있다. 물론, 이때의 주체는 소외된 주체이다. 의미라는 언어의 환영들, 자본주의 기계가 양산하는 시뮬라크르적 가치가 활보하는 세계가 우리에게 피로를 안기기 때문이다. 노동의 극대화, 능력의 포화, 그리고 자기 착취를 토대로 탄생한 주체는 스스로의 역량을 누리고 있다는 착각과 함께 피로를 극복하고 망각한다. 자기 안의 역량을 끊임없이 독려하는 행위는, 피로를 억압하고 배제하는 방식으로 주어진 목적에 충실하게 부합하는 노동을 양산하며, 마침내 주체를 현실태의 억류자들로 포섭한다. 우리가 말들로부터 피로를 느낀다면, 그것은 말이 무력하거나 그것이 실제의 환영에 불과하기 때문이 아니라 교환을 통한 말의 기능과 역량이 최대화되었기 때문이며, 의미라는 환영들의 과잉 속에서 말과 주체가 형해화되었기 때문이다.

자본주의를 비판하고, 그것에 대항하는 예술의 정치를 설명하는 익숙한 공식이 '무용성의 유용성'론으로 수렴되는 것 역시 그러한 맥락에서이다. 현대예술은 예술의 쓸모없음을 사용함으로써 쓸모를 추구하는 세계를 향한 비판을 수행할 수 있다는 오래된 믿음에 의존해왔다. 요컨대, 이것은 일종의 부정성의 미학이다. 부정성의 논리는 거래의 중지, 교환의 거부가 가능하다는 믿음, 즉 외부를 향한 신뢰에 기초한다. 다시 말해, '무용성의 유용성' 역시 무용성과 유용성이라는 부정적 이항대립에 의존적이다. 그러나 그것은 유용한 것들의 체계 바깥이라는 초월적 외부를 상정한다는 점에서 여전히 바깥에 대한 환상에 근거하고, 자본주의 바깥이라는 영토의 가능성을 믿고 있다는 점에서 기만적이며, 무능한 것들의 가능성을 믿는다는 측면에서 유사-신학적이다(이때 예술은 일종의 초월적 유사 종교로 여겨진다). 문제는 오늘날의 이데올로기가 그 모든 부정성에 대한 사용 방법을 터득하고 있다는 점에서 발생할 것이다. 모든 무용한 것들은 무용한 것들의 가능성을 유용한 것으로 교환시킬 수 있는 자본주의적 기계의 재영토화 앞에서 무력할 수밖에 없다. '새로움'과 '차이'에 대한 현대적 강조는 오히려 욕망의 경제 바깥, 상품이라는 환영들 바깥이 존재하지 않다는 것을 오랫동안 증명해왔다. 부정성 역시 거래의 대상이며, 부정성은 곧 긍정적인 것들의 체계 안에서 어렵지 않게 배제적으로 포섭될 수 있다. 가능하지 않은 것은 아무것도 없다. 미학의 영역에서 주창하는 새로움이 자본주의적 유혹이나 함정과 구별되기 어려운 이유도 거기에 있다. 미학적인 것을 내면적인 것, 고유한 것, 새로운 것, 진정한 것, 심연적인 것, 초월적인 것으로 간주하는 일련의 전통적인 관점이 더 이상 작동하지 않는 이유도 그 때문일 것이다.

그러므로, 우리가 우선적으로 요청해야 하는 것은 문학을 포함한 모든 예술이 상품일 수밖에 없다는 사실을 인정하는 일이다. 예술은, 그리고 글쓰기는 교환 체계로 구성된 욕망의 경제 바깥으로 탈출할 수 없으며, 철저히 그 내부에서 자신의 가치를 입증해야 한다. 같은 맥락으로, 롤랑 바르트는 서사물의 기원에 존재하는 근본적 욕망에 관해 설명하는 가운데, 그것이 교환의 욕망에 의해 결정될 수밖에 없다고 말한 바 있다. "서사물은 이야기하고자 하는 욕망에 의해서가 아니라 교환하고자 하는 욕망에 의해서 결정된다. 그것은 무언가에 상당하는 ── 가치물이고, 표상체이며, 금덩이다."[5] 이야기한다는 것, 글을 쓴다는 것은 기본적으로 교환 관계의 내부로 진입하는 일이다. 글을 쓴다는 것, 이야기를 한다는 것 역시 이야기를 통해 무언가를 얻어내려는 욕망의 일환에 다름 아니다.

5 롤랑 바르트, 『S/Z』, 김웅권 옮김, 연암서가, 2015, p. 193.

교환의 부정 대신, 교환의 전략이 더 중요한 이유가 여기에 있다. 글을 쓴다는 것은 무언가를 욕망하는 것을 의미하며, 이러한 욕망을 위해 자신의 무언가를 내어줌으로써 자신이 목표로 하는 대상을 얻는 교환 행위임을 뜻한다. 다만, 양선형이 실천하는 글쓰기의 교환, "그 퇴색한 회로의 은행"은 "기계장치의 장식적인 무용성으로 빽빽하게 얽힘 골렘의 형상"(p. 262)으로 조직되어 있기에, 그것은 글쓰기-기계 속에서 살아가는 불능의 인간들로 하여금 교환을 통해 어떤 소모적인 대가만을 얻을 수 있도록 만든다는 점에서 특별하다.

소설은 삶을 변화시키지 못한다. 삶은 피규어가 아니니까. 나도 그것은 안다. 모를 거라고 생각하지 마라. 글쓰기는 도박장의 망가진 슬롯머신이지. 그것은 아무리 코인을 넣어도 참된 행운, 또한 도저한 불행에도 가까워지지 않는 아둔한 반성이란다. 이제 내겐 코인을 넣는 순간만이 남지. 짤막한 기적. 코인을 움켜쥐는 순간. 코인을 잃는 순간. 꼬리를 자르는 순간의 잘린 꼬리. 아무 일도 일어나지 않음을 분할하는 순간. 공허와 코인을 교환하는 바로 그 순간을 쉽게 망각할 수는 없는 거야. 이러한 순간에 미혹된 작가는 글쓰기를 통해 아무도 찾지 않는 까마득한 종탑을 짓고 엄격한 표정으로 작가를 내려다보는 노름판의 우상을 향해 매일 자정 종을 치는 부질없는 의식을 되풀이하는 것이다.(pp. 261~62)

글쓰기-기계는 이를테면, "망가진 슬롯머신"이다. 그것과 함께함으로써, 그것을 작동시킴으로써, 그것을 통과함으로써 우리는 무언가를 교환한다. 그러나 글쓰기-기계를 통해 얻을 수 있는 것은 공허의 순간, 혹은 순간으로서의 공허뿐이다. "저를 팔아치우고 받아 든 헐값을 기꺼이 지불할 수 있을 거예요. 그 돈은 저에게 더 이상 헐값이 아닐 테지만, 그래도 헐값은 헐값이겠지요. 그것을 잃어버린 순간 저는 제가 모든 것을 점진적으로 잃어버릴 운명에 처한 듯이 여겨졌어요. 그것은 신호탄 같은 거예요"(p. 22). 여기서도 교환은 전개되지만, 그것을 통해 무언가를 얻기 위해서는 극도의 비효율성을 감내해야 한다. 효율성을 감안할 때, 글쓰기-기계를 통해 얻을 수 있는 것은 아무것도 없다고 해야 할지도 모른다. 우리가 얻을 수 있는 것은 아무것도 없고, 다만 잃는 것, 대가 없는 희생만 있을 뿐이다. 기계를 작동시키는 불능의 인간도 그것을 모르지 않을 것이다. 그럼에도 불구하고, 언제나 패배할 수밖에 없는 도박을 반복하는 것, 그것은 자신이 방금 전 돈을 잃었다는 사실을 망각하는 일이고, 망각을 토대로 "부질없는 의식을 되풀이하는 것"이며, 텅 빈 시간, 즉 역사적 연속성에 절단을 일으키는 '도박자-혁명가'의 시간이라는 벤야민적 알레고리를 상기시키는 행위이다.

요컨대 양선형의 글쓰기-기계는 환영 바깥의 세계, 자본주의라는 시뮬라크르와는 다른 원리를 지향하지 않는다. 오히려 그는 "좌절될 갱생을 끊임없이 모방하는" 소모 행위 속에서, 공허와 허무를 그 대가로 얻는다. 그러나 그 과정을 통해 단순히 공허와 허무만을 얻는 것 역시 아니다. "모든 것이 공허하거나 허무하다는 사실을 자각한다고 해도 용기가 사라지지는 않는다. 오히려 용기는 허무와 부재 속에서 실험되는 것이다. 용기는 허무를 인정하고, 그럼에도 다시 뒤척일 수 있는 움직이는 잿더미가 된다는 것이다"(p. 338). 이 사라지지 않는 용기, 더 정확히 말하면, 모든 것이 소모되는 과정을 통해 비로소 발견되는 용기는 모종의 근본적인 움직임, '움직이는 잿더미'이다. 그것은 불능이 가시화하는 어떤 영역, 자본주의 기계의 탈영토화와 재영토화의 변증법이 작동하지 않는 장소, 다시 말해 단순한 바깥과는 구분되는 의미의 '외부'라는 영역을 교환 내부에서 발견하려는 의식적 소산이다. "사실에 근접하는 글을 쓰고 싶지만 졸지에 부정확한 서술로 사실을 훼손하고 있다. 그러나 사실을 훼손하는 일이란 간혹 사실을 능가하는 일이 되기도 한다"(p. 260). 사실을 훼손한다는 것, 사실을 능가한다는 것은 바깥으로의 도피나 탈출이 아니며, '무용성의 유용성'이라는 변증법적 환상에 의존하는 행위도 아닐 것이다. 오히려 그것은 유용한 것들의 극단적 사용을 통해 발견되는 새로운 무용성, 즉 불능을 가시화한다.

따라서 외부성은 다만, 글쓰기-기계를 작동시키는 불능의 인간이 마련하는 출구 전략, 출구를 향한 또 다른 계열의 환영에 가깝다. "환영은 어떤 의미도 표현하지 않는다. 그것은 꿈도 침묵도 부재도 아니다. 그것은 글쓰기가 산출하는 가능한 어지럼증의 이동이다"(p. 274). 아무것도 쓰지 않는 것이 아니라, 아무것도 쓰지 않는다고 씀으로서, 더 정확히 말하면 아무것도 쓰지 않음을 씀으로서 간신히 모색되는 출구. 그것은 "없지 않음으로 이야기할 수밖에 없는 있지 않음처럼"(p. 173)이라는 이중태, 즉 "아무것도 사유할 수 없음을 차례차례 넘어뜨리는 사유의 계속으로서, 계속에 대한 무참한 굴종"(p. 245)을 경유하여 탐색되는 출구에 다름 아니다. 만약 이러한 출구가 가능하다면, 그것은 주체의 영역을 훨씬 상회할 것이다. 그리고 우리는, 이 이름 없는 영역을 가리켜 '불능의 외부'라고 부를 수 있을 것이다. "해변은 사라지지 않을 것이다. 그것은 바다의 테두리를 아우르는 공간으로서 반드시 존재할 것이다"(p. 20). 그렇지만, 외부를 찾기 위해서는 역설적이게도 바깥이 아닌 내부를 응시하고, 자기 자신을 응시해야 한다. 그리고 그러한 자기 응시를 통해, "그것은 인간의 세계 내부에서 인간을 위협하는 다른 세계"(p. 263), 즉 글쓰기의 근본적인 정치학을 개시한다.

소설의 시뮬라크르

> 문학에는 실제의 작품과 뼈와 살을 가진 문
> 학의 절대적인 만남이 결코 존재하지 않습
> 니다. 작품은, 결국에는 주어지고야 마는, 자
> 기 분신과 결코 만나지 못합니다. 그리고 이
> 런 한에서, 작품은 이 거리, 언어와 문학 사
> 이에 존재하는 이 거리, 우리가 시뮬라크르
> 라 부를 수 있는 일종의 거울 공간, 양분 작용
> dédoublement의 공간입니다. [……] 문학의
> 존재란 존재하지 않습니다. 다만 하나의 시뮬
> 라크르, 문학의 존재 전체인 하나의 시뮬라크
> 르만이 존재할 뿐입니다.
> ──미셸 푸코,「문학과 언어」

글쓰기-기계를 지속적으로 작동시키기 위해서는 그러므로
특별한 이데올로기를 염두에 두어야 한다. 내용과 목적을 잃은
그의 언어적 조합들이 특정한 목표, 즉 욕망을 지니고 있다고
말할 수 있는 근거 역시 그러한 이데올로기와 다름없다. 결론
부터 말하자면, 양선형의 글쓰기에서 그와 같은 이데올로기적
목표와 욕망을 가리키는 이름이 바로 소설이다. 그가 여전히
소설을 쓸 수 있는 것, 소설 쓰기라는 소모적인 작업에 몰두할
수 있는 것은 소설이라는 단어가 일종의 근본적 이념으로 작용
한 덕분일 것이다.

양선형의 글쓰기를 다른 작가들의 작품들과 구분시켜주는 이질적 표지, 그의 텍스트 전역에서 집요할 정도로 빈번하게 언급되는 '소설'(혹은 서술)이라는 단어에 주목하는 것은 그러므로, 거의 필연적이다. 소설가가 인물로 등장하거나, 소설 속의 소설이 서사 전개의 매개가 되는 액자 형식의 작품을 찾기란 어렵지 않다. 그러나 양선형의 텍스트처럼 '소설'이 구체적 대상이나, 서브 텍스트가 아닌 이념 그 자체로 쓰이는 소설은 흔하지 않다. 소설이라는 단어 혹은 기표는, 양선형의 텍스트 전체에 산포되어 있지만, 그것의 구체적 형상을 짐작하는 것이 어려운 이유도 거기에 있다. 그것은 거의 유일하게 제시되는 일종의 당위적 목표에 가깝다. "아무튼 그는 소설을 써야 했다"(p. 263). 그러나 그가 써야만 했던 소설, 그가 기획하고 있는 "머릿속을 맴도는 소설은 내가 직접 쓴 소설보다 월등하게 미쳐 있"어서 우리가 경험적으로 읽고 확인할 수 있는 "소설과 호환되지 않"(p. 74)는다. 그의 "소설은 나아가지 않"(p. 196)는다. 그러므로 양선형의 글쓰기를 통해 확인할 수 있는 소설은, 오로지 이런 불능의 사태로서 제시될 뿐이다. "어떤 막연한 생각으로 소설의 첫머리를 여는 일이 지속되고 있다"(p. 159).

이러한 일련의 상황은 그의 '소설' 역시 일반명사가 아니라는 사실, 불능의 '그'와 마찬가지로 '전환사'의 역할에 충실하다는 사실을 보여준다. 그리고 그것은 소설을 둘러싼 언표들이 말의 기원인 언표 행위의 주체로 소급되지도, 그것의 결과인 언표 주체로 환원될 수도 없다는 점을 암시한다. 전환사로 서 소설이 끊임없이 출몰할 때, '인물-화자-서술자-작가' 사 이의 경계가 무너지고, 단편과 단편들 사이의 분할선이 해체 되며, 궁극적으로는 쓰고 있는 것과 씌어진 것, 쓰고 있는 삶 과 씌어진 삶 사이의 관계가 역전된다. 반복하자면, 작가는 작 품을, 세계를, 글을 쓰는 사람이 아니라, 글쓰기를 통해 그 자 신의 씌어짐을 실험하고 감당하는 사람이다. 이때 작품은 삶을 다루는 언어적 표상체로 남는 대신, 글을 쓰고 있는 삶을 중단 시키는 사태로서 자신을 개시한다.

> 또한 L은 내가 지금 작성하고 있는 이 에세이, 이 소설, 혹 은 이 소설집에 실릴 계획 없는 글쓰기를 위해 내가 통과해야 할 사유의 난맥상이기도 하다. L은 서술의 끓어오르는 증류 기 안에서 제 색감을 몽땅 빼앗기고 있는 말린 튤립이다. 벌 레를 먹을 수 있는 용기. 눈을 감고 벌레를 씹으며 이것은 벌 레가 아니다,라고 스스로를 가만가만 위로해보자. (p. 72)

"이 에세이, 이 소설, 혹은 이 소설집에 실릴 계획 없는 글쓰 기"는 우리가 읽고 있는 양선형의 소설집이라는 책과 더불어 책에 포함된 위 대목을 동시에 함축한다. 이와 같은 동시적 지 시로 인해 서술자의 목소리와 작가의 글쓰기 사이의 경계가 모 호해지는 것은 당연하다. '소설'이라는 언표는 소설이라는 가상적 공간과 그것을 읽고 있는 독자의 실제 현실, 그리고 그것을 창조한 작가의 삶 사이의 분리에 토대하고 있는 소설의 일반적 규약과 문법을 무너뜨린다. 그러나, 그가 전통적인 소설의 관습을 위반하기 위해 인용한 것처럼 고백하고 있는 것은 아닐 것이다. 그가 실험하고 있는 것은 글쓰기는 행위에 내포된 모호한 성격, 그것이 망각하고 은폐하는 어떤 근본적인 공간이라고 해야 한다.

여기서 중요한 것은 작가가 쓰고자 목표로 제시한 소설(언표 내용)과 그 과정에서 씌어지는 소설(언표 행위) 사이의 간극이다. "간극이 없었다면 삶을 재배치하지도 않았을 것이다. 태엽이 망가지지 않았다면 기계를 훼손하지도 않았을 것이다. 소설이 없었다면 소설을 참칭하는 망국의 새파란 갱도를 향해 제구실을 망실해버린 누덕누덕한 생식기를 들이미는 일도 없었을 것이다"(p. 220). 이 간극의 성격에 주목하기 위해서는 우선 양선형이라는 작가가 소설이라는 장르를 메타적으로 실험하고 있다고 단순하게 말해서는 안 된다. 상황은 정반대에 가깝다. 작가는 글쓰기를 실험하는 존재가 아니라, 다만 글쓰기가 필연적으로 유발하는 어떤 본질적 간극 속에서 실험되는 존재이다.

같은 맥락에서, 양선형의 글쓰기-기계가 작동함으로써 씌어지는 소설이 실제로는 "소설을 참칭하는" 것들에 가깝고, 그 과정에서 작동하는 것이 바로 소설의 시뮬라크르라는 사실을 강조하는 것은 중요하다. "가짜를 탄원하는 가짜의 가짜, 가짜의 가짜를 탄원하는 가짜 소설을 위하여. 이제 그만 두려움을 그칠 것. 제발 그만. 여기 물체와 같은 두려움을 끝끝내 두려워하지도 못하는 네가"(p. 306). 결과적으로 그가 쓰는 것은 '소설'이 아니라 '소설'의 복사물이며, 복사물의 복사물들이라는 파생적 운동들이 중첩되는 공간이 그의 책이다. "그림자가 있다면 그림자의 그림자가 있다. 그림자의 그림자가 있으면 그림자의 그림자의 그림자가, 겹쳐진 그림자들이, 복수의, 두꺼운, 그것은 더 이상 그림자가 아니라 그림자들이 겹겹이 쌓인 책이다"(p. 119). 그러나 여기서 시뮬라크르는 부정되어야 할 환영, 원본의 복제품이자 존재의 위계질서에서 하위에 위치한 가상들을 가리키지 않는다. 소설의 시뮬라크르, 더 나아가 문학의 시뮬라크르는 실제와 가상, 원본과 복제품 사이의 위계질서에 의존하지 않는다. 오히려 문학적 시뮬라크르는 하나의 거대한 이념적 환상, 즉 '문학'이라는 이름의 실재 자체가 하나의 환상이라는 사실을 지시하며, 궁극적으로는 이러한 환상을 향한 욕망, 문학의 자기 욕망에 내재되어 있는 간극이 문학을 문학으로 존재하게 만드는 유일한 원천임을 드러낸다.

　이와 관련하여 푸코의 문학에 대한 사유는 유용한 참조점을 제공한다. 그는 문학의 언어적 본질에 관해 논했던 한 강연에서 '문학이란 무엇인가'라는 질문에 내포된 근본적 딜레마에 주목한다. 그에 따르면 문학의 현대적 근원은 문학작품을 통해 수행되는 문학작품의 자기 탐구에 수반될 수밖에 없는 모종의 불가능성과 관련된다. 현대의 작가는 작품을 쓰면서 자신의 글쓰기가 문학에 근접할 수 있기를 소망하고, 자기 자신이 문학이라는 사실을 증명하기 위해 노력하지만, 스스로가 쓰는 작품이 곧 문학 그 자체와 절대적으로 동일시될 수 없다는 사실을 발견해야만 한다. 문학을 문학으로 존재할 수 있게 만드는 초월적 이데아나 메타적인 상위 규율 같은 것이 애초에 부재하기 때문이다. 그러나 여기서 더욱 강조되어야 할 것은 문학을 통해 수행되는 질문, 즉 '문학이란 무엇인가'라는 자기 지시적 탐구를 통해 확인되고 체험되는 간극이 오히려 문학이라는 특수한 담론의 본질적 성격을 구성한다는 사실이다.[6] 작품은 자기 자신에 대한 해명의 요구 속에서 글쓰기를 지속하지만, 그가 발견하는 것은 자신의 이미지가 하나의 환영에 불과하다는

6 문학이라는 담론 체계를 여타의 담론과 구분시켜주는 유일한 요소는 '문학이란 무엇인가'라는 질문과 그것을 해명하고자 하는 욕망이 역으로 작품들을 통해 끊임없이 수행되고 있다는 사실, 그리고 그러한 운동을 통해 문학의 자기 준거가 마련된다는 점이다. 가령, 자연과학의 담론이나 사회과학 등의 담론은 그 자신의 본질에 관한 질문이 그 담론의 본질을 구성하지 않는다. 물론, 모든 담론들이 자기 자신의 정체성과 장르적 한계와 범주를 한정할 수는 있다. 그러나, '화학은 무엇인가?' '경제학은 무엇인가?'를 해명하는 언술들이 해당 장르의 담론 대상을 구성하지는 않는다. 그러나 문학은 기본적으로 '문학이란 무엇인가?'라는 질문 자체를 자신의 요소, 부분, 정체성으로 삼는다. 문학은 어떤 대상을 다루지 않고, 그 자신을 다루는, 선후가 불분명한 역설적인 자기 지시성을 토대로 탄생한다. 이러한 운동 양태는 문학이 언어를 통해 씌어지면서, 궁극적으로는 언어에 대해 질문을 수행하는 담론이라는 매체적 특수성에서도 기인할 것이다.

사실, 그리고 자신의 글쓰기 행위가 문학이라는 이름의 환영을 목표로 한 결과라는 사실뿐이다. 그렇다면 문학의 실제란 어디에 존재하는가?

"문학의 존재란 존재하지 않는다." 다만 거울이, 우리 자신의 이미지를 제시하는 장소로서의 거울만이 존재할 뿐이다. 그런 의미에서 문학은 하나의 전체적인 시뮬라크르이며, 모든 현대적 작가들은 거울 앞에 선 주체일 수밖에 없다. 그는 문학의 시뮬라크르, 즉 거울을 통해 자신의 이미지를 현상할 수 있지만, 그 가상의 이미지가 자신이 목표로 한 실제와 같지 않다는 것을 반복적으로 자각해야 한다. "그것은 거울 앞에서 자신이 시도할 수 있는 어떤 낯선 표정을 상기시키려는 사람의 미소였다"(p. 329). 요컨대, 문학작품은 '문학'이라는 거울과 같은 이념과 관계하는 한 언제나 자기 자신과 분열되어 있다. 문학이라는 이념과 문학작품의 언어 사이의 메울 수 없는 거리, 이 해소 불능의 간극에 관한 적나라한 경험이 곧 문학이 시뮬라크르라는 사실을 환기한다. 하지만, 정반대로 말할 수도 있을 것이다. 우리가 문학을, 소설을 욕망할 수 있는 것 역시 문학이 하나의 시뮬라크르, 즉 거울로 존재하기 때문이다. 이 거울이 일으키는 양분 작용에 주의할 때, 문학이라는 거울은 비로소 유토피아로 기능하는 대신, 헤테로토피아로서 존재할 수 있다.

유토피아들과 절대적으로 다른 이 배치들, 즉 헤테로토피

아들 사이에는 아마도 거울이라는, 어떤 혼합된, 중간의 경험
이 있다고 생각한다. 요컨대 거울, 그것은 유토피아이다. 장
소 없는 장소이기 때문이다. 거울 안에서 나는 내가 없는 곳
에 있는 나를 본다. [……] 하지만 거울이 실제로 존재하는
한, 그리고 내가 차지하는 자리에 대해 그것이 일종의 재귀
효과를 지니는 한 그것은 헤테로토피아이다. 바로 거울에서
부터 나는 내가 있는 자리에 없는 나 자신을 발견한다. 내가
나를 거기서 보기 때문이다.[7]

유토피아와 헤테로토피아를 구별하는 푸코의 논법은 흥미롭
다. 유토피아로서의 거울이 일종의 초월적 환영을 제시한다면,
헤테로토피아로서의 거울은 "내가 있는 자리에 없는 나 자신",
즉 주체의 부재를 발견하게 만든다. 이 말은 실제로 주체가 존
재하지 않는다는 뜻이 아니라, 주체의 존재를 가능하게 하는 토
대가 곧 부재라는 의미이다. 다시 말해 헤테로토피아로서의 거
울은 문학이라는 시뮬라크르를 통해 글쓰기를 이어가는 주체
가 놓여 있는 장소의 성격, 즉 언어적 존재로서 인간이 말을 하
고 글을 쓴다는 사실 자체의 진정한 성격을 드러내준다. 이를
위해서는 문학의 유토피아, 즉 언어적 기능의 최대화를 통해 조
성될 수 있는 유토피아와 '재귀 효과'를 통해 암시되는 장소로

7 미셸 푸코, 『헤테로토피아』, 이상길 옮김, 문학과지성사, 2014, pp. 48~49.

서의 헤테로토피아를 분별할 필요가 있다.

언어의 기능이 시간성에 대한 경험과 깊게 관련 있다는 푸코의 지적은 그런 맥락에서 의미심장하다. "언어의 기능이 시간이라면, 언어의 존재는 공간입니다."[8] 언어의 기능을 사용한다는 것, 기능을 극대화하는 행위는 곧 시간성의 경험과 관련 있다. "로고스로서의 언어가 늘 시간을 보존하고, 시간을 주시하며, 시간 안에서 스스로를 유지하고, 또 자신의 변함없는 주시를 통해 시간을 유지하는 것을 자신의 최고 기능으로 삼아왔다고 말할 수 있을 것입니다."[9] 세계를 재현하는 것, 이야기를 전달하는 것, 서사를 만드는 것은 연대기적 시간을 창조한다는 것을 의미하며, 이를 통해 언어를 사용하고 소비하는 주체의 지속 가능한 동일성을 시간의 사용 속에서 유지한다는 것을 뜻한다. 이 과정은 다분히 유토피아적이다. 언어의 기능을 사용함으로써 세계가 연속적인 시간 속에서 표상될 수 있다는 믿음이 가능하며, 나아가 언어를 통해 "내가 없는 곳에 있는 나", 다시 말해 내가 있어야 할 마땅한 장소의 나에 대한 이념적 환상과 욕망을 생성시킬 수 있기 때문이다.

반면, 언어의 존재는 공간이다. 언어의 공간은 언어를 통해 표상되는 나가 하나의 환영에 지나지 않는다는 것, 사실상 나

---

8 미셸 푸코, 「문학의 언어」, 『문학의 고고학: 미셸 푸코의 문학 강의』, 허경 옮김, 인간사랑, 2015, p. 186.
9 같은 책, p. 184.

라는 존재가 언어적 시선의 맹점이자, 메울 수 없는 공백에 지나지 않는다는 것을 가시화시키는 이미지들을 통해 드러나기 때문이다. 그러나 그와 같은 드러남은 언제나 암시적일 수밖에 없다. 언어 그 자체를 표상하는 언어 바깥의 메타언어가 존재할 수 없듯이, 가상의 이미지는 부재를 직접적으로 표상하는 것이 아니라, 거울의 간극을 통해 표현될 수밖에 없기 때문이다. 문학의 언어, 소설의 언어는 스스로의 역량을 최대화함으로써 어떤 실재로 접근하는 대신, "자신으로부터 가장 먼 곳으로 투신해가는"[10] '사유의 사유', 즉 불능의 사태를 가시화하는 사유의 재귀적 운동을 통해 자신의 근거를 새로운 영역 위에서 드러내야 한다. 언어 그 자체의 토대가 되는 공간, 언어 자체의 공간성, 그러나 언어가 실제로 확보할 수 없는 그 '장소 없는 장소'는 어떤 대상도 가리키지 못하는 방황하는 기호, 익명적 중얼거림, 분명한 방향을 잃어버린 언어, 무언가를 상실했지만 정확히 그 상실의 대상을 기억하지 못하는 말들의 웅성거림을 통해 드러난다. "현기증을 느끼고, 아무것도 할 의욕이 없고, 만지기도 싫고, 그가 그럼에도 여전히 이러한 무감동한 주법을 지속하는 까닭은, 그는 무엇이든 발견하고 채집하기 위해 노력하는 사람"(p. 284)으로 양선형이 고집스럽게 남아 있는 이유는 그 때문이다. 그가 발견하려고 하는 것, 그것은 바로 언

10 미셸 푸코, 「바깥의 사유」, 『미셸 푸코의 문학비평』, 김현 엮음, 문학과지성사, 1989, p. 188.

어의 공간이라는 외부이다. 그가 끊임없이 말을, 소설을 지속하는 까닭은 그 자신이 지속을 가능하게 하는 원리이자 장소로서의 그 외부를 발견하기 위해서이다.

> 그림자가 있다면 그림자의 그림자가 있다. 그림자의 그림자가 있으면 그림자의 그림자의 그림자가, 겹쳐진 그림자들이, 복수의, 두꺼운, 그것은 더 이상 그림자가 아니라 그림자들이 겹겹이 쌓인 책이다. 낱장들을 엮어 만든 책, 그림자를 읽으면 그림자가 나타나는 책, 그림자들을 무한히 넘기는 방식으로 지속되는 삶.(p. 119)

양선형의 소설에서 우리가 의미 있게 받아들여야 할 것은 어떤 구체적 사건이 아니라, 소설이라는 시뮬라크르를 욕망하는 글쓰기가 야기하는 '지속'이라는 사태, 다시 말해 "그림자들을 무한히 넘기는 방식으로 지속되는 삶"이다. 양선형 소설에서의 지속은 시간의 연속적 흐름이나, 사건의 구조적 전개를 의미하지 않는다. "그는 시간의 흐름을 거의 느끼지 못했다. 그러나 시간은 어김없이 계속되었다"(p. 203). 시간의 중단, 의식의 탈진, 그리고 사유의 불능 속에서 비로소 발견되고 자각되는 중단의 시간태, 즉 소모되어버린 시간 속에서도 지속되는 사태가 더 중요하다. 일반적으로 지속이라는 개념은 특정한 상태가 계속되는 시간적 층위를 가리키지만, 소설에서의 지속 가능성을 나타내는 징표는 이야기의 진행을 통해 이루어지는 연대기적 경험을 넘어선다. "그러나 그런 일은 일어나지 않고, 지속은 득의만만하고, 그는 미련 같고, 서술은 불가피하게 자행되는 그의 죽음을 좀처럼 모면하지 못한다"(p. 220). 지속은 아무 일도 일어나지 않는 상태에서 경험되는 무기력함, 권태, 그리고 불능 속에서 득의만만하게 작용한다. 그리고, 서술 행위의 무능을 거듭 체험하게 함으로써, 언어의 불능을 자인하도록 강요한다. "어떤 막연한 생각으로 소설의 첫머리를 여는 일이 지속되고 있다"(p. 159).

그러므로 불능의 소설적 무대 위에서 일어나는 것은 특정한 사태가 아니라, 지속 그 자체이다. 지속이라는 사태는, 언어가 존재하는 근본적 공간을 드러내기 위한 시간적 책략에 가깝다. 시간 경험(언어의 기능)의 지평을 넘어선 공간적 층위(언어의 존재)에서의 새로운 사태를 체험할 때, 다음과 같은 자각이 가능해진다. "무한한 현실이 세계 시계를 압도하고 있는 것이다"(p. 141). 사실상, 지속 안에서 언표 주체는 소외alienation되지 않고, 분리separation된 채로 남아 있다. 정신분석학의 통찰이 보여주듯, 소외가 결여 속에서 주체로 하여금 의미의 노예, 기표의 부역자로 만드는 통과의례라면 분리는 주체를 위한 기표가 충분하지 않다는 것, 즉 주체의 결여(무능)가 아닌 의미 자체의 결여(불능), 타자의 결여를 대면하게 만드는 작업이다. 가능성의 중단, 역량의 발휘가 근본적으로 실패하는 자리에서 '소설의 지속'이라는 사태가 그 모습을 드러내는 것이다.

그것은 우리가 앞에서 명명한 불능의 인간이 처한 상황과 정확하게 공명한다. 무능한 인간은 역량의 회복을 기대할 수 있기에, 여전히 그에게는 시간적 가능성이 남아 있다. 반면, 불능의 인간에게 남아 있는 것은 없다. "그는 의욕이 없다. 빼앗긴 의욕을 되찾을 만한 용기도 없다"(p. 201). 오히려, 그는 남겨진 사물이다. 모든 역량이 제거될 때도 제거되지 않는 무언가가 그를 이 세계의 유폐된 존재로 남긴다. 그가 머무는 장소는 "너비를 측량할 수 없을 만큼 편평하다"(p. 239). 그리고 이곳은 평범한 시공간이 아니다. "거듭 강조하자면 세계는 망해버렸다. 세계는 인간의 것이 아니게 되었다. 왜 세계는 인간을 포기하면서 그를 함께 내버리지 않았나. 말하자면 그는 왜 '아직'도 사라지지를 못하는가." 불능의 인간은 모든 인간적 속성과 역량을 포기할 때조차 파괴되지 않는 무엇, 사라질 수 없는 무엇과 관계를 맺는다. 그 관계로 불능의 인간은 자신이 남겨진 공간을 비로소 가시화한다. "지금, '아직'이 마련한 최후의 휴지(休止) 속으로 그녀가 입장하고 있다"(p. 167). 그러나 "'아직'"이라는 단어는 시간을 나타내는 부사가 아니다. 시간 부사로서의 아직yet이 부정적으로나마 여전히 실현에 대한 예감의 뉘앙스를 포함하고 있다면, 불능의 인간이 배치되어 있는 "'아직'"은 영어의 only에 해당하는 어떤 유일무이한 무화의 진공상태, 즉 언어라는 장소에 가깝다.

소설이라는 시뮬라크르와 관계하는 불능의 인간은 새로운 장소인 외부를 발견한다. 그것은 그러나 앞에서도 언급한 것처럼 실제로 존재하는 초월적 공간으로서의 외부, 내부의 이항 대립적 반대항으로서의 바깥이 아니라, 글쓰기-기계의 발화 행위가 무력시키는 사태와 연동되어 있는, 내부의 외부성이다. 그것은 공간이지만, 시간의 완벽한 소멸을 지향하는 과정에서 비로소 나타나는 공간, 그러나 가시성의 빛으로 영원히 밝힐 수 없는 공간, 푸코가 문학의 근원이라고 말했던 '사유의 사유'라는 존재 방식으로 암시되는 어스름한 공간이다. "음영의 사소한 차이, 또는 서술의 어긋난 트릭으로만 간신히 식별될 수 있는 그는 박명의 토대이고 박명의 장소 없음을 결사적으로 사수하는 어스름이다"(p. 238).

이처럼 글쓰기-기계가 작동되기 위해서는, 그리고 그것의 정치학이 발휘되기 위해서는 글쓰기의 대상과 목적을 소멸시키고, 오직 자기 자신만을 목표로 삼아야 하는 것이 불가피하다. 소설을 쓰려는 소설, 글쓰기를 욕망하는 글쓰기.[11] 이것은

11 '소설'이라는 단어와 기표가 빈번하게 나타난다는 사실은 양선형의 소설이 일종의 메타소설의 범주에 속한다는 말로 읽힐 수 있다. 분명, 양선형의 소설들에는 메타적 요소가 다분한데, 그럼에도 불구하고 그의 소설을 일컬어 단순히 '소설에 대한 소설'이라고 말할 수는 없을 것이다. 왜냐하면, 그는 '소설'이라는 개념에 관해 논하는 데 실패하고, '소설'이라는 단어를 통해 자신의 쓰기를 정당화하는 언표의 상위 지대, 즉 메타적인 지평을 발견하지 못하기 때문이다. 양선형 '소설'은 대상화될 수 없으며 지시될 수 없는데, 오히려 그 지시적 모호성으로 인해 소설에 대한 욕망과 의지가 극대화된다. 소설을 욕망하는 소설,

욕망을 위한 욕망이라는 자본주의 기계의 자기 목적적 프로토콜과 유사하지만, 오히려 그것을 도착적으로 뒤집어버린 것이다. 이른바, 글쓰기를 욕망하는 글쓰기라는 자기 지시적 구조가 글쓰기-기계의 정치적 프로토콜이다. 그리고 이것은 글쓰기의 경제와 관련하여 롤랑 바르트가 발견했던 근본적인 진실과도 부합한다. "이야기되는 것은 바로 이것을 '이야기하는 행위이다'. 결국 서사물의 대상은 없다. 서사물은 자기 자신만을 다루고 있다. 서사물은 자기 자신을 이야기한다." 물론, 이때의 자기 자신은 재현과 표상의 대상이 아닐 것이다. 그것은 언어의 맹점이며 글쓰기가 유발하는 근본적인 간극과 분열, 즉 망각을 나타낸다. 나 자신은 애초에 망각되어 있다. 그러나 망각

글쓰기를 향하는 글쓰기는 일반적인 메타소설의 작동 원리를 부인하는 효과를 지향한다. 글쓰기-기계장치의 소모 행위는 이와 같은 부인을 표현한다. 『감상 소설』에서 양선형의 글쓰기는 이러한 부인을 수행하기 위한 여러 전략을 모색하고 수행하는 것처럼 보인다. 이러한 전략들을 편의적으로 세 계열로 분류할 수 있을 것이다. 1) 이미지 계열: 「해변생활자」「스나크 사냥」「표범의 사용」. 여기서는 자신의 글쓰기를 하나의 거대한 공간적 이미지로 전경화시킴으로써, 불능의 공간, 소진된 공간을 알레고리적 이미지로 제시한다. 2) 목소리 계열: 「생활과 L의 유령」「모빌 트리」. 가장 일반적인 메타소설(소설에 대한 소설)과 유사한 계열로, 이때 부각되는 것은 서술자의 목소리, 작가의 목소리이다. 여기서 양선형은 상대적으로 소설, 혹은 서술에 관해 직접적으로 대상화하는 발화를 수행하지만, 끝내 그것을 언표화하는 데 실패하는 단계로 진입함으로써 자신의 목소리를 고갈시켜 버린다. 3) 욕망 계열: 「수은의 시도」「종말기의료」「사살 없음」「감상 소설」「현상 소설」. '소설을 욕망하는 소설'이라는 원리가 가장 두드러지게 나타나는 작품들로, 1)과 2)의 요소들이 중첩되며, 나아가 오직 소모를 향해 전진하는 서사적, 언어적 욕망의 흐름이 상대적으로 중요하게 부각된다.

된 자기 자신을 추적하기 위한 과정은 반복적으로, 지속될 수 있다. 그때 소설이라는 이념은 일종의 시뮬라크르로 작동한다. 오직 자기 자신에 대한 욕망 외에는 그 어떤 목적도 허용하지 않는 글쓰기, 소설을 욕망하는 소설이야말로 양선형의 글쓰기-기계를 구축하고, 배치하고, 작동하게 만드는 힘이자, 이념이다.

오직 나아가는 것

사정이 이러하기에, 우리는 양선형의 소설이 미학적이라고도, 그것이 새롭다고 말해서도 안 될 것이다. 그는 어떤 아름다운 표상체에 안주하지 않고, 차이라는 부정 변증법의 유혹에도 흔들리지 않는다. 아마도, 그가 기계-되기를 욕망하고 있기 때문에 가능했던 일인지도 모른다. 그러니 양선형의 소설을 읽는 것, 양선형의 소설에 대해 말한다는 것은 무능과 불능의 경계라는 시험대에 진입하는 일과 다르지 않을 것이다. 그의 소설을 읽은 독자가 독해를 곤혹스러워하는 것 역시 불가피하다. "글쓰기에 돌입하면 자연스레 기분이 나빠져서 마치 나는 내가 도달할 수 있는 가장 최악의 상태와 마주하기 위해 이러한 삽질을 감수하고 있다고 여겨지기까지 한다"(p. 73). 양선형의 소설에 대해 말을 하고 글을 쓰는 단계에 돌입할 때, 우리는 마치 의미 해석이라는 언어적 교환 체계의 무기력, 특히 비평가-독자에게는 최악에 가까운 상태와 마주하기 위해 읽기/쓰기의 '삽질'을 반복적으로 감수하고 있는 것처럼 느낄 수밖에 없다.

그러므로 양선형의 소설을 읽는 것, 그것에 대해 말하는 것, 그것에 대해 쓰는 것은 피로한 일일 수밖에 없다. 시간을 소모하고 탈진시키는 과정은, 결과적으로 시간에서부터 이탈되어 있고 목적으로부터 탈구되어 있는 말들의 탈주 속에서 자기 자신을 시험하는 일과 마찬가지기 때문이다. 그러나, 소설의 시뮬라크르가 생산되는 것 역시 이러한 피로 안에서이다. "피로가 재활의 의지를 압도한다면?"(p. 179) 더 이상 기능과 목적에 맞는 언어적 사용의 최대치가 아니라 반대로, 목적에 부합하지 않는, 그리하여 의미를 전달할 수 없는 언어 교환의 최대치가 지속된다. 글쓰기-기계의 정치학은 그러므로, 자본주의 기계의 교환 체계 안에 들어감으로써 그것의 파괴와 오류의 산출을 시도한다. 이를 위해서는 교환의 요구에 철저하게 응해야 할 것이다. 그를 위해서는 사용을 부정할 것이 아니라, 일종의 근본주의자처럼 철저하게 언어를 사용해야 할 것이다. "이 혼탁한 점액질 고깃덩어리를 표현하기 위한 환란의 얼개는 그저 비유가 아니라 마치 그의 눈앞에서 벌어지는 실황 자체인 것처럼/서술해야겠지!"(p. 282). 그가 이야기를, 언어를, 서사를, 인물을, 그리고 의미를 부정한다고 오해해서는 안 되는 이유가 거기에 있다. 오히려 그는 그것들을 모두 과도할 정도로 사용함으로써, 언어를 실제처럼 오인함으로써, 그 모든 것을 소모시키고, 고갈시키고, 탈진시킨다. 그의 소설에서 언어와 실제가 분리되지 않는 형상, 언어적 망상과 현실이 구분되지 않는 상황, 그리고 말들이 끝없이 사물처럼 사용되고 있다는 인상을 받을 수 있는 이유 역시 거기에 있을 것이다. "이것은 망상인가 망상이 아닌가. 망상이면 또 어떤가"(p. 175). 작가는 초현실, 환상, 망상 속에 있는 존재가 아니라, 환상과 현실의 경계선을 따라가면서 실험하는 존재이며, 소설을, 예술을, 글쓰기를 실험하는 존재가 아니라, 글쓰기 속에서 자기 자신의 실험됨을 감당하는 존재이다.

　"대개 의미가 누락된, 마치 미친 사람의 중얼거림을 그대로 채록해놓은 것 같은 내용"(p. 144)으로 가득한 소설, 소설을 완전히 잿더미 상태로 몰아가는 것 같은 "의식의 삽질"(p. 175)을 따라감으로써 우리가 얻을 수 있는 것은 모든 역량의 고갈 상태, 무차별 상태, 가시적인 가능성들을 끝장냄으로써 발견되는 최종적 피로이다. "그들은 머물기 좋은 피로를 공유하거나 그러한 피로를 서로의 살갗에 부드럽게 발라준다"(p. 327). 자본주의가 파생시키는 무능한 인간은 가치로부터 소외되어버린 자신을 발견할 때, 문득 피로를 느끼고 소외된 자신을 자각한다. 그러나 글쓰기-기계가 야기하는 피로는 소외가 아니라 근본적인 분리에 가깝다. 그리고 분리된 인간, 모든 것이 고갈된 불능의 인간이 기거하는 피로의 공동체는 그 누구도 배제하지 않는다. 그것은 실상 보편적이고, 다른 한편으로는 평등한 세계이다. "그러나 그들은 같은 장소를 바라보고 있는 것이 아니었다. 어스름은 어디에나 있었다. 그것은 그들이 속해 있고 가끔 놀라 뒤돌아보는 거기, 아니면 그들의 위나 아래에, 또는 그들이 호흡하는 어느 장소에나 무정형으로 편재하는 희미한 낙진을 닮아 있었다"(p. 312).

우리는 이렇게 결론 내릴 수 있을 것이다. 양선형의 글쓰기는 어디에나 있다. 익명의 그, 불능의 그는 언어를 사용하는 모든 존재, 글쓰기를 욕망하는 모든 힘이 관통해야 하는 보편적인 간극으로서의 장소 없는 장소이다. 불능의 폭주를 지속하는 글쓰기-기계는 일종의 익명적 집합명사를 가리키고, 문체는 그러한 익명적 복수태들의 활동 흔적을 표식할 것이다. 그것은 구체적이고도 특수한 집단을 표상하지 않고, 다만 집단의 의미를 발생시키는 모든 언어적 집합체의 최저 지점으로 작동한다. 글쓰기의 최저 지점, 즉 불능의 사태를 통해 인간은 마침내 비-주체라는 평등한 지위를 확보한다. 의미의 시뮬라크르들이 권력을 장악하고 있는 압도적인 정치의 세계 속에서, 불능의 시뮬라크르는 장소 없는 장소로서의 외부를 위한 출구를 향해 "오직 나아가는 것"(p. 36), 즉 글쓰기가 발휘할 수 있는 근본적이고도, 최대의 정치를 표현하는 것이다.

작가의 말

책을 낼 수 있어서 기쁘고 다행입니다. 소설집을 묶는 과정에서 문예지에 실렸던 소설들을 고쳤습니다. 어떤 소설의 경우 발표 당시에서 많이 고쳤으며 어떤 소설은 그대로 두었습니다. 저는 이 작가의 말을 되도록 솔직하게 작성해야 한다고 다짐하고 있습니다. 최근에는 다른 소설을 쓰고 있습니다. 다음 소설을 상상하면 이 소설집에 실린 모든 소설이 다음 소설을 위한 함량 미달의 연습이거나 그곳에 도달하기 위해 반드시 경유해야만 하는 복잡한 우회로처럼 여겨집니다. 교정지를 읽으며 만족스러운 기분은 아니었지만 이 느낌이 싫지는 않았습니다.

언제나 저는 글쓰기를 통해 저 자신과 좀더 전면적으로 관계하고 싶었습니다. 그러니까 비공개 게시판에 이상한 형식의 일기를 쓰던 시절부터 말입니다. 조금 미친 것처럼 보이는 시와 소설 앞에서 마음이 다치고 감각이 얼얼하게 마비되어 복통에 시달리는 사람처럼 데굴거리며 매트리스 위를 굴러다니던 시절부터 말입니다. 저는 글쓰기가 그 시작 단계에서 저를 돌이켜 훼손하는 변이의 실천이라고 생각했고, 그러한 요구에 성실하고 용감하게 응답하는 사람이 되고 싶었습니다.

저는 소설을 잘 쓰는 일보다 먼저 제가 글쓰기라는 부자유한 공간으로 기꺼이 진입해야 한다고 믿었습니다. 이 어스름한 장소에서 제가 하는 일들이란 고작해야 견디기 힘든 제 동일성, 타인이나 풍경에 착종하는 환영적인 경험들, 관념 그리고 마음의 그림자들, 허구의 광장을 소란스레 전전하는 제 망상적인 분신들을 교란하고 부정하며 상처를 내거나 중단하며 적출하고 실험하며 방치하고 익살을 떨면서 때때로 추적하고 처벌하거나 지나치게 장려하는 일들에 불과했습니다. 그랬던 것 같습니다. 그것은 변덕스럽고 아둔하며 무질서한 방식으로 이와 같은 훼손을 수행하는 것, 그 남루하고 남모를 변이의 리듬을 엮어내는 일이었습니다. 삶의 편에서 무력하게 여겨지는 글쓰기는 항상 제가 보유한 시간과 의미와 욕망의 회로에 대한 과도한 의혹이나 함정이 되어주었고, 제가 그렇게 되기를 고의적으로 바랐으며, 그때 글쓰기란 어지럽고 비틀린 파형을 통해서만이 간신히 전진할 수 있는 도착적인 엔진 자체이기도 했습니다. 글쓰기의 공간에서 제게 조금 더 중요했던 것은 문학에 관한 정돈된 질문들이 아니라 저와 끈질기게 관계하는 문학의 기이한 역학이었습니다. 그 괴팍한 부정성이 제 눈앞에서 이지러진 채로 동요하고 있었던 셈입니다.

궤적은 느슨한 폐곡선을 그리지 못하고 나빠지거나 어수선해졌으며 잡음처럼 진동했습니다. 제가 망각이라고 일컫는 어떤 비가시적인 장소에서 그랬습니다. 글쓰기는 그저 눈앞의 소진을 회피하기 위해 잠재하는 혼란들을 게걸스레 욕망하는 것 같았습니다. 저는 제 일상과 함께 집요하게 이어지는 이와 같은 궤적을 통과하며 저버리기 싫은 아름다움이나 믿음, 긍휼한 가치들, 혹은 슬픔이나 피로나 공허나 고독이라고 부를 만한 감정들을 느꼈고, 그로부터 제가 얻게 된 관능이나 사랑이나 신비나 확언이 또한 돌아오는 글쓰기를 통해 재차 와해되는 순간을 체험해야 했습니다. 언제나 같은 장소로 되돌아올 것이고, 또한 같은 장소에서 전례 없이 다시 시작하게 될 것이라는 사실이 글쓰기가 가진 이상한 경향인 것처럼 말입니다.

그러므로 글쓰기는 제게 어떤 믿음의 잔해들과 취약한 착란이 범벅으로 뒤섞인 잡음의 사막에서 뭔가를 다시 시작할 수 있는 용기를 심어주려는 것 같았습니다. 물론 그것은 제 용기가 아니라 글쓰기라는 기계의 용기입니다. 이 용기는 무모하고 도무지 목적을 모르겠으며…… 가짜 같기도 하고…… 사실을 말하자면 제 입장에서 미더운 점을 그다지 발견할 수 없는 용기입니다. 이 변변찮은 기분이 소설을 쓰는 데 문제가 되지는 않습니다. 저는 이 용기의 본질이나 가치에 관해 서술할 수 없고 단지 이 용기의 어지러운 효과에 대해서만 서술할 수 있을 따름입니다. 예를 들어 용기는 정지하지 않습니다. 종이로, 또는 칼날로 만들어진 타인을 만납니다. 사라지지 않는 수많은 잔해들과 버려진 사물들을 나열합니다. 마주한 외벽에 의해 가로막힌 장소에서 무의미하게 꿈틀거리다 그 자신에게나 갸륵한 시도에 불과한 소심한 발길질을 합니다. 귀엽고 난해하게 날뛰고 우회합니다.

그것은 존재합니다. 개인성의 미로 속에서 자신의 의태이자 스스로를 잡아먹을 호랑이를 만납니다. 죽은 척을 합니다. 엉뚱하게 실종됩니다. 도래한 벽 앞에서 모든 일이 글러먹었다는 사실을 인정하는 어떤 기특한 체념을 선택하지 않으며 그저 휘어집니다. 굴절된 채로 나아갑니다. 공중으로 떠오르거나 멸균되지 않습니다. 이때 궤적의 방향은 정면이 아니라 측면일 수도 있습니다. 뒷걸음질일 수도 있고 게걸음일 수도 있습니다. 선생님들이 보시기에는 얼굴이 새빨개진 채로 메아리가 울리는 텅 빈 강당을 휘청거리며 맴돌고 있는 학생일 수도 있습니다. 그것은 지하에서 끓는 쇠처럼 움직이며 다소 맹목적이기까지 합니다. 그것은 반복을 끊임없이 반복하며 거기 억류된 반복을 반복들의 사소한 차이로 대체합니다. 그것은 헝클어지고 충돌하고 복잡해지며 다가오는 미혹과 불안에 눈먼 뱀처럼 이끌립니다. 그것이 가장 두려워하는 것은 멈춰 서는 것이며 또한 그렇기에 이 궤적은 어떤 유사 신학에도 붙들리지 않습니다. 그것은 처음부터 길잡이를 잃고 싶었던 것처럼 길을 잃고 자신에게서 간혹 유출되다 사그라질 뿐인 찰나의 잠재성을 억지스럽게 끌어들이는 방식으로 계속되는 것 같습니다.

지속 자체가 강렬한 증거인 이러한 용기는 더듬거리는 잠행으로 빈사 상태의 궤적을 되살리는 고약한 글쓰기에게 지금의 제가 가장 현실적으로 기대할 수 있는 힘과 위로이기도 합니다. 저는 출구를 찾아다니고 있기 때문입니다. 저는 항상 제게 앞서는 다음을 굴착하고 있기 때문입니다. 저는 정직하고 초조하게, 성실하고 용감하게, 포기하거나 여기에 머무르지 않고 제 멀쩡한 전두엽을 훼손하는 어스름 속을 통과하고 싶습니다. 어스름과 부정성과 반복에 관한 체력을 비축하고 싶습니다. 희망 사항입니다. 저는 이러한 일에서 문학과 글쓰기가 제게 끝내 보여주려는 중요한 뭔가를 발견할 수 있다고 생각하고 있습니다. 문학이 많은 까다로운 잡음 속에서 그래도 제가 나아가고 있다는 사실을 느끼게 속삭이는 목소리로 일러주었던 것처럼 말입니다. 이 책을 꾸릴 수 있게 도와주신 많은 분께 감사합니다. 문학과지성사에 감사합니다. 그리고 이 책을 읽어주실 고마운 분들께 이 왜소한 책이 부디 잘 도착했으면 하는 바람입니다.

2018년 7월
양선형

수록 작품 발표 지면

해변생활자『문장웹진』2014년 11월(차세대예술인력육성 문학 분야 선정작)

스나크 사냥『문학과사회』2014년 여름호(문학과사회 신인문학상 수상작)

생활과 L의 유령『흑면백면』눈치우기 총서 3

표범의 사용『문학과사회』2015년 봄호

수은의 시도『창작과비평』2015년 가을호

종말기 의료『문예중앙』2016년 봄호

사살 없음『21세기문학』2016년 여름호

모빌 트리『문학과사회』2016년 가을호

감상 소설『문장웹진』2017년 7월호

현상 소설『쏢』2017년 하권(발표 당시 제목_「순간의 짧은 노출」)